# 旧时光影再回首

## 从汉正街到王府井

赵克勤　著

商务印书馆国际有限公司

**图书在版编目（CIP）数据**

旧时光影再回首：从汉正街到王府井 / 赵克勤著
. -- 北京：商务印书馆国际有限公司, 2019.1
ISBN 978-7-5176-0617-8

Ⅰ. ①旧… Ⅱ. ①赵… Ⅲ. ①散文集－中国－当代
Ⅳ. ① I267

中国版本图书馆 CIP 数据核字 (2018) 第 238727 号

**旧时光影再回首：从汉正街到王府井**

作　　者　赵克勤
责任编辑　蔡红英
出版发行　商务印书馆国际有限公司
（地址　北京市东城区史家胡同甲 24 号　邮编 100010）
（总编室电话 010-65592876　市场营销部电话 010-65598498）
网　　址　www.cpi1993.com
经　　销　全国新华书店
印　　刷　三河市紫恒印装有限公司
开　　本　880mm × 1230mm　1/32
字　　数　255 千字
印　　张　9.75
版　　次　2019 年 1 月第 1 版　2019 年 1 月第 1 次印刷
书　　号　ISBN 978-7-5176-0617-8
定　　价　32.00 元

# 序

赵克勤先生是卓有成就的语言文字学者和著名编辑家。他大学毕业后在北京大学任教，改革开放伊始，调到商务印书馆从事编辑工作。四十多年间，他主编、合作主编和责编语言文字类图书多种，使热爱中国语言文字的读者获益匪浅，其默默耕耘，功莫大焉！年过八旬，他又撰写了这部二十多万字的回忆录，此书对读者也将有很大教益。我对他的艰辛劳作和文字收获，表示衷心的祝贺。

中国文人一贯有写自传的传统。屈原的《离骚》是第一部文人自传。屈原第一次被流放到汉北，写了《离骚》，从“帝高阳之苗裔兮……”写到“吾将从彭咸之所居”。他写自己忠于祖国、忠于人民，“虽九死其犹未悔”的心境，这部作品成为我国文人写自传的典范。司马迁的《史记》，特别是那些写文人学者、巫医术士的篇章，人物写得很生动很真实，是优美的传记之作，耐人寻味。从此之后，许多文人仿而效之，传记迭出。因作者的经历和学识不同，各有异趣特色。传记的价值和风格也有所不同，后人多有评说。

齐梁时代著名学者沈约曾提出过“八病说”(平头、上尾、蜂腰、鹤膝、大韵、小韵、傍纽、正纽）。余悟今之纪实文学创作也似有“八病”。近些年来，写传记之风日炽。有自己写的，也有请人写的。有些作品写得很好，启人心智，发人深省。但也有一些作品，确实不敢苟同，个人所悟，其病有八：一曰“为尊者讳”，二曰“宣扬血统”，三曰“脸上贴金”，四曰“攀龙附凤”，五曰“强沾瑞气”，六曰“关门弟子”，七曰“乱称大师”，八曰“自封经典”。凡此种种，既反映社会的不正之风，也不利传记写作的正常发展。

关于传记文学写作是一个很深广的论题，在此不能详述，只是借此机会，发些感慨而已。

如何写好传记文学，前辈早有明训，我国古典文学理论奠基者刘勰《文心雕龙》中有《史传》篇。曰：“开辟草昧，岁纪绵邈，居今识古，其载籍乎！轩辕之世，史有仓颉，主文之职，其来久矣。曲礼曰：史载笔。史者，使也。执笔左右，使之记也。古者，左史记事者，右史记言者。言经则《尚书》，事经则《春秋》也。唐虞流于典谟，商夏被于诰誓。洎周命维新，姬公定法，紬三正以班历，贯四时以联事，诸侯建邦，各有国史，彰善瘅恶，树之风声。”刘勰在《辨骚》篇里也说过，学习屈原的写作要“酌奇而不失其真，玩华而不坠其实”。刘勰强调思想性与艺术性结合，更强调真实性。

“艺术的生命在于真实”，我想传记文学写作更要真实。

现在我们回过头来看看赵克勤先生的这部著作。从作品的分类来说，它不是正史，没有过多地去写他所经历的时代，只写自己的见闻、自己的感受。我感到，克勤兄的这部著作，可以用一“真”字概括：写自己的真实经历，写自己的真实感情，用真实质朴的语言加以表述。

一是叙事真实。他写自己的家族往事，写祖父的发迹，祖母和二房的争斗，祖父对他们的悉心照料，写得都很真实。

二是感情真挚。他写自己幼年时期因民族的灾难而跟随父亲颠沛流离，他是以一个幼童的视角来看待这场灾难的。甚至在灾难中也还感受到一丝丝的快慰，如写他在小鸡山的童年的欢乐，写出了他幼年时期的真实感情。他对自己的初恋（老宅之恋）也写得很真实，很富有感情色彩，不做假，不矫饰，也是难能可贵的。

三是语言朴实。这部自传，从头到尾，不以虚言浮词哗众取宠，没有华美之词，让人感到朴实无华，给人“返璞归真”之感。

我喜欢这样一种文字。不知广大读者如何评说。

赵克勤先生是我大学时期的同窗，其学识和修养都比我强，为我之学长。此次他的新作问世，令我作序，实不敢当。但多年友谊，又盛情难却，于是写了上面的一点读后感。如蒙不弃，权作为序，幸甚幸甚！

缪俊杰

二〇一八年七月于北京

# 目录

## 第三章　东归之路 /65



## 第四章　江城春晓 /109



## 第五章　珞珈寻梦 /157

# 第一章 家族旧事

## 一、汉正街祖父崛起

我出生在南京，但我却是汉口人。我父亲是上海圣约翰大学经济系的肄业生，后来在国民党军队中供职，是管理财务和物资的军需官，军衔是中校。母亲是湖北孝感人，娘家姓宋。外公是一个商人，经营着一家商铺，在孝感也算得上是一个头面人物。祖父有一次到孝感办事，认识了外公，得知外公家有一个女儿很贤惠，而且识文断字，便向外公提出，说自己有一个儿子，希望与宋家的女儿结为连理，外公欣然同意。于是，在祖父的安排下，父亲迎娶了母亲，赵、宋两家结为了秦晋之好。母亲小时候上过学，具有高小文化程度，能读报纸和看书信，我小时候有不认识的字还经常去请教她。母亲十七岁嫁入赵家，十八岁生了大哥，二十岁生了姐姐，二十二岁生了二哥，二十四岁生了我，二十七岁生了四弟。她相夫教子，帮助祖母操持家务，真正称得上是贤妻良母。父亲原先是在南京工作，母亲和我们随父亲在南京居住。后来父亲的单位移驻武汉，我们一家就住进了汉口的老宅，与祖父、祖母一起生活。

祖父原来只是汉正街一家棉纱布匹商铺的学徒，为人聪明机警，很受布店唐老板的赏识。有一次，祖父陪商铺的账房先生出去收账，回来时遇到了劫匪。劫匪将账房先生打倒在地就去夺装有钱钞的褡裢。正在这紧急关头，祖父冲了上去，与劫匪搏斗，几拳几脚就把劫匪打趴下了，并保护账房先生安全回到了商铺。原来，祖父从小练过功夫，对付个把劫匪简直就是小菜一碟。唐老板知道了这件事，对祖父更是另眼相看。当时处在清朝末年，社会秩序很混乱，各种黑恶势力、流氓地痞横行，小偷盗匪多如牛毛，有钱人出门时经常遇到麻烦。唐老板自从知道了祖父身怀绝技以后，每次外出都让祖父跟着，祖父几乎成了他的保镖。

不久，祖父出师了，唐老板就让他在自己的商铺里当了一名伙计，而且地位比其他几个伙计都高，有什么重要的事情都交给祖父去办。唐老板只要外出，就让祖父跟着。唐老板膝下有一儿一女，儿子帮自己经营着一家钱庄，女儿待字闺中。唐老板有意将女儿许配给祖父，便把这个意思告诉了太祖父。太祖父原先也是做棉纱布匹生意的，后来由于一次失误而破了产，一直闲居在家。太祖父与唐老板一直是生意上的伙伴，自己破产以后便把儿子送到唐老板的商铺里当学徒。太祖父得知唐老板的意思后，便请媒人到唐家提亲。于是，祖父在自己父母的安排下迎娶了祖母。

唐老板得到了这样一个乘龙快婿以后非常高兴，便让祖父帮助自己打理商铺。但是祖父不愿总是寄人篱下，想离开岳父的商铺自己单干，便让祖母去跟自己的父亲说。唐老板见自己的女婿有远大的志向，便同意了。于是，太祖父把家里仅有的一点积蓄拿了出来帮助祖父创业，唐老板也拿出一部分钱借给他。很快，祖父便与人合伙在汉正街开了一家布店，开始了在商海打拼的生活。后来他又自立门户，独闯世界。他利用自己父亲及岳父多年积攒的人脉关系，凭借自己的经商才干，很快就发了家，产业迅速扩大，不仅经营布匹，还涉足绸缎、棉纱，开了几家商铺，积累了可观的财富。他与祖母拿着相当于双倍的岳父借给他的钱，到岳父家还钱，岳父却说："一家人，莫还了。"祖父说："这钱在当初就是您借给我的，您哪能不要呢?"祖父把钱硬塞给了岳父，唐老板只好收下了。

## 二、为后嗣偷娶二房

祖母嫁给祖父以后，却未生一男半女。为了在赵家立足，便领养了一女一男，女的便是我的大姑姑，男的便是我的父亲。听说父亲本姓蒋，亲生父母家很穷，子女众多。为了生存，他父母在父亲刚出生时就经人介绍将他送给了赵家，赵家早就请好了奶妈，他是直接被赵家从产房里抱走的，他的生母在舍弃亲生儿子时的生离死别的情景是可想而知的。他的亲生父母得到了一大笔钱后，就全家离开了汉口，再也没有露过面。父亲的身世之谜一直讳莫如深，直到我们都长大以后，母亲才把这个秘密告诉了我们。至于母亲是怎么知道这个秘密的，那就不得而知了。

祖父虽然有了继承人，但却是领养的，始终不甘心。他很想有自己的亲骨肉继承家业，无奈祖母不能生育，于是祖父背着祖母纳了一个汉阳船家的女儿为妾。这个船家在汉水划船摆渡，来往于汉口和汉阳之间。有一次，祖父去汉阳办事，就坐了他的船。也是机缘巧合，那天船家的女儿正好在船上帮忙。祖父见这个梳着一条大辫子的姑娘长得很清秀，且身体健康，有宜男之相，便产生了好感。祖父问船家："这个姑娘是你什么人?"船家回答道："是我女儿。"祖父又问："你女儿许配人没有?"祖父这个问题提得太直截了当了，使船家大吃一惊。他打量了祖父，见这个年龄与自己相仿的人，穿着长袍马褂，带着瓜皮帽，像是个有钱人，心里虽然不高兴，但又不好发作，于是问祖父："先生问这做什么？"祖父自知问得唐突，便说："你莫在意，我不过是随便问问。"船家也是个聪明人，把祖父的心事猜到了八九分。他想，这位财神爷多半是看上了自己的女儿，女儿也大了，该有个归宿了。如果能嫁到有钱人家里，是女儿的福分，对自己也有好处。村子里有几家来提过亲，自己没有答应，主要是想给女儿找个好人家，嫁过去后不再受穷。今天不是一个机会吗？于是船家便告诉祖父："我女儿还没有许配人呢。"说话中船已经到了汉阳。祖父再没有说什么，起身上岸，并掏出了一块大洋付了船钱，说道："莫找了。"一块大洋相当于一百次过河的钱，祖父出手如此阔绰，让船家父女惊喜不已。祖父下船后，往岸上走了几步，回过头来看了看船家的女儿，正好船家的女儿也在打量祖父，四目相对，船家的女儿羞涩地低下了头。祖父对船家说："我下午回来还坐你的船。"船家喜出望外，连忙说道："我一定在这里恭候。"

祖父办完事回到渡口，船家果然在岸边等候，但他的女儿已经回家了。船家猜想祖父会有什么话对他说，女儿在场不方便，便打发她回家了。船家把祖父送到汉口后，祖父请船家上岸喝茶。船家系好了船，又托一个熟人照看，就跟着祖父上岸了。祖父在茶馆要了一个包间，与船家边喝茶边聊天。船家不知祖父要对他说什么，也不好多问。喝了一通茶后，祖父问船家："你们家除了你女儿外还有哪些人？"船家说："我堂客死了好几年了，您在船上见到的是我大女儿，她下面还有一个妹妹一个弟弟。"祖父问："你就靠划船摆渡维持全家生活？"船家说："种了几亩田，有时也打点鱼。日子过得很苦呀！"祖父用同情的语调说："你们真是不容易呀！"船家猜想这位财主大概要说正事了，便尖起耳朵想听他说什么，但祖父没有再谈别的事，只是端起茶碗喝茶。船家不知这位财主葫芦里卖的什么药，满心疑惑，但不好说什么，只得也端起茶碗来喝茶。临别时，祖父说："俗话说，同船过渡五百年修，今天你把我从汉口送到汉阳，又从汉阳把我送回汉口，那就不止修了五百年了。这样说起来，我们能够认识就是一种缘分。明天中午我请你们全家在四季美吃饭，望能赏光。"四季美是汉口当时最有名的酒楼，知名度很高，在汉口几乎无人不知。被人邀请到四季美吃饭，是一件很荣耀的事。船家受宠若惊，连忙站起来说："我们这样的人家怎好到那种地方去吃饭，让您破费？"祖父说："请不要客气，就这么定了。明天中午我派人到渡口去接你们。"船家不再推辞，高高兴兴地与祖父告别了。

第二天中午，祖父派人到渡口，雇了四辆黄包车把他们全家拉到了四季美，祖父亲自在门口迎候。船家穿了一件崭新的青布大褂，头戴一顶刚买的瓜皮帽。大女儿穿了一件粉色的花布衫，下穿白布裤，脚上穿着一双绣花鞋，那条油亮油亮的辫子上还插着一朵花。她的妹妹弟弟也都穿上了新衣服。祖父把他们领进了一间豪华包间，并让船家坐上座。祖父此举把船家吓了一大跳，连连拱手推辞说："使不得，使不得！"无奈祖父执意相请，船家只好侧着身子坐下了，显得浑身不自在。在饭桌上，祖父仔细观察船家的大女儿，见她虽然是小户人家出身，常干粗活，但皮肤白皙细嫩，虽然没有受过教育，但举止文雅，很懂规矩。船家见祖父如此关注大女儿，心里明白了八九分。祖父给船家布菜，也给船家的大女儿布菜。船家对大女儿说："赵老板给你布菜，你还不向赵老板敬酒？"他大女儿赶紧站起来，端起酒杯向祖父敬酒，祖父也端起酒杯，高兴地将酒一饮而尽。船家趁机向祖父介绍说："我大女儿从小就能吃苦耐劳，自打她娘走了以后，家里的家务活全是她做，做饭、洗衣、喂猪、养鸡样样都干，我、她自己，还有她妹妹、弟弟穿的衣服都是她做的，田里活她也干，摆渡她也来帮忙，我这女儿可真是里里外外一把手呀！我们这个家离开了她还真不行哟！”船家这番话的弦外之音祖父是听明白了，他微笑着对船家说：“你有这么好的女儿是你的福分呀！”船家的大女儿低着头一句话也不说，只是一小口一小口地吃着菜，时不时对吃相难看的妹妹弟弟轻声地呵斥：“慢点吃！”这一切都给祖父留下了很好的印象。船家以为祖父会有什么重要的话要说，但祖父什么也没有说。吃完饭后，祖父派人雇了四辆黄包车送他们回到了渡口。祖父的这种做法让船家一头雾水，他不明白祖父为什么请他们一家人吃饭，而且给予这么高的礼遇。

后来，祖父派人到船家住的村子暗访，证明船家所说属实。过了几天，祖父派人约船家在茶馆见面，祖父直截了当地提出要娶他大女儿为妾。他对船家说：“不瞒你说，我虽有万贯家财，但没有继承人，我太太不能生育。我想物色一个好人家的姑娘做二房，一直没有碰到合适的。自从见到你的女儿，我觉得她就是我要找的人。她嫁过来以后，我不会让她受委屈的，将来生下一男半女，她就与我太太并肩了。只要我们两家成了亲，我不会看着你们家受穷的。不知你愿意不愿意？”船家原本以为祖父是想为自己的儿子物色媳妇，想不到竟然是自己想娶女儿为妾。船家听了，沉吟了许久，没有表态。其实，对祖父的提议，船家也是有思想准备的，但他不知女儿是什么态度，他不能马上表示同意。他回祖父：“赵老板，让我女儿做小，我怕她不愿意呢。我得回去问问她。”祖父说：“也好，你回去问问你女儿的意见，明天上午我们还在这里见面。”船家回到家里，将祖父想娶她做小的事告诉了女儿，对她说：“赵老板家里有大太太，他的年龄又比你大二十多岁，愿意不愿意，你自己拿主意。”船家的女儿当然不愿意嫁给一个比自己大二十多岁的老男人做小，但是，她清楚她爹的想法，她爹是愿意她嫁给赵老板的。只要她同意嫁过去，他不但能得到一大笔钱财，改变家里的贫穷面貌，而且今后还能凭借赵老板的财力发家致富，全家过上好日子。于是，她说："你明天去告诉赵老板，我同意嫁给他，只是我不能偷偷摸摸地进他们家的门，要明媒正娶。"

第二天，祖父很早就来到了茶馆，等待船家给他带来好消息。过了一会儿，船家笑眯眯地来了。他刚一坐下，祖父就急忙问："你女儿愿意吗？"船家说："我女儿说，只要赵家明媒正娶，她愿意嫁过去。"祖父大喜，连忙说："这没有问题，我很快就请媒人到你家去提亲。"过了几天，祖父请的媒人到船家的家里提亲，接着祖父又派人给船家送去绸缎十匹、金银首饰各十件，外加五百块大洋作为彩礼。又择了个黄道吉日，用花轿把船家女娶了过来，暂时安置在离老宅不远的房子里。此房是租来的，装饰得焕然一新，作为新房。祖父虽然没有完全按照船家女儿的要求把她娶进赵家的门，但婚事也算是办得蛮讲究的，船家女儿也没有什么好说的。祖父向祖母谎称自己出去办货，要离开汉口几天，实则住在新房里。船家女很温顺，善解人意，深得祖父喜爱。两人新婚燕尔，如胶似漆，过得非常幸福。

## 三、生醋意寻死觅活

俗话说"没有不透风的墙"，祖父纳妾之事虽然办得很机密，最后还是被祖母知道了。有一天，家里的用人刘姐上街买菜，看见祖父走进了一条巷子。她寻思，老爷不是到外地办货去了吗，怎么会在这里？于是尾随其后，发现祖父走进了一栋粉刷一新、门上贴着大红"囍"字的房子。过了一会儿，一个小伙子提着一个包袱走过来了，刘姐一看，大吃一惊，这不是店里的小魏吗？小魏经常到家里来与祖父谈事，所以认识。刘姐上前打招呼："小魏，你怎么到这里来了？"小魏见了刘姐，先是一惊，然后装出镇定的样子说："我到这里来办点事。"刘姐说："是找老爷的吧？我刚才看见他进了这栋贴着大红'囍'字的房子。"小魏见瞒不住了，只好对刘姐说："老爷娶了个二房，住在这里呢！你回去后千万莫告诉老板娘。"刘姐获悉了这么大的秘密，连买菜的心思都没有了，急急忙忙往家里赶。

刘姐是祖母从娘家带来的陪房丫头，是祖母的心腹，这样与祖母关系密切的大事，她岂能不说？她回到家里以后，立刻把祖父纳妾的事告诉了祖母："太太，可了不得，家里出了大事了！"祖母大吃一惊，赶紧问："快说，出了什么大事了？"刘姐说："老爷在外面讨了小老婆啦！"便把刚才见到的事，一五一十地说了出来。祖母一听差一点气得闭过气去。她一边拍着桌子，一边大骂道："这个不要脸的老东西，我非跟他拼了不可。那个狐狸精在哪里？你领我去。"站起来就拽着刘姐往外走，刘姐想拦也拦不住。正在这时，祖母的哥哥舅老爷来了。他见祖母大喊大叫，连忙问："妹子，是哪个欺负你啦？"祖母见自己的哥哥来了，就一把眼泪一把鼻涕地哭了起来，一边哭一边说："那个老不死的东西偷着在外边娶了个小老婆，把我瞒得死死的，我要跟他拼了。"祖母让刘姐把刚才看见的情况说了一遍。舅老爷听了没有马上表态，他摸着胡子想了一会儿，然后对祖母说："妹子，你莫着急，听我说。妹夫这样做虽然不对，但生米已经做成了熟饭，你闹也没有用，不如先沉住气，看他怎么说，我们来个后发制人。"祖母哪里知道"后发制人"是什么意思，赶紧问："'后发制人'是什么意思？"舅老爷摸着下巴胡不紧不慢地说："先看他如何表现，要是他还继续隐瞒不说，你就把它捅出来，跟他大闹，闹得越凶越好。然后我出面跟他谈判，务必要确保你在赵家的地位和权利，我会向他提出一些有利于你的条件，我想他不敢不买我的账，他在生意上有些地方还要借重我呢。”舅老爷是做金融生意的，与各钱庄都很熟，而且在好几个钱庄都有股份，只要他说一句话，祖父就休想从钱庄借到钱。舅老爷满嘴的新名词祖母也没有听明白，但舅老爷说的要大闹她是听懂了。

祖母听从了舅老爷“后发制人”的计策，暂时耐心等待，隐忍而不发。过了几天，祖父回家了。小魏没敢将自己在新房前碰到刘姐的事告诉祖父，因此祖父还以为祖母不知道自己纳妾的事。他红光满面、精神焕发地进了家门。他刚在堂屋里坐下，祖母就从房里出来了。她抑制住自己的满腔怒火，慢条斯理地说：“你这些时太累了，人都瘦了。都忙些什么呢?”祖父说：“忙进货呀!”祖母说：“不对，是忙着讨小老婆吧。”祖父听了，一下子愣住了，无言以对。祖父本想以后慢慢地将自己纳妾的事告诉祖母，让她平静地接受这个事实，等船家女生下 男半女后，再将她接进老宅，这样一来，自己为后嗣而纳妾的事也就名正言顺了。他没有想到祖母这么快就知道了，他预感到一场暴风雨即将来临。果然，祖母大哭起来，一边哭一边说：“你还有良心没有？我对你怎么样？我们唐家对你怎么样？你都忘了吗？我刚嫁过来的时候，你不过是一个刚出师的小伙计，靠着我们唐家的帮助，你一步一步地发了家。我与你同甘苦共患难，到了该享福的时候了，你却背着我在外面讨小老婆，你是人吗？你猪狗不如。”祖母这时把藏在身上的剪刀拿了出来，拍在桌子上，大声吼叫：“这日子没法过了，我这就死给你看！”说着，拿起剪刀就要往胸口戳。在一旁的刘姐冲上去抱住了祖母，祖父一把夺下了剪刀，大声喊道：“你这是做什么？有话好好说！”祖母说：“有什么好说的？你把那个狐狸精叫来，让我跟她说，这个家有她无我，有我无她。”祖父说：“我纳妾也是为了后嗣，你要是能为我生下一男半女，我还纳什么妾？你以前不是还劝过我纳妾吗？”祖母说：“这样说起来，你还有了理啦！你为后嗣我不反对，但你不该瞒着我。背着我纳妾就是不行，我不认账，我一定要把这个狐狸精轰走。”祖父一听也急了：“你还讲理不讲理？”祖母说：“我就是不讲理！你要讲理找我哥哥去。”祖父一听祖母提到舅老爷，心里一下子就明白了，祖母这样大吵大闹，一定是舅老爷出的主意。祖父心想，光祖母闹闹自己还勉强可以对付，这位舅老爷可是一个有理不饶人、无理搅三分的主儿，十分难缠。祖父倒不是怕这位舅老爷，自己也没什么短处抓在他手里。自己发家致富主要靠拼搏、奋斗，唐家虽然帮了点忙，但微不足道，并不像祖母所说。况且，唐家当初借给自己的那点启动资金，早就连本带利还清了，自己不欠唐家什么。不过，要平息这场风波，还非得找这位舅老爷不可。

## 四、舅老爷居中调解

祖父为了尽快平息事态，只好请舅老爷出面调停。于是，祖父请舅老爷到四季美喝酒，说有要事相商，舅老爷心知肚明，知道是什么事。祖父等了将近一个小时，舅老爷这才摇摇晃晃地来了，来了以后坐在那里一句话也不说，专等祖父开口。祖父先向他敬酒，然后堆下笑脸说：“大舅哥，今天惊动了您的大驾，实在不好意思。”舅老爷端起酒杯抿了一口酒，然后明知故问：“不知你找我有什么事？说来听听。”祖父只好说：“前不久我在外边纳了一个妾，只不过是为了后嗣着想。令妹如果能为我生下一男半女，我还纳妾干什么？不想令妹为这事大吵大闹，寻死觅活，弄得家里鸡犬不宁。闹得我实在没有办法，才来找您帮忙，我想大舅哥一定有法子摆平这件事。只要令妹接受这个妾，不再吵闹，她提出什么条件，凡是我能办到的，我都接受。”舅老爷说：“妹夫，不是我说你，你也太不把我妹妹放在心上了，纳妾这种大事，应该先跟她商量，怎么能偷偷摸摸地干呢？这不明摆着欺负我妹子软弱，欺负我们唐家无人吗？”祖父见舅老爷一上来就摆出训斥人的架势，心里有些不高兴，但现在是求人家办事，只得无可奈何地说：“岂敢！岂敢！”舅老爷拿起筷子夹菜吃，又端起酒杯喝酒，不再说什么。祖父心里着急，只得低声下气地求他：“大舅哥，您找令妹谈谈吧，算我求您了。”舅老爷摸着下巴胡慢条斯理地说：“俗话说‘清官难断家务事’，说实在的，你们家的那些事我根本就不想管，既然你今天再三求我，我也只好勉为其难了。好吧，我去找我妹子说说，看她是什么意思。”酒足饭饱以后，舅老爷起身告辞。祖父与舅老爷约定，三天后还是在四季美见面。

三天后，舅老爷摇摇晃晃地来到四季美，与在那里等候的祖父见了面。两人坐下先喝酒吃菜。酒过三巡以后，舅老爷从兜里掏出一张纸，上面写着祖母提出的几个条件，递给祖父，说：“妹子提出的条件，我把它归纳成几条，写成了协议书，你如果同意，就在上面签个字。”祖父接过协议书一看，只见上面写着：“一、签字人必须正式向唐氏承认错误。二、签字人必须拿出五百块大洋交给唐氏作为私房钱，如何处置，签字人不得过问。三、签字人所纳之妾进入老宅后，必须与用人一起干家务活，不得养尊处优。四、签字人只能每逢初一、十五才能进妾的房间。五、唐氏有权根据妾的表现对其进行处罚或决定其去留，签字人不得干预。”祖父看完协议，气得火冒三丈。这哪里是什么协议？这简直是城下之盟，是投降书。尤其是第四条和第五条，更是叫人无法接受。祖父将协议书递给舅老爷，气冲冲地说：“这个协议太苛刻了，我没法签字。”舅老爷一听，板起脸说：“既然这样，就没有什么好谈的了。”站起身拂袖而去。

祖父拒签协议以后，祖母天天在家里大吵大闹，弄得全家不得安宁，祖父只好躲了出去。后来，又有几个不三不四的人，经常趁祖父不在时跑到新房去找船家女的麻烦，弄得船家女非常害怕，吵着要回娘家。接着，祖父生意上又出现了问题，原来说好了借钱给祖父的钱庄，借口资金紧张不借了，祖父正等着这笔钱进一批棉纱，祖父只好亲自登门，说了很多好话也没有用。过了几天，给祖父商铺供货的棉纱公司因祖父资金没到位而停止供货。发生了这一连串的事，弄得祖父焦头烂额。后来祖父悟出了这一切都是舅老爷搞的鬼。无奈之下，只好向舅老爷举起了白旗，在协议书上签了字，舅老爷大获全胜。

由于祖父履行了协议的内容，船家女被正式立为二房，有了名分，并且进入了赵家老宅。二房住进老宅后，开始时与用人一起干活，洗衣、做饭样样都干。每天早晨还要伺候祖父、祖母洗脸刷牙，给祖父、祖母铺床叠被，晚上要伺候祖父、祖母洗脚，十分小心谨慎，谦卑恭顺。不久，二房怀孕了，祖父非常高兴，不再让她干粗活杂活了，让她专心保胎，还派一个女用人专门伺候她。祖母虽然表面上没有说什么，心里却酸溜溜的。第二年，二房生下一个儿子。祖父有了自己的亲生儿子，简直是欣喜若狂。儿子过满月时，祖父大摆筵席，请来了很多亲朋好友，热热闹闹地庆祝了一番。酒席进行中间，祖父让二房抱着儿子出来与宾客见面，让二房着实风光了一番。由于生了儿子，加上祖父的宠爱，二房在赵家的地位迅速上升。祖父让下人叫祖母为“大太”，叫二房为“二太”。

祖父也打破了只有初一、十五才能进二房房间住宿的戒律，经常在她房里留宿，把祖母冷落在一边。祖母虽然恨得咬牙切齿，但也无可奈何。

二房的肚子还真争气，又连生了一女两男。所谓“母以子贵”，二房有了这些本钱，她在赵家的地位大大提高，再也不像以前那样低声下气了。由于祖父的宠幸和呵护，居然与祖母平起平坐了，见了祖母不但不像以前那样低眉顺眼，而且还敢顶撞，有时竟敢与祖母对骂。有一次，祖父的商铺里进了一批质量花色都很不错的绸缎，祖父就拿回家两匹，给祖母和二房各一匹，让她们找裁缝做几身新衣服，剩下来的做被面。这本来是一件好事，但祖母却不高兴了。她把分给她的那匹绸缎摔在祖父面前，说：“她凭什么跟我平起平坐？这两匹你都给那个贱货吧，我不要了！”接着就跟祖父吵了起来，又把二房骂了个狗血喷头，左一个“贱货”，右一个“狐狸精”，没完没了。要是在以前，二房只得忍气吞声，可现在不同了，她腰杆子硬了。她从房里蹿了出来，两手叉腰，气势汹汹地与祖母大声吵了起来：“哪个是贱货？今天当着老爷的面说清楚。”祖母还没有见过二房如此顶撞自己，不禁火冒三丈，指着二房的鼻子大骂：“你就是贱货！你们一家子都是贱货！”二房也不示弱，与祖母对骂起来：“我是贱货，可我给赵家生了传宗接代的儿子；你尊贵，你怎么没有给赵家生下一男半女？你不过是一只不会下蛋的老母鸡！”祖父在一旁呵斥二房：“闭嘴！胡说什么？”祖母听见二房竟然敢骂自己是“鸡”，气得浑身发抖，她大吼着扑了过去，一把揪住二房的头发，大骂道：“你这个贱货，你吃了豹子胆啦，居然敢骂我是鸡。我今天非撕烂你的嘴不可！”祖父赶紧上前将二人拉开，大吼了一声：“莫吵了！”见祖父发了火，二房不敢再说什么，回到自己房里去了。可是，祖母还在那里骂骂咧咧，不依不饶。祖父将祖母拉回房里，低声劝说："她骂你是鸡固然不对，那你骂她是贱货就对啦？你不光骂她是贱货，还骂她一家子都是贱货，岂有此理嘛！她爹划船、种田，靠着自己的劳力养活一家人，怎么就贱啦？为了一点衣料就大吵大闹，值吗？不光有失自己的身份，还让下人们看笑话。我明天再拿一匹绸缎给你，总行了吧？"祖母见祖父如此说，也就安静下来不再闹了。晚上，祖父到二房屋里，将二房好一通批评："你也太不像话了，怎么能骂她是鸡呢？'鸡'是什么，难道你不懂吗？太没有分寸了嘛！以后不许再闹了。"祖父批评完了，又将二房安抚了一番，答应再给她打一个金戒指。事态就这样平息了。后来，祖母跟二房又因为别的事情吵了几次，祖母气得跟祖父大吵大闹，祖父每到这时就躲了出去，不管了。祖母又向自己的哥哥求助，但也无济于事，舅老爷不想再插手妹妹的事了。他对祖母说："你们家那些破事我管不了，谁让你肚子不争气呢？"舅老爷的话把祖母气了个半死。后来，祖父在离老宅不远的徽州巷买了一栋房子，让二房一家搬过去住。从此，祖母与二房各住各的，根本见不着面，也就吵不起来了。

# 第二章 关山万里

## 一、战事起撤离武汉

一九三七年七月七日，全面抗战爆发。由于中国国民革命军(后文简称“国军”) 节节败退，武汉吃紧。一九三八年，在武汉的政府机关和军事单位纷纷撤离。这年九月，父亲所在的单位也奉命西撤。于是祖父与父母商量，是父母两人走还是带着孩子一起走？祖父主张父母两人走，把孩子留在武汉。祖父说：“你们这一走，一定会遇到很多凶险，孩子大的大小的小，你们带在身边照顾得过来吗？万一有个闪失，可怎么办？不如把孩子留下来由我们照管，你们随机关走也可省不少麻烦。你们放心，孩子留下来是绝对安全的，日本人就是来了，总不会跟小孩过不去吧！”父亲说：“您二老这么大年纪了，我们不能在身边尽孝，已经是很不应该了，怎么能再让孩子拖累二老呢？再说，武汉保卫战马上要打响，二老的安全也让我们担心，战局紧张时，二老待在汉口是很危险的，应该到乡下去避难，带着这么多孩子怎么行？”祖父母与父母商量了半天，最后决定，父母带着大哥、二哥、我和四弟随机关西撤，把姐姐留在武汉，因为带着女孩逃难不方便，况且母亲还有身孕，孩子太多她也照顾不过来。那一年，我才四岁，四弟刚一岁。

临走的那一天，天气阴沉沉的。那是一个生离死别的早晨，家里哭声震天。祖母拽着父亲号啕大哭:“儿呀！你走了我靠哪个呀！”姐姐抱着母亲哭喊着：“妈呀！不要扔下我，我要跟你们一起走！”母亲这时也是心如刀绞，哭着哄姐姐：“儿呀，你先跟爷爷、大太一起过吧，我们很快就会回来的。”一会儿，单位派来接我们的汽车到了，父母只好哭着向祖父母告别，拿着行李，领着我们登上了汽车。汽车启动了，缓缓驶离家门，带着家里送行的人的哭声渐行渐远。我们扭头向家门望去，只见祖父领着祖母、姐姐一直在大门口向汽车远去的方向凝望，不肯离去。汽车拐出了九如巷，老宅和亲人看不见了，父母抑制不住远离亲人和故土的凄凉和痛苦，不禁泪如雨下，我们也跟着哭了起来。武汉一别，我们前途未卜，生死难料，而留在武汉的亲人又不知会遇到什么灾祸。别了，亲人，别了，九如巷，我们何时才能再见面？

父亲所在的单位是负责国军后勤保障的库房，库房不是仓库，而是一个军事单位，在此供职的员工大约有一百多人，还有一个连的士兵负责警卫。负总责的是总库，总库下面分设四个分库。总库有总库长，分库有分库长。父亲当时是总库的军需官，负责管理财务和物资，职位相当重要。总库长姓张，是个少将。单位是军事编制，总库是师级，分库是团级，人员大部分是军人，军衔最高的是少将，少将下面就是中校。也就是说，父亲的级别仅次于总库长。各分库的分库长都是少校，其他军官都是尉级或士官，还有一部分文职人员。父亲在单位是二号人物，手中掌握了单位的部分权力。

汽车开到了江汉关码头，单位的人领着我们登上了一艘大型客轮。客轮沿江而上，到达岳阳后，我们弃船登岸，乘坐军用卡车沿着一条破破烂烂的公路前往常德。到了常德，我们住进了一家旅店。我们到了常德不久，传来了日军攻占了武汉的消息。父母担心留在武汉的家人的安全，非常着急。父亲赶紧给祖父发电报，询问情况。祖父很快回电说，武汉保卫战基本上是在武汉外围打的，市区没有遭到很大的破坏，老宅和家人都平安无事，父母这才放了心。因武汉失守，长沙告急，单位的最高领导总库长已经带着部分人员先行去了贵阳，为单位撤到贵阳做准备。因为军用物资和押运人员尚在转运途中，总库长命令父亲留在常德负责联系和调度。就在我们停留常德期间，母亲生下了五弟。父亲当时非常忙，几乎没有时间在家，照顾母亲的任务就落到了大哥、二哥和我身上。

五弟一生下来就很结实，胖乎乎的，不爱哭也不爱闹，我们都很喜欢他。五弟的出生给我们这个家带来了无穷的快乐，母亲忙家务时，大哥、二哥和我就轮流照看他。大哥总是用母亲做的布兜将五弟背在背上，由二哥和我在后面护卫着一起出去玩。五弟很乖，老睁着眼睛到处看，好像对这个世界很感兴趣。父亲下班以后，第一件事就是把五弟抱在怀里亲个没完，哄他逗他，不肯撒手。等母亲冲好了炼乳，五弟就闹着要找母亲，因为他饿了，要吃奶。母亲给五弟喂奶时，父亲就过来帮忙，我们也都过来看五弟吃奶。这时，一家人以五弟为中心坐在一起，有说有笑，充满了欢乐的气氛，这是全家最快乐的时刻。到了这一年的十月底，父亲在常德的工作结束，我们踏上了去贵阳的征途。离开常德后，经桃源、沅陵一直往西走，到达辰溪后，因连日大雨，只得停下来休整。第二天，父亲接到了总库长从贵阳发来的电报，称战事有了转机，让所有人员、物资暂停西撤，原地待命。父亲接到这个电报以后，按总库长的命令作了部署。已经到达了辰溪的人员和物资很快得到了妥善安置，尚滞留在桃源、沅陵的物资暂不西运，滞留的人员原地驻扎待命。

正在这时，不幸的事降临到我家，五弟生病了。那是一个大雨倾盆的深夜，五弟突然发起了高烧，哭闹不止。父母立即抱着他到附近的医院就诊。医生检查了以后，说五弟得了感冒，于是给他打针、吃药。父母听医生说五弟得了感冒，也就放心了。到了半夜，五弟不仅高烧不退，而且开始憋气。父母害怕了，赶忙抱着他到另一家稍大一点的医院去诊治。医生通过透视检查，发现五弟肺部有大面积阴影。医生告诉父母："这孩子得了急性肺炎。"父母急忙问医生："那怎么办？"医生说："盘尼西林（青霉素）是治这种病的特效药，但医院没有，市面上也没有卖的。你们如果能搞到盘尼西林，孩子就有救了。"父亲说："连你们医院都没有，我们到哪里去弄这种药？"医生看了看父亲，见父亲穿着军服，佩戴着中校军衔的肩章，就对父亲说："你是军官，难道就没有办法吗？"母亲听医生说必须弄到盘尼西林才能救五弟的命，而盘尼西林又买不到，急得直哭："怎么办？怎么办？"父亲知道，库里是有几箱盘尼西林，还是在武汉时他自己进的货，当时买盘尼西林很麻烦，经过几番周折，后来是拿着国防部的批文去买到的。盘尼西林奇缺，是重要的战略物资，在库里，必须经总库长批准才能拿到。再说，药品类物资现在还滞留在桃源，即使总库长批准了，药也不能马上拿到，远水解不了近渴。父亲把这个情况告诉了母亲。母亲得知库里就有盘尼西林，就对父亲说："赶快给总库长发报，他不会见死不救的！"父亲决定一试。他请医生采取措施先稳住五弟的病情，自己马上就去搞盘尼西林。医生只好给五弟注射普通的消炎针，试图稳住病情。父亲给总库长发了加急电报。总库长很快回电说，同意批给盘尼西林一盒（十支），已通知管药品的部门立刻发给，并用专车迅速送达。接到总库长的电报以后，父母悬着的心总算放下来了。

第一天，五弟的病情还算稳定，到了第二天，病情突然加重了。他开始昏迷，闭着眼睛，急剧地抽搐。母亲急得直哭，赶紧叫医生。医生过来一看，说："你们弄的盘尼西林怎么还不送来？孩子快不行了。"父亲说："正在赶来的路上，很快就到，请医生再想一想办法，挽救孩子的生命。"医生立即采取抢救措施，并给五弟打了一针强心针。立刻，五弟的症状似乎减轻了，眼睛也睁开了。母亲惊喜地抱起五弟，一边亲一边说："儿呀！你可吓死我们了。"但没有过多久，强心针的药效过了，五弟又慢慢闭上了眼睛。医生说："盘尼西林如果再不送到，我们也没有办法了。"父母这时非常着急，但束手无策。五弟生命垂危，就等着盘尼西林救命，可是盘尼西林就是送不到。父亲心想，按照常情，从桃源开车过来，最多只需要几个小时，为什么盘尼西林就是送不到呢？难道管药品的部门没有收到总库长的电报？难道桃源那边出了什么意外？

事后得知，送药的车在收到总库长的电报以后就立即出发了，可是过了沅陵以后，因为车多人多，又碰上大雨，被堵在了沅陵与辰溪之间的公路上，动弹不得。母亲抱着五弟，向医生哀求："我求你们救救孩子！救救孩子！盘尼西林马上就会送到的。"医生只好给五弟打了第二针强心针。第二针强心针打下去以后，五弟又睁开了眼睛，他看了看母亲，又看了看大家，似乎很留恋这个世界，不愿离去。过了一会，他的眼睛又闭上了。母亲哭喊着五弟，要求医生再打强心针。医生说："打强心针没有用了。"母亲说："求求你们！求求你们！你们不能见死不救呀！"医生无奈，只好给五弟打了第三针强心针。母亲明知强心针只能延缓死亡，并不能挽救生命，但她不甘心五弟就这样离开人世，她只想用这种方法尽量延长五弟的生命，哪怕只有一个小时、几分钟也好。她想，万一这时盘尼西林送到了，孩子不是就有救了吗？她让父亲到医院门口去，看看盘尼西林到了没有，如果到了，赶紧拿进来救孩子的命。然而，第三针强心针打下去以后，却没有任何效果。最终，五弟在母亲的怀里停止了呼吸，永远闭上了眼睛，一个鲜活的生命就这样被病魔夺走了。母亲悲痛欲绝，我们也围着母亲哭了起来。正在这时，父亲喜滋滋地从外面捧着盘尼西林跑了进来，一边跑一边喊：“盘尼西林来了！盘尼西林来了！孩子有救了！”但是，当他看到了眼前的景象时，一下子惊呆了：“孩子怎么啦？孩子怎么啦？”医生说：“孩子死了，我们已经尽力了。你这个救命药来得太晚啦！”医生的话犹如一个晴天霹雳，将父亲打蒙了，他哆嗦了一下，手里的盘尼西林掉到了地上，摔了个粉碎。医生从地上捡起了只剩下盘尼西林针剂玻璃碎片的药盒，摇着头说：“可惜，可惜，这可是救命药呀！”

五弟孤零零地埋葬在湖南辰溪的荒郊野外，没有坟头，也没有墓碑。埋葬前，母亲哭着给他穿戴好自己做的小衣服、绣花帽、虎头鞋，让他舒舒服服地躺在小棺材里，又把平日的玩具一样一样地搁在他的身边，仿佛要送他到另一个地方。当父亲雇的一个当地的老乡将小棺材扛走的时候，我们簇拥着母亲送出大门外。只有父亲跟着扛棺人到五弟埋葬的地方，母亲执意要去，想看一看五弟埋在什么地方，被我们死死拽住不让去。我们一直看着父亲和扛棺人离去的背影渐行渐远，最后消失在茫茫的夜幕中。五弟就像天上的一颗流星，他匆匆降生，又匆匆离去。流星划过夜空时，留下的是一道光芒，而五弟在这个世界上一闪而过，给我们留下的却是永恒的思念。他的降生，给全家带来了无尽的欢乐，他的离去，却给全家带来了巨大的悲痛。与五弟有关的东西现在都已经淡忘了，唯有盘尼西林却让我永远不能忘怀。盘尼西林在现在是一种再普通不过的西药，而在当时，五弟却因为它的稀缺而送了命，就因为五弟的死，在我幼小的心灵里深深记住了盘尼西林这个药名，这也是我知道最早的一种西药名。

## 二、经荒野湘西绝粮

不久，滞留在湖南原地待命的人员接到到贵阳集结的命令，于是，我们又上路了。在撤往贵阳的路上，可以说是历尽了千辛万苦。由于战局不利，败退的军队和逃难的老百姓混在一起，造成了交通拥堵，秩序混乱。一路上停停走走，前进的速度很慢。如果碰上日本飞机来轰炸，还要疏散隐蔽。当时没有预警信号，日机何时来根本不知道。有时正在行进中，日机突然降临，大家就拼命向公路两侧的树林或山坡跑去，如果来不及，就只得就地趴下，弄得十分狼狈。到了城市，有了预警信号就好多了。但我们经过的地方大都是小城市，没有防空警报器，而是用不同颜色的灯笼来发布信息。灯笼有红、绿两种颜色。挂灯笼的高杆都竖立在城市的高敞处，让大家都能看见。在高杆上挂出一个红灯笼是预备警报，挂出两个红灯笼是警报，挂出三个红灯笼是紧急警报。如果看见高杆上挂出了一个红灯笼，那就是防空部门告诉你，日本飞机要来了，就得马上进防空洞。通常会有一些戴着红袖箍的防空人员一边敲锣一边喊："鬼子的飞机就要来啰！快进防空洞啰！"大家听见喊声就纷纷带着细软，扶老携幼走出家门，钻进防空洞。顿时，大街上空无一人，变得十分冷清。每到这时，我们也跟着大家进入防空洞。防空洞里一片漆黑，空气污浊、稀薄，令人窒息。如果看见高杆上挂出绿灯笼，就是警报解除了。这时，戴红袖箍的防空人员又一边敲锣一边喊："鬼子飞机走啰！解除警报啰！"听见喊声，大家纷纷从防空洞里钻了出来，大街上又热闹起来了。到大街上去看灯笼、听锣声就成了大哥、二哥和我的任务。

我们坐在载有军用物资的卡车上一路西行，越往西走越荒凉，有时一连几天看不见人烟。日本飞机倒是不来骚扰了，但是大家的吃住却成了问题。周围没有集镇，到哪里去住？周围没有人烟，到哪里去搞吃的？没有住的地方问题还不太大，可以找地方搭帐篷休息，没有吃的可就是大问题了。从辰溪出发时，大家都购买了一些食物，以备路途之急需，我们家也准备了一些大饼。可是由于对西行途中可能会遇到的困难估计不足，没有储备足够的食品，因此到了湘西以后，大家就断粮了。父亲很着急，在这荒野之地，根本就无法搞到吃的。大家饥肠辘辘，整天围着父亲，请他想办法。父亲感到责任重大，万一在途中饿死几个人，自己没法向总库长交代。在荒原行进的第四天夜里，大家又累又饿，已经有几个人晕过去了。父亲命令车队停止前进，与几个部门的领导商量解决办法，但是，商量到后半夜也没有想出办法。

俗话说，天无绝人之路，正在这一筹莫展之时，父亲突然看见前方影影绰绰有一队人马缓缓向这边走来。负责保护物资安全的警卫连韩连长警觉了起来，他对父亲说："长官，前面过来的这队人马恐怕是土匪，怎么办？"父亲说："不要慌，作好战斗准备！"警卫连的士兵都子弹上膛，严阵以待。那队人马越走越近，但因天色昏暗，看不清是什么人。父亲对韩连长说："立刻让他们停下来。"韩连长上前大声喊话："前面的队伍听着，立刻停下来，不要再往前走了！"这队人听见喊话，立刻停了下来。他们看见士兵端着枪对着自己，很害怕。队伍中走出一个人来，看起来像是这队人马的头领，他大声喊："不要开枪！不要开枪！"韩连长问："你们是什么人？"对方回答："我们是马帮。"原来，这是一队由侗族人组成的马帮，一共有四十多人，二十多匹马。马背上驮着药材、茶叶、烟叶、兽皮、苎麻、桐油、猪肉、粮食等物资到内地去交易。问明了情况以后，父亲大喜，立刻找到了马帮的头领跟他商量："我们的人已经几天没有吃东西了，你们能不能卖一些粮食和猪肉给我们?”头领说:“我们的粮食和猪肉驮到内地去就是要卖的,卖给你们也是卖,有啥不能卖的?不过价钱方面你们不能亏待我们哟!”父亲说:“这没有问题。”于是父亲从马帮手里买了二百斤粮食、十斤猪肉。马帮还额外送了一些青菜、萝卜。

警卫连炊事班拿来了行军锅及各种炊具,马上埋锅造饭、炒菜炖肉,荒原上飘起了一股诱人的饭菜的香气。不一会儿,饭菜做好了。大家拿着餐具围坐在一起,炊事班开始分菜分饭,不够吃的还可以再添。大家边吃边笑,几天的愁闷一扫而光。这时,一轮红日冉冉升起,将荒原上的层林染成了金黄色,形形色色的怪石、野花,仿佛有神仙点化,一下子都冒了出来,令人目不暇接。悠悠的彩云在天际缓缓飘移,渐渐形成了一条五彩缤纷、变幻无穷的彩带。往西望去,弯弯曲曲的公路一直通向远方的群山,那将是我们要去的方向。大家吃饱了肚子,三三两两在荒原上散步,心情好极了。大哥带着我们去采野花、捡怪石,忙得不亦乐乎。偶尔,会有几个西逃的难民从我们旁边经过。我们很奇怪,为什么这条公路上看不到大批的西逃难民?后来父亲告诉我们,大批难民从另一条路到四川去了。经过短暂休整,我们上了车,车队又出发了,一直向远方的群山驶去。一片乌云在群山间涌动,变幻成各种形状,一会儿像挺拔的高山,一会儿像狰狞的怪兽,一会儿又像汹涌的浪涛。前面迎接我们的,又将是怎样的艰难险阻呢?我们无法预测,也难以想象。

我们的车队穿过了湘西的崇山峻岭,于一九三九年夏进入了贵州。贵州多山,多雨,贫瘠。有一句俗语这样描绘贵州:“地无三尺平,天无三日晴,人无三分银。”我们刚进入贵州就碰上了霖雨天气,车队无法顺利前进,只好走走停停。后来又遇上大雨,为了避雨,车队在一个寨子停了下来。这是一个苗寨,很大。看见车队停下，苗民打着伞、穿着蓑衣蜂拥而上，向我们兜售商品。男苗民穿着黑布衣服，戴着黑布头巾；女苗民都穿着花布衣服，戴着银头饰、银项圈。经父亲与寨子里的头人商量以后，我们从车上下来，分别到苗民家里休息、吃饭、住宿。苗民见我们是军队的人，不敢怠慢，纷纷把最好的房间腾出来让我们住，做了很多好吃的东西给我们吃，招待得十分周到。我们在苗寨一连住了三天，三天后，天放晴了，我们离开了苗寨继续西行。为了感谢苗民的盛情款待，我们支付了优厚的饭费和房费，并以高于市场的价格向苗民购买了一些食品和日用货品，以备路上之急需。

我们经过的地方，都是穷乡僻壤，人烟稀少。贵州的公路路况很糟，几乎没有平坦的路面。由于贵州属于高原地区，地势起伏很大，因此公路随着地势时高时低，而且弯弯曲曲，拐来拐去，一不小心就容易翻车。有些公路在半山上，汽车在这样的路上行驶，更是险象环生。我记得有一个叫“二十四道拐”的地方，就是事故多发地。我们坐在车上提心吊胆，往车外一看，一边是高山，一边是悬崖，汽车在蜿蜒的公路上行驶，随时都有翻车的危险。司机发话了：“这里是二十四道拐，经常出车祸，大家可要注意啦！”司机是库房在当地招募的，对这一带很熟悉。他一只手把着方向盘，另一只手指指点点，告诉我们什么地段最危险，什么地段翻过车。他神情自若，一点也不紧张，可是我们都为他捏一把汗。汽车拐来拐去，拐了二十四个弯，终于开出了这个危险地段，我们悬着的心总算放下来了。经过十多天的艰难行驶，我们一路上可以说是有惊无险，终于平安地到达了总库在贵阳的基地，与总库长率领的先头部队会合了。父亲向总库长汇报了一路的经过，将湘西绝粮、苗寨避雨的事作了重点汇报。总库长听完了汇报以后说：“你们辛苦了。一路上你处理问题很妥当，你能平安地把人员和物资带回基地，很不简单，我要向上级为你请功。”总库长还问起了五弟的事，父亲把抢救的情况和送盘尼西林的车因大雨被堵在半路上的事说了一遍，并向总库长表示感谢。总库长皱着眉头说：“怎么会这样？真是天公不作美呀！老赵，节哀顺变吧！”

## 三、乡民怨怒闯基地

我们到达贵阳后，很快就安顿好了，所有人员都住在基地里。基地原先是一个旧兵营，离市区很远，房子也很旧，大部分是平房。兵营后面有一栋两层楼的小楼房，楼上楼下一共有五六间房，是原来的军官宿舍，条件较好。我们一家就被安排住在楼下，总库长和夫人住在楼上，平时办公也在这栋楼里。基地外面不远处有一个集镇，每逢赶集的日子，四乡的农民都来赶集，很是热闹。特别是库房驻扎在这里以后，前来赶集的老乡就更多了。碰上赶集，母亲就带着我们到集市上去逛，买回一些生活用品，库里的人来赶集的也很多。

有一天，一个头上缠着白布的老乡在很多人的簇拥下气势汹汹地闯进了基地，哨兵拦也拦不住。哨兵找来了韩连长。韩连长问：“你们是什么人？胆敢擅闯军事重地，你们想要干吗？”头缠白布的老乡说：“我要找你们的最高长官。”韩连长问：“你找最高长官有什么事？”老乡说：“你们的士兵买东西不给钱，还打我，把我的头都打破了。”韩连长听了，觉得事情非同小可，便立即报告了总库长。

总库长让闯进基地的老乡都在外面等着，单独接见了被打的老乡，问明了情况。他对老乡说：“这件事我们会严肃处理的。那个打你的士兵你认得吗？”老乡说：“认得。”总库长说：“那好，你也到外面去等着。”总库长立刻命令紧急集合。总库全体人员站好队以后，总库长让被打的老乡到队伍前来指认。老乡立刻就认出了那个打他的人，他指着警卫连的一个排长说：“就是他！”总库长指着这个排长命令道：“出列！”这个排长向前走了两步，脸都吓白了。总库长问他：“你为什么买东西不给钱，还要打人？”这个排长低下头说：“我错了！”总库长勃然大怒，伸手给了他一大耳光，骂道：“混账东西，错了就完了？你违反军纪，军法难容！”转过头向韩连长命令道：“拉下去，重责二十军棍，以儆效尤。”韩连长向总库长敬了一个军礼，说道：“是！”立刻派人把那个排长拖下去了。行刑时，总库长命令库房所有人员列队观看，也让所有闯进基地的老乡在一旁观看。母亲不让我们去看，但我们还是偷偷地去了。

只见行刑者让那个排长趴在一条长凳上，用绳子捆住手脚，然后两个行刑者轮流挥动军棍使劲地打，被打的排长疼得“哎哟！哎哟！”地乱叫，不断求饶。总库长在一旁监刑，一直不动声色。旁观者没有一人敢出来求情。等打够了棍数，这个排长已经被打得皮开肉绽，动弹不得，由几个士兵抬回营房，敷药治伤。总库长又代那个打人的排长向被打的老乡付了商品钱，并赔了医疗费，然后亲自把老乡送出了基地。库房是军事单位，责打下属和士兵的事经常发生，简直就是家常便饭。警卫连的士兵、库里的员工，有不少人挨过军棍，就连总库长的司机也被打过。听说，总库长打了自己的司机后，又亲自送药给他疗伤，他对司机说：“我打你也是不得已，没有纪律，这个队伍不好带呀！你应该体谅我。”并偷偷塞给他一笔钱。司机虽然挨了打，但额外得了一笔钱，对总库长不但不怨恨，反而感激涕零。总库长这么做有他的考虑，因为司机可不是一般人，如果不把他安抚好，自己可能会遭到他的报复，他只要制造一个车祸，自己就有可能受伤甚至会送命。

在贵阳停留了几个月，父亲的单位奉命离开贵阳前往昆明。这次前往昆明，仍然是总库长先行。他带领一部分人先到昆明作安排，让父亲留在贵阳负责采购给养、组织人员撤离和物资转运。这次撤离与上次由武汉撤退到湖南大不相同，上次是仓皇逃跑，各种物资、车辆都准备不足，加上与众多逃难的老百姓混在一起，形成了一支溃逃大军，造成了撤退途中的种种困难。这次是有序转移，经过较长时间的休整，大伙的情绪都稳定下来了。领导部门对如何后撤、行走路线等也有了明确的规划和周到的安排。加上上级单位给库房增拨了大批物资、装备和十多辆军用卡车，状况大为改观了。我们离开贵阳时，都坐着新的军用卡车，浩浩荡荡向昆明进发。

一九三九年末，我们的车队离开贵阳向西进发，经过十多天长途跋涉，终于穿过了云贵高原，进入了云南。由于有了湘西绝粮的教训，我们准备了充足的粮食、蔬菜和肉类。因此，我们途经之处虽然多是没有人烟的荒山野岭，但可以自己埋锅造饭，再也没有挨饿。好不容易到了曲靖，离目的地昆明已经不远了，父亲突然接到了总库长发来的电报，说情况有变，他已经去了保山，让所有人员到达昆明后不要停留，继续西进，赶到边境城市保山驻扎。我们到达昆明后，只在郊外略作停留，补充给养，然后又上路了。经过长时间行军，再加上汽车的颠簸，大家都很疲劳，很想在昆明休息几天，但军令如山，大家只得拖着疲惫的身子爬上军用卡车，继续前进。经过三四天的颠簸，车队终于到达了保山。

## 四、往西撤保山落脚

保山是一座小县城，大概有五六万人。随着西撤部队及大批难民的到来，才渐渐热闹了起来。我们驻扎在一个临时基地里，大部分人员都住在基地的破房子里，只有总库长一家、我们一家和几个带有家眷的军官住在基地旁的镇子里。这个镇子很大，不仅有不少商铺，而且还有一所私塾。当时无学校可上，父母怕耽误了我们的学业，便把我们送进这所私塾上学。到私塾上学之前，父亲带着我们到私塾去拜见老师。老师是一位姓王的老学究，能背很多古书，写得一手好字。据说他是前清的秀才，因科举考试失利，心灰意冷，从此不再追求功名，就在本地的私塾教书，挣得一点束脩，聊以糊口。他留着长辫，蓄着八字胡，头戴瓜皮帽，身穿长袍马褂，戴着一副深度近视眼镜，完全是前清的打扮。他在一间小屋子里热情地接见了我们。屋里正面墙上，挂着孔老夫子的画像，中间有一把太师椅，他就坐在太师椅上。父亲叫我们拜见老师，我们就恭恭敬敬冲他磕了三个头。父亲说："王老先生是当今宿儒，学识渊博，满腹经纶，在下仰慕已久，今天携犬子前来，拜在您门下，还望先生收留。他们要是不听教诲，您就严加管教，不要客气。"王老先生说："老朽乡野之人，才疏学浅，承蒙赵先生看得起，将三位公子送来学习，实在令老朽不胜惶恐，只怕不能如先生之愿，误了三位公子的前程。"父亲说："王老先生说哪里话来，犬子能拜在先生门下，是他们的荣幸，请先生不要再谦虚了。"说完，将一沓钞票塞到了他手里，他也就不再说什么了。拜师礼行完之后，王老先生给我们发了教材，又给我们分配了座位，并交代了私塾的规矩，就让我们跟着父亲回家了。

第二天早上，父亲要到基地去上班，就由大哥带着二哥和我到私塾上学。私塾设在一个祠堂里，祠堂坐落在一座小山的山麓，门前有一个大水塘，屋后是一大片竹林，两旁有很多常青的松柏。祠堂正中的大厅堂就是私塾的教室，所有的孩子都在这里上课，不分班级。我们一走进教室，王老先生就对全体同学说："今天有几个新同学到我们这里来学习，大家表示欢迎。"所有的孩子都鼓起掌来。我们向王老先生鞠躬，又向全体同学鞠躬，然后到自己的座位上坐下。接下来就是王老先生讲课，但是他讲课的方法很奇特，就是领着大家背书，先是领着大家诵读，他读一句，孩子们跟着读一句。然后要求大家自己诵读，直到读熟为止。在孩子们诵读时，王老先生自己也拿着一本书诵读，他摇头晃脑，读得很是入神。接下来就是让大家背诵，如果背不上来，就要打手心。教室里经常听到"啪！啪！啪！"的声音，这是背不上书的孩子在挨板子。不过，王老学究对我们这几个"插班生"却很客气，从来没有打过我们。对我更是格外优待，因为我在班上年龄最小。每当我背不上来时，他就将我抱起来在教室里转圈，一边走一边说："好娃子，想想！想想！"当我在他的提示下背了出来时，他就满面笑容，十分高兴，连连说："聪明的娃子！聪明的娃子！"我们读的书有《百家姓》《三字经》《四书》《五经》等，但书里讲的是什么意思，一直不懂。有时候去问他，他就说："读书百遍，其义自见。你们只要认真读认真背，书中的意思慢慢就会明白的。"这位老学究的教法，岂不误人子弟？将文章读熟了，会背了，就能知道文章的意思，岂不荒唐？

除了读书、背书外，还要习字。我们每天要临帖，写大字一张，小字四行，交给老学究批阅。老学究批阅得很认真，写得好的字，他都要用红笔在字旁画一个圈，写得特别好的要画两个甚至三个圈。每次发作业时，我们都很兴奋，要比一比谁得的红圈最多。当然，得红圈最多的总是大哥，最少的总是我。据老学生讲，老学究在一定的时候也会开讲，所谓"开讲"，就是讲解文章的意思。但是，直到我们离开私塾，也没有等来开讲，这不能不说是一件令人遗憾的事。

保山地处云南西陲，交通很不发达。老乡憨厚朴实，民风却保守而落后。我们驻扎的地方，方圆几十里只有一所私塾而无中小学就是一个例子。这里的农民很穷，有些人几乎连饭也吃不饱，但对红白之事却要大操大办，不惜财力。无钱者还要四处借钱，或者卖房卖地。这样做的目的，只是为了面子上好看。我们见过几家农民办丧事，排场都很大。门前都搭有孝棚，屋里都停放着一色的金边黑漆棺材，棺材前设有香案，香案上摆着各种供品，点着香烛，还有和尚念经超度亡灵。出殡也很讲究，起棺时要杀鸡摔盆，送葬的人举着各种孝幡和纸人纸马，乐队吹着唢呐，孝子撒着纸钱，一路风风光光走向墓地。下葬后，还要请参加出殡的人到家里来吃一顿。当然，这顿饭必须精心准备，有酒有肉，否则会遭人耻笑。有些农民办完丧事后，家里积蓄花光，还欠一屁股债。

这一带还有一个奇怪的现象，上至七八十岁的老太婆，下至十几岁的小姑娘，一律都是小脚。原来，此处还遗留有缠足的陋习。有一次，远处传来了一个小女孩的哭声，听起来很凄惨，我们赶紧跑过去看个究竟。哭声是从一个农家小院传出来的，进去一看，只见一个五六岁的小女孩被她妈妈逼着缠足，她妈妈正在用裹脚布裹她的足，一边缠裹，一边用力拽，小女孩疼得又哭又喊。她的妈妈心疼得直流眼泪，她对女儿说："乖娃，忍着点，一会儿就好了。"说完，将裹脚布拽得更紧，裹得更快。小女孩拼命挣扎，哭喊着向她妈妈哀求："我不要缠足！我不要缠足！"最后，小孩的奶奶过来帮忙，才将小孩的脚缠裹好。小孩缠完足以后，别说走路，连站也站不住了。她躺在妈妈的怀里，哭个不停。看到这种情况，我们心里都很难受。母亲问小女孩的妈妈："现在不兴缠足了，为什么还要逼你女儿缠足呀？"小女孩的妈妈说："不缠足不行呀！将来找不到婆家。"我们仔细一打听才知道，这里还保留着民国前的习俗，女人以小脚为荣，以大脚为耻，男人娶妻，首先要看对方是大脚还是小脚，多有因大脚而退婚的。听说当地政府也来宣传过，也贴过禁止缠足的告示，但是这里的老乡根本不听，依然我行我素。愚昧、落后和固执，不知残害了多少花样少女，实在令人愤恨。

这个地区没有医院和诊所，老乡得了病只能找民间土郎中诊治，或请跳大神的来驱鬼治病。有一次，听说一老乡家媳妇难产，接生婆束手无策。老乡请来了跳大神的，跳大神的说产妇冲撞了东方的恶鬼，便在院子里跳神驱鬼。看热闹的人蜂拥而至，我们也随大家去看个究竟。我们一进院子，就看见跳大神的头戴神冠，身穿驱鬼服，手拿扁鼓，一边敲鼓，一边蹦蹦跳跳，嘴里念念有词。产妇难产，家里又请了跳大神的驱鬼，照说应该紧闭大门，谢绝参观。但这家的主人却不讲什么禁忌，不但让大伙进入院内，还将大伙请入产房，并掀开产妇盖着的被子让人观看。我们看到了触目惊心的一幕：床上一汪污血，婴儿的两只脚露在外面，整个身子却出不来，产妇则发出一阵阵痛苦的呻吟。旁观者七嘴八舌出主意，但都无济于事。母亲走上前将产妇的被子盖好，然后说："赶快送到城里医院抢救，再晚了就来不及了。"然而，产妇家里没有一个拿主意的人，产妇的公公则蹲在院子里一边叹气一边抽旱烟，不表态。产妇的婆婆很着急，对产妇的公公说："到底咋办？你倒是说话呀！"母亲问产妇的婆婆："你儿子呢？"产妇的婆婆说："在镇子里帮人盖房子。"正在这时，产妇的丈夫闻讯赶回来了。母亲对他说："你媳妇是难产，必须马上送医院抢救，晚了就没救了。"产妇的丈夫进产房看了看，出来对他父母大发雷霆："媳妇都这样了，你们跟没事人一样，还请跳大神的到家里来，跳大神的能救她吗？你们是不是老糊涂了？听这位太太的，赶快送医院吧！"产妇的丈夫经常在外面干活，见过世面，根本不信什么跳大神的。在产妇丈夫的请求下，来看热闹的乡亲七手八脚，立即抬着产妇往县城里跑去。

后来，产妇产下一男婴，母子平安。产妇的婆婆提着一筐红鸡蛋到我们家里来，向母亲表示感谢：“赵太太，要不是您，我媳妇和孙子就没有命了！您可是我们家的大恩人呀！”母亲说：“说我是恩人可不敢当，这是你媳妇和孙子福大命大，闯过了这一劫。你送这么重的礼我可领受不起。这样吧，红鸡蛋我收下几个作为纪念，好不好？”经过再三谦让，母亲只收下了几个红鸡蛋，剩下的让产妇的婆婆拿回去了。一个月后，产妇家的孩子过满月，把帮过忙的乡亲都请到家里来喝满月酒，请母亲坐了上座。产妇的公公、婆婆和丈夫一起向母亲敬酒，说了很多感谢的话。

## 五、王老财阴谋收养

镇子里有一个姓王的大户，有良田千亩，瓦屋数十间，在保山城里还开了几家商铺，十分富有。此人并非土财主，他上过洋学堂，很懂经营之道，对人很和气，在镇上口碑还不错。可惜的是，他虽有万贯家财却没有后代，他的妻子没有为他生下一男半女。所谓“不孝有三，无后为大”，“无后”一直是他的心病。说起这个大户，他本来不姓王，而是姓姜，本是大理人，出生在一个破落地主家庭，从小父母双亡，由爷爷一手带大。爷爷是个穷秀才，家里有几百卷书。他平日除了给地主放牛以外就是读书，有不认识的字，他就问爷爷。十岁那年，他爷爷去世了，家乡又发生了灾荒，他逃荒到了保山。因为日夜奔波，他又累又饿，便在一个大宅子门前的台阶上坐下休息，不一会儿，就晕过去了。当他醒来时，发现自己躺在床上，身上还盖着被子。他赶紧爬了起来，惊慌地向四处打量。这时，一个四十来岁的大妈走了进来，对他说：“可怜的娃，你醒啦？你刚才饿晕了，是我们家老爷救了你，快跟我见老爷去！”他糊里糊涂地跟着这位大妈到了正房的堂屋，见太师椅上坐着一位老爷，大概四十来岁。大妈让他磕头，他就向这位老爷磕了三个头。老爷问他是哪里人氏，为什么到保山来，今年多大。他就将自己的身世和经历说了一遍。这位老爷是镇子上的大地主，姓王，因他广有田产，当地老百姓都叫他王老财。王老财打量了这个小孩一番，见他眉清目秀，长得不俗，有点喜欢他，就问道：“你可愿意留在我们家干活？”他连忙点头说：“愿意，愿意！”于是，他就在王老财家当了小厮，大家就叫他小姜。

王老财见小姜乖巧伶俐，又认识不少字，就提拔他当了书童，让他专门伺候自己的独生女读书。王老财膝下没有儿子，只有这么一个宝贝女儿，视为掌上明珠。本来可以送女儿到外面的名牌学校去上学，但王老财夫妇舍不得，怕女儿在外边受苦，便请了一位十分有学问的家庭教师邬先生到家里来给女儿上课。小姜就陪着小姐听课，给小姐和家庭教师端茶送水。小姜本来就喜欢看书学习，现在得到了这么一个机会，真是大喜过望。邬先生是某大学的退休教授，既懂旧学又懂新学，除了讲四书、五经之类外，还讲算术、历史、地理、博物之类。小姜认真听讲，如饥似渴地学习。他很聪明，有悟性，凡是老师讲的他都掌握了。他本是书童，是陪小姐读书的，后来竟成了辅导小姐学习的小先生了。小姐凡是有不懂的地方都问他，他总是耐心地讲解，直到小姐懂了为止。邬先生很欣赏小姜，对王老财说：“这个小姜很聪明，悟性高，又很勤奋，是个可造就之才呀！”王老财听了很高兴，对他更加另眼相看。小姜知道主人喜欢他，为了在王家站住脚，在王老财面前表现得更加积极，什么活都抢着干，对小姐更是小心伺候、百依百顺。渐渐地，两人之间终于擦出了爱情的火花，小姐对他产生了感情，他也喜欢上了小姐。但是小姜不敢把这种非分之想表露出来，只能深深地藏在心里。

王老财经过一段时间的考查，见小姜忠实可靠，勤奋好学，对女儿又好，女儿也喜欢他，就想招他为上门女婿。特别是听了邬先生夸小姜是“可造就之才”后，这种想法就更加坚定了。王老财向妻子说了自己的打算，没想到妻子早就有这个想法，两人竟是不谋而合。但女儿是什么态度，还不得而知。虽然看上去两人关系很好，但还没有听女儿亲口说过。于是，老两口找女儿谈话，想摸清女儿的底细。王老财说：“女儿，你也老大不小的了，到了该出嫁的年龄了。镇上有好几家财主来提亲，条件都很不错，但都不愿意让自己的儿子入赘咱们家。我跟你娘觉得小姜很不错，虽然是个孤儿，但他聪明能干，勤奋好学，人也老实，连邬先生都夸他是个可造就之才。更重要的是他对我们家忠心耿耿，对你更是百依百顺。我跟你娘想招他做上门女婿，将来让他协助你管理家业。这是你的终身大事，不得不问问你，不知你是不是愿意？”王老财的女儿羞答答地说：“就凭爹娘做主吧！”事情就这么定下来了。

王老财又找小姜谈话，把自己的想法告诉了他，并征求他的意见。王老财说：“有几件事须说明白，第一件事是，将来你必须改姓王，你和我女儿生的孩子也必须姓王；第二件事是，我的继承人是我女儿，将来你必须协助她打理家业；第三件事是，你只能与我女儿白头偕老，不许纳妾。”小姜听了大喜，与小姐结为夫妻，是他梦寐以求的事，焉有不答应之理？虽然王老财提出的条件苛刻了一点，但只要能与小姐成婚，那算不了什么。他立刻趴在地上给王老财磕头，说道：“岳父大人在上，请受小婿一拜！”接着，又给王老财的妻子磕头。过了不久，王老财送小姜到昆明去学习深造。

三年学成归来，小姜正式入赘王家，自己也改姓王。王老财得到这个乘龙快婿，非常高兴，就让他帮忙打理家业。谁知天有不测风云，王老财突然得了中风病去世了，于是这个上门女婿就负担起管理全部家业的重担。由于他聪明能干，经营有方，把王家的产业做得更大了，“王老财”这个称号理所当然地由他继承了下来。

本来，当时的有钱人三妻四妾并不少见，像王老财这样的人，因为后嗣纳个妾也是理所当然的，但是，他却不敢向妻子开口，他的老岳母这一关更不好过。他的妻子虽然很爱他，但对他也十分严厉，妻子一发脾气，他就得低声下气去哄她，更何况老岳父在他成为王家女婿之前，就跟他有过“约法三章”，禁止他纳妾。因此，只要妻子不提纳妾之事，他是绝对不敢提的。然而，一想起“无后”之事，就很着急。他想：自己和妻子都是三十好几的人了，偌大个家业没有继承人怎么办？于是，他跟妻子商量，是否收养一个孩子，妻子欣然同意。她让王老财亲自操办此事，务必要把事情办好，而且要在暗中进行，如果走漏了消息，肯定会有很多穷人找上门来，纠缠不休，到那时，事情就不好办了。

一个偶然的机会，王老财遇到了父亲。王老财和一个朋友在一家茶馆喝茶下棋，正好父亲与一位同事也在那里喝茶聊天。父亲见他们下的是围棋，很感兴趣，便过去观战。在关键时刻，父亲给王老财支了个着儿，使王老财反败为胜。王老财很高兴，便邀父亲和父亲的同事一起喝茶。王老财首先自我介绍：“敝姓王，在本地有几亩薄田，在镇子上经营了几家商铺。先生贵姓？”父亲说：“敝姓赵。认识您很高兴。”王老财说：“听口音，先生不是本地人吧？”父亲说：“我们是从内地逃难过来的。”更多的事父亲没有说，王老财也不便多问。后来，他指着棋盘对父亲说：“看起来先生定是围棋高手，不知能否向先生请教一盘？”父亲说：“岂敢献丑？”王老财说："赵先生客气了，请不吝赐教。"父亲说："好吧，恭敬不如从命，我们摆一盘吧！"父亲让王老财执白先行，结果，王老财输得很惨。两人再下一盘，父亲让他五子，结果他又输了。王老财叹服，说道："赵先生棋艺真是高明，佩服！佩服！"父亲的同事说："赵先生获得过汉口市围棋锦标赛第三名。"王老财听了更是佩服，他说："赵先生真是了不起呀！以后我还要请赵先生传授棋艺，不知先生是否俯允？"父亲说："传授可不敢当，互相学习吧！"王老财问："先生府上在哪里？在下能否到府上拜访？"父亲说："欢迎！欢迎！"并把住址告诉了他。

过了几天，王老财果然带着礼物到我们家来了。父亲介绍母亲与王老财见面："这是内人。"王老财向母亲一弯腰，说："赵夫人好！"母亲说："欢迎王先生到家里来作客。"父亲又把我们弟兄几个都叫了过来，说："快叫王伯伯！"我们排成一行向王老财鞠躬，齐声说："王伯伯好！"我们的集体亮相，让王老财十分惊喜，他提高了嗓门对父亲说："哎呀！赵先生有这么多儿子，真是有福气呀！"父亲说："什么福气，都是累赘呀！"王老财看了看我们的住房，对父亲说："赵先生，这房子太简陋了。我那里房子很多，你们搬到我那里住吧，我也好早晚请教棋艺。"父亲婉言谢绝了。然后，父亲和王老财坐下来手谈，父亲毫无保留地向他传授棋艺。下完棋以后，父亲留他吃便饭，他也不客气。后来，他又来过几次，每次来都要带很多礼物，他还向父亲赠送了云南名贵的围棋子"云子"。他又请父亲到他家里去作客，吃饭喝酒，下棋品茗。于是两人成了棋友，进一步成了朋友，无话不谈。

有一次，父亲在王老财家里喝酒时，他对父亲说："你看我有万贯家财，却无儿无女，真不如你有福气。你有四个儿子，真令人羡慕呀！"父亲说："儿子多虽好，但负担很重，快养不起了呀！"

王老财喝了一杯酒，借着酒劲说："赵兄，你我挚友，我可否向你求一件事？"父亲说："请讲，只要我能办到，我一定答应你。"王老财说："那我就说了，如果你不同意，就当我啥子也没有说。你看，我有万贯家财却无儿无女，你有四个儿子却负担很重，不如将你的儿子送一个给我收养，这样一来，我有了继承人，你则减轻了负担，岂不两全其美？我还可以支付一大笔抚养费给你，不知赵兄意下如何？"父亲也是几杯酒下肚以后，眼花耳热，立刻爽快地答应了："这是好事呀！我同意。"王老财大喜，问父亲："此话当真？"父亲说："当然是真的，我岂能骗你？我四个儿子你都见过，不知道你相中了哪个？"王老财伸出了三个指头，说："我想要你们家的老三。"父亲说："行，这没有问题。"事情就这么定下来了。所谓"老三"，就是指我，我行三。我到现在还想不明白，王老财为什么偏偏选中了我？大概因为我的年龄符合他的要求，我当时五岁，既不像大哥、二哥那样记事太多，也不像四弟那样懵懂无知，又具有可塑性。当时收养孩子是要履行一些手续的，还要请中人来主持其事。双方还要签字画押。所以在正式办理收养手续之前，父亲没有把此事告诉母亲，因为母亲对每个孩子都很疼爱，她是否会同意，父亲没有把握。

父亲背着母亲带我到王老财家里作客。王老财家是个大宅院，有好几个院落，有很多房子。一进大门就是一个大院子，院子里有一个大水池，水池中间有假山，水池里养了很多金鱼，院子周围种了很多花草树木。院子的正面是大厅堂，厅堂正面供着祖宗牌位，两旁摆放着古典家具，古色古香的，十分雅致。墙上挂着名家字画，表明主人情趣不俗。王老财请出了他的妻子与我们相见，他的妻子很热情地招待我们。父亲让我叫她王伯母，她问我："几岁啦，叫什么名字？"我一一作了回答。她让我坐在她的身旁并仔细端详我，后来又叫用人拿来了点心、糖果、水果给我吃，又牵着我去院子里赏花草、观金鱼。中午，父亲和我在王老财家里吃午饭，饭桌上摆了很多菜，有鸡鸭鱼肉、各种应时蔬菜及糕点，桌子中间还摆了一个铜火锅。看起来，对这顿饭，王老财是作了精心准备的。吃完饭以后，我们告辞回家，王老财和妻子把我们送出大门外。在回家的路上，父亲问我："王伯伯、王伯母家好不好？"我说："好。"父亲又问："以后还想去吗？"我说："想。"父亲为什么不带大哥也不带二哥单单带我去王老财家里作客，我当时是一头雾水。后来才明白，这是让王老财的妻子见一见我，最后把关。王老财想收养一个男孩作为继承人，为什么不在当地人中物色？当地贫穷而多子的家庭多的是。可能是因为我们一家只是临时住在保山，不久就会离开，最终甚至会离开云南。这比收养当地人的孩子少了很多麻烦，且无后顾之忧。也可能因为是收养一个军政人员的孩子，可与军政界搭上关系，这对自己的事业发展有利。由此看来，王老财的收养计划是其预谋已久的。开始与父亲相识、并请教棋艺可能是无心的，可是，在他得知我家孩子众多、经济不很宽裕的情况后，一个收养计划就在他心里形成了。于是他竭力讨好父亲，先是棋友，然后成了朋友，不久又成了无话不谈的挚友，一步一步向他的目的靠近。因此，王老财与父亲结交，实际上就是一个阴谋，其终极目的就是要让父亲送一个儿子给他当继承人。

当然，王老财最终没有达到目的，原因是遭到了我母亲的反对。父亲在与王老财签署收养协议的前一天，将收养之事告诉了母亲，他对母亲说："常来我们家的那位王先生想让老三给他当儿子，他们家很有钱，各方面的条件都很好，他和妻子都很厚道，老三过去后，一定会过得很好，不会吃苦。这件事我们已经谈妥，明天就要办收养手续。"母亲一听就急了："这么大的事怎么今天才说？不行，我不同意。”父亲说：“这是一件好事，你怎么不同意？”母亲说：“什么好事，拆散骨肉也算好事？”父亲说：“这对两家都好，我们可以减轻负担，王先生有了继承人，岂不两全其美？况且，王先生还要付一大笔抚养费给我们。”母亲问：“你这是要卖儿子吗？别说是一大笔抚养费，就是一座金山也不行。只要我还活着，姓王的休想夺走我儿子。”母亲说着说着就哭了起来。父亲见母亲坚决反对，而且态度异常强硬，大大出乎意料。母亲不同意，这件事就办不成，父亲不好向王老财交代，他只得低声下气地安慰母亲，又好言相劝，希望母亲能回心转意。但是，无论父亲怎么劝都没有用，母亲就是不同意，收养之事就这样告吹了。

如果不是母亲坚决反对，我的人生将完全会是另外一个样子，或许早就成了异乡之鬼。我感谢母亲，正是由于无私的母爱，使她在关键时刻顶住了父亲的压力，断然拒绝了王老财收养我的要求，从而避免了骨肉分离的痛苦。由于过度操心和劳累，母亲晚年身体虚弱，患上了高血压、中风、肺癌等多种疾病。母亲于一九六九年因肺癌恶化抢救无效而去世，时年五十九岁。母亲去世时，正值全国人民遭受苦难的“文革”时期，母亲的骨灰只能存放在八宝山骨灰堂。后来，八宝山骨灰堂以骨灰存放过期而未补缴存放费为由，将母亲的骨灰由骨灰堂清出，不知埋到了何处。当时，我们没有能力为母亲营造坟墓，竖立墓碑，现在，我们想为母亲建坟立碑，却无处寻觅她的骨灰，这是多大的遗憾呀！母亲离开我们四十九年了，她的过早离世使我非常痛苦，给我留下了永远的遗恨。母亲活着的时候，由于我收入微薄，居室狭小，未能好好奉养，母亲去世以后我一直深感愧疚。现在条件好了，生活富裕了，但母亲却永远离开了我们。真是“树欲静而风不止，子欲养而亲不待”，风树之悲时时萦怀，常令我夜不能寐。

## 六、观牛赛荒原遇险

不久，父亲的单位奉命移驻马龙。马龙是昆明附近的一个县城，当时只有几万人。自从西迁的逃难者像潮水一般涌来以后，这个不出名的小城顿时热闹了起来。酒楼、茶馆、剧场、妓院都如雨后春笋般应运而生。白天熙熙攘攘，行人如云；晚上万家灯火，莺歌燕舞，颇有一派大都会的景象。我们一家住进了一座三进深的宅子里，前面是住房和客厅，后面是厨房和厕所，后门外还有猪圈和一块菜地。母亲买了一头猪自己喂养，还在菜地里种上了萝卜、白菜。父亲每天要到城外的基地办公，很晚才回家。大哥进了离家较远的中学上学，二哥和我则进了离家较近的学校念书。处在战争时期的学校极不正规，首先是教室不够用，一间教室供几个班轮流使用。其次是教师奇缺，上课铃摇了而没有教师来上课是常事。因此，我们有大把大把的时间。有时候，我们帮助母亲喂猪种菜，更多的时候是到处闲逛。我们住的地方离城墙很近，城墙很高，有台阶可以登上城楼，在城楼上可以远眺城内外的景色。城外有一大片密林，密林外边有一条弯弯曲曲的小河，缓缓流向远方。这些地方都成了我们的乐园。我们有时登上城楼游玩，城楼上人很多，有放风筝的，有下棋的，有聊天闲逛的，十分热闹。我们有时在密林里和一帮孩子捉迷藏，有时去河边捕鱼捞虾，真是其乐无穷。

马龙的农民种的庄稼主要是水稻，因此这里的水田很多。耕水田要靠水牛，因此水牛很多。在这里，不管是贫苦农民还是地主老财，家家都养有水牛，只不过所养多少不同罢了。因为水牛多，故而放牛娃也多。放牛娃最小的只有七八岁，最大的有十二三岁。渐渐的，二哥和我与一些放牛娃混熟了，成了朋友。他们骑着牛，在牛背上吹口哨或树叶，做倒立、横卧等各种动作，十分潇洒。有时，他们也让我们骑牛玩。初次骑在牛背上，感觉特别新鲜。牛慢慢行走，一颠一颠的，既舒服又安全。不过，你要是把牛惹毛了就会有危险了，它会把你颠下来。有一次，我骑在牛背上，不知怎么惹毛了它，它发起牛脾气来了，拼命颠我，差一点把我从牛背上颠下来。我吓得趴在牛背上拼命地喊："救命呀！救命呀！"几个放牛娃在一旁拍手大笑。这时一个在地主家当长工的叫八叔的小伙子跑过来拉住牵牛绳，对我说："不要怕，有我呢。"八叔向牛吼了一声，牛立刻老实了。我被八叔从牛背上抱下来，吓出了一身冷汗。八叔把在一旁看热闹的放牛娃骂了一顿。

有时，放牛娃们还举行骑牛比赛。马龙城东有一片荒原，可以任牛驰骋，被选为骑牛比赛的赛场。有一次，二哥和我随放牛娃一起到了骑牛比赛的现场，成了骑牛比赛的观众。那一天天气很好，万里无云。闻讯赶来观看骑牛比赛的观众很多，都是附近的乡民。先是预赛，预赛的前几名才有资格参加决赛，比赛的高潮是决赛。随着一阵锣响，决赛开始了。起点到终点大约有一里路，九个进入决赛的选手在起点一字排开，一个个精神抖擞，手举牛鞭，进入了临战状态。充当裁判的放牛娃将手中的红旗一晃，喊了声："开始！"选手们一边"嗬！嗬！"地大声喊叫着，一边用牛鞭子拼命抽打着牛屁股。九头奔牛像离弦之箭，飞快地向终点冲去。别看水牛平时行动迟缓，行走慢吞吞的，发狂飞奔起来，速度是惊人的。一眨眼的工夫，奔牛就冲到了终点。在终点的地方，地上画了一条线，也有一个充当裁判的放牛娃举着红旗，谁家的牛第一个冲过地上画的线，裁判就将红旗一晃，这一头牛就是冠军。大家给夺得冠军的放牛娃戴上大红花，并把他抬了起来抛向空中。夺得冠军的水牛也被人在犄角上缠上了红布条。然后，骑牛比赛的冠军牵着他的牛绕场一周，向欢呼的人群致意。

到了中午，放牛娃都回家吃饭去了，观看比赛的观众也都散了，荒原上除了二哥和我以外，空无一人。正午的太阳有点火辣辣的，晒得我们浑身燥热，我们又饥又渴。我们慢慢往回走，一路上想找水喝。我们走得很慢，走走歇歇，歇歇走走，好像回家的路十分漫长，怎么也走不到头。我们已经筋疲力尽了，想找个地方休息一下。忽然，在荒原的边上有一群乌鸦飞起，远远望去，那里好像是一片树林。我们走过去一看，果然是一片树林，树林里还有几间旧草屋。走进去一看，里面空空如也，无人居住，离草屋不远处却有一口井。我们喜出望外，狂奔了过去。

这口井不知是什么年代挖的，可能有些年头了。井上有石砌的井台，井台上长满了青苔。由于雨水充沛，井水几乎与井台一般高了。我们想找一样可以舀水的东西，在草屋里外找了个遍也没有找着，就连一个破碗也没有。我们只好走上井台，弯下身子，想用双手捧水喝。突然，我两脚一滑，“扑通”一声掉进井里去了。二哥眼疾手快，一下子紧紧拽住了我的双手，用力往上拉，但怎么也拉不上来。我用两脚蹬着井壁想往上蹿，但井壁很滑，根本蹬不住。二哥的体力渐渐不支，两脚发抖，满身大汗，而且长满了青苔的井台很滑，二哥随时都有可能掉进井里。这时，他只有两种选择：要么松开手，让我沉入井中，然后找人来捞我，自己可以保全性命；要么不松手，咬着牙坚持下去，最后可能跟我一样掉进井里。二哥选择了后者，他紧紧拽住我的双手不放，声嘶力竭地大声喊叫：“救命呀！救命呀！”放牛娃都回家吃饭去了，荒原上一个人也没有，谁能听见二哥的喊声呢？眼看着一场灭顶之灾马上就要降临到我们头上。

就在这千钧一发之际，一个放牛娃听见了喊声，骑着牛朝这边飞奔而来，他一边用鞭子拼命抽打着牛屁股，一边大声喊叫：“莫要慌，我来了！”啊！救星从天而降，我们得救了！放牛娃骑牛飞奔的英姿，仿佛是天神下凡。我被从井里拉了上来，浑身湿透了，二哥衣服也被汗水湿透了。我们忙着晾晒衣服，商量如何用谎话骗母亲，竟忘了向救命恩人说一声谢谢，甚至连他的模样也没有看清。等我们缓过劲来再去找时，他已经消失得无影无踪了。

我们拖着疲惫的身子回到家里，母亲见我们的神色不对，又发现我衣服的衣领、衣缝是湿的，便问：“你们到哪里去了？”我低着头不敢说话，二哥说：“我们去看骑牛比赛去了。”母亲说：“不对，看骑牛比赛怎么这么晚才回家？”母亲又把我拉过来，指着衣服说：“他的衣领、衣缝都是湿的，你们到底做什么去了？快说老实话，说了我不打你们。”我们便编了一套谎话，支支吾吾，躲躲闪闪，不敢说实话。母亲更加怀疑，穷追不舍。后来，我们知道瞒不过母亲，便说了实情。母亲听了吓得大声喊了起来：“哎呀！我的天！多危险呀！你们两个能够活着回来，真是菩萨保佑。”又问我们：“那个救你们的放牛娃是哪家的孩子？他可是你们的救命恩人呀，我要领着你们到他家去谢谢人家。”我们说：“他救了我们就走了，不知道他是谁家的孩子。”母亲生气了，直埋怨我们：“人家救了你们的命，你们连声谢谢都没有说，太不懂事了。”

第二天，母亲带着我们在认识的放牛娃中打听，都说没有救过我们，找了几天都没有找到那个救过我们命的人。这件事虽然没有结果，但母亲一直没有忘记，让我们继续找。几天以后，我们和一个放牛娃闲聊，他告诉我们：“那天骑牛比赛完了后，我在回家的路上，远远看见一个人骑着牛往荒原那边走，看背影好像是八叔，莫不是他救了你们？”我们把这个情况告诉了母亲，母亲问：“八叔是谁？”我们说：“八叔是一个给地主扛活的长工。”于是母亲带着我们由放牛娃引路找到了八叔扛活的地主家，主人出来问我们：“你们有啥子事？”母亲说：“我们找八叔。”主人说：“八叔的爹死了，他回去奔丧了。”母亲问：“他的家在哪里？”主人说：“他是外乡人，家在哪里我也不晓得。”母亲又问：“他还回来吗？”主人说：“他办完丧事后还要守孝，回来不回来他没说，你们找他有啥事？”母亲说：“他救了我儿子的命，我们是来感谢他的。”主人“哦”了一声，就不再说话了。我们后来又去打听了几次，八叔始终没有回来，只好作罢了。这是一件使我遗憾终生的事。恩人，您在哪里？您现在好吗？那个被您从井中救上来的幼小生命，现在已经是八十多岁的高龄老翁了，他在遥远的北京向您问好，为您祝福，祝您健康长寿，永远幸福。

## 七、私跟随深山迷路

马龙是个多民族居住的地方，有苗、彝、瑶、回等少数民族，节日很多，其中印象最深的是火把节。火把节的活动一般在农历六月二十四日举行，人们在火把节到来的前一个多月就着手准备。首先是到山里去采伐松树，拾取鸟粪和松香。进山必须结队而行，因为山里有狼。大哥、二哥参加了几个要好伙伴组成的伐木队，他们不让我去，我偷偷地跟在他们后面去了。伐木大队天不亮就出发了，人们举着火把，浩浩荡荡向山里进发，十分壮观。刚一出马龙城，大哥就发现我了，他向我吼道：“谁叫你来的？快回去！”我就是不肯回去，大哥也没有办法，只好让我跟着去。他对我说：“跟在我后面，不许乱跑！”入山以后，一路上都能听见狼的嚎叫声，十分瘆人。我越走越累，渐渐落到了后面，掉队了。大哥只顾走路，不知道我已经掉队了。我在一棵大树下坐下，想休息一下再走。心里想：反正只有这一条小路，等一会儿沿着这条路走，就能找到大哥、二哥他们。这时，天已蒙蒙亮。我休息了一会儿后，就沿着小路往前走。约莫走了半个多小时，走到了一个岔路口，一条路向东，一条路向西。我顿时傻了眼，手足无措，不知如何是好，我迷路了！

我在十字路口徘徊，非常着急。我想问人，但无人可问；我想喊叫，但无人听见。周围的密林阴森森的，我感到害怕。心里想：万一蹿出一条恶狼可怎么办？一阵恐怖向我袭来。突然，我听见林子里有响动，莫不是狼来了？我急忙躲在一棵大树后面观望。但从林子里出来的却不是狼，而是一个人。此人四十来岁，头戴一顶旧毡帽，身穿一件旧布衫，肩上背着一个布褡裢，像是一个买卖人。他好像已经看见了我，大声喊道："小娃子，莫要怕，出来吧！"我从树后走了出来。他问我："小娃子，你怎么会在这里，是不是迷路了？"我说："我要找伐木队，不知他们在哪里。"那个人立刻说："我知道他们在哪里，我带你去吧。"我仰头看着他，心里起了疑团：他不会是拐子吧？母亲常说，有一种专门拐带小孩的坏人，拐了小孩贩卖到外地，莫非他就是这种人？那人见我满脸疑惑，就说："你走不走？你要是不走，我可走了。这一带狼很多，万一蹿出一条狼，就会把你吃掉的。"我听了很害怕。我问他："你真的知道伐木队在哪里？"那人说："当然知道，哪个骗你不成？"我于是就跟着他往西边那条路走。

正在这时，我忽然听见有人喊我的名字，我扭头一看，看见大哥从东边那条路远远地走过来，一边喊着我的名字，一边四处张望地找我。我喜出望外，赶紧停下来大声喊叫："大哥，我在这里呢！"大哥匆匆向我走来，急得满头大汗。原来，大哥发现我丢了，十分着急，立刻原路返回来找我。大哥问我："那个带你走的人是谁？"我扭头一看，那个人已经不见了。我说："他说他知道你们在哪儿，正带我去找你们。”大哥说：“他肯定是个拐子，要是好人，为什么要溜掉？再说，他说他知道伐木队在哪里，为什么带着你往西边走？找伐木队应该往东边这条路走呀！幸亏我赶过来了，晚来一步，你就被拐子拐走了，多危险呀！”大哥拉着我急急忙忙赶路，一边走一边说：“叫你不要来，你就是不听话，偏要跟来，你看，差一点出事了吧！我真恨不得揍你一顿。”大哥数落我，我只得乖乖听着，不敢犟嘴，老老实实跟着他追赶队伍去了。深山迷路就这样化险为夷了。

砍回来的松树，一般是直径十厘米的树干和直径五厘米的粗树枝。树干是为大人准备的，粗树枝是为小孩准备的。火把节最重要的准备工作，是制作火把和明火。把树干或粗树枝的一头劈成四丫，再加上小木头楔子，晒干以后，就成了火把。把松香和晒干了的鸟粪碾碎，混合在一起，就是明火，所谓“明火”就是撒在火上使火更旺的意思。

火把节那天，家家户户门前都插有火把，入夜点燃，据说是为了驱除邪气。大街上张灯结彩，人山人海，非常热闹。到了八九点钟，人们开始了斗火把的游戏，这是火把节的主要活动。我们跟着一群小伙子闯入人群，每人腋下夹着一根点燃了的火把，斜背着一布袋明火，见了人就往火把上撒明火。明火撒在火上，立刻发出“噼噼啪啪”的声音，接着红光不断地闪烁，最后形成一个大火球，在人群中炸开，人们不但不躲，反而迎上前去，与火球共舞。有些年轻人的衣服烧破了，有些老头的胡子烧掉了，但都不生气。火把与火把相逢，必有一场恶战。两支火把对着喷火，各不相让，直到一方败下阵来，逃之夭夭。有时几支火把对着开战，顿时火光冲天，非常壮观，围观的人群都鼓掌欢呼。这一夜，我们玩得很痛快，很晚才回家。

马龙民风朴实，社会治安也不错，打架斗殴、偷盗抢劫之事很少发生。当地的老百姓有一种习俗，就是爱管闲事，不像有些地方的老百姓那样“各人自扫门前雪，休管他人瓦上霜”。如果有打架的，就会有人上前劝阻；如果有扰乱社会治安的，就会有人上前制止。有一次，一个进城的农民在一家商铺的墙角拉了一泡屎，商铺的老板不干了，让几个伙计出来揪住这个农民要揍他，于是几个“好事者”出来调解，在与商铺老板协商以后，双方达成了共识。他们让农民将自己拉的屎清理干净，然后在商铺门前罚跪，旁边点燃一根香，并规定香烧完了才能起来。旁观者议论纷纷，有的人觉得这个农民当街拉屎，实在可恶，该罚；有的人认为这个农民虽然有错，让他把屎清理干净就可以啦，不应该再罚跪。两者争论不休。于是有一些同情农民的人挺身而出，去找商铺老板和“好事者”谈判。好在商铺老板和“好事者”能尊重民意。双方经过协商，各让一步，将跪一支香改为跪半支香。那个农民心里有愧，只得老老实实跪完了半支香，起身离去。

还有一次，一群孩子打架，一个孩子的头被一个商铺老板的孩子打破了，流了不少血。这个受伤孩子的父母领着孩子找商铺老板理论，但商铺老板不认账。这时，一群“好事者”及时出来主持公道，他们把参加打架的几个孩子找来了，让孩子说出受伤孩子的头是谁打破的，经孩子们指认，受伤孩子的头就是商铺老板的孩子打破的，并当众拿出了作案工具——一块沾满血迹的砖头。商铺老板无话可说，只好请来了医生给受伤的孩子消毒、包扎伤口、打消炎针，还让受伤孩子在商铺养了三天伤，商铺老板好吃好喝地招待。受伤孩子的父母见孩子平安无事，才将他接回了家。

## 八、陈疯子被诬遇害

马龙城外多山，经常有野兽出没，野兽中危害最大的是狼。夜里经常侵入农民的院子里咬死家畜。为了安全，马龙的城门一到晚上就关了。我们到城外去玩，天黑以前必须回家，否则就会被关在城外了。即使这样，也常常有狼咬伤、咬死人的事情。听说我们家附近有一家的孩子丢失了，几天没有回来。孩子的父母到城外去找，结果在山里发现了孩子的衣服和鞋子，衣服上全是血，孩子已经被狼吃掉了。我们在城墙上经常碰到的陈疯子，也是被狼咬死的。

陈疯子四十来岁，身材瘦长，散乱的长发披在肩上，身穿一件蓝布长衫。他目光呆滞，经常在城墙上徘徊，我们几乎天天都能见到他。他总是咿咿呀呀地唱着，如诉如泣，他不唱歌的时候，就自言自语地说话，几乎没有停过，好像要向人倾诉满腹的冤情，但没有一个人能听懂他说的话。我们有时候凑拢去，向他问话，但他眼睛直视，好像没有看见我们，也没有听见我们说什么。每当黄昏，夕阳投下了他那修长的身影，像个幽灵。晚上关城门以后，陈疯子就从城墙上下来，到城门洞里睡觉。有个好心人总是在他睡觉的地方摆放着一些食物和饮水。有一天，我们突然听说陈疯子在城墙外的城门口被狼咬死了，并叼走了一只胳膊，第二天又听说陈疯子被狼叼走了一条腿。陈疯子死得很悲惨，又死在了城门口，因此弄得满城人心惶惶，各家各户都把孩子看得紧紧的，不让孩子出城。过了几天，我们到城门口去看，只见到了几块破布和一摊污血。

陈疯子无家可归，天天晚上都在城门洞里睡觉，照说是安全的，为什么会死在城墙外的城门口？大家议论纷纷，提出了很多疑问。有一段时间，陈疯子之死成了马龙城街头巷尾的议论中心。

我们一直不明白，一个疯子为什么能有如此大的影响。后来，在一次闲聊中，父亲把陈疯子的遭遇告诉了我们，我们才恍然大悟。

陈疯子叫陈文杰，原本是一家百货商店的账房先生，既能干，人又很老实，深得商店的杨老板信任。后来，陈疯子娶了一个漂亮的妻子，便把母亲从乡下接到马龙，组成了一个三口之家，生活过得幸福美满。因大后方的难民不断涌来，百货商店的生意特别好，店里的人手不够用，而陈疯子的妻子上过高小，有文化，又赋闲在家，于是杨老板就让她到店里来当店员。

马龙有个姓刁的保安团长，是当地的土豪，和杨老板认识，俩人经常来往。有一次，刁团长来到百货商店，一眼就看上了陈疯子的妻子，可以说到了痴迷的程度。他立刻找到了杨老板，他对杨老板说："你们店里那个女店员我很喜欢，我想娶她当三姨太，老兄定要帮忙。"杨老板说："这个女店员你恐怕娶不走。"刁团长急忙问："怎么回事？"杨老板说："她已经名花有主了。"刁团长说："啥意思嘛？"杨老板说："她是本店账房先生陈文杰的老婆。"刁团长听了，不再说什么了。在和杨老板一边喝茶一边闲聊中，一条夺取陈文杰妻子的毒计已经想好了。

过了不久，陈文杰到城外去收账时被抓了壮丁。陈妻托杨老板打听并设法营救，杨老板明知是刁团长所为，但刁团长权势熏天，自己惹不起，只得劝杨妻暂时忍耐。经陈妻再三哀求，杨老板只好硬着头皮到刁团长那里去打听。刁团长说："保安团前不久抓了一批壮丁，里面好像有一个叫陈文杰的，不过，他半路上企图逃跑，被抓了回来，现在已打入了死牢。因为上峰有令，壮丁开小差是要被枪毙的。"杨老板听了吓了一跳，赶紧说："刁团长，请看在鄙人面上，高抬贵手，放了他吧，他家里还有七十岁的老母呢！"刁团长说："杨老板的面子当然不能不给，不过我有个条件。"杨老板问：

"啥子条件？请讲。"刁团长说："只要他老婆同意嫁给我，我就饶他一死。"刁团长提的这个条件早在杨老板的意料之中。杨老板低声下气，赔着笑说："他们是合法夫妻，刁团长这样做是不是不太合适?"刁团长哈哈一笑，说："我这个人就是'和尚打伞——无法无天'，什么法不法的。杨老板去跟姓陈的老婆说，只要她同意嫁过来，我就免她丈夫一死。"

杨老板从刁团长那里出来以后，觉得事情很棘手。陈妻来到店里以后，他从侧面观察，她好像是一个烈性女子，弄不好要出人命的。杨老板回到店里，把打听到的情况告诉了陈妻。陈妻一听就急得哭起来了，她对杨老板说："杨老板，求您救他一救吧，您和刁团长认识，是说得上话的呀！"她哪里知道，刁团长是"醉翁之意不在酒"，抓她的丈夫是为了逼她做自己的小妾呀！杨老板没有马上把刁团长提的条件告诉陈妻，只是说再去找刁团长求情。陈疯子的老母亲听到了儿子的噩耗，一着急就瘫在了床上，一病不起，没过几天就死了。杨老板帮着陈妻料理完丧事，就把实情对陈妻说了。

陈妻知道了事情的真相后，觉得是自己给陈家带来了灾祸，她对不起陈家。现在陈母已经去世，陈文杰在狱中等死，自己该怎么办？当务之急就是要把陈文杰救出来。她思前想后，决定舍身救夫。于是她对杨老板说："请杨老板对刁团长说，只要他放了陈文杰，并保证他的安全，我同意嫁给他。"杨老板听了大出意外，就问她："你可想好了?"陈妻说："想好了。"杨老板说："你嫁给了刁团长，陈文杰出来以后咋办？"陈妻说："我这样做就是为了救他，我不这样，他还有活路吗？"杨老板无话可说了。杨老板把陈妻的话带给了刁团长，刁团长听了大喜，说："你告诉她，我同意她的条件。她嫁过来以后，我立刻放了陈文杰。"事情就这么定下来了。

刁团长定了一个黄道吉日，准备在那一天迎娶陈妻。刁团长是个十分阴毒凶狠的人，他知道，只要陈文杰活着，陈妻就不会答应嫁给他，即使嫁了过来，也不会老老实实跟他过日子。因此，他早就命令手下将陈文杰毒打致死，偷偷地用芦席卷着扔到城外树林里喂狼去了。刁团长把陈文杰已死的秘密捂得严严实实，不让陈妻和杨老板知道。保安团里有一个团丁是杨老板远房侄子，他偷偷地将陈文杰已死的秘密告诉了杨老板，杨老板慑于刁团长的威势，不敢将此事告诉陈妻，然而杨老板的侄子与杨老板的谈话却被陈妻听到了。陈妻悲痛万分，但佯装不知。迎娶的日子到了，陈妻顺从地上了花轿，被抬进了刁家的大门。刁家当天张灯结彩，请了很多亲朋好友来喝喜酒。刁团长在外面应酬，陪亲友喝酒，陈妻在新房里静静地等待，她心中充满了仇恨，但很平静。夜深人静后，醉醺醺的刁团长由两个家丁扶着进了新房，一声声喊着“宝贝”，陈妻扶刁团长在床上躺下，然后从枕头下取出早已藏好的尖刀，用尽全身之力捅进了刁团长的心脏，这个穷凶极恶的大坏蛋顿时蹬了蹬腿，就一命呜呼了。陈妻悄悄地溜出了刁府，逃得无影无踪。

再说陈文杰，他被扔在城外树林后并没有死，只是深度昏迷，奄奄一息。一个好心的农民路过这里，见他还有一口气，就把他背回家中，给他调理治伤。几天以后，陈文杰醒了，农民向他讲述了救他的经过，这才知道自己被人打死后扔到了城外，而竟然没有死，被这位好心人救了。他挣扎着爬起来要向救命恩人叩头，被农民拦住了。他向农民道了谢：“大叔，我感谢您救了我的命。现在我要回城里去找我的老板，看望我的母亲和妻子，您的救命之恩容我日后报答。”农民说：“你的伤很重，还没有完全好，养几天再去吧。”陈文杰归心似箭，他婉言谢绝了农民的劝阻，拄着一根棍子就上路了。

他步履蹒跚地走到了河边，看见一群人围着一个淹死的女尸议论纷纷，有一个知情者正在侃侃而谈："你们知道吗？几天前城里发生了一件惊天大案，保安团的刁团长被人杀了，凶手竟然是他新娶的三姨太。据说，凶手是一家百货商店账房先生的妻子，刁团长看上了她，就把账房先生当壮丁抓起来了，又说他是逃兵，把他打入了死牢。刁团长不仅逼死了他母亲，还逼他的妻子嫁给他，否则就要处死他。他妻子为了救自己的丈夫，竟然答应了刁团长的婚事。其实，账房先生早就被刁团长乱棍打死，扔到城外喂狼了。大概账房先生的妻子知道了这事，为了给丈夫报仇，就在新婚之夜杀了刁团长后逃走了，这个女人八成就是那个三姨太。"陈文杰听了知情者的一番话，挤进人群一看，那个被人打捞上来的女尸，竟是自己的妻子。他一下子就昏迷过去，倒在地上不省人事了。等大伙把他救醒以后，他就疯了。他走进城里，谁也不认识了，就连杨老板也不认识了。杨老板把他安排在店后的一间小屋里，但他经常到城墙上去转悠，后来干脆连小屋也不回了，夜里就睡在城门洞里。杨老板没有办法，只好派人送去被褥，并且每天给他送去食品和水。陈疯子被狼咬死以后，大家议论纷纷，都说陈疯子的死与刁家有关，刁家为了给刁团长报仇，想害死陈疯子，但又不能露出痕迹，于是就让人在黄昏时将陈疯子骗出了城。天黑以后，城门关了，陈疯子被关在城外，结果，被狼咬死了。

## 九、小鸡山少年乐园

不久，我们离开了马龙，到了昆明。刚到昆明时，暂时在城里驻扎。我们一家住进了一家旅店，旅店的前厅被军方征用，住着一个排的士兵。前厅两旁的地上铺了很多草席，士兵们都在草席上睡觉。只设有一张床，那是供军官睡的。一打听才知道，这些士兵都是从四乡抓来的壮丁，刚穿上军服，准备送到昆明郊区的兵营里接受训练，训练完了就开赴前线。他们由一个少尉军官和四个老兵押着，不许随便出去，老兵都扛着枪日夜监视。这些壮丁大概经受了不少磨难和心理摧残，一个个骨瘦如柴，目光呆滞。他们的伙食更是糟糕透了，主食是掺有糠的糙米饭，菜则是一大盆白水煮萝卜，没有一点油水。军官和老兵则轮流到外边去就餐。没有几天，就病倒了好几个，而带队的军官根本不找医生来给他们治病。等他们开拔时，有两个壮丁病死，被用芦席卷着抬了出去。

我们上街时，还看见过押送壮丁的情景。壮丁们都被用麻绳拴着胳膊，一个一个串在一起，由荷枪实弹的老兵押着，如有逃跑者，可就地正法。这些壮丁面黄肌瘦，面带惊恐之色，好像正被押赴刑场的罪犯。国民党的弊政很多，抓壮丁就是其中之一。这种随意抓捕老百姓来当兵的做法，不知使多少人家破人亡，妻离子散！不知使国家遭受了多少唾骂！试问，用抓壮丁的办法抓来的士兵能打仗吗？能打胜仗吗？

后来，我们从昆明城迁出，驻扎在离昆明不远的宜良县。宜良附近有座小山，当地老百姓管它叫小鸡山。山上全被松树覆盖，在松树丛中有一栋两层楼的西式建筑，共二百多平米，有五间房，还有厨房和厕所。这是早年一位滇军军官的公馆，如今人去楼空，我们一家被安排住了进去。公馆旁边有一个废弃的仓库，里面堆放着很多杂物，如木桶、铁丝、木板等，这里后来也成了我们家的贮藏室。公馆门前有一条小路，直通山下的公路，公路则通向宜良、昆明。我们的生活用品都有专人从山下送上来，所需费用从父亲的薪水里扣除。小鸡山的面积大约有十平方公里，整个被划为军事禁区。山下有岗哨，负责警卫工作，附近的老乡及闲杂人员不得上山。父亲的单位在小鸡山的东边建了基地，所有物资都存放在这里，所以这一带警卫森严。

父亲很忙，天天要到基地上班。在单位，父亲是总库长的主要帮手，有什么事，总库长总是找父亲商量。总库长个子不高，胖乎乎的，为人不苟言笑。他对下属很严厉，动不动就加以训斥，有时候还左右开弓地扇耳光。他在单位握有生杀予夺的大权，如果他认为谁犯了不可饶恕的大罪，甚至可以下令枪毙。单位里的人都很怕他，但他对父亲却很和善。

总库长是个典型的贪官，不仅吃空额、侵吞公款，还私卖军用物资以中饱私囊。如果按照他衡量下属的标准，他自己就该被枪毙一百次。总库长这些乌七八糟的事当然瞒不过父亲的眼睛，需要父亲为他遮掩，有时候还需要父亲找财会人员做假账以应对上级派下来的审计人员。有一次，上级单位接到举报，说总库长吃空额、贪污军饷，于是派人下来检查。总库长在上级单位的眼线立即将这个消息告诉了他。总库长急忙着手布置，他找了单位年轻职工和职工子弟来填补空额，人数不够还花钱雇了一些当地的老乡。至于自己叫什么名字、如何应付、如何回答问题，事先都训练好了。

检查的那一天，库房所有人员包括那些冒名顶替者都到基地的一个空场地集合，排队站好。在总库长陪同下，上级派来的检查人员走了过来，拿着花名册一一核对，检查的结果当然是准确无误。大哥也以“勤务兵”的身份参加了这次活动。检查人员都得到了总库长的贿赂，并且每天大鱼大肉，受到了很好的招待，也就睁一只眼闭一只眼，即使发现了问题也不闻不问了。有时候为了应付突击检查，总库长半夜三更把父亲叫到他家里商量对策。父亲因为帮了他不少忙，也从他那里得到了不少好处，我们一家也得到他不少照顾。

为了笼络父亲，总库长总是以朋友的身份对待父亲，所以我们两家走得很近。父亲经常被总库长请到家里喝茶、聊天，母亲经常被总库长的夫人请去打麻将。记得有一年的春节，总库长邀请我们全家到他家过年吃年夜饭，我们一家六口应邀前往。刚走到山下，他的司机已经在那里恭候了。不一会儿，汽车开到了他家门前，他和夫人含笑出迎。他与父亲亲切握手，笑眯眯地说："老赵，欢迎你们全家来做客！"父亲连忙说："总座，您太客气了！"他的夫人也过来与母亲握手，说："赵太太，欢迎！欢迎！"经过一阵寒暄，我们才被他们迎进家里。

总库长的家是一座位于密林深处的小洋楼，独门独院，有铁栏杆围护，门前有卫兵站岗，家里有勤务兵操持一切，还有女佣和厨子。客厅里张灯结彩，充满了节日气氛。年夜饭准备得非常丰盛，除了鸡鸭鱼肉外还有各种应时点心、家乡小菜。席间，总库长与父亲频频碰杯，他夫人也与母亲频频碰杯。总库长和夫人也没有忘掉我们这些孩子，不断往我们碗里夹菜，还让我们喝各种甜果汁。觥筹交错，欢声笑语，气氛十分融洽。吃完年夜饭，总库长邀父亲到书房喝茶、聊天，他夫人和母亲则带着我们到门外放爆竹。这一天，我们玩得很晚，临别时，总库长和夫人将我们送出门外，然后握手告别。总库长的司机开车送我们回家。据说，这是总库长唯一一次请下属到他家做客。我们很奇怪，为什么总库长没有子女。父亲告诉我们，总库长还有一个原配夫人，与他育有一子一女，都在浙江老家，如今生死不明。现在的夫人是他新娶的"抗战夫人"，原先是他的秘书，一年前刚结婚。

我们在小鸡山的生活过得很安逸。由于附近没有学校，大哥被送到昆明一所寄宿学校上学，很少回家，二哥和我都辍学在家。但是，我们也没有闲着，父亲弄了很多小学的课本和学习材料让我们学习，每天还布置作业，让母亲监督我们学习和做作业。小鸡山的风景很美，漫山的松树散发出淡淡的清香，令人陶醉；野花斗艳，山鸟争鸣，令人心旷神怡。置身其中，如在仙境。每天清晨，我们都被鸟鸣声吵醒，于是开始了一天的生活。最早敲响我们家门的，是库房送各种生活用品的勤杂人员。等到单位的车把父亲接去上班以后，我们吃完早饭，就坐下来学习，做作业。把做完的作业交给母亲，然后就迎着晨曦出游了。我们整天在松树林中玩耍、淘气，爬树、掏鸟窝、捉迷藏，有时还到离家较远的地方去探险。我们在小鸡山的深处，发现了一条沟壑，大约有二十米长，五米宽，两米深，一棵大松树横卧在沟壑上，形成一座天然的桥梁，二哥和我就经常到那里去游玩。我们在松树上伸开两臂走来走去，练习身体的平衡功夫。用不着担心摔下去，因为沟壑的底部都是疏松的土壤，还有厚厚松针，即使摔了下去，也不会受伤。整个小鸡山都是我们的，没有人管我们。我们随心所欲，到处游逛，乐而忘返。小鸡山每天都让我们感到新鲜，每天都让我们感到兴奋。

到了夏天，大哥放假回家，他就成了我们的首领。他领着我们用松枝搭了一个窝棚作为据点，窝棚里铺满了松针，我们玩累了可以在里面休息，碰到下雨天，可以在里面躲雨，还可存放东西。于是，窝棚成了我们的第二个家。大哥带着我们把小鸡山巡视了一遍，然后对我们说："这山上到处都是宝，你们发现了吗？"二哥和我连忙问："什么宝？怎么我们没有看见？"大哥随手捡起一个松球对我们说："比如这松球，它的鳞片里有很多松子，这松子可是好东西，既好吃又有营养，你们知道吗？"二哥和我惊讶地问："真的吗？"大哥说："你们要是不信，可以试试。"于是，大哥拣了一个松球，用斧子将鳞片劈开，从鳞片里取出一粒松子，一个松球就取出了几十粒松子。大哥说："你们看，一个松球就能取出这么多松子，这山上到处都是松球，如果我们都捡了回来，那能取出多少松子啊！”二哥和我听了都很兴奋，立刻跟着大哥去捡松球，松球捡回来后，堆放在窝棚里。然后，二哥和我打下手，帮助大哥把松球里的松子取出来。我们把松子拿回家去，将它炒熟了，和父母一起品尝，味道的确不错。从此，松子就成了我们每天离不开的美食。

松林里还生长蘑菇，当地人都管它叫菌子，过去二哥和我都不认识。大哥对我们说："这叫蘑菇，是一种美味食品，也叫菌子。"于是，在大哥的带领下，我们又去采蘑菇。昆明地区多雨，空气潮湿，有利于蘑菇的生长。我们每天可以采很多蘑菇，拿回家做菜，吃不完的晒成蘑菇干，存放起来。我们发明了一种新的吃法，将蘑菇洗干净，然后倒过来，菌柄朝上，菌盖朝下，在菌盖里抹上一点油，撒上少许盐，用筷子夹着菌柄在微火上烘烤，烤熟后趁热吃，味道鲜美无比，我到现在还有深刻的印象。由于大哥的指引，我们把无目的的游逛变成了既游逛又搜寻、采摘松球、蘑菇和其他山货的活动，使我们每天的生活增添了更多的乐趣，变得更有意义。

后来，我们又向后山进发，发现后山有一大片丘陵地，遍地都是丛生的野果树，树上结满了各种各样的野果，有绿的，有黄的，有紫的，有红的，五颜六色，十分好看。大哥说："野果很好吃，也可能有毒，你们敢不敢尝？"二哥和我都说："敢！"一种冒险的冲动激励着我们，不顾一切地去做现在看起来十分危险的事。古代有神农尝百草，大哥带着我们尝百果。这些野果都不大，有各种味道，有苦的，有涩的，有甜的，有酸的，有又甜又酸的。有一种黄色的野果，果汁是酸酸的，吃后舌头发痒，我们管它叫"毛毛痒"。有一种鲜红的野果，很小，结成一串一串的，阳光一照还是透明的，味道很不错，我们管它叫"红宝石"。还有一种野果，有紫色和鲜红两种颜色，酸甜可口，我们非常爱吃。后来发现小集镇上有卖的，我们一问，原来叫杨梅。这种野生杨梅的价格不菲，属于高档水果，没有想到我们在山里就品尝过了。据说，当地老乡多有吃野果而中毒的，而我们很幸运，没有碰上有毒野果。

由丘陵地再往前走，就到了小鸡山的边界，有一道铁丝网把小鸡山与外面的世界隔开。铁丝网上挂着牌子，上面有“军事重地，禁止入内”几个字。我们钻过铁丝网，就到了小鸡山以外的地方。往前走了不远，就有一个村子。我们走进村子，企图寻找一个新的天地。这里绿树成荫，流水潺潺，蓝天白云之下，展现出大片水田，时时有鸡鸣犬吠之声传来。我们这些几乎与世隔绝的人，看到这种景象，听到这种声音，倍感亲切。我们又看到了久违的水牛和放牛娃了，放牛娃一边放着牛，一边唱着山歌，显得十分悠闲。有几个扛着锄头、戴着草帽的老农朝我们走过来，他们一见我们的衣着，就知道我们是外地人。他们问我们是从哪里来的，来干什么。我们告诉他们，我们是“库里的”，并用手指了指铁丝网的方向。他们很好奇，又问“库”是干什么的，我们只好说“库”是军队的一个部门，是向军队供应给养的。他们好像听明白了，不断地点头。村子里大多是老人、妇女和孩子，青壮年不多。一问才知道，很多青壮年被抓了壮丁，到前方打仗去了。后来我们又去了几次，与村里人慢慢混熟了。

有一次，我们口渴了，到一个老乡家讨水喝，顺便聊了起来。这个老乡家里只有老大爷和老太婆老两口。大哥问：“老人家，家里就只有你们俩?”老大爷说:“还有两个儿子。”大哥问:“怎么不见他们?”老大爷叹了一口气说：“大儿子去年进城去卖山货，被抓了壮丁，再也没有回来，后来才晓得在湖南服役。我们怕小儿子也被抓走，让他躲到山里舅舅家去了，就剩下我们两个孤苦老人。”老大爷又说：“原本定在今年给大儿子娶媳妇，可大儿子回不来，是生是死还不晓得，看来媳妇是娶不成了。”说完以后，就长长叹了一口气，在一旁的老太婆流下了眼泪。老大爷求大哥："能不能帮我们给大儿子写封信？"大哥说："可以，可以。"老大爷拿来了纸和笔，请大哥到堂屋中间的桌子边坐下，然后对他说："要他请假回来结婚，结完了婚再回去服役。结婚是大事，不能耽搁，我们家不能断了香火呀！"一会儿，大哥按他的意思写完了信，并念给他听。老大爷听完了后说："要得！要得！"他又请大哥给在舅舅家的二儿子写一封信，说农忙季节到了，家里没有劳力，让他赶紧回来。为了表示感谢，老乡请我们吃烤玉米。他们把玉米放在文火上慢慢烘烤，最后烤成了金黄色，吃起来非常香甜可口。后来我也吃过几次烤玉米，总觉得没有这一次好吃。

## 十、吸鸦片父染毒瘾

正当我们过着无忧无虑的世外桃源般的生活时，厄运突然降临了，父亲吸上了鸦片烟。母亲在得知父亲吸上鸦片之前，就察觉到一些异常情况，如父亲身上老有一种以前从来没有过的异味，精神也大不如以前，总是萎靡不振，哈欠连天，而且薪水给家里交得很少，大部分钱他自己花了，问他钱花到什么地方去了，他又支支吾吾说不清。后来，父亲的一个姓刘的同事把父亲抽上鸦片的事偷偷地告诉了母亲，母亲才知道。母亲问："这一带是军事禁区呀，哪有烟馆？他是怎么抽上瘾的？"姓刘的同事说："总库在昆明采购给养时，老赵认识了一个商号的老板，这个老板是个大烟鬼，经常用鸦片招待老赵，几次以后，老赵就上瘾了。他不让我告诉你，我觉得还是告诉你为好。嫂子，不要太着急，赶紧劝他戒烟吧！"母亲如坠深渊，精神差一点崩溃。于是，父母天天吵架，我们常常在深夜的睡梦中被父母的吵声惊醒，家里再也没有以前那样的安定祥和了。

云南与缅甸接壤，大量鸦片从金三角走私到云南。为了赚大钱，一些不法商人做起了鸦片生意。由于官商勾结，当局虽然明令禁止，但是禁而不止。昆明及昆明附近的城镇地下烟馆很多，生意兴隆。即使被警察发现了，塞几个钱就了事。到烟馆抽鸦片的人，除了老百姓以外，还有公务员和军警。当权者明知鸦片之害小则祸及个人和家庭，大则危害社会和国家，但是，或因有利可图，或因自己就是吸食者，故而佯装不知，听之任之。父亲就是在这种大环境下吸上鸦片的。先是被熟人或朋友邀约到什么茶馆、酒楼之类的地方喝茶、聊天，后来则是被劝说小吸几口鸦片尝尝鲜，渐渐就上了瘾，一上瘾就不可收拾了。其实，那些茶馆、酒楼实际上就是地下烟馆，多是前面卖茶后面卖鸦片，或是楼下卖酒楼上卖鸦片。顾客可以买回去抽，也可以在那里抽，那里都备有抽鸦片的房间和烟灯、烟枪。

父亲原本是一个聪明、能干、办事认真而且富有责任心的人，不然，他也不会受到单位的重用，担任总库军需官的重要职位。自从抽上鸦片以后，他整个人都变了，变得不务正业、谎话连篇。他的品德、人格、意志和抱负完全被烟毒摧毁了。他的薪水绝大部分都用来抽了鸦片，只将极少部分交给母亲，有时不但不交，还要向母亲要钱，或者，将家里值钱的东西，诸如手表、母亲的首饰等偷偷拿出去卖了抽鸦片。当他烟瘾犯了时，眼泪、鼻涕往外流，浑身哆嗦，看样子十分难受。他缠着母亲要钱，母亲不给，他就吼叫、威胁，要不就苦苦哀求。母亲被缠得没有办法，只得将家里的生活费给他，他一拿到钱，就飞快地跑出去了。母亲非常痛苦，非常无奈，不知哭了多少次。于是，我们一家顿时跌入了痛苦的深渊。家里再也听不到笑声了，代替笑声的是父母的吵架声和母亲的哭声。

母亲为了维持生计，就日夜赶做手工活。母亲的手很巧，她做了一些婴儿的衣服、鞋帽，让大哥拿到集市上去卖，很受老乡的欢迎。

母亲苦苦哀求父亲戒烟，但没有什么效果。不久，当局迫于毒品泛滥的严峻形势，颁布了一道严厉惩办贩毒犯和吸毒犯的禁毒令，如果违反禁令，轻者坐牢，重者枪毙。父亲开始害怕了。他好几次看见军警押着五花大绑的贩毒贩和吸毒犯由敞篷汽车拉着游街，游完街押赴刑场枪毙。父亲非常恐惧，回家把看到的情况告诉母亲。母亲说："你就下决心把鸦片戒了吧，你要是出了事，全家可怎么办？"父亲答应戒烟，并开始吃戒烟药。全家都非常高兴，好像在黑暗中又看到了曙光。可是，当时市面上卖的戒烟药，只不过是商家用以骗人钱财的东西，对戒除毒瘾根本不起作用。因此，没过多久，父亲熬不住烟瘾的折磨，又开始抽了。母亲又一次坠入了痛苦的深渊。看来，父亲要戒掉烟瘾真比登天还难。有一次，父亲潜入一家地下烟馆抽烟，刚抽了几口，突然几个军警端着枪冲了进来，见了抽鸦片的就抓。父亲反应很快，他迅速扔掉了烟枪，灭掉了烟灯，一翻身藏到了床底下，躲过了这一劫。父亲气喘吁吁地逃回家里，结结巴巴地对母亲说："我…要…戒…烟！我…不…想…死！"在面临生与死的抉择时，父亲终于最后下了戒烟的决心。当时的情况就是这样：如果坚持抽鸦片，就有可能被抓去枪毙；如果戒烟，就会很痛苦。但是，经受戒烟的痛苦，总比死了强。

经过朋友介绍，母亲花重金从昆明一位老中医那里买到了一种用祖传秘方配制的戒烟药酒，药酒稠稠的，像漆一样黑，有一股辛辣的刺鼻味。药酒一共有三大瓶，每瓶一个疗程，一个疗程二十天。服法是：每天早晚各服一小杯，每服一杯药酒，就要往药酒瓶里倒进一杯白酒，直到三大瓶药酒都变成了白酒，烟瘾就戒掉了。母亲每天亲自服侍父亲服药酒，还买来了蛋糕和各种点心给父亲下酒。每当父亲服药酒的时候，母亲都虔诚地站在旁边，她亲自把药酒倒进杯子里，然后双手捧着递给父亲，好像手里捧着的是救命的万验灵丹。她全神贯注地看着父亲喝下去，好像她的希望和梦想随着药酒注入了父亲的身体。她希望药酒有灵，能驱除父亲身上的烟毒；她梦想父亲最终能戒烟成功，我们全家能找回往日的和谐和快乐。服用戒烟药酒终于有了成效，父亲的情况比服药酒前好多了，脸上也有了血色了，烟瘾也不那么大了，全家人都很高兴。然而，据业内人士说，这种药酒只能减轻烟瘾，缓解痛苦，并不能从根本上戒除烟瘾。后来知道，父亲在服戒烟药酒期间，还偷偷出去抽了几次鸦片。因此，鸦片的毒瘾伴随了他一生，直到他离开人世。

不久，厄运再次降临，父亲失业了。由于紧缩编制，库房要大量裁员，因为父亲是吸毒人员，在必裁之列。所有被裁人员一律领取一笔遣散费，自谋生路。消息传来，犹如晴天霹雳，全家都惊呆了，不知如何是好。被裁减的父亲的同事，纷纷找到了新的工作或有了新的谋生手段。例如一位姓潘的，会算命、测字，还写得一手好字。他便在昆明大街上摆摊，给人算命、测字，还带写家书，一天能挣不少钱。有一位姓王的，会开汽车，就到一个富人的府邸当了私人司机。还有一位姓刘的，原是一个分库长，在职期间捞了不少外快，便与人合伙租了一间铺面，卖起了西药。父亲虽然有一身本事，但无奈染上了烟瘾，根本找不到出路。曾经有几家商铺想请他去当账房先生，但得知他有烟瘾后，立即作罢。

我们在云南举目无亲，投靠无门，一时陷入了绝境，整天坐困愁城，一筹莫展。后来，经过父母反复商量，又写信与祖父联系，最后决定返回沦陷区武汉。这是一个大胆而冒险的决定，这意味着我们一家老小，将要踏上一条无比艰难而且充满危险的征程，也可能是一条不归路。但现在只能如此，别无选择。母亲说：“我们不能困死饿死在云南。”临动身前，收到了祖父的来信，信中告诉我们务必取道贵阳返汉，因为他通过关系在贵阳的一位陆老板那里为我们存了一笔路费，并把陆老板的详细地址告诉了我们。这真是天大的喜讯，给了我们巨大鼓舞。

在离开库房前，我们依依不舍地搬出了小鸡山的洋房，来到山下。我们的心情悲凉而且沉重，大家都默默无语。我们弟兄几个伤心地仰望着这座苍翠的山峦，向它最后告别。我们在这里度过了最美好的童年，对山上的每一寸土地、每一棵松树都很熟悉，都很热爱，我们怎么舍得离开这里？但是，父亲失业了，我们不得不离开，别无选择。不一会儿，接我们的汽车到了，我们只得上了车。汽车开动了，小鸡山离我们越来越远，突然，二哥、我和四弟号啕大哭起来，父亲、母亲和大哥也掉下了眼泪。这时，一朵乌云遮住了太阳，小鸡山突然黯然失色，好像一个依依惜别的恋人，为我们的离去而悲伤。

汽车把我们拉到了总库基地营房，我们奉命在这里集结。第二天，总库召开全体员工大会，总库长陪着一位国防部的厅长走进了会场，宣读了国防部关于库房缩编和裁员的命令，接着总库长宣读了被裁减的单位和被裁人员名单。其实，被裁人员早就得到了通知，今天只不过是宣布一下罢了。当天下午，各部门按级别高低和工龄长短给被裁人员发放了遣散费。

晚上，总库长在家里请我们全家吃饭。席间，他与父亲频频碰杯，表现了惜别之情。他对父亲说：“老赵，我们共事多年，相处得很不错，我的很多事都得到了你的帮助，我们在一起渡过了一个又一个难关，难得呀！想到我们马上就要分别，心里真不好受。”说到这里，总库长显得很激动，他与父亲碰了碰杯，又说：“老赵，你不该去抽鸦片呀！你很有水平，很能干，工作又干得不错，这次裁员本来怎么也裁不到你头上的，就因为你抽上了鸦片，按规定在必裁之列，就连我也替你说不上话，没有办法呀！你是聪明人，怎么干起糊涂事来了呢？不应该呀！那玩意儿怎么能碰呢？多少人就毁在这大烟上，难道你不知道吗？”父亲听了总库长这一番话，满脸愧疚地说：“我辜负了总座的信任，我真后悔呀！”母亲插嘴说：“他现在知道错了，正在戒烟。”并把戒烟的情况告诉了总库长，总库长说：“这就好，这就好。老赵，你有这么多孩子，你不为自己着想，也应该为孩子们着想呀！你一定得把烟戒掉啊！”父亲说：“感谢总座关怀，请您放心，我一定把烟戒掉。”总库长又说：“这次，你的遣散费是按提前退役的标准发放的，包括退役费、安家费和回原籍的路费，比你按规定应得的遣散费多了很多，也算是对你的补偿吧。”父亲双手抱拳，连说：“谢谢！谢谢！”饭后，总库长邀请父亲到书房喝茶、聊天。这时总库长的夫人偷偷把用信封装着的一笔现金塞到了母亲手里，说：“赵太太，这是老张让我给你们的，不要让老赵知道。你们孩子多，将来用钱的地方肯定少不了，这笔钱必要时可以救急。”母亲把钱放回到总库长的夫人面前说：“总库长对老赵已经很照顾了，我们怎好再要你们的钱？”总库长的夫人又把钱塞到母亲手里说：“赵太太，收下吧！不要再客气了！”母亲只好把钱收下，并表示了感谢。

领到遣散费以后，我们就要启程了。为了防备意外，母亲将钱分成六份，装进她缝制的六个布腰带的夹层里，全家人每人一个腰带，都系在腰间。母亲说，这样做一是为了防备抢劫和偷盗，二是为了防备六人中万一有人走失，身上有钱应急，不致挨饿。母亲想得真是周到啊！

# 第三章 东归之路

## 一、被裁员决计返乡

一九四三年的秋天，我们踏上了东归之路。库房将所有被裁人员及家属安全送到昆明，然后让大家各奔东西。我们在昆明一家旅店住下，为启程之事作准备。回湖北必经的省份是贵州、湖南。当时交通非常落后，虽有往东开行的长途汽车，但因车少人多，根本买不上票。经过多方打听才知道，如果肯花钱，可以搭上“黄鱼车”。“黄鱼车”是往返各地运输货物的车辆，都隶属于某个运输行。司机为了赚点外快，偷偷搭载乘客，收费很高。但是这种车没有固定站点，只有托关系才能坐上。父亲认识一个商铺老板，这位老板熟悉“黄鱼车”的行车路线，并认识一些司机。我们通过这位老板的关系才坐上了一辆“黄鱼车”。我们天不亮就起床，赶到司机指定的地点，悄悄地爬上了这辆“黄鱼车”。由于车上装了货物，我们只能挤在货物的缝隙间或坐在货物的上面。司机过来清点人数，按人头收了费。过了一会儿，汽车开动了，摇摇晃晃地在一条破破烂烂的公路上行进，我们终于开始踏上了东归的艰难征程。

当时大后方汽油奇缺，民用车辆多半是烧炭，用木炭燃烧所产生的煤气作为汽车的动力。这种车行驶缓慢，还容易熄火、抛锚。坐上这种车，虽然省了脚力，却如坐囚笼，十分难受。常常出现这种情况：汽车开着开着就熄火了，我们得下来帮助推车，等马达响了，我们再爬上车去。如果碰上汽车抛锚，那就更糟了。记得有一天深夜，汽车在一处深山野岭抛了锚，前不着村后不着店，周围一片漆黑，伸手不见五指。司机让我们都下车，并点燃一堆篝火。我们不解地问："这一带有野兽，点起篝火岂不要招来野兽？"司机说："你们有所不知，点篝火就是为了防备野兽，因为野兽怕火，见了篝火不敢靠近。"时值初冬，天气异常寒冷，时时传来虎啸狼嚎之声，令人胆战心惊。等司机把车修好，我们几乎冻僵了。好不容易快到达目的地了，却在离目的地两三里的地方被司机赶下了车。因为司机怕被关卡检查，货车私自搭载旅客是要受罚的。这可苦坏了我们，只得背着行李，扶老携幼，一步一步走到目的地。

有时候就连这样的"黄鱼车"也坐不上，只得步行。我们雇了一个挑夫，一头挑着四弟，一头挑着行李，其他人跟着挑夫走。父亲走不动，只好由大哥和二哥搀扶着走。我们一路跋涉、十分艰难地走向下一个目的地。因为父亲身体虚弱，不能太劳累，他又经常生病，所以每到一个大一点的城镇，我们就得停下来，找旅店住下，休息几天，给父亲调理治病。如果运气好，又可坐上"黄鱼车"。就这样，我们有时步行，有时坐车，走走停停，停停走走，缓慢地向东行进。

一路上，我们都是住的鸡毛小店，有时候连鸡毛小店也住不上，只得露宿野外，受冻挨饿。只有到了较大一点的城镇，才能住上像样一点的旅店，吃上一顿较为可口的饭菜。我们从昆明到达贵州的安顺，路上竟走了三个多月，吃尽了苦头，受尽了折磨。我还记得，在无数个晚上，我们弟兄几个拖着疲惫的身子，刚一到住宿的地方，连饭也顾不上吃，就一头栽倒在床上呼呼睡去；在无数个清晨，天还未亮，我们弟兄几个就被母亲叫醒，睡眼惺忪地跟着父母去赶“黄鱼车”。母亲和我们弟兄几个身体尚好，经受住了旅途劳累和饥寒的折磨，唯独父亲，由于受鸦片的毒害，烟毒摧残了他的身体，加上时犯烟瘾，几乎难以支撑。但为了早日还乡，也只得咬牙强忍，时时用戒烟药酒压住烟瘾，到了条件较好的地方，吃些好的补充营养，在关键时刻，父亲居然奇迹般地挺过来了。但由于受了风寒，父亲病倒了。我们不得不在安顺停下作较长时间的休整。经过医治和调理，父亲的身体渐渐好了，但仍然很虚弱。从安顺到贵阳还有很长的路，如果步行，父亲的身体受不了，只得等待搭乘“黄鱼车”，但近期又没有方便的“黄鱼车”可坐，只能等待，母亲非常着急。

有一天，父亲在旅店的附近散步，突然有一辆军车在他身边停了下来，从驾驶室下来一个军官，他走到父亲的面前行了一个军礼，说道：“赵军需官，您怎么在这里？”父亲一看，原来是总库警卫连的韩连长。韩连长是山东人，曾得到过父亲多次照顾。有一次，他妻子带着孩子来探亲，孩子突然得了急病，正在危急之时，父亲闻讯赶到，帮他找来急救车，将孩子送到军队医院急救，终于转危为安，后来又从总库机动金里批了一笔钱给他，他因而对父亲一直心存感激。这次总库紧缩编制，警卫连调离库房，回归原建制。他这次是负责押运一批军用物资去贵阳，路过此地，与我们巧遇。当他得知我们也要去贵阳时，十分高兴，他对父亲说：“长官，您现在生病，夫人和少爷们都很劳累，你们就坐我们的军车走吧！”父亲说：“那怎么行？我们这么多人，哪能麻烦你？再说，你们是军车，拉的是军用物资，我们坐在上面岂不妨碍公务？”韩连长连忙说：“没有关系的。长官，您就别客气啦，就这么定了。车队明天早上出发，到时我来接你们。”父亲回旅店将此事告诉母亲，母亲喜出望外，说道：“真是太好了。我们的钱快花完了，如果不赶快到贵阳找陆老板取那笔路费，就要饿肚子了。我正担心我们会困在这里呢，不想，天无绝人之路，碰上了韩连长这个救星。”第二天清晨，韩连长到旅店接我们上车。韩连长押运的军车一共有五辆，他安排我们都坐在驾驶室内。就这样，我们离开安顺，坐着军车舒舒服服地到了贵阳。

## 二、困贵阳走投无路

到达贵阳以后，韩连长帮助我们找了一家旅店安顿下来，然后向我们告别。第二天，我们按祖父信中提供的地址去找那位尚未谋面的陆老板。陆老板的父亲和陆老板的妹妹仍在汉口生活，陆老先生与祖父是至交，生意上来往不断。我们在昆明动身前，祖父就写信告诉我们，陆老先生有个儿子在贵阳做生意，还说用现金置换的办法（即祖父在汉口交给陆老先生一笔钱，再由陆老先生写信通知贵阳的陆老板，让他筹措一笔同等数目的钱交给我们）为我们准备了一笔回汉口的路费。我们按照地址找到了陆老板的家，敲了半天门，里面出来了一位老太婆，她问我们：“你们找哪个？”我们说：“找一位姓陆的老板。”老太婆说：“陆老板一个月以前就搬家了。”我们忙问：“他搬到哪里去了？”老太婆说：“我也不晓得。”我们着急地问：“他没有留下什么信件或字条什么的？”老太婆说：“陆老板的一个伙计住在这里，兴许他知道。”我们问：“陆老板的伙计住哪个房间？”老太婆说：“住楼上。”我们上了楼，找到了伙计住的房间，敲了半天门，无人答应。后来，隔壁出来一个妇女，她告诉我们，陆老板的伙计到外地办事去了。我们问她是否知道陆老板新家的地址，这个妇女说她也不知道。我们扫兴地与她道别。我们几乎绝望了，找不到陆老板可怎么办？我们刚走到楼梯口，她突然叫住了我们，说："我想起来了，陆老板的伙计临走时，好像将一张纸条交给了楼下老太婆的儿子，你们去问问老太婆的儿子，那张纸条兴许就是陆老板的新家住址。"我们喜出望外，真是"山穷水复疑无路，柳暗花明又一村"。我们赶紧到楼下去找老太婆的儿子，老太婆说她儿子不在家。原来她儿子是一家运输行的司机，今天一早出车去湖南了，要三四天才能回来。我们问老太婆："陆老板的伙计临走前交给你儿子一张纸条，你知道吗？"老太婆说："我不晓得。"我们说:"麻烦你找找看，兴许你儿子把纸条放在家里什么地方了。"老太婆见我们很着急，便把家里的抽屉、柜子翻了个遍，也没有找到那张纸条。我们只好垂头丧气地回到了旅店。

我们从昆明出发时，虽然领了一大笔遣散费，还有总库长赠送的一笔现金，钱数虽然不少，但是路上花钱的地方很多，首先，坐"黄鱼车"的车钱就很贵，一路上雇挑夫以及吃住等花销也很大，有时还要给父亲调理、看病，也很费钱。因此，到了贵阳后，我们的钱基本上都花光了，原以为到了贵阳就能拿到一大笔钱，没想到竟然遇到这种意想不到的情况，我们被困在了贵阳，身无分文。我们住旅店所付的钱只够住三天，三天一到，如果不付房费，就会被旅店老板轰出去，露宿街头。更糟糕的是我们没钱吃饭，自从到了贵阳的第二天，就开始挨饿，全家人饥肠辘辘，闷坐在旅店里，一点办法也没有。这时，父亲站了起来说："你们在旅店等着，我出去搞吃的。"说完就出去了。大家都很奇怪，在贵阳我们举目无亲，父亲到哪里去搞吃的？难道他要去找韩连长？可是韩连长已经离开贵阳了呀！过了一会儿，父亲笑眯眯地捧着几张大饼回来了，大家惊喜地迎了上去。有了大饼，可是没有菜，母亲就冲了一大碗盐开水。全家人就围坐在一起，就着盐开水将大饼一扫而光。

大家吃饱以后，母亲就问父亲：“你从哪里弄到的大饼？”父亲笑着说：“我用下棋赢的钱买的。”原来贵阳大街上有不少为赌钱而设的象棋摊，这些象棋摊的棋盘里都摆下了棋子，都是摊主精心设计的残局。这些摊主棋艺都很高明，招揽过往行人与他对下，下赢了他，他就赔钱，下输了就得给他钱。参赌的行人虽然棋艺也很高明，但绝大多数都会败下阵来。父亲是个下棋高手，围棋、象棋都很棒（围棋曾获得过汉口市锦标赛第三名），并多次参加汉口市象棋比赛，都取得了较好的名次，对付这些残局简直就是小菜一碟，所以参赌屡屡获胜。他后来叹道，想不到少年时期学到的棋艺，竟然成了谋生手段。现在想起来，父亲这种做法存在很大的风险。下赢了当然好说，万一下输了呢？下输了拿不出钱来，那些摊主岂肯善罢甘休？轻者遭到辱骂，重者遭到殴打，弄不好可能会致残甚至送命。因为这些摊主多非善类，里面有不少是当地的地头蛇。所谓“艺高人胆大”，父亲棋艺高超，自信有必胜把握，所以才能镇定自若地冒险一搏。

第三天我们再次来到陆老板的旧居，幸好，老太婆的儿子回来了，他从口袋里掏出一张纸条对父亲说：“老程（陆老板的伙计）临出门时再三叮嘱我，让我把这张纸条交给来找他的赵先生，您是赵先生吧？”父亲连忙说：“对，我姓赵。”老太婆的儿子就把纸条交给了父亲，父亲一看，正是陆老板新家的地址，如获至宝。我们按纸条上的新地址找到了陆老板，陆老板热情地招待了我们。听说我们找他费了很多周折，直向我们道歉。陆老板说：“接到家父的信以后，我就一直恭候你们到来。我估计你们由昆明出发，最多一个月就能到贵阳，没有想到一直未见你们的踪影。我真担心你们在路上出了什么危险呢！后来我搬了新居，将新地址留给我的伙计，不想你们来时他又到外地办事去了。真是抱歉，让你们一通好找！”父亲说：“路上很不好走，耽误了很长时间，让您久等了，真不好意思。”

陆老板在贵阳经营着一家旅店，他就安排我们住进了他的旅店，免费吃住。安顿好以后，陆老板把我们请到他的新居作客，并设宴款待我们，他的妻子和孩子也与我们见了面。饭后，陆老板按照他父亲来信的嘱托，将祖父存在他那里的钱转交给了我们。父母万分激动，握住他的双手一再表示感谢。这是一大笔路费，是我们的救命钱呀！真是雪中送炭。陆老板留我们在贵阳多住几天，每天好吃好喝地招待我们。

陆老板旅店的隔壁是戏院，旅店与戏院之间只有一面糊满报纸的木板墙相隔，木板墙上还有许多窟窿。当时正赶上著名的京剧厉家班来贵阳，正好在这家戏院演出。每晚开演以后，大哥、二哥和我都要去看戏。所谓“看戏”也者，就是将眼睛凑近木板墙的窟窿一饱眼福而已。我们也想进到戏院去看戏，但是，没有戏票也是枉然。不久，厉家班为了慰劳抗日将士，举办了一场招待演出晚会，陆老板为我们弄到了三张戏票，大哥就带着二哥和我高高兴兴地进戏院看戏去了。戏票有红绿两种颜色，红色票是贵宾票，绿色票是普通票。凡持红色戏票的观众，都被工作人员领到中间的座位就座；凡持绿色戏票的观众，都被工作人员领着到两旁的座位就座。我们的戏票是绿色的，所以坐在旁边的座位。很多观众在座位上坐好以后就把票扔了，因此地上有很多被扔掉的戏票，红红绿绿，很是好看，我们就捡了一些，准备拿回去叠东西玩。戏将要开演时，主办人走上舞台宣布：“凭红色戏票可免费领取点心一份、瓜子一包，请到台前来领。”全场顿时沸腾了，中间座位的观众发出了一片欢呼声，那些扔掉红色戏票的观众，捶胸顿足，后悔莫及。我们领来了一大堆点心和瓜子，一边看戏，一边吃点心、嗑瓜子，十分惬意。散场后，我们把点心和瓜子带回旅店，让父母和四弟享用。在贵阳休整了几天，父亲的身体也好了很多，便向陆老板辞行。陆老板再三挽留，但见我们去意已决，只好托关系帮我们购到了去湖南的长途汽车票，并亲自送到车站，然后与我们依依惜别。

## 三、与私贩结伴而行

长途汽车的状况和"黄鱼车"差不多，只不过没有装货罢了。这些车都很老旧，靠木炭作为动力，速度很慢，加上公路路况很差，开起来颠簸得厉害，而且摇摇晃晃，人们都称之为"老爷车"。坐"老爷车"不比坐"黄鱼车"舒服，一天坐下来疲惫不堪，全身的骨头都要散架了。经过几天的颠簸和摇晃，我们终于进入了湖南，到达了沅陵。因为父亲的身体经过几天的劳累，快要支持不住了，只好在沅陵停下来休整，给父亲调理、治病。父亲身体稍好后，我们又动身了。湖南水域很多，水路交通很发达。水域的渔船很多，渔民为了增加收入，纷纷弃渔从商，做起了客运生意。只要花点钱，就能坐上船，这可比坐"黄鱼车"和"老爷车"要舒服多了。因此，从沅陵出发，我们走的是水路。我们一家人包了一条渔船，坐在有篷的船舱里，感到非常舒服。渔船慢悠悠地划行，轻轻地摇晃，风雨不动安如山，我们很快就消除了疲劳。做客运生意的渔船都比较大，船上安有锅灶，还带有生活用品。船老大一家都住在船上，以船为家。对我们这些旅客，船上还供应饭食。渔民把河里的鱼打上来，再用河里的水烹煮，叫作"河水煮河鱼"，这种鱼绝对新鲜，味道好极了，收费也不高。如果多花点钱，船家还可以供应炒腊肉、炒鸡蛋之类的菜。

当然，坐船有时也会有风险。有一次，我们乘坐的渔船从一条河进入了一个大湖，划到了湖中间，突然乌云滚滚，狂风大作，我们遭遇到了暴风雨的袭击，船左右摇晃，眼看就要翻沉。幸亏船老大有经验，他与妻子各拿一根长竹竿，用力戳入湖底，他们用手稳稳握住竹竿，保住了船的平衡，他们的儿子在船尾稳稳把住舵，减少了船的摇晃，一会儿，雨过天晴，我们终于化险为夷。夜间行船为船家所忌，因为夜间行船容易发生碰撞，如果夜间在湖区行船，还容易迷失方向。有一次，我们乘坐的船从一处河汊进入湖区时，天已黄昏，船老大急于划到对岸去，就加快了速度。天越来越黑，船划了半天，又划到了原处。船老大又拨转船头向对岸划去，划了几个小时，终于看到了对岸的灯火，等划到岸边一看，船老大顿时傻了眼，原来，船又回到了原地。船老大说："糟了，碰到鬼打墙了！"我们只好坐等天亮。天亮以后，船老大才把船划到了对岸。"鬼打墙"当然是一种迷信的说法，这种现象都发生在夜间，实际上就是因为夜间能见度差而迷失了方向。同样的情况我们在湖北又遇到过一次，不过当地船民管它叫"鬼下罩了"。

离沦陷区越来越近了。当时抗战处在相持阶段，由于日军在太平洋战场节节败退，在中国境内的日军有不少调到太平洋战场去了，剩下来的，只能防守，无力西进了。但在敌我交界处的不少地方仍有小规模战事，有些地方昨天是敌占区，今天就被我军夺回；有些我军控制的地方，也可能遭到敌军突然进攻而失陷，因而边界地区犬牙交错，情况十分复杂，如果贸然前进，弄不好会送命。

到了桃源，我们在一家旅店住下。一来，父亲的身体越来越差，需要停下来调理、休息；二来，是想找人打听一下进入沦陷区的路线，我们不能盲目前进。桃源是我们六年前逃往大后方时经过的地方，这次又回来了。上次在这里时，我刚四岁，住在城外的镇子里，绿荫环抱，小桥流水，风景十分优美。这次故地重游，桃源却给了我荒凉、残破的印象。我们在这里住了十来天，一直没有把前进的路线定下来。母亲很着急，因为我们在贵阳拿到的钱已经花去了大半，如果耽误时间太久，钱花完了，就回不了老家了。有一天，旅店住进了一批跑单帮的，据说，他们要到沦陷区去做生意。父母得知这一消息大喜，想从他们那里打听到安全进入沦陷区的路线。这批人中有一位姓马的壮汉，是湖北人，他听说我们也是湖北人，觉得非常亲切，就与父亲聊了起来。得知我们想返回汉口，但不知如何安全地进入沦陷区而正在发愁，老马说："赵先生，你们莫着急，我们就是要到那边做买卖的。我跟大伙商量一下，看能不能带你们一起走。"父亲说："要是能跟你们一起走那就太好了，一切都拜托您了。"老马说："莫客气，您等着听信吧！"第二天，老马对父亲说："赵先生，我把你们家的情况跟大家说了，大家同意你们跟我们一起走。"父亲听了大喜，连连称谢。让我们愁了十来天的问题终于解决了，就这样，我们一家就和这些跑单帮的结伴而行。这些人常年进出国统区和沦陷区做生意，哪里有战事，哪里有关卡，哪里可以偷偷过关卡，所有情况都了如指掌。

这些跑单帮的年龄都在三四十上下，身体都很结实。他们每人挑一副担子，担子里都是日用百货，有大小不等的木盆，还有人造丝、美人蕉、牙粉、肥皂、梳子、镜子等。木盆都用几道厚实的铁箍箍着，十分结实。这些人很豪爽，花钱也很大方，每到一处还聚在一起耍钱，有时还买来酒肉，在旅店里大吃大喝。我们很纳闷，他们千里迢迢贩卖这些木盆、肥皂之类的日用品能赚多少钱？还不够他们在路上的花销。有一次闲聊时，父亲问老马："你们贩卖这些日用品，跑一趟下来恐怕赚不到什么钱吧？"老马说："能赚钱。"父亲说："这些木盆、肥皂、梳子之类能值多少钱？恐怕还不够你们路上的开销吧！”老马笑了起来，他压低了声音说：“我们还有别的东西赚钱。光靠这些日用品，我们岂不要喝西北风？”父亲问：“别的什么东西？怎么我没有看见？”老马将嘴凑近父亲的耳朵轻声说：“金子。”父亲大吃一惊，几乎喊了起来：“什么？你们身上带有金子？”老马赶紧把右手的食指放在嘴唇上“嘘”了一声，说道：“赵先生，莫喊，这是机密，不能让外人知道的。”父亲赶忙道歉：“对不起，我失态了。”老马说：“您也不是外人，将秘密告诉您也无妨。金子是不能带在身上的，我们有办法把金子藏在别人发现不了的地方。”父亲满脸狐疑，而且越来越好奇，他对老马说：“我实在想不出你们能把金子藏在哪里。”老马见父亲如此好奇，便悄悄地把藏金子的秘密告诉了父亲。父亲听了，恍然大悟，说道：“哦，原来是这样！就是神仙也猜不到呀！你们比神仙还要厉害。”老马说：“赵先生，这是我们的最高机密，可不能说出去哟！”父亲说：“您放心吧，我对哪个都不会说的。”原来，他们是做走私买卖的，走私的商品竟然是黄金。他们把黄金打造成木盆的箍，再用黑油漆一漆，看起来跟铁箍没有什么区别，真是十分巧妙。这个机密是在我们与跑单帮的分手以后父亲才说出来的。

为了躲避关卡和被鬼子抓苦力，我们只能偷偷进入沦陷区。到了一九四四年，日军已成强弩之末，边界地区的防守比较宽松。有些地区，双方的老百姓常偷偷出入，互通有无。后来，我们经过常德，沿沅江而下，到达了一片水域，水域那边就是沦陷区。我们在一家旅店住下，等待时机。当时赶上了连阴雨天，大家都待在旅店里不能出门。那些跑单帮的闲着没事，整天喝酒赌钱。老马常来找父母聊天，绝口不提何时动身，父母问他，他只是说：“船还没有找好，得再等等。”

一天晚上，老马突然过来对父母说：“今天夜里动身，你们先把旅店的账结了，到走的时候，我会来通知你们的。”这天深夜，我们突然被老马叫醒：“快起床收拾东西，到岸边会合！”我们跟着老马匆匆忙忙赶到岸边，跑单帮的那些人已经在船上了，我们赶紧上了船。船在阴雨绵绵的黑夜向水域的对岸进发，周围万籁俱寂，只有船家摇橹时发出的“咿呀”声在夜空中回荡。大家高度紧张，担心碰上鬼子的巡逻艇。船家很有经验，他巧妙地躲过了对岸鬼子炮楼上不时扫射的探照灯的光束，摇着船向对岸斜穿过去。突然，远处传来了“嘟嘟嘟”的声音。船家说：“不好，鬼子的巡逻艇过来了。”船家迅速将船拐进了一个长满了芦苇的河汊。不一会儿，鬼子的巡逻艇开过来了，在河汊口转来转去，似乎发现了我们。大家屏住呼吸，不敢出声。巡逻艇上的探照灯射了过来，在芦苇上晃来晃去，艇上有人喊话：“快出来吧，我们看见你们了！”船家低声说：“莫出声，这是诈我们呢。”艇上的鬼子端起枪向芦苇开了几枪，大家赶紧趴在船上，一动也不敢动。约莫过了十分钟，鬼子的巡逻艇开走了，大家终于嘘了一口气。船家说：“好险呀！我们差一点被发现了。”船家小心翼翼地将船摇出了河汊，天刚蒙蒙亮时，将我们送到了一块长满了芦苇的荒地，我们在这里上了岸，终于安全地进入了沦陷区。

在一个岔路口，那些跑单帮的就和我们分手了。他们要在当地做买卖，我们则要继续北上。我们和他们互道珍重，握手告别，他们还送我们一些小商品作为纪念。那些跑单帮的虽然行动粗鲁，不拘小节，一路上喝酒赌钱，很像黑道上的亡命之徒，但性格豪爽，很讲义气。见我们一家男人有病，妻子体弱，四个孩子都未成年，跌跌撞撞跟在父母身边，一个个面黄肌瘦，十分同情，经老马一说，都同意让我们与他们结伴而行。一路上，他们给了我们不少照顾，后来跟我们成了朋友。老马对我们更是关爱有加，百般呵护，真正把我们当成了亲人，连藏匿黄金的最高机密都告诉了父亲。如果没有他们的指引和帮助，我们就不可能那样顺利地进入沦陷区。临别时，父亲将汉口老宅的地址告诉了老马，欢迎他以后有机会来串门。

## 四、遇寇匪几陷绝境

进入沦陷区后，我们跟着一群难民继续往北走。经过的地方曾经是战场，十分荒凉。沿途所见，都是被烧毁的房屋和荒芜的田地，一路上都能看到来不及掩埋的死人的骸骨，要想找一个歇脚的地方都不可能，真是“白骨露于野，千里无鸡鸣”。这一带既无车乘，也无船坐，只能步行。有时能碰上老乡推着独轮车和抬着滑竿招揽生意，我们就雇一辆独轮车和一副滑竿，让母亲抱着四弟乘坐滑竿，父亲带着行李乘独轮车，大哥、二哥和我则步行跟随。我们必须绕开关卡，趁夜进入城镇。一天下来，疲惫不堪，腿都走肿了，第二天还得继续赶路。据老乡说，鬼子经常在夜间出来抓苦力，因此，夜间行走也不安全。

有一天深夜，我们跟随着一群难民在一条山路上行走，突然听见前面不远处人喊犬吠，一片喧哗。有人说：“不好，碰到鬼子抓苦力啦，快逃呀！”人们纷纷向四下逃跑，我们也跟着跑，但是已经来不及了，几个端着枪、举着火把的鬼子和伪军从山坡上冲了下来，迅速封住了大家逃跑的路，一边吼叫着一边用枪比画着将大伙赶上了山坡。山坡上有一块篮球场大小的平地，站满了被从山坡下赶上来的中国人。周围站着鬼子和伪军，端着枪，举着火把，几条狼狗冲着人群狂吠。汉奸翻译官领着几个鬼子和伪军在人群中选人，被选中的，就拉出来到另一个地方集中，谁要是反抗，就被打得哇哇乱叫，气氛十分恐怖。母亲见势头不对，急忙将四弟塞到父亲怀里，让大哥弯着膝盖站在父亲身后。汉奸翻译官领着鬼子和伪军走了过来，到了我们一家人跟前。这是我们第一次与鬼子面对面，而且距离是如此之近。我们不知道会有什么灾祸降临到自己的头上，只得听天由命。鬼子兵向我们扫视了一番，然后皱起了眉头，显然对我们一家人的身体状况不满意。一个军官模样的鬼子微笑着拉了拉四弟的手，说了声“虽乐哥”(日语“小孩”的意思)，一挥手，说道：“开路的！”领着鬼子和伪军走向了下一个目标，我们则吓出了一身冷汗。后来鬼子和伪军把挑出来的人押走了，将其余的人放下了山，我们终于逃过了这一劫。我始终不明白，那个鬼子军官为什么要拉拉四弟的手，而且带笑说了一句“虽乐哥”，难道是要表现“中日亲善”吗？然而，在那种场合作秀，岂不是对日本侵略者最大的讽刺吗？

又经过十多天的长途跋涉，我们进入了江汉平原，离武汉越来越近了。由于连年战乱和日伪的残暴统治，本来是鱼米之乡的江汉平原被弄得民不聊生，很多地方的老百姓衣不蔽体，食不果腹。不少人为了活命铤而走险，潜入山林或沼泽当上了土匪。他们抢劫过往行人和车船，这给当地的人民添了新的灾祸。我们或徒步，或乘车，或坐船，尽量避开土匪出没之地。同行的老乡有不少人遭遇过土匪，他们有一套对付土匪的办法。但是，在土匪多如牛毛的沦陷区，不管怎么小心翼翼，还是没有躲过与土匪遭遇的劫难。有一次，我们乘船沿着一条河行进，两岸都是被森林覆盖的丘陵，虽然是大白天，也显得阴森恐怖。船家告诉大家：“这里可能有土匪，请大家注意一点！”船家的话音刚落，突然一声枪响，从森林里钻出来十几个头裹黑布、身穿黑衣的人，有的端着枪，有的拿着大刀或长矛。他们大声喊叫：“把船划过来！”船家乖乖地把船划了过去，靠了岸。土匪将船上的人都赶上了岸，不许携带任何东西。匪首是一个四十多岁的壮汉，膀大腰圆，络腮胡子。他一手叉着腰，一手将子弹上了膛的枪向上举着，用沙哑的嗓子对大家训起话来："各位老乡，叔叔大婶们，让大家受惊了。我们也是被生活所逼，没有法子才来惊扰大家的，请留下买路钱来！请放心，只要大家配合，我们是绝不会伤害大家的。"匪首说完，向匪众一招手，几个土匪举起枪，冲大家喊道："我们大当家的说的话听清楚了吗？快把钱财交出来！"大家只得纷纷掏出钱来交给土匪，父亲和母亲也把藏在身上的钱交了出去。但是土匪收了"买路钱"后还不罢休，又逐个搜身，大家又遭到了一次洗劫。另一部分土匪上船翻箱倒柜地搜寻，凡是值点钱的东西都拿走。他们还将船家夫妇捆起来拷打，逼他们说出藏钱财的地方。为了寻找财物，土匪甚至把船板都撬开了。经过几番周折，匪首见再无油水可以榨取了，便下令撤退。匪众背着、扛着抢来的东西，到岸边集合。匪首向我们一拱手，说了声："打扰了！再见！"就领着匪众迅速消失在森林里。土匪抢完了财物后居然说"再见"，真让人哭笑不得，难道还会有人愿意再次见到他们吗？

我们回到船上，大家救下船家夫妇，他们只受了点皮肉之苦，由于藏匿得好，钱财未受损失。原来，他们将钱装在一个玻璃瓶子里，密封起来，用细绳拴住瓶口，将瓶子放入河中，绳子的另一端拴在船尾隐秘处的钉子上，土匪竟然没有发现。乘船的老乡有的损失惨重，有的被搜身以后弄得身无分文，都捶胸顿足地大哭。有的老乡使用各种高招，所受损失不大，如把钱藏在头发里，再裹上头巾；或将钱藏在裤子的夹层里，土匪一般只搜上身和裤兜，往往不知道裤子还有夹层。我们家可惨了，只有藏在四弟身上的钱没有被搜走，其余的钱都被搜走了。说来也巧，当土匪搜身时，四弟正好蹲在后面的草丛里拉屎，土匪没有发现他，否则我们也身无分文了。这一天的傍晚，船家将船划到了一个既安全又隐蔽的地方，让我们上了岸。

离汉口越来越近了。我们连夜趱行，在快要到达汉口郊外的蔡甸时，又遇到了麻烦，在一个要道口碰上了关卡。这是通向汉口的必经之路，想绕过去是不行的。我们只好硬着头皮随着人群向关卡走过去。关卡那边灯火通明，几个伪军负责盘查进关卡的人，每个过关卡的人都要打开行李接受检查。轮到我们的时候，一个伪军指着我们带的箱子命令道："打开！"父亲打开了箱子，这个伪军在箱子里乱翻一气，看有没有违禁品。父亲见箱子里有一张废纸，就顺手拿起来撕掉了。伪军大吼了一声："你撕的是什么？"父亲说："是一张废纸。"伪军大发雷霆，伸手就打了父亲一个耳光，骂道："混蛋！是不是废纸得由我们说了算，你想干什么？"气氛一时变得异常紧张。这时一个军官模样的人走了过来，问道："什么情况？"伪军向他报告："发现了一个可疑分子。"就将刚才的情况说了一遍。伪军官将父亲撕了的废纸捡了起来，横看竖看，仔细研究，想搞清究竟是什么机密文件。突然，关卡里有几个人端着枪冲了过来，随着"乓！乓！"两声枪响，有两个伪军应声倒下，我们都赶紧趴在地上。伪军还没有反应过来，这几个人就趁夜夺关飞奔而去。伪军军官惊魂未定，从地上爬了起来，赶忙下令："有情况！快追！"伪军们慌慌张张跟着伪军军官追了过去。这时关卡内外乱成了一团，我们随着众人趁乱涌进了关卡，向蔡甸方向逃去。

## 五、历万险游子归来

我们到达蔡甸时天还未亮。由于惊吓和劳累，父亲已经支持不住了，一直喘个不停。街道旁边有个肉案，母亲让大哥找了块破席子铺在上面，扶父亲躺下休息，其他人则在街边的商铺门前坐下休息，像一群叫花子。我们又冷又饿，想买点东西吃，找点水喝，但商铺还未开门，只好忍着。熬到了五点多钟，街上渐渐有了行人。有一家早点铺开了门，我们成了这家早点铺的第一批客人。我们吃了热干面、馄饨、包子，还喝了很多汤。这时进来了几个客人，他们边吃早点边聊了起来。一个说："昨晚玉贤镇的鬼子据点被端了，死了很多鬼子。"一个说："听说是游击队干的。"一个说："我听说炸据点的游击队闯关逃走了，还打死了两个皇协军。"听了这几个人的谈话，才知道夜间打死伪军闯关而出的人是游击队。吃早点的人渐渐多了，这几个人就不再说什么了。

母亲问早点铺的老板："这里离汉口有多远？"老板看了看我们，问道："你们这是要去汉口？这里离汉口还远着呢，你们有这么多小孩，还有一个病人，要走着去汉口，怕是不行。"母亲问："有没有到汉口去的长途汽车？"老板说："长途汽车没有，不过这里的商铺常有到汉口去拉货的马车，你们花点钱搭他们的马车去汉口，又方便又省钱。"母亲听了大喜，对老板说："请老板帮我们打听一下好不好？"老板爽快地说："好吧，我帮你们去问一下。"老板一会儿就回来了，说："斜对面的杂货铺今天就要到汉口去进货，你们可以搭他们的马车，我已经帮你们说好了。"母亲向他道了谢，并付了双倍的早点费作为酬劳。

从早点铺出来，天已大亮，太阳从云层里钻了出来，照亮了蔡甸破旧的街道，也驱除了我们身上的寒冷以及恐怖压在心头的阴影。蔡甸的东边有一条大道，一直向东延伸，它的尽头就是我们的老家汉口。我们迎着晨曦，由早点铺老板带着向斜对面的杂货铺走去，心里充满了激动和喜悦，因为我们很快就要回到老家了，胜利的曙光就在眼前。我们坐上杂货铺的马车向汉口前进，个个精神振奋，笑逐颜开，就连父亲也挣扎着坐了起来，跟大家有说有笑。

马车在汉正街停下，老板要在这里进货。我们下了车，母亲向老板道了谢，并付了车钱。我们这时精神百倍，母亲和大哥轮流背着四弟，二哥和我搀扶着父亲，走进了大夹街九如巷，敲响了老宅的大门。门开了，父亲和母亲一边喊着“爹”“妈”一边领着我们弟兄几个奔了进去。一群叫花子闯进了家里，将祖父、祖母吓了一跳。当他们认出了父亲和母亲以后，才知道是大儿子和大儿媳带着孙子们回来了，他们又惊又喜，泪流满面。父亲和母亲一下子跪在祖父母面前，父亲哭着说：“儿子不孝，远离二老在外，没有在膝下尽孝，心里非常愧疚，今天能见到亲颜，真是天大幸事。今后我们一定好好侍奉二老，再也不离开家了。”说完大哭不止，祖父母也哭了起来。祖母更是拽着父亲大哭大喊：“我的儿呀！我年年盼，日日盼，总算把你们盼回来了，你们能活着回来，多亏了菩萨保佑呀！”我们也跟着父母跪下，号啕大哭，大家哭成了一片。家里其他人都来问讯，附近的街坊邻居也来看热闹，黑压压挤满了一屋子。

后来，大姑姑把父母搀扶了起来，对祖父母说：“弟弟一家死里逃生，从万里以外的云南回来，这是大喜事呀！大家应该高兴才是。”祖父连连点头说：“对！对！对！是喜事，是喜事。”祖父让我们坐下休息，又叫用人买来了武汉特色小吃米粑粑、面窝、油条等，让我们过早。我们虽然在蔡甸吃过早点了，但现在又饿了，于是又美美地吃了一顿。过了一会儿，姐姐放学回家了，她见了我们，开始显得很生疏，不知道家里这些穿得破破烂烂的人是什么人。后来祖父母告诉她：“这就是你的亲生父母和亲兄弟，他们从云南回来了。”当母亲得知这个刚进门的女孩是姐姐时，就站起来喊道："儿呀！我是妈呀！"姐姐听了，扔下书包，喊了一声："妈！"就扑到母亲怀里大哭起来。母亲紧紧地抱着她，哭着说："儿呀！总算见到你了。"姐姐又哭着和我们相见，大家又哭成了一片。

我们在老宅安顿了下来。汉口的老宅是一栋两层楼的房子，总面积大约有四百多平米。一进大门是门洞儿，穿过门洞儿就是天井，天井中间有一个大鱼缸，里面养着金鱼。天井安有活动天篷，夏天太阳晒时可以拉起来将整个天井遮住。天篷中间有一个圆洞，既可以透气，下雨时还可以让雨水集中流进鱼缸。穿过天井就是堂屋，堂屋正中设有香案，供着祖宗牌位，两边摆放着四个茶几和四对太师椅，来了客人就在堂屋接待，过年、过节和祭祖等活动，都在堂屋里进行。堂屋的对面、左侧及后面是房间。穿过堂屋和左侧房间的小过道，就到了后面的厨房和后天井。楼上都是房间。楼上楼下可以住人的房间加起来共有十二间。屋顶建有晒台，可以晾晒衣物、被褥，夏天的晚上还可以在这里乘凉。武汉是有名的火炉，夏天非常炎热，一般有条件的家庭都建有晒台。每到伏天，我们晚上差不多都是在晒台上度过的。我还记得，每天吃完晚饭以后，我们就到晒台上乘凉，先在晒台上洒点凉水降温，等晒台干后再铺上凉席，放上枕头。我们躺在凉席上，一边听大人讲故事，一边数着天上的星星，在徐徐的微风中渐渐进入梦乡。当然，祖父和祖母是从来不去晒台乘凉的。我们回来以前，老宅住着太祖母、祖父母、大姑姑、姐姐和用人。祖父的二房及她的两个儿子、儿媳住在离老屋不太远的徽州巷。二房的大儿子死了，女儿已经出嫁。大姑姑后来搬出了老屋，住在附近的肇隆里。

祖父为我们办了户籍，使我们有了合法身份。又从自家的店铺里拿回几匹布，给我们每个人做了几身衣服。二哥、我和四弟进了大夹街小学上学，大哥则被送去当了学徒。在当时，当学徒几乎是商家子弟的唯一出路。大哥考虑到将来的发展，就选择到汉正街的一家较大的西药房。真是叫他选对了，武汉解放前一年，他跑到解放区去参了军，当了一名医士，后来发展非常顺利。

父亲是养子，我们跟祖父没有血缘关系，但他始终惦记着我们。当他得知我们有回汉口的打算后，为我们筹措路费。我们从大后方回到汉口以后，他又给了我们衣食无忧的生活，这是一种超越血缘关系的伟大的爱。我还记得，每天清晨，祖父都坐在堂屋的太师椅上抽香烟、喝茶，桌上放着三摞铜板，这是为我们准备的过早钱。二哥、我和四弟背着书包，依次走到祖父跟前，叫一声“爷爷”，就拿走属于自己的那一份铜板。祖父微笑着摸一摸我们的头，目送我们走出大门，天天如此。似乎用这种方式能让他体验到亲情，享受到幸福。直到现在，这种动人场景还历历在目，深深地留在我的记忆里，永远不能忘怀。

父亲由于旅途劳累，加上烟瘾的折磨，回到汉口不久就病倒了。祖母得知父亲抽上了大烟，又见他没有工作，在家吃闲饭，就天天“大烟鬼”“败家子”地骂他，有时还堵在房门口骂：“你活着做什么，还不如死了算了！”父亲在家天天受气，如坐囚笼。不久，他又患上了食道癌，吞咽困难，无法进食，母亲只好喂他流食，后来连流食也咽不下去了。祖父请了几位名中医给他诊治，但他们都不知道父亲得的是癌症，开了很多药方，父亲吃了他们的药毫不见效，病情越来越重。弥留之际，他把母亲叫到床边，流着泪断断续续地说：“我对不起……父母，对不起……你，对不起……孩子们。我不该……去抽大烟，害得你们……跟着我受罪，我后悔……呀！”停了一会儿，他又说：“孩子们……都好，我就是不放心……老三，他脾气……太犟，将来弄不好……会惹出事来的，你要……好好管管他。”

一九四四年的初春，父亲离开了人世，时年三十六岁。记得那是一个寒冷的上午，天阴沉沉的，还飘着小雪。家里派人到学校里来找我们，说：“赶快回家，你们的爹去世了！”我们急忙请假回到家里，父亲已经躺在棺材里了，棺材停放在堂屋的正中间。祖母、母亲在棺材旁大声哭喊，祖父坐在一旁叹息流泪。父亲睡的棺材是几年前祖父用上好的木料做的，每年加一层漆，原本是为自己准备的，一直存放在祖父出资和募资开办的善堂里，现在却让父亲享用了。我们围着棺材走了一圈，向父亲的遗体告别。父亲戴着那副生前一直戴着的深度近视眼镜，安详地躺在棺材里，好像睡着了一样。他已经彻底解脱了，再也不用屈辱地活在人世，忍受着痛苦的煎熬。后来，我们来到棺材前，一起跪下，放声大哭。祖父请了一帮和尚来做法事，超度亡灵，我们兄弟几个则在棺材前跪经。和尚敲着法器，双目紧闭，嘴里念念有词。至于他们念什么，一句也听不懂，只听见每一轮经念完以后念了我们的兄弟几个的名字。出殡的那天，母亲用头撞击着棺材，哭得死去活来，祖母也捶胸顿足号啕大哭。我们兄弟几个披麻戴孝，护送灵柩到了墓地。墓地是在汉阳郊外一个叫邓家岭的山坡上，坡前有一个大池塘，池塘对面是一个村庄，叫邓家庄。庄子里有一个大户叫邓黎斋，他经营着几家毛巾厂，和祖父有很多生意上的往来，也是朋友。邓老板曾经向祖父推荐这块背山面水的风水宝地，祖父来看过以后，觉得不错，就买了下来，准备做自己的寿穴，现在却成了父亲的墓地。

父亲原本是一个积极向上的有为青年，有学识，有才干。他本当有一个好的前程，可惜时运不济，未能得到充分施展才能的机会，特别是在云南抽上大烟以后，彻底毁了自己。父亲的英年早逝，以及他三十余年的人生轨迹，给了我们很多的警示和启迪，那就是人活着必须自重、自珍、自爱，必须识别陷阱，远离诱惑，这样才能把握好人生航船的风帆，不致偏离航向。父亲对我的临终遗言，母亲后来告诉了我。父亲在临终前竟然如此清醒、明智，他在悔恨、悲痛的同时，也向母亲提到了我的缺点，表现了自己的担忧，这确实令我感动。父亲的遗言是珍贵的，让我一辈子铭记在心。它时时提醒我，在工作中要力戒骄傲，与人相处时要心态平和，处理问题时要避免固执。这些待人处事的原则，使我一生受益。

## 六、汉正街群魔乱舞

在日伪统治下的武汉，老百姓的生活十分艰难。祖父开着商铺，做棉纱、布匹生意，虽然经营很困难，赚不到什么钱，但因为家底雄厚，所以我们家的日子还过得去，而贫苦老百姓却在水深火热中过着痛苦的生活。祖父捐资和募资开办的善堂，每到冬天就要施舍棉衣，帮助没有棉衣的穷人过冬。有些穷人死了没有钱买棺材，善堂也施舍棺材。因此，祖父在当时也算得上是个慈善家。我时常看见穷人登门请求施舍，祖父都一律满足了他们的要求。

我们家属于硚口区，附近有著名的三民路、汉正街，往南走就是汉水。这一带街巷纵横交错，商铺鳞次栉比，非常繁华。但在日伪统治时期，这种繁华只是表面现象。很多商铺是亏本经营，想关门也关不了，因为日伪当局为了维持繁荣假象，不许停业。这里乞丐满街，都是从四乡逃来的难民，每天讨一点残羹剩饭聊以度日。妓女也很多，我们家附近的一条巷子里就有五六家妓院。每到傍晚，妓女们就出来站街了，她们打扮得花枝招展，见到过往男人就上前搭讪，有的甚至往屋里拽。有时候为了争夺一个嫖客，妓女们还大打出手。

除了公开身份的妓女外，还有暗娼。我们家斜对面有一家煤炭铺，楼上临街的房间就住着一户暗娼，经常有不三不四的人在她家出入。她丈夫原是个痞子，后在伪军里混饭吃。他把老婆当成了摇钱树，无耻之极，常常带一些伪军军官到家里来鬼混，有时甚至把鬼子兵也招惹来了。有一次，暗娼将一盆脏水向窗外倾倒，倒在了一个行人的身上，这个行人当然不干了，指着窗户大骂道："臭婊子，你瞎了眼啦！"又捡起一块砖头要向窗户扔去。正在这时，从窗户里伸出一个戴军帽的鬼子兵的脑袋，冲他大吼了一声:"八嘎!"此人先是一愣，后来见是一个鬼子兵，气不打一处来，仰头大骂道："小鬼子，我操你八代祖宗，你狗日的有种就下来！老子不揍扁你才怪呢!"说完就大摇大摆地走了。鬼子在楼上气得大喊大叫，但也拿他没有办法。此人也算是中国人中的佼佼者，居然敢与鬼子对骂，骂完以后又从容离去，实在是了不起。

在这一带，地痞流氓横行无忌，有些地痞流氓当上了汉奸，更是飞扬跋扈，无法无天。我们家的亲戚当中就有好几个这样的人。在我熟悉的人中就有两个，一个就是祖父的远房外孙，叫安宝；另一个就是祖母娘家的远房亲戚，叫陆陆。

安宝一贯好吃懒做，不务正业。他有个外号叫"一摊泥"，因为他嗜酒如命，经常喝得烂醉如泥。他没有钱，就到处借钱、骗钱，弄得亲戚朋友都躲着他。他父亲好不容易给他找到了一个看仓库的工作，但他却不好好干，经常和一些狐朋狗友在仓库里喝酒耍钱。有一次他喝得烂醉如泥，等他醒来一看，他的狐朋狗友都走了，还偷走了仓库很多东西。老板一怒之下将他开除了，还要他父亲赔偿经济损失。他父亲将他狠狠揍了一顿，并把他锁在家里，叫人看着他，不让出门，更不许给他喝酒。安宝失去了自由，又没有酒喝，就天天在房里大吵大闹，又"乒乒乓乓"地砸东西，还威胁说，再不放他出来，他就要点一把火把房子烧了。他妈没有办法，就背着他父亲把他放出来了。他妈哀求他："儿子，你莫跟那些人来往了，好好做人、学好。你哥哥托他朋友帮你找到了一份工作，是一家医院的勤杂工，你先暂时干着，以后再调换好一点的工作。"第二天，安宝就由哥哥领着到那家医院上了班。可是，安宝只干了几天，就不去上班了。他又跟那帮狐朋狗友混在一起，经常混迹于酒馆、妓院，白吃白喝，连家也不回了。那些狐朋狗友知道他父亲有钱，就撺掇他去赌博，结果欠下了一屁股赌债。赌场管事的带着几个打手押着他去找他父亲要钱，他父亲见一帮子人押着儿子上门来要赌债，当时就气晕过去了，不久就"呜呼哀哉"了。安宝没有了父亲，就更加肆无忌惮了，因为没有人能管得了他。后来他妈实在没有办法，就请祖父出面帮他们分了家，将家产一分为四，一份给他母亲，他哥哥、弟弟和他各占一份，以后各过各的，互不相干。安宝分得了家财，不到一年就挥霍光了，便又到他母亲家里混吃混喝。

至于陆陆，根本就是一个大流氓。他的外号叫"独眼龙"，因为他参加流氓团伙的斗殴被打瞎了一只眼睛。当时三民路、汉正街一带有两个流氓团伙，一个流氓团伙的头头叫"天长子"，因为他的身高将近两米；另一个流氓团伙的头头叫"地矮子"，因为他的身高只有一米五左右。这两个流氓团伙之间经常发生斗殴。陆陆是"天长子"流氓团伙的干将，凡是打架斗殴，他都冲在最前面，结果被打瞎了一只眼睛。后来，这两个流氓团伙为了争夺一块地盘发生了械斗，双方手持刀斧互相砍杀，结果死了不少人。当局进行了镇压，将"天长子""地矮子"都枪毙了，还抓了不少械斗的参加者关进了牢房，而陆陆却逃脱了，并且躲了起来。后来，风声不那么紧了，他又出来活动了。他串联了"天长子"原来的几个手下，又拉起了一支队伍，自己当起了首领。

有一次，安宝和几个狐朋狗友到汉正街一家酒楼喝酒，几杯酒下肚以后便要起了酒疯，不但不给钱，还打了跑堂的，掌柜的上前跟他们理论，也被安宝扇了两个大耳光，酒楼里顿时大乱。正在这时，陆陆带着一伙人走了进来，他大声嚷嚷："是哪个吃了豹子胆呀，敢在老子的地盘撒野？"原来，这座酒楼每月都向陆陆的团伙交保护费，酒楼里只要有事，陆陆就会出面摆平。安宝有些醉了，他见一个身穿黑绸布大褂、歪戴礼帽、一只眼睛罩着黑色眼罩的"独眼龙"带着几个彪形大汉向他走过来，有些胆怯了。但是，身边有几个狐朋狗友壮胆，他也不好示弱，就大声喊道："你是什么人，敢来管老子的事？"陆陆哈哈一笑，侧过头去对他的手下说："你们看，还真有不怕死的。"陆陆的手下有一人认识安宝，他轻声对陆陆说："陆哥，这人我认识，他是赵老太爷的外孙。"陆陆问："哪个赵老太爷？"那个手下说："就是你姑爹赵老板呀！"陆陆听了哈哈大笑说："这真是大水冲了龙王庙，一家人不认得一家人。"陆陆走过去拍着安宝的肩膀说："你是安宝兄弟吧？我们是自家兄弟，来，来，坐下来说话。"安宝满脸狐疑地问："你是哪个？怎么认得我？"陆陆说："我就是陆陆呀！"安宝笑了起来，说："你就是陆陆？我可久闻大名呀！按辈分我应该叫你叔叔，那我就叫你陆叔吧！"陆陆说："什么辈分不辈分的，我不讲那一套。你就随大伙叫我陆哥吧！"

原来，陆陆和安宝都互相知道对方，就是没有见过面。陆陆转过身去对酒楼老板说："这是我朋友，他们的酒钱记在我的账上。"于是，陆陆叫跑堂的上酒，让两边的人坐到了一起，喝酒聊天。陆陆和安宝聊得非常投机，相见恨晚，两人又臭味相投，便成了好朋友。陆陆对安宝说："你跟着我干吧，我保证不会亏待你！"安宝正走投无路，就高兴地答应了。从这天以后，安宝就参加了陆陆的团伙。两人经常在酒楼、妓院、赌场双入双出，一起为非作歹，他们的臭名声在汉正街、三民路一带几乎无人不知，无人不晓，人们见了他们，都要退避三舍。武汉沦陷以后，他们又一起投靠了日本人，在日伪特务机关找到了一份差事，当起了日伪特务，成了日本人的鹰犬。陆陆还是一个小头目，手底下管着十几号人，安宝是亲戚，理所当然地成了他的副手。两人经常挎着盒子炮，带着一帮小喽啰招摇过市。

陆陆看上了一家商铺老板的女儿，并得知祖父与这个老板认识，便来找祖母，求她向祖父说说，请祖父出面，向这位老板提亲。祖母对这远房侄子虽然厌恶，但碍于情面，就对祖父说了。祖父一听，骂道：“他是什么东西？连猪狗都不如，也配娶人家的女儿？”祖母说：“他好歹也是我侄子，你不看僧面也要看佛面，就去一趟吧！”祖父说:“要去你去，我是不去的。”祖母见祖父态度坚决，也就没有了办法，只好对陆陆说：“提亲的事办不成了，人家的姑娘许配人家了。”陆陆当然不会就此收手，决定亲自出马。他天天到这家商铺去纠缠，向老板提亲。老板的女儿出门时，陆陆就在半路上堵她，说要和她交朋友，拉拉扯扯地耍流氓。老板的女儿躲在家里，不敢出门。弄得这家商铺的老板非常害怕，就让女儿躲到乡下去了。

后来陆陆决定来硬的，便带着几个手下，拿着几盒点心、几瓶酒来到商铺，对老板说：“我看上了你女儿，决定娶她，这是聘礼，咱们商量个好日子，把婚事办了吧。”说完，叫手下把点心和酒摆放在柜台上。老板赶忙说：“老总，您看上了小女是我们的荣幸，只不过小女已经许配了人，怎么能再高攀您呢？请您高抬贵手，放过小女吧！”陆陆拉下脸来，说道：“我看上了你女儿是瞧得起你，不要敬酒不吃吃罚酒。我倒是想放过你女儿，只是它不同意！”说完，“啪”的一声，把盒子炮拍在柜台上。老板吓得连连作揖，说道：“老总息怒！我说的都是实情，怎敢骗你？”说完，叫伙计端出一个大托盘，托盘里放着用红纸包着的三封光洋，说道：“这是我的一点小意思，请老总笑纳。”陆陆见商铺老板送来了钱，立刻堆下笑脸，收下了光洋，说道：“既然老板有难处，我也就不勉强了。”说罢，带着手下走了。

安宝见陆陆得了一笔意外之财，十分眼红，也想如法炮制。有一次，他在电影院看上了一个学生打扮的妙龄女郎，散场后就尾随其后，得知她是民族路一家绸缎庄老板的千金。第二天他就挎着盒子炮到这家绸缎庄纠缠，要求与老板的女儿交朋友。没想到这位老板非常开通，好烟好茶地招待他，并对他说：“老总看上了小女，是我们家的荣耀。但这事也不能办得太草率，您看这样行不行，我先跟家里人商量商量，三天以后一定给您一个满意的答复。”安宝听老板这样说，心中大喜，高高兴兴地离开了绸缎庄，等三天以后再来听好信，谁知这是老板设下的陷阱。这位老板可不是一般的人，他儿子是汉口日本宪兵队的翻译官，在日本人那里红得发紫，这个情况安宝哪里知道？也是安宝活该倒霉，当他三天后挎着盒子炮喜滋滋地再次闯入绸缎庄时，老板的儿子带着几个日本宪兵赶过来了。他一见势头不对，想开溜，却被一个日本宪兵抓住，冲他喊道：“你的，什么的干活？”安宝连忙说：“我的，自己人，自己人！”日本宪兵说：“你的，重庆分子的干活！”老板的儿子过来狠狠抽了他两个大耳光，大声骂道：“他妈的，癞蛤蟆想吃天鹅肉。带走！”不由分说，把他抓进了宪兵队，打了个半死。

安宝的母亲求祖父找绸缎庄的老板说情，祖父生气地说：“你养的这个好儿子在外头干了些什么事，你不晓得吗？你也应该管管他，怎么能让他由着性子胡作非为呢？现在出事了，你着急了，要我去救你儿子，我怎么救？那可是日本宪兵队呀！”安宝的母亲哭着说：“安宝再怎么不成器，他也是您外孙呀！您不能眼睁睁看着他死在宪兵队吧？”祖母也在一旁求祖父。祖父不得已，只好带着厚礼去绸缎庄老板家里向他求情：“我外孙太不懂事，冒犯了您，我特来代他赔罪，请您看在我的薄面上，饶了他吧！”绸缎庄老板与祖父有生意上的往来，也就卖了个人情给祖父，说道：“在下不知道他是令外孙，才有了这场误会。既然是令外孙，赵老板今天又亲自屈尊光临寒舍，一切都好办。”安宝很快就放出来了，虽然被打得遍体鳞伤，但总算保住了一条命。

日本投降后，安宝因汉奸罪被抓了起来。安宝的母亲到警察局喊冤，说：“我儿子被日本宪兵队抓过，差一点被打死了，他怎么会是汉奸呢？你们不能乱抓人呀。”警察局派人去一查，日本宪兵队果然有安宝被捕的记录，档案上写的是“重庆分子”，罪名是“从事反日活动”。于是，警察局承认抓错了人，把安宝给放了。安宝就这样稀里糊涂成了“抗日分子”，还在警察局谋到了一份差事。不久，他因敲诈勒索被人告到了警察局，被开除了。解放后，他哥哥在铁路部门为他找了一份在货车上当押运员的工作，又因偷拿货物，被公安局拘留，放出来后就成了无业游民。此人一直打光棍，直到离开人世。至于那个陆陆，日本投降后，他投靠了国民党军统，参与杀害多名共产党地下工作者，解放后被枪毙了。

武汉的大马路上有不少鬼子兵，他们见了面都要互行军礼，中国人见了都远远躲开。这些鬼子兵在大马路上昂首阔步，趾高气扬，俨然像这片土地的主人；他们旁若无人，谈笑风生，却不知道自己的末日正在悄悄临近。马路上的中国人敢怒而不敢言，只能在暗处向他们射去仇恨的目光。日本人刚打进中国时，疯狂烧杀抢掠，企图以暴力吓倒中国人，使中国人屈服，服服帖帖当顺民。但这样只能激起中国人更大的仇恨，更激烈的反抗。后来日本人为了长期占领中国，渐渐改变了策略，他们开始用军纪约束士兵，禁止他们胡作非为。因此，从表面上看，日本兵与中国老百姓相安无事，但是，以占领者自居的日本人怎么可能对中国人平等相待呢？在他们的眼里，中国人始终是亡国奴，是下等人，他们随时都可以奴役和欺负中国人。

在武汉，很多机关、大楼前都有鬼子兵站岗，中国人走过时都要向他们鞠躬，否则就要招灾惹祸。听说有个中国女学生经过时没有鞠躬，就被鬼子兵叫过去跪在大街上，这时正好有一个清洁工挑着一副空粪桶从附近经过，鬼子兵强迫这个清洁工将空粪桶扣在女学生头上，路过的鬼子兵见了都鼓掌大笑。可以想象，当时目睹了这一暴行的中国人会有何种感受！这不仅是这个女学生的屈辱，也是全中国人的屈辱。汉口最热闹的地方是中山大道，中山大道上有一座全市最高的大楼，它是汉口标志性建筑，叫水塔，在它附近的大楼里，有不少鬼子的军事机关，其中有一座楼（原中国银行汉口分行）就是日本宪兵队。这座楼里经常传出撕心裂肺的哭喊声和狼狗的狂吠声，令人毛骨悚然。很多中国人被以各种罪名抓到这里，遭受各种酷刑的折磨，再也不能活着出来。汉口人将这里视为魔窟，都远远地躲开。

我们就读的学校在大夹街，离家不远。学校除了学语文、算术外，还要学日语，而且日语的课时很多，这也是日本人奴役中国人的手段之一。上课的老师都无精打采的，唯有教日语的老师很精神，对学生的要求也很严格，谁要是不好好学就得挨板子。后来听说此人是日本某个机构派来的。日语课学些什么内容全忘光了，只记得每天“啊－依－乌－哀－喔”地背日语字母，至于为什么要背，全然不懂。每个星期一早上要举行周会，跟国统区的学校一样。全校师生在操场上集合，由校长领着背诵孙中山的遗嘱，向孙中山的遗像三鞠躬。这是日本人奴役中国人的又一手段，让中国人从小就把汪伪政权当正统，永远死心塌地地当顺民。

学校里最为活跃、最为厉害的人物是训育主任。此人中等身材，留着平头，八字胡，老戴着一副深色眼镜，给人一种莫测高深的感觉。他对学生不是打就是骂，罚跪罚站是家常便饭。每次开全校大会时，他总是猫在小平房的房顶上，监视整个会场。他手里攥着一把小石子，这些小石子是他整治学生的武器。发现有说话和做小动作的学生，就扔小石子打他。他还真练就了一身“百发百中”的本领，一扔一个准，很少失过手。凡是被空中飞石击中过的孩子，立马就老实了。原先吵吵闹闹的会场，随着他交错飞舞的小石子，很快就安静下来了。有时候，他会突然出现在会场的后面，手执竹板从后往前走，见了说话和做小动作的学生，就狠狠地打一板子，一路“噼噼啪啪”地打过去，会场顿时鸦雀无声。学生上课时他也不闲着，偷偷地到各教室外视察，隔着玻璃窥视教室里的情况，发现有表现不好的学生，就冲进教室进行管教，全然不把正在上课的老师放在眼里。

他还把学生当劳动力，时不时领着学生去某个部门干些清理现场、打扫卫生之类的体力活，当然是白干，没有任何报酬。我参加过一次这样的活动。大清早，我们这个班的同学就自带干粮在学校门口集合，由这位训育主任亲自带队出发。我们列队沿中山大道北行，不知道要到哪里去，也不知道要去干什么。训育主任手持一根像乐队指挥用的指挥棍一样的细棍，是用来抽打那些不听话的学生的。他一路喊着“一二一”的口令或吹着哨子，昂首阔步地带着队伍向目的地前进，旁若无人。队伍迈着整齐的步伐，雄赳赳气昂昂地行进，我们走在队伍里也觉得很神气。很多路人驻足观看，过路的鬼子兵也停下来鼓掌，嘴里不停地发出“哟西！哟西！”的赞叹，仿佛看到了他们用武力打造的“王道乐土”的辉煌成果。训育主任脸上充满了得意之色，一边摇头晃脑更加使劲吹着哨子，一边不时停下来向鼓掌的鬼子兵鞠躬答谢，活像一个马戏团的小丑。观看的中国人没有鼓掌，有些人很快就走了，有些人则向训育主任指指戳戳，嘴里骂着“汉奸”“走狗”，脸上露出了鄙夷的神色。

队伍到了江汉路一家电影院门口停了下来，目的地到了。原来，我们是来给这家电影院打扫卫生的。我们扫地、擦桌椅、抹玻璃，一直干到中午才干完。然后，训育主任叫我们坐下吃干粮、喝水、休息，他自己则不知道到哪儿去了，估计他是被电影院的人请去大吃大喝了。一个小时后，训育主任才回来，领着我们回到学校。不知道训育主任与这家电影院的老板是什么关系，或许他瞒着大家赚了一大笔劳务费吧？据说，日伪时期学校的训育主任都有特殊背景，有的往往就是日伪特务。他们除了管理学生外，还要负责监视教职员工，如果发现他们有反日言行，立即报告。因此，这些人在学校飞扬跋扈，气焰熏天，谁也不敢惹他们，就连校长也要让他们三分。所以，让学生荒废学业到外边帮别人义务干活，即使老师、校长有意见，也不敢管。

## 七、邓家庄举家避难

进入一九四四年后，美国为了加快日本的灭亡，派飞机频频对日占区的军事目标进行轰炸，汉口也在轰炸之列。美机都是晚上飞临汉口上空，炸完了就飞走了。过了一会儿，美机又一次飞临汉口上空，但这次不是扔炸弹的，而是拍照的。据说汉口硚口王家墩一带有一个日军的军用机场，还有弹药库、油库等军事设施。从这个机场起飞的日本飞机经常到国统区去轰炸，对中国的大后方威胁很大。美国飞机轰炸的目标大概就是这个机场和附近的军事设施。三民路、汉正街一带离王家墩很近，因此频频遭到误炸。我们家所在的九如巷是一条小巷子，住在这里的都是中国平民，但也多次遭到误炸，几乎一半的房屋被美机扔下的燃烧弹烧毁，很多居民被烧死。

九如巷第一次遭美机轰炸时，我们非常恐慌，扶老携幼冲出门去，出现在眼前的景象让我们惊呆了：巷子里多处房屋被炸毁，正在燃着熊熊大火，巷子两头都被大火封死了，根本逃不出去。巷子里到处都是烧焦了的尸体，有的尸体上面的火还在燃烧。更惨的是，有的人一边带着身上的火满地打滚、爬行，一边喊“救命”。有一个妇女被燃烧弹的碎片击中，大火烧得她往前爬行，而她面前却是一个被火围困的小女孩，一边爬行，一边喊着“妈！妈！”，很快，孩子就被火苗吞噬了。我们企图冲出火海，但没有成功，最后只得回到家里。后来，美机来时，我们就在家里待着，听天由命。祖母每到这时，总是拿着一个马桶盖向天空晃动，她紧闭双眼，嘴里念念有词，不知道她念的是什么。我们很好奇，凑过去一听，原来她念的是“南无阿弥陀佛”。后来才知道，祖母晃动马桶盖是为了求菩萨保佑，让菩萨命令风神把炸弹吹到别处去，不要掉在我们家里。难道是祖母的祈求真的感动了菩萨？美机的燃烧弹炸了我们很多街坊邻居的房子，竟然一直没有光顾我们家，老宅现在还安然无恙地矗立在九如巷，这也可以算得上是奇迹。

为了躲避美国飞机的轰炸，我们举家迁往汉阳乡下，因为美国人不会把炸弹浪费在这些地方。汉阳城外有个村庄，叫邓家庄，邓家庄对面的邓家岭就是父亲的长眠之地。邓家庄的大户邓黎斋是祖父的朋友，他力邀我们全家去他那儿避难，祖父欣然同意。我还记得到达邓家庄的情形，我们一家老小（包括祖父的二房一家）共十余口，经过一路跋涉，于下午一点左右到达邓家庄。一进村子，邓老板就在村口迎接。他与祖父行过拱手礼以后，就带我们去到他的宅院。我们又饥又渴，几乎都站不住了。邓老板早已备下了丰盛的饭菜为我们接风。红烧鱼、炒鸡蛋、烩豆腐、珍珠丸子、腊肉炒菜苔、萝卜烧肉、藕煨汤等一道道农家菜陆续端上了饭桌。邓老板首先致欢迎词：“耀翁（祖父字耀堂）一家光临，令寒舍蓬荜生辉。今日略备薄酒，为耀翁一家接风洗尘。乡野之地，没有什么好东西，只能用这些粗鱼笨肉聊表心意。请大家开怀畅饮，吃好喝好！”邓老板说完，举起酒杯向祖父敬酒，祖父端着酒杯说：“我们一家到府上避难，多有打扰，已经很不好意思，今又蒙黎翁设盛宴款待，其情其义，令在下感动，我代表全家向主人表示谢意！”祖父说完，与邓老碰了杯。我们早就等不及了，祖父刚一说完，就狼吞虎咽地吃起来，一会儿工夫，将所有的菜一扫而光。在我的记忆里，这是我有生以来吃得最香的一顿饭。邓老板的宅院里已经住了不少人，都是为了躲避美国飞机轰炸而投奔来的亲友。邓老板将正院腾出来让我们一家居住，他自己一家搬到偏院去住。

父亲去世后葬到了远离汉口的邓家岭，没有想到的是，为了躲避美国飞机的轰炸，我们又来到了邓家岭。更巧的是，父亲的坟墓正好对着我们居住的邓家大院，中间只隔着一个大水塘。面对着父亲的长眠之地，母亲真是心如刀绞，悲痛万分。起先，大伙都瞒着她，不让她知道父亲的坟就在附近，可是，没过多久她就知道了。她知道后，立刻准备了纸钱，要到父亲的坟头去哭祭，我们兄弟几个就陪着她一起去。我们搀扶着她往水塘那边走过去，刚走到水塘，母亲就哭了起来，一直哭着走向父亲的坟头。父亲的坟是新坟，在山坡的最高处，非常显眼。母亲一到了父亲的坟头，就一下子坐在地上，两手拍打着墓碑痛哭起来，一边哭，一边诉说自己的悲痛和思念。我们在一旁烧纸钱，也陪着母亲流泪。从这天以后，她隔三差五就要到父亲的坟头哭上一场，即使不去坟头，也常常站在大门口，泪汪汪地看着水塘对面的山坡，久久不肯离去。邓家岭真是母亲的伤心之地呀！

美国飞机轰炸汉口的行动没有停止的迹象，因而我们在邓家庄的避难生活不可能很快结束。但我们也不能长期借住邓家宅院，给主人增添麻烦，所以祖父决定离开邓家，单独居住。邓家大院后面的坡地上有一大片无主荒地，临近公路，我们家就在这里盖了几间简易的茅草屋，全家离开了邓家搬到这里居住。草屋后面的山坡上有很多坟，每到夜间，坟头之间隐约有鬼火闪烁，让人感到恐怖。后来知道，所谓“鬼火”，实际上就是萤火虫，坟地的草丛里有很多萤火虫，一到夜间就在坟头间飞来飞去，制造恐怖气氛。刚搬到草屋时，见到这么多坟，心里很害怕，晚上也不敢出门，后来才渐渐习惯了。汉阳郊外荒野之地很多，荒野之地上几乎都是坟。俗话说：“汉口人多，汉阳坟多。”汉口人死了，都要送到汉阳安葬，因此，汉阳郊外的荒野地基本上都成了坟地。

每到清明节，这些地方就热闹起来了。汉口人纷纷过来上坟，这里的老乡也都忙活起来。他们扛着铁锨来到坟地，看见有人上坟，就铲一块带有青草的泥土，切得四四方方的，搁在坟头，这叫给坟上“坟包”，然后向上坟的人要“坟包钱”。或者拿着棉垫子，见上坟的人要跪拜了，就赶紧将棉垫子放在坟前，供跪拜的人使用，然后收“拜垫钱”。“坟包钱”和“拜垫钱”给多少没有定规，可多可少。穷人可以少给，富人可以多给，如果碰上一个出手阔绰的财主，给几十、几百也未可知。

我们家的草屋背靠山坡，面临公路。公路两边原本都是荒地，后来，从汉口逃来的难民纷纷在这里盖房安家，渐渐变成一条街了，有些人还开商铺做起了买卖。原来冷冷清清的荒野之地，现在人来人往，变得十分热闹。二哥、我和四弟进了汉阳城里一所学校上学，每天清晨，我们背着书包，沿着公路步行到学校去上学，中午回家来吃饭，下午就不再去了，因为学校是半日制。为了打发空闲时间，我们在草屋后面开垦出一块菜地，种上了小葱、萝卜、白菜。经过我们辛勤劳作，蔬菜长势良好。我们还在集市上买了一些鸡雏喂了起来，经过我们精心饲养，小鸡渐渐长大，成了大鸡，而且十分壮实，大家见了都很高兴。在祖父的指导下，二哥和我饶有兴趣地在公路旁摆起了小摊，卖一些芝麻糖、绿豆糕之类的小食品，体验做买卖的滋味。祖父拿出钱，让我们从城里按批发价买进一批小食品，然后按零售价在小摊上销售，赚取其中的差价。祖父说："赚了钱是你们的，赔了钱是我的。"可惜的是，我们的小摊摆了几天，就只有两三个顾客来光顾，再也摆不下去了，只好收摊，小食品都让我们吃进肚子里了。不过，通过摆摊，我们知道了做买卖是怎么回事。山坡上黄鼠狼很多，经常在夜间窜进茅草屋的后院，叼走我们饲养的鸡，有些鸡虽未被叼走，也被咬伤了，成了"伤病员"。后来，"伤病员"都成了餐桌上的美食。于是，我们连鸡也不养了。

## 八、日投降欢庆胜利

到了一九四四年下半年，大概美国人发现自己的飞机误炸了很多中国平民，就停止了轰炸，于是我们举家返回了汉口。老宅依然无恙，留下看家的用人老边把屋子收拾得干干净净，跟我们离开时没有什么区别。但是，我们的左邻右舍又有几家变成了灰烬。九如巷到处都是残垣断壁，满目凄凉。原来的街坊邻居有一部分还住在这里，有一些逃到乡下还没有回来，有一些则变成了被美国燃烧弹烧死的孤魂野鬼，永远回不来了。汉正街也有不少商铺被炸，但祖父开的商铺完好无损。原来热闹的汉正街一带显得萧条多了。

转眼到了一九四五年，日本战败已成定局，但仍然在做垂死挣扎。大街上的鬼子兵较以前少多了，也没有以前那样神气了。担任巡逻任务的原来是鬼子兵，现在都换成了伪军，一个个没精打采，垂头丧气，像丢了魂一样。昔日横行无忌的日伪特务及其小喽啰们也收敛了不少。所有这一切都预示着日伪的统治即将崩溃，胜利的曙光就在眼前。我们常常听到一些令人振奋的消息，如中山大道的日本宪兵队被抗日分子投掷了手榴弹，炸死炸伤了不少鬼子兵。后来又听说汉口罗家墩的鬼子岗哨被袭，几个鬼子兵被打死。在我们家不远的地方也发生了袭击伪军的事件，一个伪军军官深夜在集家嘴遇刺身亡，身上还有一张传单，上面写着："这就是当汉奸的下场！"

汉正街有几家电影院，经常放映一些三十年代的旧电影和日本电影，有一次，我们在离家较近的大光明影院看电影。在放映正片之前先映出了大汉奸汪精卫的头像，接着映出了"中日共建大东亚共荣圈""武运长久""击灭英美"之类的标语口号，这时观众席中发出了阵阵嘘声。接着，又映出日伪军进行"圣战"的新闻短片，没有想到，在短片里竟然出现了中国军队举着国旗向前冲锋的画面，这时，观众席里响起了热烈的掌声。混在观众中的铁杆汉奸坐不住了，顿时忙碌了起来。他们企图揪出发出嘘声和带头为中国军队鼓掌的人。有一个汉奸打了一个鼓掌的观众一记耳光，并扬言要把他带走。这一下可激起了众怒，观众立即围上来将这个汉奸暴打了一顿。当时电影院里一片漆黑，汉奸也不知道是谁打的，只得吃哑巴亏，溜之大吉。电影放了半截突然停止，银幕上映出了几个醒目的大字："日本宣布无条件投降！"这时，全场华灯齐明，观众欢声雷动，互相握手、拥抱。大家涌出电影院，汇入到欢庆的人群中。原来，这一天是八月十五号，是日本天皇宣布无条件投降的日子。一连几天，人们欣喜若狂，爆竹之声响彻云霄。三民路的孙中山铜像一带，搭起了彩色牌坊，放起了绚丽的烟火，整个武汉成了欢乐的海洋。

那些残暴、凶狠、不可一世的日本鬼子，一下子成了阶下囚，那些狐假虎威的汉奸、走狗等待人民的审判。日本兵被分成一队一队的，由中国警察押着到各处去干苦力活。他们管警察叫"太君"，显得十分恭顺。警察对他们非常严厉，动不动就加以训斥。警察说什么，他们从来不敢反驳，一律弯腰鞠躬，说声"哈伊"。我们家所在的九如巷因遭美国飞机轰炸，很多房屋变成了废墟，碎砖破瓦满地，杂草丛生，垃圾成堆，于是当局就把清理垃圾、铲除杂草、搬运碎砖破瓦的苦活交给日本兵来做。他们由几个背着枪的警察押着，一个个低头弯腰，扛着锄头、铁铲等工具来清理现场。警察一声令下，就卖力地干起来。有些日本兵趁警察不在时，偷偷拿出一些皮带、水壶、小刀、钢笔等物品向围观的人群兜售，操着生硬的汉语说："质量大大的好，价钱的便宜，你的买不买？"围观的人抢着购买。警察一来，日本兵就赶紧把东西藏起来。围观的人很多，大家七嘴八舌、指指戳戳，有辱骂的，有嘲笑的。有一次，一个围观者指着他们大声骂道："日本鬼子！亡国奴！"日本兵低头干活，默不作声。有一个日本兵听了很不服气，大概是他心中的那点"武士道"精神在作怪，他翘起脑袋顶了句："什么亡国奴！"警察立即走过来，冲这个日本兵吼道："混蛋！老实点！"这个日本兵身上的那点"武士道"精神立刻就烟消云散了，他向警察弯腰鞠躬，大声说："哈伊！"围观的人都开心地笑了。

九如巷外出逃难的居民陆续回来了。有的人家房屋完好无损，回来后打扫打扫就可以居住，有的人家房屋被炸毁，只得在废墟上搭盖简易窝棚暂时栖身。大家都难忘那一段痛苦的经历，那些有亲人在轰炸中惨死的人家，心头的创伤更是难以平复。他们都在门口悬挂着引魂幡，好让死去的亲人的魂魄认识自己的家。如果在九如巷走一趟，凡是看见门口挂有引魂幡的人家，就表明这家有失去亲人的伤痛。

后来，九如巷又发生了一连串离奇的事。街坊老叶半夜起来到门外墙角小便，突然看见一个黑影哭着向他走过来，因周围很黑，看不清是谁。他大声问："你是哪个？"那个黑影立刻就不见了。老叶慌慌张张逃回家里，吓出了一身冷汗。另一件事发生在街坊陈大爷家里，陈大爷的老伴和儿子在轰炸中被炸死了，只剩下他孤零零一个人。有天夜里，陈大爷睡得迷迷糊糊，听见有人在堂屋里说话，他走过去一看，原来是他的老伴和儿子，他们一边说，一边哭。陈大爷急急忙忙跑过去，老伴和儿子都不见了。这两件事很快传开了。过了不久，又陆续传出有人遇见鬼的事，闹得沸沸扬扬。大家私下议论，这一带冤魂太多，阴气太重，应该搞一些活动，祭奠冤魂。于是，包括我祖父在内的几位头面人物出面并出钱筹办，在已经被日本兵收拾干净的废墟上搭了一个台子，设了香案，请来汉阳归元寺的和尚在这里念了七天经，超度亡灵，祈福祛邪。接着，又请了说书的来说善书。说善书的活动都在晚上进行，台子搭上了顶棚，顶棚横梁的左右两边挂起了两盏汽灯，将整个场地照得通明。到了晚上，九如巷的居民吃完了晚饭，自带板凳，扶老携幼地来到说书现场，饶有兴趣地听说书人说善书。说善书的活动一共进行了十天，说书现场天天爆满，九如巷以外的居民也有不少来听的。善书的内容都是讲的因果报应、劝人行善的故事，情节曲折，引人入胜，加上说书人口齿清楚，表达生动，因此很受大家欢迎。说善书活动进行的十天当中，天天就像过节一样。

## 九、考一中意外落榜

抗战胜利以后，我们就读的学校都改称中正小学。校长和主任都换了人，教师基本上是原来的，但补充了不少新人。我们所学的课程，除了语文和算术外，还增加了地理和历史，当然，日语课取消了。听说教日语的教师是个汉奸，被抓起来了。大概学校刚接收过来，一切都未走上正轨，教学秩序很乱，课堂纪律很差。上课时，老师在上面讲，学生在下面交头接耳，做各种小动作，根本不听讲。我还记得，同学上地理课时最放肆。教地理课的老师是个近视眼，胖乎乎的，戴着深度近视眼镜，人很和气。他讲课时很入神，好像在自言自语，讲得高兴了还手舞足蹈，眉飞色舞。讲台下却乱成了一团，有说话的，有打闹的，全然不把老师放在眼里。这位老师好像一点也不在乎，仍然在讲台上摇头晃脑地讲着，直到下课铃声传来，才拿起讲稿，说了声“下课”就头也不回地走了。但是，同学在上语文课时却规规矩矩，认真听讲。因为语文老师是班主任，非常严厉。这位班主任是一位女老师，姓张，是从大后方来的，平时不苟言笑，老板着脸，同学们都很怕她。同学们认真听讲不光因为她严厉，也因为她讲课讲得好。她讲课引人入胜，很生动，不照本宣科，大家都爱听。我很喜欢上语文课，也很喜欢在老师指导下写作文。我写的每一篇作文都有老师的批语，如“通顺”“生动”“很好”等。我的作文多次被老师当作范文在课堂上朗读，朗读完了还加以评说。

有一次，学校举办作文比赛，语文老师推荐我去参加，结果得了第一名。校长在全校大会上隆重宣布了比赛结果，并把第一名的奖状亲手授予了我，这真是莫大的荣幸。我把奖状拿回家给祖父、母亲看，他们看了都非常高兴。母亲还把奖状贴在堂屋里，好让更多的人看见。由于受小学语文老师的影响，使我对语文及写作发生了浓厚的兴趣，后来报考中文系，跟小学语文老师的启蒙教育有很大的关系。

随着学校的教学秩序逐步走上正轨，各种规章制度建立起来了，课堂纪律也明显好转。为了鼓励学生努力学习，学校实行了按学习成绩排名次的制度，即以班为单位，把每个学生每学期期终考试的成绩都按总分排名次，并公布于众。我当时很用功，每学期的排名都在前三名以内，但从来没有得过第一名，第一名的桂冠都被一个叫刘金元的同学摘走了。这个同学很不寻常，平时从来不跟同学打闹玩耍，一有时间就看书学习，好像有点早熟。小学毕业那年，在他的提议下，我们班的前四名一起到照相馆照了一张相，这张珍贵的照片一直保存在我的相册里。

学校还组织学生参加一些活动，如运动会、儿童节集会、童子军游行等，组织这些活动的是学校的教导主任。教导主任是一位女老师，有点洋派，穿着很时髦，每次学生出去参加活动都是她领队。有一次，武昌举办学生运动会，我们学校组织学生去观看。一个班挑选三个代表，组成一个参观团，由教导主任带队前往，我也被挑选参加这次活动。去武昌要坐渡轮过长江，对于我来说这还是第一次，因此很兴奋。教导主任领着我们登上了渡轮，让我们整整齐齐地坐着，还指挥我们唱歌，引来了很多观众。到达武昌后，我们步行到了武昌体育场。

到了中午，我们都很饿了，教导主任领大家出来吃饭。我们的伙食费都交给了她，吃什么都由她定。她领着大家在武昌最热闹的中山路转悠，很多便宜的餐馆她不去，却进了一家卖西点的餐厅。我们三十几个同学几乎把整个餐厅都坐满了。一会儿，侍者给我们每个人送来了一杯咖啡，一碟点心。我们喝完了咖啡，吃完了点心，都没有吃饱，以为侍者还会送吃的东西来，但侍者只是忙着招待别的客人，理也不理我们。我们只好干坐着，等教导主任领我们回体育场观看下午的比赛，但左等右等却不见教导主任的踪影。一会儿，餐厅的经理过来说："同学们，你们的老师出去办点事，一会儿就回来，她让你们在这里等她。"经理让我们集中到餐厅的一角，把大部分餐桌让了出来。等了大约两个小时，教导主任才急匆匆地回来，她与餐厅结完了账后，领着我们返回了体育场。在返回汉口的渡轮上，教导主任对我们说："同学们，今天真是对不起大家，让你们在餐厅等了好半天。你们知道是什么原因吗？我领着你们进餐厅的时候，看错了点心的价目表，少看了一个零，结账时我才发现，我带的钱不够，只好把你们留在餐厅作抵押，我出去借钱。在武昌我幸亏有朋友，不然就糟了。这样的事以后再也不会发生了，哈哈哈！"教导主任说完就大笑起来，我们也跟着笑了。这位教导主任还真洒脱。后来，多花的钱由她出了，没有再向我们收。

一九四八年暑期，我小学毕业。我报考当时的名校市一中，以为一定能考上，结果却落榜了。为了不失学，只得在私立震旦中学上学。一九四九年五月，武汉迎来了解放，这一年七月，我终于考进了市一中，开始了我新的中学生活。

## 十、时局变家道中衰

祖父在抗战胜利以后，依然经营棉纱布匹，同时负责管理他一手创办的善堂。有些在日伪时期与祖父不和的同行，向当局检举祖父是汉奸，并举出安宝、陆陆为例。还说祖父与日本人勾结，垄断棉纱布匹生意。当局派人来调查，找祖父谈话，找棉纱布匹行业的其他同行调查，折腾了几个月，弄得全家都很紧张。后来，当局宣布，祖父是正当商人，不是汉奸。这时，全家紧绷的神经才松弛了下来。祖父后来对我们说："同行是冤家呀！就因为我生意做得好，赚了一些钱，招来了同行忌恨。"经过这件事以后，祖父似乎有点心灰意冷，他觉得自己年事已高，就把商铺交给了二房的老三打理，自己退居二线，主要精力放在善堂的运作上。但他去善堂坐镇的时间也不多，主要在家里待着。有事就把善堂管事的叫到家里来，善堂管事的遇到问题也经常到家里来向祖父请示。从此，祖父在商铺的经营上开始走下坡路，经营的规模越来越小，从经营几家商铺变成只经营一家布店。到了一九四七年，由于时局不稳，生意就更不好做了。祖父的经营规模进一步缩小，由开一家布店变成了与人合开一家布店。往日的辉煌一去不复返了，祖父无法重振家业，他的继承人二房的老三也无力回天。家里的经济状况也每况愈下，虽然尚能维持，但已经大不如以前了。祖父一看形势不对，便提前对身后事作安排，决定分家。将商铺的一半股权和徽州巷的房子分给了二房，将老宅分给了大房。祖父虽然偏爱二房，有时一碗水没有端平，但是，在分家时还是把老宅分给了我们，由母亲来继承，不过在写分割书时，在母亲的名字前加了一个"赵"字。由此看来，他对我们还算是公平的。

到了一九四八年八月，由于时局动荡和金融进一步恶化，国民政府发行了金圆券，以一元金圆券折合三百万元的比价收兑法币，并用以强制收取民间的金银外币。在当局的欺骗和强迫下，祖父把自己积攒的黄金和白银全部兑换成了金圆券，这可是祖父最后的全部家底呀。后来，金圆券暴跌，连废纸都不如，祖父最后的积蓄化为了乌有。我亲眼目睹了当局用金圆券骗走祖父真金白银的全过程。当局事先发布通令，禁止民间私藏金银外币，凡家有金银外币者，必须要在规定的时间兑换成金圆券，违者严惩。兑换率为：纯金一市两合金圆券二百元，纯银一市两合三元，银元每枚合二元，美元每元合四元。有一天，九如巷一带的居民得到了通知，说有专人入户兑换金银外币，让大家在家守候，不得外出。祖父得到通知后，就把家里的金银全部从藏匿处取了出来，堆放在桌子上，自己则坐在桌旁守候，一直等到晚上九点多钟。这时，几个兑换人员在扛着枪的军警陪同下，提着箱子大摇大摆地进来了，他们首先宣读了通令，然后问祖父："你们家的金银全部都拿出来了吗？"祖父回答说："全部都在这里，不敢欺骗政府。"兑换人员打着官腔说："如有隐瞒，查出来是要坐牢的哟。"祖父说："如有隐瞒，甘愿受罚。"接下来他们就向祖父交代了兑换率并开始兑换，有人用天平称黄金白银的重量，有人数银元的数目，最后用一沓一沓花花绿绿的金圆券换走了桌子上的全部真金白银，扬长而去，祖父还亲自把他们送出大门。祖父真是聪明一世，糊涂一时，这么明显的骗局居然没有看出来，恭恭敬敬地将自己辛辛苦苦积攒的财富拱手送给了别人，真是可悲呀！金银藏在家里，又有谁会知道？难道国民党当局还来抄家不成？

由于没有了资金，再加上经营不善，祖父与人合伙开的布店倒闭了。他一手创办的善堂也因为没有了资金来源而停办，后来又改成了一所小学，再也跟他没有丝毫关系了，因此祖父彻底从商界隐退了。祖父为了全家的生计，便把老宅楼上的五六间房租了出去。有时为了补贴家用和满足自己的需求，就变卖家什。于是，经常有一些收购旧货的人找上门来。老宅里很多家具、古董都被他很便宜地卖了。祖父的身体也每况愈下，整天待在家里闷闷不乐。有时他让我搀扶着到街上去散步，总是从九如巷穿过大夹街来到汉正街，然后沿着汉正街慢慢往南走，一直走到集家嘴。他默默地站在堤上，望着滚滚东流的汉水发呆，很久很久不愿离去。或许他是在为过去的辉煌而激动，或许他是在为现在的失误而悔恨。

祖父应该是一个很成功的商人，曾经创造过卓越的业绩，但是晚年混成这个样子，也的确有些凄惨。二房的老三在商店倒闭以后，在工商局谋到了一份差事，再加上二房也将徽州巷的房子出租了几间，因此，二房一家倒也衣食无忧，没有再到老宅来找麻烦。祖父于一九五一年去世，丧事办得很简单。这以后，母亲便在老宅当起了家，把养活全家六口的担子挑了起来。母亲为了增加收入，又把老宅楼下的房间租出去几间。这时家里的经济来源主要靠房租，只能勉强维持生计。直到大哥有了工资寄钱接济家里，母亲才松了一口气。接着，姐姐结婚离开了老宅；二哥参干进入了大连医学院军医班，去了大连；四弟考取了一所国防工业学校，去了南昌，就剩我一个人和祖母、母亲在一起生活，家里的经济状况才基本好转。

# 第四章 江城春晓

## 一、大武汉迎接解放

一九四八年暑期，我小学毕业。当时男生能就读的公立学校只有市一中和市二中。市一中很有名，报考的人很多。市一中一直是我向往的学校，校园很大，校舍高大雄伟，教室宽敞明亮，操场周围绿树成荫，很像一个景色优美的大花园。市一中的学生都穿着黑色的校服，头戴黑色的大檐帽，大檐帽正中缀有“市一中”三字的帽徽，非常显眼。市一中的学生走在路上很神气，似乎都透着一股傲气，使我见到他们时心里非常羡慕。我做梦都想成为一名市一中的学生，于是我报考了市一中。我很自负，因为我在小学成绩不错，坚信自己一定能考取，结果，名落孙山了。这个挫折对我打击很大，我整天唉声叹气，抬不起头来。母亲安慰我说：“孩子，不要灰心，明年争取再考，我相信你一定能考取的。”但是我不能在家闲待着，当时有好几所私立中学在招生，只要交学费便能入学。我便与母亲商量，进了离家不远的私立震旦中学上学。到这个学校上学的学生，大部分都是没有考上公立学校的，有很多是有钱人家的纨绔子弟。这些学生成天鬼混，根本就不学习。这个学校的教师上课懒洋洋的，但动员学生参加补习班却很起劲。数学老师动员学生参加数学补习班，语文老师动员学生参加语文补习班，甚至连音乐、美术老师也动员学生参加音乐补习班、美术补习班。当然，这些补习班是要收费的。那些纨绔子弟却对补习班趋之若鹜，因为参加了补习班，老师就会把考试的范围告诉你，使你在期中和期末考试时，几乎不用怎么复习就能得高分。这种赤裸裸地把教育当成敛财工具的行为，实在令人厌恶。我后悔上了这所学校，甚至连学校发的校徽也不愿意戴。

我们班有一个姓冯的同学，跟我是同桌，是汉正街一家金店老板的儿子，家里很有钱。他上课不听讲，下课不做作业，只知道吃喝玩乐。但是他父亲只有这么一个独生子，对他寄予了很大的希望，希望他将来继承家业，并有一番作为，因此对他的学业很关心，经常向老师了解他的学习情况，老师只好以实相告。他父亲大发雷霆，将他狠狠揍了一顿。他并不因为挨了打而有所收敛，依然我行我素。但为了应付父亲和老师的检查，他得做作业，可是又不会做，于是求助于我。他让我替他做作业，作为回报，他请我下馆子吃饭。我开始时拒绝了他的要求，可是他死皮赖脸地求我，不得已就答应了。每天放了学以后，他就和我坐上一辆人力车，先到饭馆吃饭，然后到他父亲开的金店里去一起学习，实际上就是替他做作业。金店里有一个带有套间的账房，很宽敞，我们就在这套间里做作业。这个地方他父亲不常来，账房先生在外间办公，根本不管我们在里间做什么事。他父亲来了，见我们在一起学习，还很高兴。

我在震旦中学读了不到一年，形势就发生了变化。一九四九年五月上旬，国民党的白崇禧部队向南溃逃，撤离了武汉，而解放军尚未赶到，于是武汉处在真空状态中，全市的消防队员全部走上街头维持治安。三天以后，解放军进了城，武汉终于获得了解放。这年暑期，武汉各中学招生，我又报考了市一中，同时还报考了市二中以及武昌的文华中学。因为当时未实行统考，各校是自主招生。这一次，我不仅考取了市一中，而且还考取了市二中和文华中学。市二中我报的是初二插班生，一共只招收几名，非常难考，我居然考取了。这次的考试结果让我扬眉吐气，信心大增，把去年落榜带给我的痛苦和羞辱一扫而光。它雄辩地证明了，去年的名落孙山“非战之罪”，乃时也。但是，我不能同时上三所学校，只能选择一所。文华中学在武昌，隔着一条长江，不在考虑之列，只能在市一中和市二中之间选择。如果上市二中，入学就可以读初二，但市二中在江岸区三元路，离家太远；上市一中我得从初一读起，等于失学一年，但市一中离家近。与母亲商量以后，决定选择市一中。市一中是我一直向往的名校，去年就没有考取，这次我终于圆了“一中梦”。

市一中在汉口前进四路，从我们家到学校大概要走半个多小时，当时没有任何交通工具，只能靠两条腿走路。早上天不亮就起床，洗漱完毕后匆匆赶往学校。这时，学校门口早已聚集了很多食品摊，有卖热干面的，有卖面窝的，有卖米粑的，有卖馄饨的，有卖包子的，有卖油条的，各种早点，应有尽有。在早点摊上过完早后，就急忙进到教室参加早自习。每天上午有四节课，下午有两节课，中午得回家吃午饭。一天下来，感到十分紧张，但我并不觉得苦，也不怕累，始终精神饱满地往返于上学和回家的路上。

武汉的解放，扫除了旧社会的一切阴霾，使整个江城气象一新，处处彩旗飘扬，歌声嘹亮，人们精神振奋，情绪高昂。当时中华人民共和国正在筹建，活动很多。由于市一中地处市中心，校内有大礼堂、大操场等优越条件，就成了举行各种报告会、演出活动、联欢会、舞会等的中心，市一中的学生可以自愿参加。我当时激情满怀，对解放带来的一切感到非常新鲜和兴奋，对周围的新事物也很感兴趣，很快就成了参加各种活动的积极分子。市一中的大礼堂经常有演出活动，演出都是配合当时的政治形势和阶级教育。有一次是演出歌剧《白毛女》，吸引了很多观众，我也凭着市一中的校徽进去看了。还有一次是演出话剧《血海深仇》，内容是表现恶霸地主欺压残害贫苦农民的故事，观众主要是解放军战士。演出现场气氛十分活跃，观众情绪异常激昂，“不忘阶级苦”“牢记血泪仇”的口号声不断。我也深深被剧情所打动，也跟着解放军喊口号。

由于新政权刚刚成立，群众中还存在一些混乱思想，也有不少疑问，党团组织便在市一中举行各种报告会。被请来作报告的都是党政部门的领导同志，他们外穿灰布制服，内穿白布衬衣，脚穿黑布鞋，显得很朴素。参加听报告的有各部门的干部、各行各业的员工，也有学生。报告作完了后，作报告的人很民主，允许大家提问题，和听众面对面交流，会场气氛非常活跃。我记得有一次报告作完了后，有学生提问：“你们说新社会人人平等，为什么老百姓靠两条腿走路，而领导同志还跟国民党当官的一样有小汽车坐，这平等吗？”报告人回答说：“领导干部坐汽车是工作的需要，跟平等不平等没有关系。领导同志日理万机，非常忙，他们经常到各处开会，还要深入群众，检查工作，光靠两条腿跑路是要耽误工作的。又比如说，他们要经常跟资本家打交道，资本家都有小汽车坐，难道让我们的领导干部迈开两条腿跟着小汽车跑吗？”他的话刚一说完，立刻引起全场大笑。还有学生问：“听说你们吃饭还要分小灶、中灶、大灶，这平等吗？”报告人回答：“我们提倡平等，但不搞绝对的平均主义，吃饭分灶，也是体现按劳取酬的原则。我们将来还要向苏联学习，苏联是实行按劳取酬的工资制的，贡献大的工资就高，贡献小的工资就低。你们将来参加工作以后，也许能赶上实行工资制。”报告人的话，引起了全场的热议。

为了提高大家的阶级觉悟，当时各部门和各学校还举行各种辩论会，我记得有一次辩论会的辩题是“地主阶级的罪恶应该由地主本人负责还是应该由社会制度负责”，辩论会以班为单位进行，由班主任主持。我们班有一位姓罗的同学，他家是地主，因此他主张地主阶级的罪恶应该由社会制度负责。他多次发言，而且发言时情绪非常激动。辩论进行得很激烈，正反双方都坚持己见，各不相让。最后班主任王老师作总结，说社会制度是地主剥削压迫农民的外部因素，而造成罪恶的却是地主本人这个内因，外因是通过内因起作用的。对于班主任的总结，姓罗的同学不同意，又与班主任争论不休。姓罗的同学是班长，在班上威信很高，经过这次辩论以后，同学们认为他为地主阶级辩护，就罢免了他的班长职务。他想不通，觉得很委屈。因为我也是班委，跟他很熟，他就拽着我到江边去散步，向我倾诉心中的苦闷，我只好洗耳恭听。他还说：“我想退学，不读了。我咽不下这口气呀！”我赶紧劝他，千万别干傻事。过了不久，姓罗的同学果真退学了。我怎么也想不明白，就因为这么一点小挫折，姓罗的同学竟然采取了这种自毁前程的断然措施，他究竟是怎么想的呀？

## 二、参军参干成热潮

解放后，政治运动很多，是否积极参加政治运动，是对每一个青年的考验。我积极参加了各项政治运动，经受了考验，因而得到了团组织的重视。一九五〇年初，由于我在各项政治运动中表现积极，被团组织批准为团员，不久我又当上了团分支委员，成为一名团干部。这年冬天，中国人民志愿军出兵朝鲜，抗美援朝保家卫国的群众运动在全国轰轰烈烈地展开，同时也掀起了参加志愿军的热潮。我记得当时在江汉路的璇宫饭店门前设立了中国人民志愿军招兵站，我看见许多人排队报名，我也毫不犹豫地报了名，大概因为我当时还是初中生，没有被录取。

一九五一年，武汉市又掀起了动员青年学生参加军事干部学校的声势浩大的宣传高潮。学校组织学生参加各种活动，如诉苦会、动员会、志愿军回国宣讲团英雄事迹报告会、各军事学校的情况介绍会。各班级也组织学习讨论，同学们情绪高涨，纷纷在会上表决心，要求报名参干。我们年级有一位姓李的同学，是年级团分支的书记，在参干运动中表现最为突出，大会小会带头表态，找人个别谈话做思想工作，并且率先报了名，在同学中威信很高，得到团组织的多次表扬。由于姓李的同学的表率作用教育了大家，在我们年级中掀起了参干的高潮，很多落后的同学也都动起来了。我们班有一位姓庞的同学，平常表现很差，吊儿郎当，经常与同学打架，开口就骂人，又不好好学习，同学们都很讨厌他。但在这次参干运动中好像换了一个人，表现得特别积极，在会上抢着发言，带头喊口号，甚至当众咬破手指写血书要求参干。由于有了这样的表现，他在班上很快取得了同学的信任，建立了很高的威信，被选为班级的代表，到全校大会上去发言，立刻成了市一中的头面人物。

经过报名、政审、体检，参干运动进入了最后阶段，很快，各军校公布了录取名单。我落选了，据说是因为身体不合格。不少同学被各军校录取，个个兴高采烈，而我则垂头丧气，情绪低落。当然，参干也是对每一个人的考验，因为参了干，就有可能去打仗，去打仗就要面对生死问题。有一些同学就过不了这一关，原先表态要报名，到了真正报名的时候却退缩了，这样的同学在我们班就有好几个。最让人吃惊的是我们年级的分支书记李同学，他当时作为典型人物被毫无悬念地录取了，可是，当军校派人来给被录取的同学发军服，并接他们到军校报到时，李同学却神秘地失踪了。自从公布了录取名单以后，他就没有到学校里来，好像从人间蒸发了一样。学校领导让我们到他家里去找，我们找到他家，却发现铁将军把门，他们全家都搬走了。向街坊打听，都说不知道他们搬到什么地方去了。后来团组织宣布开除他的团籍，学校宣布开除他的学籍。对于这件事，同学们议论纷纷，大家对姓李的同学临阵脱逃的行为非常气愤。也有同学认为，姓李的同学本人没有什么问题，是他父母拖了他的后腿，把他藏起来了。但大家反对这种意见，认为完全是他自己的问题，如果他自己坚定，他父母怎么可能把他这么一个大活人藏起来？还是他自己思想不过硬，经不起考验。

半年后的某一天，我和熊君经过花楼街到学校去，看见前面有一个人很像姓李的同学，我们立刻追上去喊他的名字。他扭过头来一看，发现是我们，立刻惊慌地撒腿跑进一条小巷子，不见了踪影。我们放学后找到了姓李同学原先住的房子，敲了半天门，一位老大妈开了门，警惕地问我们："你们找哪个？"我们说："我们找一个原先住在这里的同学。"并报出了名字。老大妈说："这个人我们不认得。"说完就把门关上了。这个老大妈可能就是姓李同学的母亲。我敢肯定，姓李的同学就在家里，没准正躲在屋里偷偷听着外面的动静呢。看来，参干临阵逃脱这件事对姓李的同学的影响实在是太大了，说不定成了他这一辈子都要背在身上的沉重包袱。

过了一段时间，又传来一个坏消息，我们班那位姓庞的同学也出事了，他到了军校以后，由于忍受不了军校的艰苦生活的考验和严格军纪的约束，去了不到一个月就开了小差，逃回武汉来了。

军校派人到处寻找，却不见踪影，找到他家问他父母，却说“不晓得”，军校只得宣布开除他的军籍。当然，这种反面例子只是极少数，绝大多数参干的同学都表现不错。我们班有好几个参干的同学表现就很好，一位姓徐的同学，从步兵学校毕业后分配到志愿军部队，到了朝鲜后已经停战，后来复员到宁夏银川，当了市政府办公室主任。一位姓张的同学，军校毕业后分配到了中共中央办公厅，在中南海上班，能经常见到中央首长。还有一位姓胡的同学，从通信兵学校毕业后，分配到解放军某部工作，多次立功受奖，后来复员到武汉电信学校当了教员。

与抗美援朝同时开展的还有“三反”“五反”运动，“三反”运动是一九五一年末在国家机关、部队和国营企业中开展的反贪污、反浪费、反官僚主义的斗争。“五反”运动是一九五二年一月起在全国资本主义工商业中开展的反行贿、反偷税漏税、反盗骗国家财产、反偷工减料、反盗窃经济情报的斗争，当时提出的口号是“打退资产阶级的猖狂进攻”。我们主要是参加五反运动，利用节假日深入到各商铺进行宣传，协助商铺的店员与不法商人展开斗争。商铺的店员都组织起来了，成立了打虎队，这“虎”当然是指不法商人。打虎队里产生了不少打虎英雄，都是斗争中的积极分子，被戴上了大红花，一个个喜气洋洋。各商铺的老板都被逼着交代问题，一个个被整得灰头土脸。我们学校有不少同学的家长是商铺老板，这些同学感到形势逼人，压力很大。团组织找他们谈话，要他们站稳立场，回家做家长的工作，让家长老实交代问题。

我们班有一个姓张的同学，是一个团员，他的父亲是一家茶庄的老板。姓张的同学对“五反”运动的态度很消极，开会也不发言。他与他父亲感情很好，他不但不动员他父亲交代问题，反而给他父亲出主意，教他怎么蒙混过关。这个情况是茶庄里的店员向学校揭发的。团组织就找他谈话，严厉批评他的错误，并召开支部大会，要他在会上作检查，但是他坚决不承认，拒绝检查。后来，上级团委知道了这件事，认为姓张的同学的错误十分严重，而且态度极坏，是阶级立场问题，决定开除他的团籍。这件事对我们震动很大，我当时是团分支的委员，也因思想右倾受到了上级团组织的批评，并交了检讨书。

到了运动后期，负责领导“五反”运动的机构经过调查取证，最后给每个商户定性，分为违法户、基本守法户、完全守法户几种。姓张同学家的茶庄被定成了完全守法户，因而他的所谓错误也是莫须有的。最后得知，向学校揭发张同学问题的店员是诬告。这个店员是张家在农村的一个远房亲戚，在店里当学徒，因偷拿货款被张同学发现了，告诉了父亲。张老板把这个学徒打了一顿，并要开除他。正好在这时“五反”运动开始了，这个学徒留了下来，还成了打虎队员。为了报复，他不但向“五反”领导部门揭发了张老板很多问题，还向学校诬告张同学。后来经过调查，他揭发的问题纯属子虚乌有。他自己觉得没有脸再在茶庄待下去了，便偷偷离开了茶庄，回到乡下去了。张同学的问题属于冤案，于是团组织给他平了反，恢复了他的团籍。

由于开展政治运动，对正常的教学秩序冲击很大。有时候正在上课，我们这些团的干部和运动的积极分子被叫出去商量事情；或者，我们自己有事，也可以在老师正在讲课时离开教室，而老师从来不干预。这种现象在运动后期引起了领导的重视，很多错误的做法渐渐得到了纠正，教学秩序也逐步好转。但是学生中仍然存在很多错误思想，特别是团干部和积极分子仍然头脑发热，存在着重运动轻学习的思想，这种思想也影响了一般同学。党团组织积极做团干部和积极分子的工作，并通过他们做一般学生的思想工作，提出了“为建设新中国而好好学习”的口号，学校也召开全校大会，动员同学“回到学习中去”。于是，团干部和运动积极分子的头脑也渐渐冷静了下来，认识到学习的重要，并配合领导做恢复正常教学秩序的宣传工作。

我和几个爱好文艺的同学创办了一种油印小报，参加者有熊光祚、潘仁及、唐雯。熊君积极性最高，认识的人多，而且写得一手好字，便由他负责刻蜡版、印小报。蜡版、油印机都是他通过关系借来的，买蜡纸、油墨和小报纸张的钱都是他父亲资助的。我和其他几个同学负责撰稿和版面设计。小报一星期出一期，每期只有两版，只印三十份。内容主要是配合当时形势，宣传国家大事和动员学生“为建设新中国而好好学习”和“回到学习中去”。有短评、诗歌、消息报道等，还有小说连载。这些东西有些是我们自己写的，有些是从别的报纸和杂志上抄来的。为了使油印小报合法化，我们还专门找了学生会主席，向他汇报了我们办小报的意图，并得到了他的支持。我们把印好的小报放在学校一进门的大厅里，搞了一个无人售报摊，在报摊旁边搁了一个装钱的纸盒，注明每份小报售价三百元（旧版人民币，相当于新版人民币三分钱）。现在看来，我们当时是何等的天真幼稚啊！以为油印小报一旦摆出去，一定会引起轰动，一定会被同学抢购一空。然而，让我们大失所望的是，油印小报在大厅里摆了一个星期，竟然无人问津，一份也没有销售出去，最后被清洁工当成废纸收走了。我们遭受了沉重打击，大家垂头丧气，再也没有出版第二期的勇气和兴趣了。

在教学秩序恢复正常以后，我们的学习一直很紧张。一中的老师水平都很高，讲课很认真，对学生的要求也很严格。我当时很用功，各门功课的成绩都不错。我们学的课程有语文、数学、英语、地理、历史、政治。我最喜欢的是语文，教我们语文的老师姓王，胖乎乎的，课讲得很好，大家都爱听。他特别重视写作文，他在课堂上反复讲解应如何把作文写好，对我启发很大。每次做作文，他总是事先拟好很多作文题，写在纸条上让同学抽取，谁抽到了什么题，就按这个题写。这种方法，对调动同学写作文的积极性很有好处，也能提高同学兴趣。同学的作文交上去以后，他总是认真批改。我的作文他改得很仔细，定的等级都是“甲”，而且写上很好的评语。因此王老师对我后来考大学时选择文科，影响也是很大的。

## 三、好朋友亲密相处

在市一中，我交了不少朋友。当时，同学年少，意气风发，大家亲密相处，无话不谈。我们之间的真挚友情，到现在还难以忘怀。与我关系最好的有徐安民、唐雯、李务本、刘厚树和熊光祚。徐君当时也是团干部，为人正派，工作能力很强，我们在一起工作，很谈得来。后来他参了干，到了朝鲜，又从朝鲜回国被安排到宁夏银川工作，一直与我有联系。唐君是河南人，家住在满春路，与我家离得很近。李君也住在满春路，与唐君家只隔一条巷子。我上学时，经常是顺路约唐君、李君一起走。我们有时又经过三民路，进花楼街，约家住油皮后巷的熊君一起走。放学后，我们几个人又经常相约一起回家。我们总喜欢到唐君家里去，因为他家是北方人，喜欢吃面食，家里做了一些油炸面食作为主食。他母亲是后妈，但对唐君很好，见我们去了，就拿出这些食品招待我们，有时还请我们喝她自己酿制的米酒，有一次我还差一点喝醉了。唐君后来考入了武汉一师，毕业后被分配到江汉区教委工作，几年以后就被提拔当了领导。后来青云直上，当上了江汉区教委主任、党委书记。李君与我一起考入了武汉四中，毕业后我们两人都考上了武汉大学，不过我上的是中文系，他上的是物理系。李君从武大毕业后被分配到武汉钢铁公司工作。唐君和李君一直跟我有联系。我每次出差到武汉，都要与他们欢聚。

刘君家住汉正街的一个巷子里，房子很大，里面的陈设都很讲究，我们有时候也到他家去串门，我们从来没有见到过他父亲，只看见他母亲有病躺在床上。刘君不愿多谈家里的情况，我们也不好多问。他后来上了铁路中学，从铁路中学毕业后，又考上了河南的一个师范专科学校，毕业后分配到洛阳的一所铁路小学当教师。他在婚姻上很不顺心，经常写信向我诉苦。我到北大工作后，他还一直与我联系。有一次，我突然收到了他一封信，说他经人介绍，在北京交了一个女朋友，是一个幼儿园的老师，最近，他女朋友突然不给他写信了，他托我去找一下，了解一下是什么情况，顺便帮他做一下工作。我按照他信上写的地址，找到了他的女朋友。我向她作了自我介绍，并把刘君的意思对她说了。不料她很坦率地说："我跟他是不可能的，我早就在信里告诉他了，请你把我的意思转告他，请他不要再纠缠我了。"我只好把情况如实告诉了刘君。不久，刘君又来信告诉我，他已经与学校的校长吴女士结了婚。又说吴女士虽然是一个有残疾的人，但人很好，又很有才干，他很爱她。后来别人告诉我，刘君娶的这位吴女士前鸡胸后驼背，不是一般的残疾人，而且年龄比刘君大好几岁。我一听，就觉得刘君是饥不择食，他的婚姻将来肯定维持不下去的。一九六八年九月，我又收到了刘君的来信，信中说："吴女士是走资派，现在被揪出来了，我要跟她划清界限，决定与她离婚，我想你一定会支持我的。"我立刻回信表明了我的立场，我说："吴女士的情况，你在跟她结婚前是知道的，现在以她被揪斗为由，要跟她离婚，这分明是借口，这是不道德的，我不同意你这样做。"后来，刘君还是跟吴女士离婚了，而且从这件事以后，再也没有给我写信，大概是对我不满意了。

在这些同学中，与我交往最多的，就要算熊君了。熊君与我一起考入了武汉四中，后来他考入了华中师范学院俄语系，毕业后分配到汉口一所中学教俄语。不料，过了不久中苏关系紧张，各校的俄语课都改成了英语课。于是，熊君自学英语，从此改教英语，居然成了一位合格的英语教师。我到北京工作后，与他联系最多。每次出差到武汉，都最先找他，然后由他联系其他同学，组织老同学的聚会。

熊君性格豪爽，不拘小节，喜好交际。除了市一中的朋友圈外，他还有另外一个朋友圈，经常在节假日举行沙龙似的聚会，参加者有市一中、市二中、市一女中、市二女中的学生，大概有十来人。我们这些人大都经历过战乱，进入中学的年龄都偏大，我读初一时已经十五岁了，我周围的同学，年龄大致与我差不多，都显得比较成熟。

有一个星期六的下午，熊君向我介绍了他们家的聚会活动，并对我说："我今天带你去参加我们的活动，见见我的朋友。"放学后，熊君带着我去到了他家。他家在花楼街油皮后巷，是一栋两层楼的房子，家里有父母、妹妹。楼上有一间很大的客房，熊君把它改造成了客厅，活动就在这里举行。下午六点，参加活动的人陆续来到，熊君一一向我介绍，有市一中的许君、张君、游君、孟君，有市二中的王君、李君，有女一中的宋女士、严女士、杨女士，有女二中的张女士、耿女士。聚会没有一定的主题，大家可以随便聊。我初次参加，不便发言，只在一旁静听。最活跃当数熊君、张君和严女士。大家聊的内容相当广泛，包括理想、抱负、家庭、爱情、见闻以及对时事的见解等，说到高兴时大家哈哈大笑，有不同见解时则争论不休，整个聚会充满了欢快、活泼的气氛。这种活动每月都要举行一到两次，我每次都参加了。我是一个性格内向、不善言辞也不喜欢出头露面的人，自从参加了这个活动后，认识了不少朋友，长了不少见识，我的性格也开朗多了。

一九五一年的春节，我们在熊君家里欢度除夕之夜，这次活动我到现在还记忆犹新。那一天晚上，我们早早就来到了熊君家里，熊君的父母已经为我们准备了丰盛的点心、瓜子、花生和水果。大家边吃边聊，十分开心。当时，张君和宋女士、许君和杨女士、熊君和耿女士都有谈恋爱的迹象，还不太明确，只是处在初级阶段。大家就起哄，逼他们交代问题，互相表态。这几个人被逼得窘态百出，想说又不敢说，扭扭捏捏，十分好笑。后来还是熊君脸皮厚，指着耿女士说："我就是喜欢她，你们想把我怎么样？"没想到耿女士对熊君说："莫瞎说，你喜欢我，我怎么不晓得呀！"熊君说："那我今天就要让你晓得晓得！"他立刻从台子上的花瓶里抽出了一枝花，当众献给了耿女士，对她说："这枝花就代表了我的心，你现在该晓得了吧？"耿女士羞答答地接过了花，笑着说："只有你脸皮厚。"引起了一阵哄笑，接着就是热烈的掌声。后来在熊君的主持下搞文娱活动，唱歌、讲故事、说笑话、做游戏，大家玩得高高兴兴，很快就进入了深夜。这时，女生们都到楼下在熊君母亲的指导下做汤圆、包水饺去了，男生们则涌到门外放鞭炮，辞旧迎新。

到了初一凌晨两三点钟，我们在楼下的堂屋里围坐在一起，品尝女生们做的汤圆、水饺。大家正吃得高兴的时候，突然严女士发出了一声尖叫："哎呀！"熊君赶紧问："什么情况？"严女士说："我吃水饺的时候，咬到了一样硬东西，差一点硌了我的牙。你们看，这是什么东西？"严女士从嘴里把硬东西掏出来让大家看。大家一看，见是一枚小铜钱，都笑了起来。熊君打趣说："就你与众不同，竟然能从水饺里吃出钱来，本事真大呀！”大家说：“吃水饺吃出钱来，这是好兆头呀！你今年一定要交好运。”原来，这枚小铜钱是熊君偷偷放进水饺里的，他喜欢恶作剧，想用这种方式增加一点节日的喜庆。严女士问：“水饺里怎么会有铜钱呢？真是奇怪。”熊君笑着说：“是我放进去的。”严女士听了，说：“好呀！原来是你搞的鬼，我的牙现在还疼呢。看我怎么收拾你！”站起来就要去打熊君。熊君说：“你得了彩头还要打我，真没有良心。”起身就往楼上跑。后来，年纪最长的张君居间调停，这一场风波才算平息。

这时，外面的鞭炮声又阵阵响起，天已破晓，大年初一的拜年活动就要正式开始了。我们向熊君的父母拜完了年后，就从熊家走了出来，从花楼街经三民路到了中山大道，中山大道几乎没有行人。我们迎着晨曦信步而行，侃侃而谈，女生们唱起了当时最流行的《一条小路》《莫斯科郊外的晚上》等苏联歌曲，一路欢笑，一路歌声。我们又经江汉路来到了江边，在大堤外的沙地上席地而坐，望着滚滚东流的浩瀚长江，心潮澎湃，浮想联翩。喜好文艺而又充满激情的熊君，面对着长江，朗诵起了他自己写的诗歌。能歌善舞的耿女士则在沙地上婆娑起舞，其他几个女生也跟着跳了起来。从除夕之夜开始的联谊活动，一直持续到初一早上九点多钟。当活动的组织者熊君宣布活动结束后，大家才依依不舍地互相握手告别，各自回家。

## 四、少年情老宅之恋

一九五二年，我们进入了初三，学习就更紧张了。面临毕业，我们有两种选择：一是上普高，毕业以后可以考大学，继续深造；一是上中专，毕业以后就可以参加工作。在中专里最热门的是武汉一师。当时小学缺少教师，需要大量补充。因此，从教育局到学校，都大张旗鼓地号召应届初中毕业生报考武汉一师。团员、团干部、积极分子纷纷带头表态响应号召，这其中就有不少我认识的同学。这种争相报考武汉一师的热潮形成了一股巨大的声势，对那些不想报考的同学造成了无形的压力。我当时的思想就很矛盾：报考武汉一师吧，我又不甘心，我将来还想上大学；不报考一师吧，又觉得跟不上形势，担心组织上对自己有看法。其实，这完全是一种患得患失的思想，组织上没有也不可能拿考不考武汉一师作为衡量一个人是否进步的标准。最后，在我的朋友圈里，熊君、严女士、张女士跟我一样报考了普高，唐君、游君、耿女士报考了武汉一师。

一九四九年初，祖父由于自己经营的商铺已经破产，他为了全家人的生计，不得不将老宅楼上的房间全部出租。祖父去世后，由母亲当家，为了养活一家六口，她又把楼下的房间重新作了安排，除了留下三间房自家居住以外，其余全部出租。堂屋对面的房间叫对楼，对楼下层的两间房租给了一家姓邱的夫妻。他们四十来岁，有两个女儿，大女儿有病在家待着，二女儿在女一中上学。二女儿跟我读的是同一年级，她同样为是否报考武汉一师所困惑，我们碰见了偶尔聊几句也是这个话题。后来见面次数多了，聊的话题也多了。她聊天时表现出的那种少女的纯洁和天真，深深打动了我。还有一个共同之点就是，我们都在为升学考试而复习功课。我当时是团干部，学习成绩比她好，又比她大一岁，由于这个，她对我似乎有点敬佩之意。好像她的数学比较差，当我在房里复习功课时，她经常来找我切磋代数、几何方面的问题。她的参考书不多，我就主动借给她一些。渐渐的，我们见面的次数越来越多了。她来的时候，总是轻手轻脚悄然而至，然后敲敲我的桌子，好像要给我一个意外的惊喜，我一抬头，看见她正掩口而笑，那种天真烂漫的神情，使我心动不已。有时我问她：“你笑什么？”她说：“我笑你。”我说：“我有什么好笑的？”她说：“你真是个书呆子，我进来了你都不晓得。”她来了以后，也不全是讨论学习问题，也聊些别的话题，我们之间有说不完的话。好像有一种神奇的力量将我们互相吸引，我想见到她，她好像也想见到我。我在房间里复习功课时却总被房门外的脚步声搅得心神不宁，只要有脚步声，我就抬头向门外观看，看是不是她来了。我满脑子都是她，根本看不进书去。这是怎么啦？我自己问自己。一种从来没有过的青春的躁动折磨着自己，使我心烦。

后来，我察觉到了一种新的情况，她似乎不像以前那样经常来找我了，见了面也有一种莫名的羞涩和矜持。难道她知道我的心思了？难道她对我一点意思也没有？难道她以后不再理我了？我很苦恼。我仔细回忆了我们在一起时的每一个细节，她说过什么话，有过什么表情，我想根据对这些细节的分析，找到她最近疏远我的原因，但我没有找到。我住的房间在堂屋旁边，与她家住的房间隔着天井，我在房间里就能隐隐约约听到她家的动静。以前我从来没有关心过这些动静，而现在，每到晚上我就坐在房间里，关注着天井对面的动静。我细心地倾听从她家传来的每一种响动，每当我从这些响动中捕捉到了她的声音时，我在心灵的深处感觉到了她的存在。她温软的话语，银铃般的笑声，是那样令我心醉。有好几次，我听见她家的门“呀”的一声开了，我从窗户的缝隙往外一看，见是她走出了房门，来到了天井的鱼缸边。她仰望着星空，仿佛有满腹的心事。我有走出房间的冲动，但是我忍住了，我不能在这个时候去打搅她。

有一天的晚上，由于心里烦闷，我来到大门外，想到巷子里散散步。忽听得大门轻轻一响，有一个人出来了，回头一看，原来是她。我们相视而笑，算是打过招呼了。我们站在大门的两边，谁也没有说话。她低着头，用手抚弄着辫子，似乎想听我说些什么。是的，我有很多话想对她说，例如我的烦恼、疑惑以及我对她的思念。但是，我什么也没有说，因为我不知从何说起。她此时站在我的身边，对我形成了无形的压力，让我感到浑身不自在，但我又害怕她离去。巷子里很静，我们默默地站着，互相都能听见对方的喘息声。正当我鼓起勇气想跟她说话时，忽然她母亲在屋里喊她，她便悄然离开，回屋去了。我悔恨极了，我骂自己：你怎么这么笨？你在她面前难道连话都不会说了吗？我在大街上转了很久，很晚才回家。这一晚，久久不能入睡，我失眠了。

第二天，她突然来到我的房间，把我借给她的参考资料还给了我，对我笑了笑就离开了，什么话也没有说。我看着她离去的背影，突然心动了一下，莫非书里夹有她给我的什么东西？我赶紧拿起书来认真翻看，从第一本开始，一本一本地翻。翻到了最后一本，我终于发现了一张纸条，这使我万分惊喜。纸条上写着：“是报考武汉一师还是报考普高，心里犹豫不定，怎么办？”我将纸条反复看了几遍，最后确定是她写给我的。这张纸条就像一阵清风，把多少天来笼罩在我心头的阴霾吹得干干净净。纸条写得很含混，但表明的意思是清楚的。她想约我见面，又没有明说，无疑是想把主动权交给我，而让自己处于被动地位，这也表现了她的矜持和机智。我考虑了很久，决定大着胆子约她一谈。这天晚上，我拿着写好了约她见面的纸条，悄悄到大门外去等她。我故意把拉开大门的声音弄得很响，好让她听见。对她是否会到大门口来，我没有十足的把握。万一我把纸条的意思领会错了呢？万一这张纸条是她在想心事的时候随手写下而又不经意夹在书里的呢？我心里忐忑不安。不一会儿，我听见大门有响动，我不敢回头看，直到我闻到了她身上散发的淡淡清香，才敢断定是她来了，我回头一看，果然是她。我把纸条偷偷地塞给了她，就迅速离开了。我约她明天晚上七点钟在中山公园大门口见面。

第二天，吃过晚饭以后，我早早来到了中山公园大门口，我感到紧张而兴奋，因为毕竟是我有生以来第一次与女生约会。我不停地向她来的方向张望，几乎没有漏掉任何一个人。她到底会不会来？她来了以后会说些什么？我见到她以后应该说些什么？满脑子的疑问弄得我心神不宁。忽然，我看见她远远地走过来了，她扎着两条小辫，穿着一套白色的连衣裙，显得格外的清纯秀丽。我赶紧迎上前去，跟她打招呼，她羞涩地笑了笑，说了一句："我来晚了。"我们进了公园，来到了一座拱形的桥上。这里是新区，游人很少。这天是农历十五，月色很好，月光撒进缓缓流动的小河，使河水泛起了不断闪烁的银光，十分耀眼。我们并肩站在桥上，谁也没有开口说话。我扭过头去偷偷地看她，见她凝神远望着河岸边的摇曳不定的树影，一动也不动。她沐浴在洁白的月光里，亭亭玉立，显得无比的圣洁。

为了打破僵局，我先向她说了我的想法。我告诉她，为了将来能够进一步深造，我决定报考普高。她侧着头听我说话，轻轻地点着头。然后，她告诉我，她也想报考普高，但是，因为家里经济困难，父母希望她报考武汉一师，好早一点出来工作，挣钱补贴家用。她说："我现在心里很矛盾，不知如何是好。"我安慰她说："报考一师也很好，将来可以当人民教师，我一中的同学有很多都准备报考一师。"她听我支持她报考一师，显得很高兴。我们又谈了些别的话题，但我们最想谈的话题，却谁也没有勇气提及。不能说这次约会毫无收获，我们勇敢地迈出了第一步，说明心里都装着对方，都有着对爱的追求。我们互相思念，渴望见面，这就是促成这次约会的真正动力，而升学的问题只不过是借口而已。

公园里的游人越来越少了，我们也准备离开。我们开始慢慢往桥下走，她突然被什么东西绊了一下，身子往前倾斜，差一点摔倒。我赶紧过去扶她，就势抓住了她的手。一种触电的感觉通过了我的全身，我的心跳加快，血往上涌，感到有点晕眩。后来，我慢慢地平静下来，牵着她的手走下了桥。到了桥下，她并没有把手抽回去，任由我继续牵着。一种从未有过的幸福感向我袭来，我想抱她、亲她，但这个念头被我抑制住了，我不敢这样做。她好像也很激动，把我的手攥得很紧，一刻也不肯放松。我们慢慢地到了公园门口，依依不舍地分了手。她建议我多玩一会儿再回去，我明白她的意思，她是不想让她父母察觉我们在约会。

通过这次约会后，我们的心思互相都明白了。由于升学考试临近，我们得抓紧时间准备功课，没有工夫再约会，只能找机会在老宅里见面。有时候她知道我去了厨房，便也到厨房帮她母亲干活；有时候她在后天井洗衣服，我便拿着脸盆站在她旁边看着她，装着要接水的样子。她便站起身来，把水龙头让给我接水。我们不用说话，互相都心领神会。每天晚上，我们好像心灵相通，都能根据大门和房门的响动，准确判断出对方的行踪，偷偷在同一时间溜到大门外见上一面，说上几句悄悄话。

后来我考取了武汉四中，她考取了武汉一师。武汉四中是原来的博学中学，师资力量雄厚，但离家很远，必须住校。住校就意味着和她离别，一个星期只有一天能见到她，有六天必须在思念中煎熬，我受得了吗？我自己无法预料。在开学的前一天，我就得住进学校，这是学校的规定。到了离开家的这一天，我一直没有见到她，感到很惆怅。下午，我背着行李走出家门，母亲送我到大门口，叮嘱了我几句就回屋里去了。我回头向大门里张望，但没有看见她，失望极了。我满腹心事、无精打采地往前走，走到了巷子口，忽然看见她站在不远处的一个墙角，微笑着向我招手。我惊喜地走了过去，问道：“你怎么在这里？”她羞涩地说：“我知道你今天下午走，在这里等你呢。”她说完，就将一张纸条塞到我手里，匆匆离开了。我赶忙打开纸条一看，见上面写着：“你有什么话要对我说，就给我写信吧！我等着你的来信。”我兴奋极了，将纸条小心地收好，迈开大步，奔向公共汽车站。

我住进学校的第二天，就给她写了第一封信。我在信中首先谈了我到校以后的情况，向她报了平安，然后转入正题，大胆地向她表露了我的心事：“有一句想对你说的话一直藏在我心里，没有勇气对你说出来，今天我鼓足勇气把它写出来，那就是：‘我爱你。’我希望你能接受我的爱，让我们将来永远在一起，为我们共同的幸福生活而奋斗。”信里的语言虽然充满了稚气，但总算把我很久以来想说而不敢说的话向她说了。当天我就把信寄走了，收信地址是武汉一师。我焦急地等待她的回信，一趟一趟往传达室跑。三天以后，我终于盼来了她的回信，当我从传达室的工友那里拿到信时异常激动，如获至宝。我急切地拆开信，想知道她在信里说了些什么。她在信中首先说，因为刚开学，活动很多，回信迟了两天，请我原谅。然后她写道：“你把你藏在心里的话对我说了出来，让我感到幸福，使我异常激动，久久不能平静。在我心里也藏有一句想对你说而一直没有说的话，你想听吗？我想对你说的话跟你在来信中对我说的话是一样的，那就是：‘我爱你！’”我们互相在信中向对方敞开了心扉，倾吐了许久以来埋藏在心里没有勇气说出来的话，使我们的关系升华到了更高的层次。

到了星期六的下午，我急急忙忙地往家里赶，我想念她，渴望很快见到她。回到家里以后，没有看见她，她家的房门紧闭，悄然无声。母亲关心地问起了学校的情况，我一一作了汇报。忽然对面的房门“呀”的一声开了，我看见她走了出来，对我笑了笑，然后就进屋去了。我们的关系当时处在秘密阶段，双方家长都不知道。她大概是听见了我说话的声音，从屋里出来跟我打一个照面儿。过了一会儿，我听见她从房里出来，到大门口去了，我猜想她会在大门口等我，便立刻跟了出去。果然，她就在大门口站着。我走过去低声说：“今天晚上七点钟，我在中山公园门口等你，不见不散。”她点了点头，就回屋去了，我到街上转了一圈才回家。吃完晚饭，跟母亲说出去找同学，就到中山公园去了。我一到中山公园门口，就发现她已在那里等我。

这一次我们没有进中山公园，而是绕过中山公园来到了一个非常安静的地方，这个地方叫“铁路外”。这里有一条小河沟，有一片密林，还有一条望不到头的废弃铁路。我们手牵手，沿着小河沟漫步。她轻声地讲述自己进了武汉一师后的生活，说武汉一师政治空气很浓，经常听报告，开学习讨论会。同学之间互相关心，亲密无间。她还说她想入团，已经向团组织提出了申请。我听了很高兴，并且说希望她早日加入团组织，这样我们就是同志了。我也向她讲了我进入武汉四中以后的情况，工作、学习都很忙，学校校长和党组织对我很看重，让我当了四中团支部的支部书记。她听了以后，开玩笑说：“你现在可是大领导了，我高攀不上啦！”我们又在铁路边的草地上席地而坐，仰望着满天不断闪烁的繁星，渐渐坠入了遐想。我听老一辈人讲，每一个人在天上都有一颗与之相应的星，我的星在哪儿呢？她的星又在哪儿呢？我们两人的星是不是离得很近？我把这个想法告诉了她，她指着头顶上两颗挨得很近的亮星说：“你看，那两颗星就是我们。”说完，我们禁不住笑了起来。后来，她把头靠在我的肩上，默默无语，我用手搂住了她的腰，也默不作声，我们共同沉浸在无比的幸福之中。

周围一片漆黑，伸手不见五指；周围非常安静，听不到一点声音。我们都很激动，互相之间几乎能听见对方的心跳。她倒下身子，仰卧在我的怀里，一动也不动。我情不自禁地低下头去，吻她的前额、眉毛、脸颊，最后吻住了她的嘴唇，我们互相反复说着三个字："我爱你！"天上的星星见证了我们的爱情，我们将永远相爱，决不变心。夜深了，我扶她坐了起来，把她抱在怀里，轻轻地吻她，对她说："我们该回家了。"她懒洋洋地站了起来，全身瘫软地靠在我身上，我搂着她，慢慢走出了"铁路外"。在灯光下，我见她的脸红扑扑的，十分好看，就盯着她的脸看个不停，她羞涩地低下了头。我把她送到了中山公园门口，就依依不舍地分手了。我在公园门口看着她离去，她每走几步就回过头来看我一次，一共三次回头看我，最后消失在一片树丛中。

这次约会使我们的爱情达到了巅峰，火热的爱，浓烈的情，使我不堪重负。第二天下午，我背着书包返回学校，神思恍惚，情绪低沉，我真不愿意走出老宅的大门呀！当我走到巷子口时，我看见她依然站在那个墙角等着我。我走到她跟前向她告别，她什么话也没有说，将一封信塞在我手里就离开了。我拆开信一看，里面有一张纸条，上面写着："我爱你！到学校后立刻来信。"信封里还装着一张她的近照。到学校后，我一直沉浸在对这次约会的回味中，我激动，我兴奋，几乎陷入了感情的深渊不能自拔。我在给她的信中，把自己对这次约会的感受告诉了她，并且表达了对她的思念以及深深的爱，我写下了庄严的誓言："海可枯，石可烂，我对你的爱永不变！"她的回信很快就来了，信中写道："你走了，也把我的心带走了。每天回到家里，我总觉得空落落的，好像丢了魂一样。我想你，无时无刻不在想你。这几天，我一直沉浸在美好的回忆中，我感到无比的幸福！你是一个感情丰富而又有理智的人，一个值得我信赖的人。我将永远爱你，决不变心。”我们用书信互相传递了庄严的誓言，我们都坚信自己对爱情的忠贞。

在后来的日子，由于工作和学习很忙，特别是学校的团组织有很多事要处理，我是一把手，必须努力工作。因此，有时星期天也得留在学校不能回家，写信就成了我们维系感情、表达爱意的主要方式。学校的传达室成了我最关心的地方，她的来信成了我最宝贵的东西。她每个星期至少来一封信，有时两封甚至三封，于是阅读她的来信成了我的最高享受。她的信有长有短，长的有四五百字，短的只有一两句话，如：“我想你了，快来信吧！”“已经四天没有收到你的信了，你是怎么啦！”“这个星期天你回来吗？”等等。我也尽可能多给她写信，以免她对我不放心。我的学习和工作都很忙，但是我对她的思念却一点也没有减轻，反而越来越强烈。我想她，我想跟她见面。她送给我的照片，我每天至少要拿出来看上十次，总是看不够。我期待着周末，只有到了周末，如果没有什么事情干扰我，我就有可能回家见到她。但总是不能如愿，新的工作和会议突然降临，使我和她见面的梦想成了泡影。我只好写信向她解释不能回家的原因，并诉说了我的苦闷和对她的思念。她仍然不断来信，说她爱我，想我，渴望见到我。她对爱情的执着和忠诚，使我深受感动。

有一天，我刚寄走了给她前一天来信的回信，突然又收到了她的来信，而且信封上写了一个大大的“急”字。我感到这是不祥之兆，赶忙将信拆开来看，信上写着：“我们的事我父母知道了，他们骂了我，不让我和你好。你放心，我不会听他们的。我爱你，永远爱你，决不变心！”这封信让我顾虑重重。她父母反对我们好，我们的爱情还会有结果吗？但我又想，如果她对我们的爱情坚定不移，我们还是有成功的希望的。她虽然在信中表了态，但是我还想当面听她亲口对我说出来。于是我立刻给她回了信，约她这个星期六的晚上在老地方见面。老地方指中山公园大门口，她知道。

到了星期六下午，我把所有的事都安排好了，就匆匆忙忙往家里赶。吃完了晚饭，我告诉母亲有急事，就赶到了中山公园大门口，我老远就看见她在那里等我。我们手拉手走进了公园，在一个丛林深处的椅子上坐了下来。几个星期没有见面，她好像瘦了，好像有些忧虑。我对她说："我是多么想你呀！"说完，就把她紧紧地抱在怀里，用无言来诉说自己的相思之苦。我不断地吻她，反复说着发自肺腑的三个字："我爱你！"她也很激动，把我抱得紧紧的，在我耳边反复说："我爱你，我想你！"过了一会，她说："我不能在外面待得太久，时间长了父母会起疑心的。"我问："你父母是怎么知道了我们的事的？"她说："他们在我书包里发现了你给我的信。也怪我太大意，不该把信放在书包里。"我问："你父母不同意可怎么办？"她说："我不会听他们的。你放心，我永远爱你，决不变心！"我们又一次相拥在一起，亲了又亲，然后她匆匆离去。从此，我们的交往更加小心谨慎，主要用书信来传达我们的心声和思念。我心里产生了莫名的苦闷，担心她经受不住父母的压力，什么时候会突然离我而去。我把我的担心告诉她，她回信安慰我，发誓赌咒说自己永不变心。我们之间的爱情并没有因为她父母的干预而受到影响，反而越来越深了。她不断来信，每个星期至少两封，有时三封。我一空下来就给她写信，她来信我必回，有时她没有来信我也给她写。

我们上次在中山公园约会以后，又有一个多月没有见面了，我们互相思念，渴望见面，但是我们已不能像以前那样约会了。于是，我们在信中商定了新的会面地点。约定这个星期六下午，直接从学校到集家嘴见面，这样不致引起她父母的怀疑。集家嘴离我们家很近，沿汉正街往南走到头即是。为了能和她见面，我把星期六要做的事都安排到别的时间。到了星期六下午，我急急忙忙赶往集家嘴。集家嘴是个码头，人很多。我站在汉水堤上，向汉正街的方向张望。不一会儿，她来了，东张西望地找我，我赶紧跑下堤去迎她。我们来到了堤外，登上了一艘闲置的趸船，互相依偎着坐下。

这里是长江和汉水的交汇处，汉水由西滚滚而下，然后在这里流入了长江。长江的颜色是黄的，汉水的颜色是青的，两水交汇处青黄两种颜色界限分明，十分醒目。我们默默地坐着，谁也没有说话。夕阳渐渐西下，黄昏已经降临。她把头靠在我的肩上，紧闭双目，好像睡着了。我们就这样坐着，一动也不动。天越来越黑，趸船上已经没有什么人了。我搂住了她的腰，轻轻地吻着她的额头，好像怕把她吵醒。我们不想离开，想就这么待着。我们都想说些什么，但都没有开口。我们感到很幸福，同时又感到一阵不安。她突然站了起来，说："我该走了，太晚了我父母会疑心的。"我把她送到了汉正街口，临别时，她塞给我两毛钱，说："我想你早就饿了，去吃点东西吧！"我在一家小吃店吃了一碗热干面，就赶到熊君家里参加聚会。这个聚会熊君昨天就通知我了。参加完聚会回到家里，已经十点多钟了。晚上躺在床上怎么也睡不着，我隐约听到了对面房间传来的说话声，好像是她和她的父母争论什么问题。我想，他们争论的问题肯定跟我们的事有关，于是，一丝忧愁慢慢向我袭来，搅得我心绪不宁。

第二天，我们见了面只是笑笑，都不说话。下午，我背起书包返回学校，走到巷子口的拐弯处，我看见她仍然在那个墙角站着。我走过去向她告别，她将一封信交给我，说："回到学校再看吧！"

她一直站在那里看着我离开，看上去似乎有些忧伤。我到了学校，立刻看她写给我的信。信上写道："为了拆散我们，我父母决定搬家，要搬到很远的地方去，我们以后恐怕很难见面了。等搬家以后，我会把新地址告诉你的。你放心，我对你的爱是不会变的。"我看了信以后，好像当头被人浇了一盆冷水，我的心凉透了。我预感到我们的爱情会受到巨大的冲击，她能挺住吗？想到这里，我有些担心。我感到烦恼、苦闷和不安。我给她写信，谈了看了她的信后的感受和担忧。她立刻来信安慰我，并又一次向我表达了她对爱情的忠贞。

过了几天，她又来信了，说她已搬家了，并把她家的新地址告诉了我，他们的家搬到了江岸区三元路。她的新居离我们家很远，我们根本就无法约会，看来我们以后只能靠书信联系了。星期六下午，我回到了家里，母亲告诉我，邱家搬家了。我站在天井里，呆呆地望着她住过的空空荡荡的房间，心里感到一阵悲凉，往事的回忆一齐涌上了心头。我们在老宅相识、相知到相爱，从幼稚的情感冲动渐渐发展成真诚的、刻骨铭心的爱。我们的爱是纯洁的，无私的。我们爱得很深沉，见面时的喜悦和激动，分别后的痛苦和思念，都让我们的心灵承受了无法形容的重负，但我们感到幸福和甜蜜。面对着人去屋空的情景，一个疑问产生了：我们将来会如何？

## 五、遭情变黯然分手

转眼到了一九五四年，我们一直没有见面，但书信来往不断。这年夏天，武汉遭受了百年不遇的洪灾，几万抗洪抢险人军上了堤，我们学校组织了抢险队，日夜坚守在大堤上。我也参加了抢险队，非常紧张，一个多月没有回家，也没有时间给她写信。到了八月中旬，天空放晴，长江和汉水水势平稳，而且开始回落，大家这才渐渐放松了。我赶紧跑到传达室看有没有她给我的信，传达室里的信件堆积如山，工友正在整理。我在信堆里找到了一封她寄来的信，寄信时间是八月初。她在信中告诉我她已经毕业了，分配到了政法系统一所小学工作。我赶紧给她回信，一方面向她表示祝贺，一方面向她报告我现在的情况。我很想她，但是我们没法约会，只好不断地给她写信。这年的下半年，上级党组织向四中派来了建党小组，几个在抗洪抢险中表现优秀的同学被发展成了中共党员，我也是其中之一。我把这个消息告诉她，她立刻回信表示祝贺。

到了一九五五年的上半年，她来信告诉我，她已借调到法院的肃反办公室参加肃反运动，她基本上在下面工作，不在法院上班，因此收信地址无法确定，叫我暂时不要给她写信。自从收到她这封信后，她再也没有给我写信。她让我暂不要给她写信，故我也无法联系她。就这样，我们失去了联系，我很着急。熊君的女朋友耿女士是她在一师的同班同学，两人很要好，耿女士也从熊君那里知道了我和她的关系。在一次星期天的聚会上我见到了耿女士，我求耿女士帮我联系上她。耿女士对我说："你别犯傻了，莫再找她啦！她这是要跟你分手，不好意思直说，就找了这么个借口。你们的事她也跟我聊过，她对我说，她很喜欢你，但是她父母坚决反对，弄得她心里很矛盾。她借调到法院工作后，法院的一个科长喜欢上了她，拼命追她，甚至到她家里向她父母提亲。这个科长家里很有钱，又是独生子，所以她父母看上了这个科长，逼着她与这个科长订婚。她父亲有严重的心脏病，她要是不听她父母的，她父亲就有可能犯病，甚至有生命危险。她被逼无奈，就同意了。她对我说：'我对不起他，只好当负心人了。'"我听了耿女士这一番话，呆在那里半天说不出话来。

我恍恍惚惚地从熊君家里走出来，竟不知道要往哪里去。走着走着，发现自己已经走到了江边。忽然我听见一个人大声喝问："你要到哪里去？你要干吗？"我回头一看，见是熊君，原来他不放心，一直在后面跟着我。我说："我要到三元路去找她，我要当面问她，她为什么要骗我？她的山盟海誓还算不算数？"熊君拉着我登上了大堤，我们席地而坐。熊君劝我说："你不要去了，去也没有用，她已经订婚了。她经受不起考验变了心，成了负心人，根本就不值得你爱，你还找她干什么？"听了熊君的话，我渐渐冷静了下来，不再冲动了。我在江边坐了很久很久，一直到黄昏。熊君始终陪着我。后来，熊君送我回家，到了家门口才分手。

我回到家里躺在床上，一动也不动。我心如刀绞，痛苦极了。母亲过来摸摸我的额头，问："你怎么啦，是不是病了？"我坐了起来，说："我没有病。"母亲见我魂不守舍的样子，心生疑惑，追问道："是不是学校有什么事？"我说："没有。"停了一会儿，母亲突然问："你是不是失恋了？"她见我不说话，就说："你和邱家老二的事我都知道，只是没有跟你说。邱家搬家前，邱大妈就来找我谈过，让我劝你不要再找他们家的老二了。我怕你生气，我没有告诉你。其实邱家这孩子我也是蛮喜欢的，我盼着你们能成功，没有想到会是这样。现在她跟你断了也好，省得以后麻烦，长痛不如短痛嘛。"我说："妈，您不要再说了，我现在心里很难受！"母亲像我小时候那样，把我揽在怀里，用手轻轻地抚摸着我的头说："孩子，想开一点吧！你这么优秀，将来会有更好的女孩喜欢上你的。"失恋的痛苦折磨了我很久，但并没有将我击倒，我终于战胜了消沉、伤感和颓唐，从感情的重压下走了出来，重新找回了自我。

## 六、挑重担力不从心

武汉四中是一九五二年由博学中学改建而成的，在汉口郊外，是寄宿制学校。学校环境优美，风景宜人。校舍全都是西式建筑，宽敞明亮，外观也很有特色。学校的师资力量雄厚，教学质量很高，为国家培养了不少有用人才，著名的杂交水稻之父袁隆平就是这里毕业的，如今校园里还矗立着他和其他几位著名科学家的铜像。由于原博学中学改为四中后，招收的学生过多，学校生活设施跟不上，因此食宿条件很差。宿舍都是仓库似的大房间，房间里摆满了双人床，很多学生挤在一起。伙食也很糟，当时实行饭桌制，十人一桌，学生自由组合。开饭时，不分年级和班级，只要是十个人就可组成一桌。大家都站着吃饭，没有凳子。早点是稀饭，菜则是一盘油炸花生米。稀饭管够，而花生米只有一盘。因此一开饭，花生米就被一抢而空，下手快的可以抢到很多，下手慢的，一粒也捞不着。中饭晚饭也和早饭一样，菜也是一开饭就被抢光了，很多下手慢的同学，只好吃白饭。后来学校规定，饭桌制按班固定组合，每个学生准备两个碗，一个盛菜，一个打饭。开饭时先分菜，然后开吃。这样改革以后，饭堂秩序大为好转。实行分菜制后，早饭每人能分到大约十几粒油炸花生米，中饭、晚饭能分到一小碗菜。

学校校长姓卫，个子不高，很瘦，但很精神。他原是市一中的教导主任，四中成立后就被调过来当了校长。卫校长是四中唯一的中共党员，因此他既是党的领导，又是行政领导。我在一中时就认识他，但他不认识我。到了四中后，他才认识了我，而且有很多接触。四中属于新建学校，青年团员不多，只有四十人，因此全校就只有一个团支部。我在一中时就是团干部，到了四中后，卫校长与硚口区团委的领导商量了以后，就让我当了团支部书记，负责做学生的思想工作，因此与卫校长联系很多。卫校长喜欢在晚上找我们商量工作，因为白天他要处理很多校务方面的事，很忙，而我们则要上课，抽不出时间。卫校长是单身，住在教职员宿舍区的一栋单独的小洋楼里，小洋楼不大，只有四间房，但是装修得很讲究。经常到他那里商量事情的有我、支部委员李君和周君。商量的事情主要是关于如何发挥青年团的作用，以及卫校长听取我们关于学生在思想、生活和学习方面的情况汇报。学生食堂由饭桌制改为分菜制，就是卫校长听了我们的汇报后做出的决定。卫校长住的地方离学校西门很近，一到晚上，就能听到一阵阵梆子声，这是卖馄饨的小贩在兜揽生意。事情谈完了以后，卫校长总是说："同学们辛苦了，我请大家吃夜宵。"于是亲自到校门口，让小贩送来馄饨，他也和我们一块吃。

我到卫校长家去的次数最多，有时是他叫我去汇报情况，有时是我因工作中碰到了问题去向他请示，经常谈得很晚，他就请我吃馄饨。他对我很照顾，知道我家境不好，就主动批条子免除我的学杂费。他对我政治上的成长也很关心，经常帮助我。我很年轻，工作没经验，原来只是一中一个团分支的委员，现在让我当整个四中青年团的一把手，独当一面，的确有些力不从心。我在工作中有很多事情处理不当，他知道后总是耐心教育我。

有一次，学校组织学生到珞珈山春游，由团支部和学生会负责安排，而我是主要负责人。春游需一天时间，中午要在外面吃饭，我们便到学校食堂将参加春游同学的伙食费领了出来，每人五毛钱。拿到钱以后，我们几个负责人就商量怎么办。有人提议把钱发给大家，由大家自由支配。我说："不行，珞珈山在郊外，那里很偏僻，肯定没有卖食品的地方，如果将钱发给同学，到了中午没有地方吃饭可怎么办？我们必须买好了食品带去，这样才不致让同学们饿肚子。”大家同意我的意见。于是我们自作主张，在武昌将同学们的伙食费买了饼干、蛋糕之类的食品，雇人力车拉到了珞珈山。到了那里以后才知道，武汉大学就在珞珈山，这里一点也不偏僻，有不少小吃店，卖面条、馄饨之类的食品。到了中午，同学们等着我们发伙食费，结果拿到手的却是饼干、蛋糕之类的干粮，于是炸了锅，把我们几个负责这次春游的同学围了起来，大吵大闹。有的同学干脆“绝食”，拒绝领取干粮。我们几个十分狼狈，给大家解释了半天，又是道歉，又是检讨，弄得口干舌燥，最后总算平息了这场风波。后来卫校长知道了这件事，便找我谈话。他批评我们工作做得不细致，应该先到珞珈山去了解情况，不应主观做出决定。又说：“同学们大多数家里都不富裕，靠领取助学金上学，平常根本没有零花钱，大家都很看重这五毛钱。到小吃店吃一碗面才两毛钱，剩下的钱可以根据各自的兴趣买些自己喜欢吃的东西，或者把钱攒起来以后再花。你们把钱都买了干粮，喜欢不喜欢都只能接受，大伙当然不愿意啦！你们是好心办了错事。”卫校长一席话，说得我口服心服。

一九五三年，苏联苏军红旗歌舞团到武汉演出，这在当时是一次重要的政治活动。四中接到通知，要组织五十人去观看演出。通知强调，参加活动者政治上必须绝对可靠。学校把这次活动的组织工作交给了团支部，并指定由我带队。当时同学们基本上没有机会观看正规文艺团体的演出，有观看的机会谁不想去？何况这次又是苏军红旗歌舞团的演出呢？在这人人竞相争取观看机会的形势下，只能选五十人去观看，而且这五十人还必须政治上绝对可靠，这个工作的确很难做，难就难在如何保证这五十人政治上绝对可靠而且大家还没有意见。时间紧迫，不可能一个一个去搞政审，怎么办？后来我想，全校有四十个团员，团员政治上是可靠的，可以全部参加活动，然后再在各年级挑选十个积极分子参加，岂不就凑足了五十人？团支部按照我提出的方案拟订了参加活动的同学名单后，先交校长审定，然后由我在全校大会上宣布。我宣布时为了图省事，只念了十个积极分子的名字，然后说："团员都参加。"我的话刚说完，会场秩序就大乱了，大家议论纷纷，有的当场提出质问："为什么团员都参加？""你们这样做公平吗？"当时我也慌了，不知如何应付这种场面，只好让主持会议的学生会主席宣布散会。

第二天，当我领着参加活动的队伍离开学校时，有很多同学堵在校门口观看，有的嘲笑，有的谩骂，后来教导处的陈主任出来解围，把大家劝回去了。其实，那次观看苏军红旗歌舞团的演出不是享受简直就是受罪。演出地点在中山公园附近一个展览馆，离四中很远，我们必须步行到达演出现场。观看演出时，我们坐的位子离舞台很远，既听不清也看不明。演出结束后，已经是晚上十点钟了。为了保证安全，我还必须把队伍带回学校，不许缺一人。我们回到学校以后已经快十二点了。大家又累又饿，只能忍着，悄悄上床去睡下了。幸好都是团员和积极分子，没有人发牢骚。有些没有去观看演出的同学知道了这些情况后，不仅不再生气了，反而还幸灾乐祸，对去观看了演出的团员和积极分子冷嘲热讽。

这件事过去后，有同学向卫校长告了状。卫校长把我叫了过去，批评我说："你们拟定的名单是我批准的，出了问题我也有责任。你们为了把好政治关，在时间紧迫的情况下，做出让团员都去的决定没有错，问题在于你宣布名单的方式错了，你怎么可以把应该暗中掌握的选拔原则公开向同学宣布呢？这是因为你政治上幼稚、工作上缺乏经验造成的，你应该好好学习，在实际工作中锻炼自己。"这两次工作中的失误，给我的教训极深。通过实际工作的锻炼和卫校长的帮助，我的思想水平和工作能力有了很大的提高。

## 七、以忍让化解矛盾

四中是一所新建的学校，招收的学生中，有不少素质很差，属于“后进分子”这一类。他们满嘴脏话，调皮捣蛋，不守纪律。每次开全校大会，会场上总是闹哄哄的，主持人在上面讲话，下面的同学说笑吵闹，乱成一团。这时，只有陈教导主任能把大家镇住，只要他在台上一喊，会场就会安静下来。陈主任是原博学中学的老主任，非常严厉，处理违纪学生铁面无私，不留情面，同学们都怕他。有一次开全校大会，是卫校长作报告。卫校长在上面讲，同学们在下面讲，根本不听，卫校长只好停了下来。这时，陈主任在台上大声喊：“安静！安静！谁要是再讲话我就请他上台来讲。”会场渐渐安静了下来，只有少数几个同学还在叽叽喳喳说个不停。陈主任就把这几个同学叫到台上来，请他们向全体同学讲话。这几个同学一到了台上就老实了，低头站在那里，一动也不敢动，整个会场立刻鸦雀无声。这次被请上台去的，居然有三个是我所在的高二(二)班的。

我们班有五六个同学结成的一个小圈子，这三个同学就是这个小圈里的。这个小圈子为首的是一个姓周的同学。这个姓周的同学沉默寡言，不苟言笑，但鬼主意很多，他们一伙干的一些坏事有不少就是他出的主意。他们平时不好好学习，经常惹是生非，而且专跟团员和积极分子过不去。因为我是团支部书记，他们更是把我当成眼中钉肉中刺。只要我在教室里，他们就指桑骂槐，讽刺挖苦，不指名地说我是“卫校长的红人”，是“卫校长派来监视大伙儿的特务”，是“靠拍卫校长的马屁爬上去的”。我只当没有听见，随他们说去。在观看演出的“事件”发生以后，这几个人闹得最欢，他们煽动一些同学到校门口堵截前去观看演出的队伍出发，指着队伍大骂脏话。事情过去后，他们还没完没了。每次轮到他们几个人打扫教室卫生，他们就“罢工”，说：“让团员去打扫卫生呀！凭什么观看演出是他们，干这些脏活累活却是我们？”班卫生委员没有办法，就告诉班长李君。李君是个急性子，就跟他们吵了起来，并扬言要到陈主任那里告状。他们挑衅地说：“你去告呀！你以为我们怕那个狗屁主任不成？”李君真的要去找陈主任告状，被我拦住了。我动员班上的团员跟我一起打扫卫生，把教室弄得干干净净，一尘不染。后来他们害怕李君真去告状，因为他们骂了陈主任，怕陈主任罚他们，就停止了“罢工”。

有一次晚自习，他们偷偷将一只癞蛤蟆搁在我课桌的抽屉里，我一打开抽屉，癞蛤蟆跳了出来，把我吓了一跳，我往旁边一躲，脚没有站稳，一下子摔倒在地，摔伤了胳膊。他们就在一旁哈哈大笑。班长李君把我从地上扶了起来，生气地对他们说：“你们太不像话了！”我忍住怒火，不动声色。这时，在晚上巡查的陈主任走了进来，问道：“你们这里乱哄哄的，发生了什么事？”那几个恶作剧的同学一看陈主任来了就吓坏了，坐在那里假装看书，一动也不敢动。因为他们知道，只要陈主任查出来是他们在晚自习时搞恶作剧，而且致人受伤，是绝对饶不了他们的，轻者要受罚，重者要记过。班长李君站起来要向陈主任报告，我赶紧向他使眼色，让他不要说。陈主任问我，我就说：“没有什么事，我自己不小心，摔了一跤，受了一点轻伤。”陈主任过来看了看我受伤的胳膊，见没有大碍，就走了。

我的大度对这一帮人似乎产生了一些影响，特别是那个姓周的同学，对我的态度有了明显好转。有几次，他那帮人里有人向我说怪话，他立刻就制止了。我也主动接近他，跟他聊天。有一次，他对我说：“你的大度，让我佩服，我们交个朋友吧！”我说：“好呀！”

于是，我们就经常在一起学习，聊天。他家在江汉路，父亲是汉口的一位名中医，家里很有钱。他邀请我到他家里去作客，我高兴地去了，而且跟他父亲聊得很投机，他父亲留我吃饭，我再三推辞，他父亲不答应。在饭桌上，他父亲对周同学说："你以前带回来的同学都没正形，人家赵同学是个正派人，你应该好好向他学习。"他又对我说："赵同学，我儿子很不争气，你要好好帮助他哟！"我连忙说："今后我们互相学习，互相帮助。"我也邀请周同学到我家做客，他也来了。我母亲留他吃饭，他毫不犹豫就答应了。

经过一段时间的交往，我们还真成了朋友。后来，他对我说："你们青年团组织的活动能不能让我参加？"我说："当然可以，欢迎你参加！"我便邀请他参加积极分子会，他参加了以后非常高兴。以后，几乎每次积极分子会他都参加了。不久，他居然提出要加入团组织，而且认认真真写了一份"入团申请书"。经过一段时间的考查，团组织觉得他表现不错，就批准他入了团。由于周君的转变，原来他那个圈子里的几个同学，都有了很大的变化，其中有几个后来在防汛中表现积极，也被发展成了团员。

## 八、情况变恢复学籍

随着团员人数越来越多，四中的团组织需要加强和升格。一九五三年下半年，根据硚口区团委的指示，四中团支部要升格为团总支。这在四中是一件大事，我们全力以赴进行筹备，上级团委还派人下来指导。根据区团委的意见，团总支的领导必须由团员选举产生。经过几天的准备，四中召开了第一次团员大会。会场布置得很气派，前面墙上拉起了红布横幅，横幅上有"武汉四中团总支成立大会"几个大字，大字是用黄色方块纸写成，用大头针别在横幅上的。会场两边的墙上贴了不少用红绿纸写成的标语，内容有“庆祝武汉四中团总支成立”“青年团要做好党的助手”“总结经验，克服缺点”“中国共产党万岁”“毛主席万岁”等。布置会场的工作是由跟我一起考入四中的原一中的老同学熊君帮忙干的，他找了几个能写会画的同学忙了好几天。

团员大会只开一天，上午由我作工作报告，下午选举。工作报告我准备了一个星期，又请卫校长审阅，并根据他的意见进行了修改。开会的这天，团区委也派人来参加了，四中的领导包括卫校长、陈主任等也参加了，我们还邀请四中学生会主席也来参加，会议开得很隆重。我作完工作报告后，团员分组讨论；下午进行选举，我以多数票当选为总支书记，另外还选出了四名总支委员。

团总支成立以后，工作更多了，任务更重了。我既要上课，又要工作，根本忙不过来。后来团区委与学校商量，想让我脱产当专职的团干部，学校同意了区团委的意见。所谓“脱产”，就是不再学习了，由学生转为领取工资的干部。卫校长找我谈话：“现在团总支已经成立了，工作任务很重。你既要上课学习，又要抓团的工作，根本就忙不过来。硚口区团委的领导找我商量，建议让你脱产，专职搞团的工作，我已经同意了。今天把这个决定告诉你，想听听你本人的意见。”我听了以后，内心很矛盾。我选择上普高的目的就是为了能继续深造，现在让我“脱产”当专职团干部，这意味着我将来只能是一个“万金油”干部，干不了什么大事，我不甘心。但转念一想，现在正是组织上需要我的时候，我必须服从，不能患得患失，于是来不及回家与母亲商量，就答应了。

学校马上帮我办了由学生转为干部的手续，发了一个月的工资，好像是三十九块钱。并让我搬离了学生宿舍，住进了离卫校长住宅不远的一栋两层楼的小洋楼，成了教导处陈主任的邻居。这栋小洋楼大概是二十多年前盖的，已经很旧了，有五六间房，还有厕所、厨房，原本是陈主任一家独住，他家人口多，除了他夫人外，还有两个小孩和一个老母亲。陈主任为了解决我的住房问题，特别腾出了一间房让我住。吃饭也由学生食堂转到了职工食堂，不但伙食质量大为提高，而且还可以坐着吃饭。我可真是“一步登天”了。

“脱产”后的第一天，我就觉得很不习惯。我完全脱离了以前与我朝夕相处的同学，同学们都在上课，我却坐在团总支办公室里看文件、读报纸、考虑工作安排和处理各种杂务。离开了学习，我很不习惯，总觉得空落落的。晚上睡觉，以前是和很多同学挤在一间大宿舍里，熄灯前，大家在一起说说笑笑，非常热闹；熄灯后，大家都不说话了，很快进入了梦乡。现在住进了小洋楼，一个人占一间屋子，觉得很孤单，反而睡不好觉。陈主任家的孩子很小，晚上总是又哭又闹，吵得我没法入睡。有时，孩子不哭不闹了，我也无法安眠，因为陈家婆媳喜欢聊天，张家长李家短的，一聊聊到半夜，我即使睡着了，也会被吵醒。但是，我只得忍着，有苦说不出。熊君见了我说:“好呀！你现在享福去了，把老同学都忘记了。”我说：“我不是享福去了，是受罪去了。”熊君说：“你真不够意思，得了便宜还卖乖！”我只是苦笑，不能跟他多说。因为熊君是有名的大嘴，你只要跟他说一点事，他会传得人人尽知。

在人的一生中，有时候会被意外的情况改变了命运。我“脱产”以后，以为这一辈子就只能当一名默默无闻的政工干部，上大学的梦想永远也实现不了了，没想到事情突然发生了变化，这个变化终于改变了我的一生。我“脱产”刚满二十天，卫校长突然找我谈话。他先表扬了我“脱产”以后的工作表现，又询问了我的生活情况，然后说：“我们接到了教育局通知，通知说，现在很多学校随意将在读学生抽调出来当脱产干部，严重干扰了教学秩序，影响到国家长远的人才培养计划，这种现象必须立即停止。并规定，已经抽调出来当了脱产干部的在读学生，应立即恢复其学籍，返回到学习岗位中去。根据通知的精神我们已经恢复了你的学籍，跟区团委商量后，仍由你担任四中的团总支书记。这种变化我事先也没有想到，也会给你造成一些困难，希望你能理解。我相信你一定能正确对待的。”我听了以后，真是高兴极了，但不敢表露出来。卫校长把教育局的通知拿给我看，怕我想不通，又给我做了半天思想工作。他讲了很多大道理，我只好老老实实地听着。

当我从校长办公室出来后，控制不住自己的喜悦心情，竟然张开双臂跳了起来，差一点撞上了一个正要进校长办公室办事的老师。我高高兴兴地回到了同学中，恢复了学生身份。一九五四年初，上级派来了一位姓谢的专职团干部，先是作为团总支的顾问参加会议，对团的工作提出建议。不久，经全校团员大会选举，老谢当选为新的团总支书记，我则成了总支委员。到了这年的下半年，我们这个年级进入了毕业阶段，功课负担很重，面临毕业考试，还要准备升学考试，于是组织上决定减轻我的工作负担，让我回到班里担任了班的团分支书记。

## 九、“好大胆”命丧水坑

一九五四年夏天，武汉发生了百年不遇的特大洪灾，瓢泼大雨一连下了将近一个月，我们学校的大操场被积水淹没，变成了一片汪洋的湖泊。学校附近的张公堤，是汉口西北面的防洪屏障，因年久失修，险情不断，防汛形势十分严峻。几千人上了张公堤抗洪，日夜巡逻、抢险。四中也组织了部分教师和高年级同学参加防汛大队，开赴张公堤抗洪第一线。我也参加了防汛大队，日夜奋战在抗洪第一线。最艰苦的工作是在大雨中给大堤加固加高，因为洪水天天涨，几乎与堤面持平，必须加高堤面。我们学校的防汛队伍负责在大堤附近挖坑取土，将土装进麻袋，然后运上堤去，堤上有民工专门负责垒放，垒放是技术活，我们干不了。我们的劳动强度很大，一个个都累得够呛。我们必须与洪水赛跑，不敢怠慢。全体参加防汛的师生实行三班倒，轮流回学校吃饭、休息。一个班次干下来，几乎就累趴下了，但大家都咬牙坚持。我们就这样在大雨中足足干了二十多天，不少人累病了，也不下火线。后来天放晴了，洪水停止了上涨，大家这才松了一口气。我们的工作改成了巡堤，大家拿着一根棍子，整天在堤上走来走去，如果发现有险情，立刻报告。就在这个时期，我们班有位姓郝的同学出事了。

郝君跟我关系很好，我们俩睡觉的床挨在一起，睡觉前经常聊天、嬉笑。我们平常无话不谈，在学习上互相帮助，在生活上互通有无。他喜欢吃小零食，床头有个点心盒子，里面放了各种小吃。每次吃点心时也让我分享。我喜欢喝茶，床头有个小铁桶，里面装满了茶叶，他每次想喝茶时，就从我的茶叶桶里抓一点茶叶去沏茶。他性格外向，活泼好动，喜欢跟别人打闹、开玩笑。他胆子很大，很多别人不敢做的事他敢做，并以此为荣。

有一次，硚口区在四中开公审大会，公审一个罪大恶极的大恶霸，四中全体同学参加旁听。公审会开完以后，这个恶霸就被拉出去枪毙了，枪毙恶霸的刑场就在离四中不太远的一个杨树林里。郝君出于好奇，撺掇我们班的几个同学偷偷地跑到枪毙恶霸的刑场参观，我这个人不喜欢猎奇，也被他强迫拉去了。刑场的旁边是一个乱坟岗子，杂草丛生，十分荒凉，再加上茂密的杨树遮住了太阳，就是大白天也让人感到阴森森的。恶霸的尸体就躺在这里，上面盖着一条草席，等待家属来收尸。我们都站在远处瞭望，唯独郝君敢走到尸体旁边，还掀开草席近距离观看，笑嘻嘻地对尸体说：“你好呀！我来看你啦！”然后洋洋得意地走回来对我们说：“怎么样，你们都不敢吧？”有一个同学说：“这没什么了不起。今天晚上没有月亮，如果夜里你一个人敢来，我就服了你了。”郝君说：“这有什么？那就让你们见识见识。为了证明今天晚上我来过，我将拿掉尸体上的草席，在他头上放一块砖。”那天下了晚自习以后，郝君就不见了，我们估计他是到刑场去了。过了一会儿，郝君吹着口哨回来了，悄悄对我们说：“事情办妥了，你们明天去验收吧！”第二天一早，我们到刑场一看，盖尸体的草席果真被掀到了一边，尸体头上还有一块砖。后来，全校师生都知道了这件事，便给他起了个外号，叫“郝大胆”，因为“郝”“好”同音，“郝大胆”就变成了“好大胆”。

郝君出事的地点离我们学校不远，那里有几个大土坑，最大的一个直径约十米，深五六米，是在加高加固大堤时取土挖成的，由于连续下大雨，土坑里都积满了水。旁边都插有警示牌，上面写着“水深危险，请勿下水游泳”几个大字。郝君是在那个最大的水坑里游泳淹死的。

我记得是一天中午，我们巡堤回来，大家吃完午饭都躺下休息了。我刚躺下想睡个午觉，郝君就把我拉了起来说：“今天太热了，我们去游泳吧！”我问：“到哪里去游？”郝君说：“到大水坑去呀！”我说：“那里太危险，我可不敢去。你没看见水坑旁边都插着警示牌吗？我不去。”郝君说：“你不去算了，我自己去！”我说：“你水性不好，万一出了危险怎么办？你不怕吗？”郝君笑着说：“我才不怕呢。我是谁呀？我可是‘好大胆’呀！”他说完就拉着同班的马君走了。我没有多加劝阻，因为很累，倒在床上就睡着了。正睡得香的时候，突然有人惊慌地大喊：“出事啦！出事啦！”我被喊声惊醒，一看是马君，赶忙问：“出什么事了？”马君气喘吁吁地说：“‘好大胆’淹死了！”我和宿舍里的同学听了，都惊得目瞪口呆，赶紧跟着马君跑到出事的现场，看见郝君的尸体已经被人打捞上来，上面盖着草席。我们找了一块木板，忍着悲痛将郝君的尸体抬回了学校，并立即报告了卫校长。卫校长问明了情况，立刻通知召开全校大会，把郝君淹死之事向全校通报，并明令禁止同学到大水坑去游泳。

郝君的后事得到了学校的妥善处理。事后，马君向我谈了郝君出事那天的情况："‘好大胆’刚下到水坑游了一会，脚就抽筋了。他游到水坑边，想爬上来，但水坑的边缘又湿又滑，根本爬不上来，我伸手去拉他，又够不着。眼看他在水中拼命挣扎，不断往下沉，我又没法救他。我的水性也不好，我要是跳下去救他，也会跟他一样，于是我拼命喊救命。大堤上的民工听见了喊声，跑了过来，一看，‘好大胆’已经沉入了水底。民工找来了一根大竹竿，顺着竹竿潜入水底把他捞了上来，可是他已经没气了。"

郝君出事以后，一连几天我的心情都很沉重，我为我失去了一位好朋友而悲痛。我后悔，我自责，我责备自己："你明知道到水坑里去游泳会有危险，为什么不拼命加以阻止，而放任他去冒险？"过了几天，郝君的父亲来学校清理郝君的遗物，我一直带着愧疚的心情陪着。他父亲告诉我："我儿是郝家三代单传的独生子，一直是郝家的希望，现在他走了，郝家就绝后了。"说完，流下了眼泪。郝君火化的那天，我们全班同学都赶到殡仪馆，向郝君的遗体告别。

## 十、赴高考蟾宫折桂

一九五五年，全国掀起了批判"胡风反革命集团"的高潮，不久，又进而扩大为全国范围的肃反运动，全校师生都参加了运动，上级部门还向四中派来了工作组，在师生中组织了“打虎队”。我们高三五个班因为面临毕业和高考，学校根据上级指示没有让我们参加运动。但是，随着运动的深入发展，有关四中肃反运动的情况，时不时传入我们耳中。先是听说教我们政治课的丁老师是“胡风分子”，被揪了出来。接着又听说教我们制图课的鲁老师是历史反革命，还有一些教别的年级课的老师纷纷落网。最令人吃惊的是，我们的卫校长也被揪了出来，说他也是“胡风分子”。丁老师和卫校长不是搞文艺的，与胡风根本不同道，而且他们在武汉，胡风在北京，风马牛不相及，怎么也会成为了“胡风分子”？我百思不得其解。尽管肃反运动搞得轰轰烈烈，但我们这个年级却整天忙于上课、复习，无暇顾及。

教我们物理课的李老师是我们的班主任，对我们抓得很紧。后来传出消息，说今年的大学很难考，录取比例大概是百分之五十，将近一半的人会落榜，搞得大家非常紧张，都拼了命去复习。有些同学在熄灯后还打着手电筒看书，有的同学在路灯底下看书。唯独一位姓徐的同学非常平静，一点也不紧张。他平时学习就好，文理兼优，也有些傲气。他见同学如此紧张，很不以为然，对同学说：“不要害怕，考大学没有什么难的。”有同学听了很反感，说：“我们是紧张，我看你比我们更紧张。”姓徐的同学说：“我紧张什么？不是吹牛，我考上清华、北大如探囊取物。”真是狂妄得不得了。这位姓徐的同学不但自己不复习，还拉上一些同学到校外去玩，美其名为“放松放松”。不知道他这样做是什么目的，或许是想让更多的同学考不上大学，以此来显现出他自己的优秀吧。

不久，就开始填志愿了。大部分同学填理工科，只有少数同学填文科，我和熊君填了文科。我从小学、初中到高中，都受语文老师的影响，非常喜欢文学，特别是四中的语文老师对我影响最大。四中教我们语文的老师也姓李，他对古今中外的文艺作品很有研究，讲课时常常有独到的见解，引起同学极大的兴趣，有时候在讲完了自己的观点后，会得到大家的热烈掌声。他也会写文章，常常在报纸杂志上发表作品。在班上，包括我在内的几个喜欢文学的同学很崇拜他，常常找他请教问题，有时还到他住的宿舍去找他聊天。他的家属住在城里，他独自一个人住在单身宿舍里。他对我很欣赏，夸我的作文写得不错，对我写的作文每次都批改得很细。我经常独自一人去找他，有时是问问题，有时是聊天，有时是下围棋。他喜欢下围棋，但找不到对手，我的围棋水平不高，但会一点儿，便滥竽充数，跟他下着玩。他叫我去找他时都带上我写的作文，让我坐在他的对面，摊开作文本，指着他改动的地方，对我讲解为什么要这样改。他这样面对面地辅导，对我帮助很大。由于他的影响，使我最后下决心报考中文系。我选择北京大学作为第一志愿，武汉大学作为第二志愿。统考终于来临了，时间是七月四日、五日、六日三天，我们四中考生的考场定在市一中。

从七月一日起，学校就让我们回家复习。在赴考的前一天，我心情非常紧张，晚上怎么也睡不着，一直在床上翻来覆去地折腾。母亲见我这样，心里着急。她对我说：“孩子，你能考取的，莫紧张，踏踏实实地睡觉吧！”但是，我怎么也平静不下来，这一夜我失眠了。天还没亮，我就起床了。母亲给我端来了一大碗面条，面里卧了两个鸡蛋。我吃完了早点，就昏头昏脑奔赴考场了。奇怪的是，进了考场以后，我的头脑立刻就清醒了。好不容易熬过了三天统考，紧张的心情终于松弛了下来。母亲问我：“考得怎样？”我说：“还可以。”我只能这样回答。因为总体上我考得还可以，只是地理出的题太偏太活，有几道题没有答上来，可能会拉分。例如有一道题是这样的，给出一张东半球的世界地图，上面标了各国的港口，然后问：从上海坐船到伦敦要经过哪些港口？关于这方面的内容，我们的地理课本上没有，老师也没有讲过，我只能凭感觉作答，毫无把握。

接下来就是等录取通知书，这是最难熬的日子。一过了七月，离学校发录取通知书的日子越来越近了，我每天都坐立不安，度日如年。到了八月中旬，首先来报喜讯的是熊君，说他收到了华中师范学院的录取通知书，接着，我们班两位姓黄的同学也来报告喜讯，说他们收到了中南矿冶学院的录取通知书，后来又得知，在熊君家的沙龙认识的张女士考取了湖北医学院，严女士考取了华中农学院。在这捷报频传、大家都兴高采烈的时候，我却像热锅上的蚂蚁，焦躁不安，因为我还没有收到录取通知书。难道我落榜了？如果落榜了怎么办？我如何面对母亲？如何面对同学和朋友？我不敢往下想。我苦苦在家等待，一趟又一趟跑到大门外看有没有邮递员过来。但是，录取的信息始终如石沉大海，杳无音讯，我几乎绝望了。忽然有一天，我听见大门外有人喊："赵克勤，信！"我飞快地跑了出去，双手发抖地从邮递员手里接过信，拆开一看，是武汉大学的录取通知书，啊，我考上大学了！我惊喜若狂，大声地喊叫："我考上了！我考上了！"跟我一样焦急等待消息的母亲听见门口有动静，就很快跑了出来问道："是不是录取通知书寄来了？"我说："妈，我考取武汉大学啦！"母亲听了大喜，说道："太好了！太好了！"将录取通知书从我手里抢过去看了又看，爱不释手。

当天晚上，我应邀到了熊君家里参加聚会，沙龙的那些朋友都来了，都为我们这几个考上了大学的人祝贺。熊君的父母为我们准备了很多好吃的，大家在一起天南海北地聊天，说说笑笑，非常热闹。随着各高校陆续发出录取通知书，我们班的情况逐渐明朗了，全班五十人，大约有二十三个同学落榜，几乎占到全班人数的一半。那位曾经吹嘘自己考取清华、北大如探囊取物的徐同学，这次虽然没有落榜，但是，不仅清华、北大榜上无名，甚至连普通大学的本科也未考取，只考取了湖北襄阳师范专科学校。

八月二十五日这一天是学校规定的返校日，不管考没考取大学，所有毕业生都必须返回学校办理离校手续。我一大早就到了学校，在校园里到处转。三年的高中生活使我获益良多，我由一个懵懂无知的少年，通过卫校长和老师们的教导，以及实际工作的锻炼，逐渐成长为一个有担当、有抱负、勤奋好学、热心公益的青年。我对四中充满了感情，现在要离开了，真有些依依不舍。我来到教室，看见不少同学已经到了，还有的同学正在陆续到达。大家见面都很热情，有的还互相拥抱。当然，那些落榜的同学，总显得灰溜溜的。后来班主任李老师来了。这是我们班最后一次由李老师主持召开的会议，他显得有些激动，也有些感伤。他说："今天是返校日，你们都回来了，我很高兴。你们中间有很多同学考上了大学，我向这些同学表示祝贺。你们当中也有不少同学落了榜，但是不要灰心，这只不过是暂时的挫折。人生是很长的，你们还有很多机会。考上了大学的同学，当然有机会做大事，对国家做出更大的贡献。但是，没有考上大学的同学，也不要觉得自己没有前途了，只要你们努力奋斗，同样有机会做大事，对国家作出更大贡献。眼下就有很多机会等着你们，现在有不少单位到我们学校来招募应届毕业生，经过培训以后就可参加工作。据我所知，就有化工局、水利局、商业局、教育局、文化局、公安局等。我希望大家等一会儿到礼堂去看看，不要错失了良机。"

会开完了以后，我抓紧时间办完了手续，就去找陈主任，听说他现在是代理校长。我对陈主任说："我想看一下卫校长，向他告别，不知可以不可以？”陈主任说：“他的问题很严重，工作组不许他与外人接触。”我听了很失望，只好作罢。然后我去看望教我们语文的李老师。李老师见了我很高兴，他祝贺我考取了大学。我说：“我第一志愿是北大中文系，第二志愿是武大中文系。北大我没有考取，只考取了武大。”他说：“武大虽然不及北大，但武大也是全国重点大学，是名校。武大风景优美，为全国各大学之冠，图书馆藏书之丰富，也位列全国高等学府前茅。而且师资力量也很雄厚，中文系有‘五老八中’，‘五老’是指五位学识渊博的老教授，‘八中’是指八位有真才实学的中年教师。你进了中文系，要好好向这些老师学习。我很看好你，相信你将来一定能有很大出息。”我说：“感谢老师这几年对我的教诲和培养，我进武大以后，一定好好学习，决不辜负老师对我的期望。”后来又有几个同学来向李老师告别。当我告别了老师，背着行李走出四中校门的时候，依依不舍地回望美丽的校园，不忍离去。同时，一种雄心壮志油然而生，我将告别中学时代，踏上人生另一个更高的、更有诱惑的征程，我将以丨倍的努力、百倍的勇气去迎接更大的挑战。

# 第五章 珞珈寻梦

## 一、有幸成珞珈学子

武汉大学坐落在武昌东湖之滨，校园内有著名的珞珈山。珞珈山本名罗家山，是三十年代在武汉大学文学院当院长的闻一多先生所改。山上林木蓊郁，风光秀丽。武大的校舍大都是中西合璧的宫殿式建筑，古朴典雅，气派非凡。行政大楼（原来的工学院）、新一栋、新二栋，以及后来新建的教学楼南一楼、招待所珞珈山庄等都建在珞珈山麓。珞珈山山腰还建有十八栋小洋房，称为“十八栋”，是专门给教授住的，有盘山公路与十八栋相连。珞珈山的对面是狮子山，武大的主要建筑在狮子山上，上面正中是气势恢宏的旧图书馆，旧图书馆的右侧是法学院和大礼堂，左侧是文学院、理学院。前面是依山而建的布达拉宫式的四排学生宿舍，叫大斋舍，共有十六个，以《千字文》开头的“天地玄黄，宇宙洪荒，日月盈仄，辰宿列张”十六字命名，即“天字斋、地字斋”等。大斋舍前就是远近闻名的樱花大道，每年的三月下旬，樱花大道上的樱花绽放，一簇簇白里带红的樱花挂满枝头，有如天上的云霞。沿樱花大道右行，到了狮子山麓，就会发现有一座体育馆，为黎元洪后人捐资所建，故以黎元洪的字命名为“宋卿体育馆”。珞珈山与狮子山之间是几个相连的运动场，两山之间的校舍有多条林荫道相连，每天从清晨开始，各系、各年级的学生就穿梭似的奔跑于两山之间，十分忙碌。

我上初一时，就知道了武汉大学这个校名。那时，武汉刚解放，有很多单位在市一中举行活动。有一次，市一中来了许多大学生，在大操场表演体操，他们穿着统一的运动服装，做着各种规范的体操动作，非常整齐、有气势，令人羡慕不已。在他们前面插着一面大旗，上面有“国立武汉大学”几个字，我这才知道他们是武汉大学的学生。上高中时，学校组织我们到珞珈山去春游，到了那里，才知道武汉大学就在这里。珞珈山风景非常优美，同学们玩得流连忘返。有一个同学在山坡上摔了一跤，他从地上爬了起来，拍了拍身上的土说：“在这么美的地方就是摔死了也心甘情愿。”我当时就想，将来一定要争取到这里来上学。没有想到我真有幸考上了武汉大学，在这里度过了四年令人难忘的岁月。

一九五五年九月初，我兴致勃勃地背着行李来到武大报到，一到街道口，就看见了矗立在路中间的上面写有“国立武汉大学”六个苍劲大字的校门牌坊，十分气派。在这里，我们受到了新生接待站的老师和高年级同学的欢迎。他们领着我们沿着一条林荫大道走进了校园，登上了大斋舍的屋顶平台。负责接待的高老师热情洋溢地对我们说：“同学们，欢迎你们从长江南北、大河上下来到了祖国的明珠东湖之滨的武汉大学。你们将在这里开始踏上人生的新的征途，度过四年的大学生活。通过自己的努力，你们一定会成为祖国的有用人才。”他说完以后，就带着我们沿大斋舍的屋顶平台的栏杆漫步，眺望校园的美景，介绍学校的概况。在蓝天白云之下，绿瓦白墙的宫殿似的建筑群，错落有致地散布在郁郁葱葱的绿荫之中，真是美不胜收。同学们无不心情激动，为自己能进入风景如画、名师如云的中南最高学府求学而自豪。

刚到校的几天，我们这些新生暂时被安排在法学院栖身。学校开了迎新大会，老校长李达在大会上致了欢迎词。接下来是到校医院体检，体检合格就算正式入学了。新生中也有体检不合格者，这些同学被保留学籍休学治病，等病治好以后再入学。当时所有大学生都享受公费医疗待遇，用不着为医疗费发愁。中文系五五级新生共九十人，分成了甲、乙、丙三个班，我分在了甲班。几天以后，我们正式搬进了新二栋，与原来就住在这里的二、三、四年级的高年级男生比屋而居，每个房间住八个人。女生则住在新一栋三楼。从此，新二栋就成了我们四年大学生活的家。

我在中学一直是学生干部，没有想到进入大学后竟然又被选拔进了学生干部的行列，原因很简单，因为我是党员。五五级新生里只有三个党员，除了我以外，还有乙班的老周，丙班的老李，我们三人都成了班上的领导人物。过了不久，我又被提拔成中文系团总支的负责人和党支部的青年委员，进入了系一级的领导，当然主要是负责学生工作。从一九五四年开始的肃反运动，在我们入学时已经结束，看不到一点疾风暴雨似的阶级斗争的痕迹，校园里显得很平静。学校的学习气氛很浓，同学们的学习积极性也很高。一九五六年春天，党和国家又号召大学生向科学进军，争取成为祖国合格的建设人才。同学们人人精神振奋，个个斗志昂扬，读书的积极性非常高。当时中文系一年级的课程很重，每周多达三十多节。一些重要的专业基础课都放在了一年级，如《古代汉语》《现代汉语》《古代文学史》《现代文学史》《语言学引论》《文艺学引论》《音韵学引论》《外国文学》等。我在武汉四中时就知道武大中文系师资力量雄厚，有“五老八中”，“五老”是指五位学识渊博、受人尊敬的五位老先生；“八中”是指八位学有所成、在教学和科研上取得了很高成就的中年教师。给我们授课的就有好几位属于“五老八中”之列。例如，教我们《音韵学引论》和《古代汉语》的就是“五老”中的刘博老和黄耀老，教我们《古代文学史》《现代文学史》的是“八中”中的李健璋先生和刘绶松先生，教我们《现代汉语》的也是一位“八中”中的先生，也姓李，是李格非先生。他们讲课的质量都很高，使我们受益匪浅。

## 二、课堂结名师情缘

黄耀老名焯字耀先，是国学大师黄侃的侄子，章黄学派的传人。他有超绝的记忆力，他第一次给我们上课时，走进教室后先不忙着讲课，而是忙着认人。他胸前挂着一副近视、老花两用的眼镜，一会儿摘下一会儿戴上，手里拿着点名册，叫起一个同学，就抬起头瞅一下，然后再叫下一个，等他把所有同学的名字叫一遍，他也就基本都认识了，下一次上课他就能叫出同学们的名字。他讲课很风趣，也很生动，同学们都爱听。耀老跟同学的关系很好，我到北京工作后，我第一次出差路过武汉时，到武大去看他，他居然还记得我，感动地说：“克勤同学还记得我这个老朽，谢谢啦！谢谢啦！”他让保姆到附近的饭馆里叫了几个菜，一定要留我吃饭。有一次我到武大出差，因任务很紧，还来不及去探访老师和同学。当时我住在珞珈山庄，因山路不太好走，一到晚上我就不出门了。有一天傍晚，我正在房间里看材料，前台服务员突然来找我说：“有一位老先生找你。”我赶紧跑到了大门口，见有一位老先生拄着拐杖站在微弱的灯光下，旁边还有一个年轻人搀扶着他。我走近一看，竟然是耀老，不免大吃一惊。我把耀老搀进招待所的大厅里坐下，问道：“耀老，您怎么来啦？”耀老说：“我昨天知道你来了，今天来看看你。”又向我介绍那个年轻人：“这是我儿子，要不是他扶着我，我还上不来呢。”我说：“我是您的学生，哪有老师来看学生的？您这样做，真叫我不敢当呀！我这几天忙着处理一些事情，还来不及去拜访老师，过一两天我就要去老师家的。”耀老说：“今天晚上我在家里准备了便饭，请你务必赏光。”原来，耀老让儿子搀扶着亲自到招待所来，是为了请我到他家去吃饭，这种深情厚谊，真叫我感动万分。

李格非先生当时只是讲师，但是很有学问，语言学的根底很深。他上课常常采用启发式的教学方法，提出问题，让同学自己来解答，充分调动起了同学的学习积极性，把本来很枯燥的《现代汉语》课讲得很生动。他与同学的关系很亲密，同学们也喜欢跟他接近。我毕业后，与武大老师联系最多的就是李格非老师。我每次到武大，李先生家是必去的，他和师母总是热情地招待我。师母会做菜，每次都做一桌子菜。有时因工作的关系，在武大待的时间较长，他就经常请我去吃饭，不去还不行。我很少在招待所餐厅就餐，不是被李先生请去吃饭，就是被老同学请去吃饭。李先生的女儿在北京工作，因此李先生就时常去北京，住在女儿家里。每次到北京来他都要和在京的学生聚会，还不止聚一次两次，因为李先生要请我们这些在京的学生，在京的学生都要轮流请老师。后来他女儿对我们说：“我爸有高血压，心脏也不好，每次与你们聚会后都很兴奋，晚上睡不着觉，身体也不舒服。以后你们就别来找他了，我求你们了。”后来为了照顾李先生的身体，我们就不再去找他了。可是他却多次来找我们，有一次还到我工作的商务印书馆来找我，师生之情难以割断呀。

刘绶松先生当时是副教授，已有专著问世，颇有些名气。他除了教我们《现代文学史》以外，还负责带外校来武大的进修生。一九五六年初，中宣部副部长周扬到了武汉，刘先生得到消息后，就积极联系，想争取让同学们与周扬座谈。因为周扬是现代文学史上的名人，同学如果能与他座谈，肯定会有很大的收获。后来，刘先生居然见到了周扬，而且周扬答应了刘先生的请求，同意与我们座谈。在一个星期天的上午，我们在刘先生的带领下，坐着校车来到了汉口周扬下榻的饭店，与这位名人见了面。周扬神采奕奕，风度翩翩，两眼炯炯有神，给我留下了深刻的印象。首先是周扬讲话，他回顾了现代文学发展的历史，谈了对左翼作家作品的评价，以及对当时其他几个流派作家作品的看法。他还介绍了当前文学创作的状况和问题。他讲话时不用讲稿，好像与我们拉家常似的，既生动又富有启发性。后来他又让我们提问题，有问必答。刘先生为配合《现代文学史》教学组织的这次活动，非常有意义，对我们帮助很大。我参加工作后，每次出差到武大，都要去拜访他。一九六五年，刘先生到北京开会，在会议的间隙与在京的几个同学聚会并在一起照了相。没有想到的是，这一次与刘先生的见面，竟成了永别。一九六六年六月，史无前例的“文化大革命”开始了，刘先生被打成了反动学术权威、牛鬼蛇神，受尽了屈辱和折磨，由于不堪忍受非人道的待遇和无端的诬陷，刘先生与师母双双在家里上吊身亡。噩耗传来，使在京同学万分悲愤。

## 三、勤奋学获优等生

在正式开课以后，学习很紧张，我们每天都忙于上课、复习，无暇旁顾。大学学习与中学学习有很大的不同，我们开始有些不熟悉。首先，在中学是老师领着你学，学什么，怎么学，都是老师告诉你。而在大学，老师只负责讲课，只告诉你要阅读哪些参考书，其他一概不管。至于怎么深入学好各科的专业知识，怎样寻找和阅读参考书，那是你自己的事。可以这么说，在中学，学习是被动的；而在大学，学习则是主动的。其次，上课的方式也很不一样，中学每个班是在固定的教室里上课，而大学没有给每个班规定固定教室，都是上大课，全年级的同学都在一起听课。而且随着课程的不同，教室也不断变换，有时候，前两节课在珞珈山这边的南一楼，后两节课可能就在狮子山那边的文学院，我们上完了一二节课，就得立即从南一楼马不停蹄地赶到文学院去上三四节课。我们这些刚从中学来的学生，对这种上课方式很不习惯。当时同学中还有抢座位的风气，因为上课的教室都是可容纳上百人的阶梯教室，有些同学为了听好课，就在上课以前抢占前面靠近讲台的座位，这样可以看得清、听得明。每天上一二节课前，很多同学早早就来到了教室，三四节课换教室时，这些同学则冲在前面，一路小跑。我从来没有参加抢座位的行列，因为我是远视眼，耳朵也比较灵，坐在哪儿都无所谓。

每天清晨，武大学子们一天紧张的学习生活开始了，校园里到处都能听到令人兴奋的琅琅读书声。我们所住的新二栋的对面是茂密的树林，树林里有一片幽静的竹林，竹林里设置了不少石桌石凳，这里成了中文系同学专用的室外课堂。同学们早晨在这里读外语单词、背诵古文、复习刚讲过的课文、预习当天要讲的课，大家专心致志，目不旁视，浓烈的学习气氛，成了珞珈山的一道亮丽的风景线。晚上是学校规定的晚自习时间，是我们一天学习生活的重要时段，同学们根据自己的需要安排这段时间，有的同学消化老师当天讲的知识，有的同学阅读老师指定的参考书，有的同学则写文章、写诗，总之，没有人闲着。同学们分成了两派，一派是阅览室派，一派是宿舍派。阅览室派比较紧张，一吃了晚饭就得匆匆赶往阅览室抢占座位。宿舍派就比较悠闲，因为不用为座位发愁，等阅览室派走了以后，宿舍就成了他们天下。但是去阅览室可以借阅各种参考资料，也可以查阅各种工具书，在宿舍就没有这种条件。我当时与班里的沈义芙、章季涛是坚定的阅览室派，我们互相照顾，谁去得早，就帮助其他两人抢占座位，因此，我们三人几乎天天晚上都在一起学习。

离新二栋最近的阅览室在行政大楼（原工学院）的最顶层，面积很大，各种参考资料、字辞典、报纸、杂志非常丰富，还可以借阅中外名著，确实是学习的好地方。在宿舍学习很自由，时不时可以说笑、聊天，这在阅览室里是绝对不行的。整个阅览室鸦雀无声，大家都聚精会神地看书、记笔记。因此，在阅览室里学习容易精神集中，效率特别高，每天都有很多收获。我记得当时教外国文学的老师布置的课外读物很多，我和老沈、老章分头借来，交换着看，硬是把应该阅读的外国文学名著都读了。至于中国古代和近现代的名著，我们也读了很多。从一九五五年入学到一九五七年上半年的两年中，中文系的基础课我们都学了，而且学得很扎实。当时采用五分制，我的考试成绩门门都是优。

在一年级下学期结束后，学校开展了一次评“优等生”活动，条件是：各科考试成绩都为优，品德为甲等，体育通过劳卫制一级。考试成绩、品德对我来说都不成问题，就是通过劳卫制一级我有些困难。“劳卫制”是国家体委一九五四年从苏联移植过来的体育锻炼成绩标准，全称是“准备劳动与卫国体育制度暂行条例和项目标准”，对各个项目都规定了具体数字，先是试行，一九五五年正式实行，对大学生要求特别严格，必须百分之百通过一级。我跳高、跳远、百米等项目都达了标，唯独一千五百米跑步总是过不了关。完不成“百分之百”，学校、系里都要负责，因此系里文体部长很着急。于是，系里决定对我们几个落后分子进行重点帮助，天天在操场练习一千五百米，我的成绩渐渐上来了。最后一次测试时，几个同学在前面领跑，我一直跑得不错，可是到了最后十几米，我跑不动了，渐渐慢了下来，旁边观战的同学拼命喊“加油”，使我精神为之一振，我一咬牙，来了个最后冲刺，竟然冲到了终点，我终于达标了。由于我劳卫制一级达了标，才有资格参加优等生的评选。我们班评了三个，我也忝列其中。其他两位，一位是缪俊杰，另一位是谁，我已经忘了。我记得当时的发奖活动搞得很隆重，学校召开了全校大会，李达校长亲自宣布获得“优等生”称号的名单，并亲手将奖状和奖品发到每个人手里。奖品是一本红色封皮的笔记本，封皮上有一面红旗，红旗下有银色的“红旗”两字。内封印有“武汉大学优等生奖品”几个字。这本奖品直到现在我还保存着，可惜奖状已经找不着了。

大学的生活是丰富多彩的。在每个周末和节假日，学校都在小操场放映电影，或组织文艺演出、联欢会，文娱活动搞得轰轰烈烈，非常热闹。每到这时，整个珞珈山处处飘荡着歌声，充满着欢声笑语。我印象最深的是一九五五年的除夕，前一天晚上下了一场大雪，我们清晨起来，推窗一看，发现整个校园都变成了银白世界，大雪还在纷纷扬扬地下个不停，不觉精神为之一振。大家脸也不洗，就一窝蜂地跑出新二栋去堆雪人、打雪仗、滚雪球，高兴得不亦乐乎。为了迎接一九五六年元旦，学校到处都张灯结彩，各系都组织了很多文娱活动。中文系的各班在这天上午组织了联欢活动。我们班也搞得很热闹，来自全国各地的同学，纷纷大显身手。老陈的京剧，老刘、老戴的相声，老杨的诗朗诵，老缪的民间故事，还有女生吴女士的舞蹈，都大受欢迎。特别是老沈表演的江西民间小调，最为精彩。他一边唱一边跳，跳到谁跟前就板着脸对谁指指戳戳，好像大人在责骂孩子，引得大家狂笑不止。

这天晚上，学校在学生食堂、体育馆、学生俱乐部等多处举行除夕联欢晚会，中文系在学生俱乐部参加晚会。晚会上有各种活动，同学们有的唱歌，有的跳舞，都玩得很高兴。当新年钟声敲响以后，大喇叭里传出了校长李达的声音，他向全校师生祝贺一九五六年新年。这时，同学们欢声雷动，将联欢活动推向了新的高潮。联欢活动一直进行到元旦凌晨两三点钟，大家还意犹未尽。这时食堂为大家送来了夜宵，是热腾腾、香喷喷的鸡蛋腊肉面。大家正好肚子饿了，便拿碗盛了面条，狼吞虎咽地吃起来。当主持人宣布联欢会结束后，我们才高高兴兴地回到宿舍，这时，天已微明了。

我由于社会工作繁忙、业务学习欠了一些账，总想挤时间补回来，因此有些文娱活动没有参加，特别是对于跳交谊舞，最不感兴趣，基本上不去，同学们给我起了一个外号，叫作“老夫子”。当时校学生会提出，要在同学中扫除“舞盲”，使会跳交谊舞的人达到百分之八十。有一次，中文系在学生俱乐部举行舞会，号召每个同学都去参加，并提出了“人人都要学会交谊舞，不许留死角”的口号。我只好随着大伙去到了舞场，但舞会刚一开始，我趁人没有注意就溜回到宿舍看书。但我逃离舞场的行为被班上负责文娱活动的老刘发现了，就带领几个女生到宿舍来抓我，他一进房门就大声嚷嚷：“好个赵克勤，竟敢溜出舞场当逃兵，躲在这里啃书本，是可忍孰不可忍？”他回头对几个女生下命令：“快把他拖回舞场！”于是，几个女生连拖带拽，硬是把我押回了舞场。他对这几个女生说：“我把这个顽固分子交给你们，由你们负责‘扫盲’，一定要攻克这个‘堡垒’。”于是，我在这几个女生的监视和帮助下，乖乖学习跳交谊舞，一直到散场。

我虽然对跳舞不感兴趣，但是对看电影却非常有兴趣。每到周末，学校都在大斋舍下面的小操场放映电影，供全校师生观看。小操场位于校园的中心，大片绿树环绕，说“小”其实不小，挤一挤可坐万人。每到放映电影时，我和老沈、老章就带着学校发的专供开会和看电影用的小板凳，早早来到小操场，抢占好地段。放电影的银幕架设在小操场中间，坐在银幕的两边都可以看。老沈来自江西山区的穷困农村，大概没有看过电影，第一次去看电影就闹了笑话。那天我们去晚了，银幕的正面已经坐满了人，我和老章就拉着他到银幕的反面去，但是他说什么也不肯去，一定要挤在银幕正面的一个角落里，我们只好随他。电影散场以后，我问他：“你为什么不肯到银幕反面去看电影？”他说：“银幕反面只能看人物背影，有什么意思。”我和老章听了，都哈哈大笑起来。我们告诉他，银幕正反两面看电影效果是一样的。他说：“这怎么可能？我不信。”第二次看电影时，为了验证我们说的话，就拉着老沈到银幕的后面去看。电影开始放映后，银幕上出现的人物都是正面，而不是背影。老沈不好意思地说：“原来是这样呀！我让你们见笑了。”

## 四、好朋友成“三剑客”

沈义芙为人单纯、憨厚，重友情，讲义气，对人不设城府，与我很对脾气。我们两人一入学就成了朋友，无话不谈。老沈由于家里贫穷，所带的衣物和日用品很不齐全，我就从家里找了些旧衣物和日用品给他，他也不嫌弃。后来我们由法学院迁入新二栋，他没有跟我分到一个寝室，就去找老师提意见，要求与我住同一寝室，老师居然答应了他的要求，把他调入了我住的寝室，成了我的上铺。我们俩在一起除了谈论学习上的问题外，也讨论他喜欢的古代诗词。他记忆力惊人，学过的古诗词几乎都能背诵；他才思敏捷，常常出口成章。我们都喜欢珞珈山的美景，经常在山间小道上散步，他总是一边赏景，一边吟诗。老沈长着一张娃娃脸，很像个小孩，而且也有些孩子气，喜欢猎奇，也喜欢冒险。常常拽着我去登山，我们不走山道，都是由很陡的山坡上攀援而上，直到山顶，一路上险象环生，令人心跳。

有一次我们散步到了大斋舍前面的樱花大道，当时正值六月，樱花早就谢了。他说："可惜没有樱花，要是有樱花就好了。"但是，没有樱花的樱花大道仍然很美。我们走着走着，他忽然发现在樱花树的树丛中竟有一棵十分罕见的枇杷树，树上结满了黄橙橙的枇杷。走近一看，枇杷树长在樱花大道的一处很陡的斜坡上，离坡下的林荫道大概有十多米。老沈非常高兴地说："看，树上的枇杷都熟透了，可惜够不着，不然我们可以大饱口福了。"

有一天下了晚自习，老沈神秘地对我说："先不要回宿舍，我带你去一个很好玩的地方。"他带我到了樱花大道，边走便搜寻着什么东西。当时已经很晚了，樱花大道上没有路灯，周围很黑，我们只能凭借大斋舍窗户里射出的微弱灯光摸索着前进。我问他："你找什么？"他说："枇杷树。"我一听就明白了，他带我到这里来就是想摘枇杷。摸索了半天，他突然喊了起来："快来，枇杷树在这里哩！"我过去一看，只见枇杷树影影绰绰藏在几棵樱花树后，离路面约有三四米，斜坡很陡，要下到枇杷树跟前很困难。老沈说："你在这里接应我，我爬到树上去摘一些枇杷。"我说："算了吧，这里太黑了，什么也看不见，树又高，万一从树上摔了下来可怎么办？"老沈说："我在家乡经常爬树，我们家乡的树可比这高多了，这不算什么。你等着吃枇杷吧！"他说完就溜下坡去了。他身手果然不凡，三下两下，就爬上了枇杷树。他正要伸手摘枇杷时，脚一踩空，只听见他“哎哟”一声，就从树上摔了下来。枇杷树下有一块大石头，他正好掉在大石头上，硌了腰。我赶紧溜下坡去把他扶了起来，慢慢沿着斜坡到了下面的林荫道。我搀着他，悄悄回到了新二栋。这次是不幸中之万幸，老沈只受了点小伤，没有大碍。老沈对我说：“这次从树上摔了下来，真丢人，请替我保密，别让同学知道。”我答应了他。但过了几天，老沈“偷枇杷不着，反倒摔伤了腰”的事几乎人人尽知了。这个机密不是我泄露出去的，而是他自己说出去的。因为他去校医院看腰伤，被老章发现了，在老章的追问下，他只得将我们夜偷枇杷之事说了。老章又把这事告诉了与他要好的同学，于是一传十，十传百，最后大家都知道了。

老沈特别喜欢水，说自己是“智者”，因为古语有曰：“智者乐水。”他在中学时期就学会了游泳，常常拉着我到东湖去游泳。但我基本上是一个“旱鸭子”，我陪他去，一般是他游我看。到了一九五六年夏天，学校的体育课就是游泳，这是强制性的，每个人都必须下水，我这个“旱鸭子”也只得下水学游泳了。除了游泳，我们还经常在东湖里划船。学校的水上体育活动有很多项目，其中划船也是一个重要项目。同学可以凭学生证借到舢板船或皮艇，而且都是免费的。每当我们在东湖中划着船悠悠前进时，心中总有一种说不出的兴奋。蓝天白云与一望无际的万顷碧波交相辉映，仿佛整个世界都如此澄碧，仿佛自己与天地一色的美景融洽地合为了一体。微风在吹拂，水鸟在追逐，我们唱着笑着，自由自在地驾舟在天地之间遨游，一切都像诗一样的美。我们常常划到湖心亭，在那里稍事休息，然后再划回来。有时候，船划到东湖中间时，老沈纵身跳入湖中，他游泳，我划船。他游累了，就爬上船来休息一阵，休息好了就又跳入水中，活像一只野鸭子。到了暑假，老沈不回家，我除了回去几次看望祖母、母亲外，也基本上留在学校里。我们每天的活动几乎就是爬山、游泳、划船。我喜欢山，称自己是“仁者”，因为古语有曰“仁者乐山”，便拉着他去遍游珞珈山及其周边的美景。游完山他又拉着我去游泳、划船。东湖周围有很多著名景区，如磨山、行吟阁、长天楼、听涛阁、濒湖画廊等，我们带着酒食，遍游了这些地方的美景。

章季涛也是我在大学时期要好的朋友，他与老沈也非常要好，我们三人经常在一起。那次偷摘枇杷没有叫他，是因为那天晚上他到华中师院去找他的女朋友去了，回来得很晚。他的女朋友是他中学同学，他们从中学就谈恋爱，一直到各自考上大学。最近他们的关系有些不妙，有破裂的可能，因此老章天天晚上去找她，企图挽救危局。老章来自湖北谷城的农村，为人憨厚老实，重情义，对人真诚，乐于助人，与我和老沈有共同语言，我们三人一入学就成了好朋友，一起学习，一起散步，一起游玩，我们之间无话不谈。人家都叫我们“三剑客”。我和老沈对老章这次的爱情危机很关心，经常向他询问情况，老章对我们也不隐瞒，把每次见面的情况都向我们汇报。不久，老章与他的女朋友的关系最终还是破裂了。那是一个星期天的上午，老章告诉我们，他要到华中师院去找他的女朋友作最后一次谈判，让我们在珞珈山上我们经常在一起读书的地方等他，那里有一块一丈见方的平地，平地上有一块像桌子一样的大石，周围野花盛开，还有青松环抱，风光迷人，我们管它叫“松庐”。我和老沈准备了酒肉和干粮，早早就登上了珞珈山的“松庐”，静候老章的佳音。

到了中午，老章慢慢悠悠地来了，我们一见他的神色，就知道情况不妙。老章刚一坐下来，老沈就迫不及待地问：“怎么样了？”老章说：“彻底完蛋了。”他把谈判的情况一五一十向我们作了汇报，然后说："她要跟我分手，态度很坚决，没有回旋余地了。"我们问："她是不是另有新欢了？"老章说："那倒不一定。她就是说现在学习很紧张，她没有时间谈恋爱，叫我以后不要去找她了。"老沈生气地说："这纯粹是借口。我去找她谈谈。"老章说："这种事一定得两情相悦，人家不愿意，有什么办法？强扭的瓜不甜，算了吧！"老沈还是很生气，不断地说着"真不像话"，就像自己被别人甩了一样。我们大家都饿了，于是开始喝酒、吃饭，我和老沈百般劝慰老章，老章很痛苦，他沉默不语，一个劲儿地喝酒，不一会儿就喝醉了，不停地说着醉话。一会儿说："你有什么了不起，我还懒得理你哩！"一会儿又说："我求你啦，不要离开我，好不好？"我们把老章扶回宿舍以后，老沈就把我拉到宿舍外说："你在宿舍照顾老章，我到华中师院去走一趟，替老章再做做工作，看她能不能回心转意？"我觉得这是无用之举，不同意他去，对他说："都这样了，你去还有用吗？"老沈说："不去试一下，怎知没有用？"老沈这个人好管闲事，特别是一旦遇到了好友有什么为难之事，他必定要管，义无反顾。而且他脾气很犟，凡是自己认定了的事，就是九头牛也拉不回来，劝他也没有用。我只好说："你去一趟也行，但态度一定要好，不能对人家发脾气。"老沈说："这个我知道，你放心好了。"说完，他就匆匆忙忙走了。

傍晚，老沈回来了，没有见到老章的那位老同学，无功而返。他对我说："也许老章真对人家有误解，剃头挑子一头热，主动去追人家，人家并没有答应，当然也可能没有明确拒绝，我看这事不好办。我准备给她写一封信，告诉她老章为人正派，勤奋好学，对她一往情深，希望她以后想谈恋爱了，优先考虑老章。"我听了就笑了起来，说："你当这是谈买卖呢，居然把老章当商品向人家推销，真好笑。"我们约定不把老沈去华中师院的事告诉老章。

## 五、关夫子塔下悲剧

我们班有一位姓关的同学，来自鄂西山区的农村，为人老实腼腆，不爱说话，也不爱跟同学交往，上课下课，去食堂，去阅览室，都是独来独往，唯独跟老沈还能说上几句话。他和很多同学一样，每天早晨都到新二栋对面的竹林里背俄语单词，目不斜视，非常专注。有一次，他忽然发现离他不远处有一位女生也在专心致志地背俄语单词，他仔细一看，原来这位女生是我们同年级乙班的姚女士。他与这位姚女士没有说过话，可能姚女士只知道他是同一个年级的同学，甚至连他姓什么、在哪个班都不清楚。这并不奇怪，因为中文系五五级一共九十人，女生只有八人。入学时间不长，几乎所有男生对女生的班级、姓名都了如指掌，而女生对男生的班级、姓名并不是很清楚，原因是男生太多了，而女生则是凤毛麟角。姚女士发现有一个男生在不远处窥视自己，便扭过头去向那个男生看了一眼，觉得这位男生跟自己在一起上课，好像是同一个年级的同学，便冲他笑了笑，算是打了招呼，便又专心去背她的俄语单词了。她这一笑不要紧，可把老关的心搅乱了。老关琢磨，这一笑是什么意思呀？是不是对我有好感了？第二天早上，他又早早来到了竹林背单词，过了一会儿，他发现姚女士也来了，并微笑着向他点头打招呼，便到别处去背单词了。第三天依然如此。一连几天都是这样。

老关再也无法专注地背单词了，他的心完全乱了。他一大早就来到竹林，也不再背单词了，而是躲在隐秘处偷窥姚女士。他断定姚女士对他有意思，而自己也对姚女士一见钟情，但自己没有胆量去向她表白。怎么办？他很痛苦，吃不下饭，睡不着觉，几天下来，人都瘦了一圈。老沈见他这样，觉得情况不对，便去问他发生了什么事。老关开始不肯说，经老沈再三追问，他终于把自己坠入情网之事说了，并倾诉了自己的困惑和痛苦。老沈听了便对他说："这事好办，你既然自己喜欢她而不敢去表白，又肯定她对你有意思，那我就帮你去问一下她不就得了？"老沈为解除关同学的痛苦，决定挺身而出，再管一次闲事。老沈怎么也不会想到，他这次管闲事却犯下了历史性的错误，不但没有帮老关解除痛苦，反而将其推上了绝路。

老沈与姚女士虽然不是很熟，但平时见了也能说上几句话，姚女士也知道他是甲班的。第二天早上，老沈来到竹林，找到姚女士后，便开门见山地对她说："我们班的老关喜欢你，想跟你交朋友，不知道你是不是也喜欢他？"姚女士听了大吃一惊，连忙问："哪个老关？"老沈说："就是经常早上在你旁边背俄语单词的那个同学。"姚女士听了，才知道老沈说的是那个偷窥自己的男生，觉得不可思议，便说道："我只知道他是我们年级的同学，连他姓什么我都不知道，我怎么会喜欢他？"老沈问："你既然不喜欢他，为什么见了面老冲他笑？"姚女士忍不住大笑起来，她反问道："你们甲班的男生是不是都这样多情？同学之间见了面笑一笑，打个招呼，这是很平常的事。对谁笑一笑就表示喜欢谁，这不是太荒唐了吗？请问，你见了女生是不是也打过招呼？是不是也笑过？难道你对她们都有意思吗？"老沈一时语塞，知道没法再说下去了，向姚女士说了声"对不起"就离开了。

当他离开竹林往回走的时候，发现老关正在新二栋门口向竹林这边张望。老沈将老关领到新二栋后面无人处对他说："老关，我和她谈了，人家对你没有那个意思，是你自己想多了。"老关一听就急了，他大声嚷嚷："不对！不对！她骗人，她没有意思为什么老对我笑？为什么？为什么？"老关反应如此强烈，使老沈有些出乎意外，他只得好言相劝，想让老关冷静下来。老关嚷嚷了一阵以后，终于平静下来了，不再说什么了。他一路自言自语回到了宿舍，然后坐在他的床铺上发呆。

上午上课时，老沈发现老关没有来上课，下课后回到宿舍一看，见老关还坐在那里自言自语，两眼发直，神色异常。老沈觉得不对劲，就告诉了我，我去一看，见老关大有疯癫之状，便把此事告诉了甲班的领导集体，并向系里的领导作了汇报。系里决定将老关送校医院检查，校医院检查不了，经请示校领导后，决定送到汉口同济医院。同济医院检查结果是“患者因受剧烈刺激而得了狂躁型精神分裂症”。医生说病人发病时可能有些过激行动，极容易出危险，务必要派专人加以看护，并建议学校尽快将病人送到专治精神病的湖南长沙湘雅医院住院治疗。学校决定尽快与湘雅医院取得联系，并指示中文系一定要做好病人的看护工作，保证在去湘雅医院前不要出事。

中文系让甲班抽出身强力壮的男生，不分昼夜地轮流看护老关。第二天早上，同学们发现老关不见了，大家赶紧跑出宿舍去找，找了半天，却不见踪影。于是大家聚在一起研究了一下，决定把人分成四路：一路往珞珈山、教职员工宿舍区方向寻找，一路往东湖、游泳池方向寻找，一路往图书馆、大斋舍方向寻找，一路往校门口、公交车站方向寻找。往珞珈山、教职员工宿舍区方向寻找的同学在新一栋、新二栋、行政大楼、武大招待所等处的屋前屋后找了个遍，未见踪影。有同学说：“他会不会爬上山去了？”于是大家便往山上跑，一边跑一边喊着老关的名字。等大家爬到了山顶，却在一个废弃的水塔下发现了一具死尸，身体俯卧，尸体周围都是血，大家仔细一看，此人正是老关，看来他是从废塔上跳下来摔死的。老关的死震动了整个武大校园。大家没有对这个风华正茂的青年以死殉情的行为加以点赞，而是对一个大学生如此脆弱的神经感到困惑不解。学校将老关的尸体用一口黑漆棺材成殓，停放在校医院后面一间放杂物的房间里，等候老关父母的到来。

几天以后，两个头缠黑布巾，身穿黑色粗布衣服的农夫农妇来到了珞珈山，他们就是老关的父亲和母亲。他们哭哭啼啼地被领进了停放着老关尸体的房间，他们一看见了黑色的棺材，就大声哭喊着扑了过去，看着儿子尸体，一边哭一边用头撞击棺材，差一点晕了过去，同学们赶紧将他们拽住。当天，老关的父母被安置在学校招待所，甲班派出两位女生照顾他们的生活。晚上，校、系办公室主任和班上照顾老关的几个同学向老关的父母详细地介绍了老关意外死亡事件的情况，老关的父母听了，流着眼泪，半天不说话。后来，老关的父亲说话了，他感谢学校和同学们对他儿子的关怀和照顾以及儿子死后所做的一切。他说，他们那个地区贫穷落后，他儿子是县里唯一一个考上全国重点大学的学生，全乡人都为他高兴。他儿子离开家乡到武大报道的那天，乡亲们敲锣打鼓为他送行。老关的父亲说："我儿是全家、全乡的希望，哪个会想到他会走这条路呀！这个死鬼太不争气了。"

后来，我们和老关的父母闲聊，询问老关在家乡的情况。他父母说，老关非常聪明，非常用功，门门功课都优秀，但行为孤僻，性格内向，几乎没有朋友。他脾气很坏，只要有一点不顺心的事，就大喊大叫，暴跳如雷。他的几个弟妹都很怕他，都躲着他。大家根据老关父母所说的情况，一致认为，老关这次得神经分裂症不是偶然的，可能在老家时已经埋下了病根，只是没有引起他父母的重视罢了。

## 六、反右派风云突变

一九五七年，是令人终生难忘的一年。这一年四月，党中央决定开展整风运动，五月二日，《人民日报》发表《为什么要整风》的社论，号召广大人民群众“知无不言，言无不尽，言者无罪，闻者足戒”，帮助党整风，反对官僚主义、宗派主义和主观主义，积极给党提意见，参加鸣放，揭发问题。北京、上海的高校先动了起来，鸣放搞得轰轰烈烈，这股风迅速吹到了武汉，武大也动了起来，校园内的政治空气越来越浓了。通过鸣放，揭出了一些问题，如：学校某位领导借权势占用住房超标两三倍；某副校长的老婆原本是校医院里的一个护士，这位副校长利用职权将其调到身边当了自己的秘书；某领导不学无术浪得权位大耍威风，等等。对原武大党委书记徐某意见最大，贴的大字报也最多，说他违法乱纪、以权谋私，生活腐化、排除异己、打击报复向自己提意见的人。我们入校以来的平静生活被打破了，浓烈的学习气氛很快被疾风暴雨式的政治运动驱散了。

在开始阶段，鸣放还是在可控范围内，鸣放中虽然揭出了很多问题，但都在党委的掌控之中。党委提出，鸣放要分步骤，教职员工先鸣放，学生因为考试临近，现阶段应以复习功课为主。但是学生中的激进分子却不满现状，他们想搞出更大的动作，贴出了自行鸣放的大字报，后来大字报越贴越多，鸣放的声势越来越大，几天之后，武汉大学党委只好通过有线广播，宣布支持学生鸣放，于是，珞珈山全都动起来了，大字报铺天盖地贴满了整个校园。“三害”问题越揭越多，所揭问题越来越严重。大字报除了揭发一般问题外，还涉及一些深层次的问题，在这些问题上，什么观点都有，但基本上分为两派，一派观点比较激进，一派观点比较温和，双方在大字报上辩论，在大会上辩论，在马路上辩论，也在班级里辩论。

一九五七年的六月，风云突变，《人民日报》发表了《这是为什么？》的反击社论，形势急转直下。激进分子的大字报宣布停刊，与激进分子观点不同的大字报继续贴出，对不同观点的辩论变成了对激进分子的批判。紧接着，党中央决定，在全国范围内，主要在知识分子和国家干部中进行反右斗争，正式有了“右派”这个提法。武大党委动员全校师生行动起来，揭发、批判“右派”的错误言行。为了响应党委号召，各班级的会议也都由辩论转为揭发、批判班上的“右派”。于是，班上的“左派”扬眉吐气了，那些跟着“右派”跑的人都反戈一击了。

一九五七年七月，全校的反右斗争进行得轰轰烈烈。学校一连几天的晚上都在小操场召开批判极右分子的大会，场面浩大，情绪激昂。各系各班级也都天天开批判会，批判右派反党反社会主义的错误言论。这些会都一边倒，没有不同意见。“右派”倒也老实，纷纷作自我检查。我们以为反右斗争就要结束了，因为所有问题经过辩论都搞清楚了，“右派”也都认识了错误，作了检查。中央要求做好反右斗争后期的定性和处理工作，对定为“右派”的，一律扣上“右派分子”的帽子，并进行组织处理，凡划为“右派分子”的，一律开除党、团籍，根据情节轻重，做出开除学籍并送劳动教养或留校察看的处分。我们班也有六人被定为“右派分子”，叫人想不到的是，这顶帽子会如此沉重，让戴上这顶帽子的人二十年不能翻身，给他们带来难以想象的痛苦和灾难。

暑假结束后，我们立即投入到反右的后期工作中。反右斗争一直延续到一九五八年初，三月，各系进行反右的最后阶段的工作，向“右派分子”宣布组织处理决定。一九五八年三月，四十多名受到“开除学籍，送劳动教养”的“极右分子”被送往湖北潜江周矶农场劳动教养。四月，全校受留校察看处分的“右派分子”被组织起来，成立了一个劳动大队，每天上午上课，下午劳动，星期六、日全天劳动。三百多名“情节严重、态度恶劣”的“右派分子”被发送到湖北蕲春八里湖农场劳动，其中有学生，也有教工。至此，反右斗争基本告一段落。

## 七、迷方向红专辩论

“反右”以后，接下来就是教育革命。从听报告、看报纸、听广播中，我们得知，经过反右斗争以后，全国形势一片大好。随着党中央提出“总路线”“大跃进”和“人民公社”三面红旗，全国人民革命热情空前高涨，多、快、好、省地建设社会主义的积极性充分地调动了起来，工农业生产捷报频传。农村实行“公社化”以后，粮食取得了大丰收，各地纷纷放卫星，出现了很多粮食高产典型，亩产两千斤已不算新鲜事。报纸上天天报道各地放卫星的消息，从亩产五千斤，到一万斤，再到两万斤，最多达到三万七千斤，甚至有“人有多大胆，地有多大产”的说法。提前实现共产主义的议论沸沸扬扬，有的甚至出自领导同志之口。武大党委为了动员全校师生积极投入到教育革命中来，请了宣传部门的一些领导同志来校作报告，讲了很多形势大好的典型事例以及“大干快上”的新人新事，让我们听了心情激动、热血沸腾，大家都感觉到共产主义很快就要实现了。中文系党总支书记在全系动员大会上说：“同志们呀！共产主义就在眼前了，你们还等什么呀，赶快行动起来吧！”我们就是在这种形势下开展教育革命的。

在正式开展教育革命之前，先搞了一个向党交心的运动。我当时处在巅峰时期，因为我是响当当的“左派”，又是党员干部，未免有些骄傲自满的情绪。在交心运动中，我是动员别人说真话，对党忠诚，而自己则置身事外。我在会上夸夸其谈，说了很多不得要领的话。同学们鉴于“反右”的教训，说话都很谨慎，没有一个动真格的。搞了一段时间，没有什么收获，党总支书记对这种情况很不满意。丙班在交心活动中却出彩了。丙班有一个同学在“反右”中表现积极，是“左派”，但交心运动一来，他却坐立不安了。因为他在“反右”中虽无公开的“右派”言论，但在自己的日记中却处处表达了他对“右派”观点的同情和支持。他抚摸着这本烫手的日记，内心十分犹豫。他想把日记烧掉，这样就可以保住“左派”的牌子。但是他又想，对党绝对忠诚是当代青年的信念，也是做人的基本准则。在犹豫了几天之后，他终于把日记交上去了，交上去的结果是，在接受了班里的批判以后，得到留团察看一年的处分，档案中的“左派”也改成了“中右”。这顶“中右”的帽子，使他在以后的二十年中遭遇了很多麻烦。党总支表扬了丙班，把丙班的经验介绍给各年级。

交心运动搞了一段时间以后，又搞起了“红专”辩论，辩题是“当代青年学生应该走什么样的道路?”辩论中有三种观点，一种观点是“走‘先红后专’的道路”，持这种观点的人很少；第二种观点是“走‘先专后红’的道路”，持这种观点的人有相当一部分；第三种观点是“走‘又红又专’的道路”，持这种观点的人占大多数。正确的答案当然是“走‘又红又专’的道路”，这是显而易见的，校党委在学生中搞这场辩论的目的就是要引导学生走“又红又专”的道路。我一向是正统思想的捍卫者，但由于我当时自我膨胀，头脑有些发昏，在辩论中我居然主张走“先专后红”的道路，并振振有词地说：“学生在大学期间精力有限，应该先抓紧时间学习专业，学成以后再学习马列主义、毛泽东思想，使自己成为一个红色专家。就像走路，两只脚必然有先有后，如果两只脚没有先后，就走不成路了。”此论从我这样一个响当当的“左派”、党员学生干部的嘴里说出来，在辩论会场立刻引起了轰动，有不少人起来发言支持我的观点，于是辩论立刻朝着在场的党总支书记以及学校党委派下来蹲点的政治教员不愿看到的方向倾斜。主张“先专后红”的同学大受鼓舞，不断为我鼓掌。有不少原来主张“又红又专”的同学，在听了我的发言后，放弃了自己的观点，转而支持我的言论。这多少也反映了经过“大鸣大放”“反右”“向党交心”多次运动后的学生对政治运动厌倦、渴望学习专业的情绪。总支书记和政治教师先后找我谈话，批评了我的错误思想。在辩论的后期，我只得保持沉默，不再发言了。辩论会开了几天以后，总支书记作了总结发言，他强调，当代学生只能走“又红又专”的道路，这是唯一正确的道路。他严厉批判了“先专后红”的错误观点，当然也不点名地批评了我。

## 八、“拔白旗”刻骨铭心

一九五八年九月开学以后，全校开展教育革命大讨论。当时党提出的教育方针是“教育为无产阶级政治服务，教育与生产劳动相结合”，学校有些领导甚至说“劳动就是我们的专业”。从一九五七年下半年开始，我们在课堂里上课的时间大为减少，增加了很多劳动课，所谓“劳动课”，就是去参加体力劳动。有时候，我们被派去深翻土地，据说地翻得越深，产量就越高。有时候，我们又被派去捞湖草，我们驾着小船在东湖四处寻找湖草，把湖草捞上来堆在岸边，沤成肥料。我们参加过抗旱，也参加过防涝。时间最长、劳动强度最大的一次劳动，是一九五七年冬天参加的东西湖修堤劳动，很多人都累病了。大家早已满肚子怨言，就是不敢说。这时的武大，根本就不像大学，倒像农场。为了提高学生对党的教育方针的认识，党委号召全校开展新一轮的“大鸣大放”，对党的教育方针进行大讨论。但是，鉴于“反右”运动的教训，同学们都采取观望态度，缄口不言，“大鸣大放”搞不起来。

中文系党总支书记非常着急，他紧急召集各年级干部开会，动员干部带头“大鸣大放”，把教育革命大讨论搞起来。他要大家不要有什么顾虑，保证“不揪辫子”“不扣帽子”“不打棍子”。干部们动员起来了，很多人相信了他的话。我当时也很天真，认为有了总支书记的“三不”作保证，就没有什么好怕的了。我有一肚子的话要说，既然党总支号召我们带头说，又保证说错了也不整我们，我为什么不说？于是，我打破了会场的沉寂，在会上带头发言。我说：“教育与生产劳动相结合，我们中文系所学的专业怎么与劳动相结合？《诗经》《楚辞》能与劳动相结合吗？我们在地里劳动时能学懂《诗经》《楚辞》吗？有人说，劳动就是我们的专业，既然劳动就是我们的专业，我们去当农民岂不更好？还上什么大学？”我带头发言，其他干部、“左派”跟进，立刻把群众带动起来了，大家纷纷发言，谈了自己的看法，争着吐苦水，发牢骚，会场气氛十分活跃，各种观点都有。我又贴出“小字报”，标题是“引玉之砖”，目的是为了抛砖引玉。我在小字报里系统阐述了我的观点：“大学是为国家培养高级专门人才的地方，必须要多学知识，必须要多学高深的知识。我们在校的时间有限，必须排除一切干扰，抓紧时间把专业知识学好，学扎实，只有这样，毕业以后才能为国家做出贡献。”每次会我都发言，而且调门越来越高，不少干部也是如此，我们毫无顾忌，因为有党总支书记的“三不”保证在保护我们。“大鸣大放”之火烧起来了，大火烧向了教育方针，越烧越猛。要求学习的呼声越来越高，有人甚至提出“不要把大学生当成廉价劳动力”。党总支书记把五五级甲班当典型抓，天天来听会，每天晚上还要听各年级的汇报。这时的五五级甲班，成了全系乃至全校关注的焦点，就像一九五七年“反右”初期的五四级一样。教育方针可是党中央提出来的，群众的“大鸣大放”已经形成了对党的根本教育路线的否定，已经触及到了红线。可是，总支书记却沉着冷静，一点也不慌张。面对群众“鸣放”出来的各种过激言论，他摆出了一副虚心听取的样子，一点也不动感情。也许他这时正在偷着乐，心里正盘算着如何收网哩。

果然，教育革命的“大鸣大放”进行了一个多月，风向突然大变，在党委的号召下，全校开展了“拔白旗”运动。我的“辫子”一下被抓住了，一顶“大白旗”的帽子扣到了我的头上，其他带头“鸣放”的干部和“左派”的“辫子”也都被抓住了，扣上了“白旗”的帽子。总支书记气势汹汹地领着一帮人拿着“棍子”向我们无情地打来。

被扣上了“大白旗”帽子的我，一下子被打入了最底层。我被撤销了一切职务，听候批判和处理。和我一起被揪出来的同学，大多数都是参加了总支书记召开的动员会并轻信了他“三不”保证的“左派”和干部，他们都被扣上“白旗”的帽子。因为我的问题很严重，被列为重点批判对象，而且禁止参加班里的除批判会以外的一切活动。后来，由于五五级甲班是重灾区，出了以我为首的好几个“白旗”，被整体解散，同学被分到乙班和丙班。党总支又请求学校从外系抽调两名政工干部到中文系来领导五五级的“拔白旗”运动。批判会分大会和小会，大会是全系老师、同学参加的，小会是班里开的会。我先在小会上接受批判，陪着我接受批判的还有几个小“白旗”。然后系党总支召开专门批判我的由全体同学和教师参加的全系大会，一共开了七天。

参加批判的同学都在总支书记等人的指导下进行了认真准备，各自有其重点。有从理论上进行分析的，有从出身和家庭寻找犯错误的根源的，也有从生活上将我抹黑的，也有无中生有往我身上栽赃的。有的“白旗”被丑化成毒蛇，还被画成了漫画。有的“白旗”被丑化为狡猾的狐狸，也被画成了漫画。我则在批判大会上被骂成“党内的大坏蛋”“混入党内的投机分子”“无可救药的腐败分子”。我虽然有幸没有被画成狐狸，但也被说成了狐狸。在批判大会的最后一天，校党委书记参加了大会，并在总结发言中亲口封我为狐狸。他说：“参加劳动对我们每个同学都是考验，是检验每个同学是真革命还是假革命的试金石。赵克勤在历次运动中都是积极分子，在反右斗争中也是坚定的‘左派’，但这都是假象，经过这一段时间的繁重体力劳动，他的狐狸尾巴终于被压出来了。”我到现在也不能理解，作为一个高等学府的大学生，提出要多学习专业知识何罪之有？怎么就成了狐狸了？

在“拔白旗”那段日子里，老沈和老章始终和我在一起。特别是老沈，几乎跟我形影不离。每次开批判会时，老沈都坐在我旁边。当我听到有人在发言中污蔑我时，我非常生气，总想站起来反驳，老沈就死死拽住我，不让我站起来。他怕我因当面顶撞别人又被扣上“态度恶劣”的帽子。中午吃饭时，他帮我买饭，每次都把自己碗里的肉和豆腐拨到我碗里，自己只吃青菜。我当时被批得昏头昏脑，没有注意到这些细节，是后来有同学在会上把这些事揭发了出来我才知道，老沈因此被扣上了“立场不稳，同情白旗”的帽子。几位老教授听了却非常感动，在会议的间隙偷偷地拉着老沈和我的手摇个不停，为老沈和我之间的真诚友谊激动不已。

我被打成“白旗”以后，对自己的前途感到担忧，“白旗”的待遇会跟“右派分子”一样吗？很多“右派分子”被开除党籍，送到农场劳教，过着人不人、鬼不鬼的生活。我这个“大白旗”难道也会这样？想到这里，我不寒而栗。我苦闷，我痛苦，吃不下饭，睡不好觉。为了排遣胸中的郁闷，我常常在夜间一个人到校园里散步，我信步而行，没有目的。后来我发现，在我散步时，总有人在后面远远地跟着。难道我被监视了？为了弄明白真相，我决定给“跟踪者”来一个突然袭击，让他们措手不及。有一天，我走着走着突然转过身来快步往回走，很快就走到了“跟踪者”面前，仔细一看，原来是老沈和老章。我惊讶地说：“怎么是你们？我还以为我失去自由了哩！”老沈和老章说：“我们发现你很痛苦，见你总是晚上出来散步，我们不放心，怕你出什么意外，所以跟着你。”我说：“你们放心，我不会寻短见的。”

后来，事实证明，“白旗”的命运并没有像“右派”那样糟糕，我完全多虑了。根据党的政策，“白旗”是属于人民内部矛盾，不戴帽子，不给处分。我虽然没有受处分，但仍然是犯了错误的人，只能灰溜溜地夹着尾巴做人。直到我离开武大到北大工作以后，我才得到北大中文系党总支办公室的正式通知，说武汉大学发来了对“拔白旗”运动进行甄别的公函。公函称，在“拔白旗”运动中对赵克勤同志进行了错误地批判，现决定予以平反，将已放入档案中的有关材料全部撤出，并通知本人。对那些材料如何处理，党总支办公室主任征求我的意见，我说烧掉算了。

## 九、“大跃进”农村见闻

一九五八年冬，我们年级的同学一小部分下放到武汉的工厂劳动，大部分下放到天门县小庙人民公社劳动，我被分到下乡劳动的队伍。小庙公社的前身是小庙乡，以生产棉花为主，也产水稻、小米和小麦。当时农村正处在“大跃进”、“人民公社化”的高潮时期，全公社实行军事化管理，生产大队为连级单位，大队长为连长。生产队为排级单位，生产队长为排长。生产小队为班级单位，小队长为班长。我们分散住在各生产队的老乡家里。我被分到一个姓周的生产队长家里，他家除了夫妻二人外，还有三个孩子。生产队长将后面的一间小屋腾出来让我住，一家人对我很客气。他们叫我为“赵同志”，我叫生产队长为“周排长”，叫他妻子为“周大嫂”。

生产队里办了食堂，社员一日三餐都在食堂里吃，不要钱。每家一张桌子，全家人都围在一起吃饭，菜是有定量的，饭可以随便吃。我就跟周排长一家吃饭。我发现有不少农民吃完了饭以后，还偷偷用大海碗盛了饭藏在衣服里往家里带。周排长看见了假装没看见，根本不管，周大嫂也跟着这么干。开始我还以为这些人把饭带回家是留着晚上吃，后来才知道他们把饭拿回去是为了喂自家养的自留猪。从同学们见面时互相交流的情况来看，各生产队的食堂都存在这种严重浪费粮食的现象，各级领导都知道，但都装聋作哑，就是不管，我们很不理解。

刚开始时，我们集中在一起劳动，任务是拔棉梗。队里有大片大片的棉田，棉花都摘了，就剩下棉梗，必须拔掉棉梗，才能再种新的棉花。队里给我们每个人发了一个铁钩，是用来拔棉梗的。大家都以为拔棉梗这个活很轻松，干了以后才知道，这是非常累、非常苦的活。棉梗的根须扎在土里很深，用铁钩钩住棉梗的根部，用力往上拽，费很大的劲，才能把它拽出来。第一天干下来，累得腰酸背痛，手掌也起了血泡，但第二天还得继续干。为了加快进度，领导决定开展拔棉梗比赛，大家只好用纱布裹着手干。虽然很苦很累，但没有人叫苦，因为我们是下来劳动锻炼的。干了一个星期，我们终于完成了任务。

后来我们和公社社员一起下地干活，我、老沈、老殷都分配在周排长的队里，一到了队里，都感觉很轻松，因为队里的活都很轻，一点也不累，而且松松垮垮，一点也不紧张。每天出工，周排长都挨门挨户去喊，喊了半天，才见社员扛着农具慢吞吞地从家里出来，一路懒洋洋地走到田里。我们有时翻地，有时锄草，有时下种，有时施肥。我见社员干活都不起劲，出工不出力，好像在磨洋工。大家一边干活一边聊天，聊的都不是什么正经事，而是互相逗乐。男女社员之间特别喜欢逗着玩，说一些淫秽的事。如男社员遇见女社员了，就开玩笑说："今天你干活怎么没力气，是不是昨天晚上干那事干得太累了？"逗得周围的人直乐。有的男社员知道某个女社员的丈夫不在家，就对她说："你男人不在家，你想不想那事？要不，今天晚上你莫关门，等着我。"女社员就骂道："你这个砍脑壳的，看我打不打死你！"追着这个男社员要打他，惹得干活的人都过来围观。女社员也不含糊，见了我们男生就喜欢凑过来，问这问那。有一次，几个女社员将老沈围住，问他："你多大了？"老沈说："二十一了。"又问："娶媳妇了没有？"老沈回答："还没有。"女社员就说："你都这么大了还没有娶媳妇，晚上想不想那事？"老沈听不明白，就反问道："'那事'是什么事？"几个女社员说："'那事'是什么都不知道，原来是个苕货（傻瓜）。"说完就哈哈大笑起来。就是不互相逗乐，大家也不好好干活。有的社员干着干着就溜到田边去吸烟，有的干一会儿就停下来去上厕所，有的趁人不注意就溜回家去干私活了，周排长见了也不管，睁一只眼闭一只眼。但是，我们见他们在自家的自留地里干活却非常卖力。

公社在当时号召各生产队在冬天积农家肥，并且下达了具体指标。生产队就动员社员积极行动起来，争取在积肥的战斗中放卫星，好向公社报喜。但是，在积肥时，很多社员却把拾到的粪往自家自留地里倒，不送到公社田里去。到了快验收的日子，社员交上来的农家肥不多，根本不够数。为了应付上级的检查，生产队只好弄虚作假。他们在田里堆起很多土堆，在土堆上面撒上一层肥料，一眼望去，大田里整齐地堆着一堆一堆的农家肥，好不壮观！于是，生产队组织一些社员打着彩旗，举着大红“囍”字，拿着“超额完成积肥任务”的喜报，敲锣打鼓向公社报喜。

当时，公社里报喜成风，只要有点好事，就要向公社报喜。什么水利功程提前完工呀，什么诗画满墙任务全部完成呀，什么新建小学完工呀，什么一头母猪产仔二十只呀，等等。放卫星的新闻几乎天天都有，例如，这个生产队刚向公社报了喜，说棉花生产放了卫星，皮棉亩产超千斤，第二天，另一个生产队又报喜说，他们放了更大的卫星，皮棉亩产超两千斤。水稻亩产的卫星也是你追我赶，从两千斤到五千斤，又从五千斤到一万斤，最高达到三万斤，弄得人们眼花缭乱。公社还让各生产队种了不少小麦密植高产卫星田，为了能高产，种子播得很密，麦苗长出来后密密麻麻地挤在一起，田里的杂草长得比麦苗还要高。一个从外省前来参观的地委书记见到这种情况，十分担忧地对公社书记说：“你们把小麦种得这么密，将来会颗粒无收的。”因为这位地委书记是外省的，公社书记根本不把他的话当一回事。可见，当时在大家普遍头脑发热时，也有头脑清醒的，真是难得。

我们当时觉得很奇怪，为什么我们在小庙公社看到的情况，与报纸上、领导同志的报告中所讲的情况竟然大相径庭呢？我们下来之前，以为在“大跃进”的高潮中，社员战天斗地的积极性一定非常之高，然而现实的情况让我们大失所望。公社社员应该是“公”字当头，而我们看到的却是相反的情况，如在公家的田里磨洋工，在自留地里玩命干；把公有食堂的饭偷偷拿回家去喂自家的猪；为公家积肥，却不往大田里送，而倒进了自留地，等等。有一次，我们跟着一大帮社员一起下地，经过麦田时，发现有几头牛正在田里吃麦苗，我们以为社员一定会去轰牛，没有想到，大家明明看见了竟然熟视无睹。我们赶紧喊："牛吃麦苗了！"就要跑去轰牛。不料社员却说："你们莫管，那是公家的田。"这的确让我们大吃一惊。后来和社员私下聊天才知道造成这种现象的原因。社员说："现在公社给社员发工资，所有人都一样，你干得再好，也是那么多钱；你就是不干，照样可以领工资。干好干坏一个样，干与不干一个样，哪个还愿意干？"

我们亲眼目睹了一次公社发工资的情况。平时，生产队开会根本就开不起来，有时通知上午九点开会，到了十点社员才稀稀拉拉来到会场，而且还不到一半。下来主持会议的公社干部让队里的干部去催，催了半天也催不来人，这时已经快到十一点了，公社干部只好宣布开会。会开起来后，主持人在上面讲话，社员们却在下面拉家常，整个会场乱成了一锅粥。还没等宣布散会，社员一个接一个离开会场，因为吃饭的时间快要到了。这一次情况却大不一样，通知九点开会，社员们八点半就来到了会场，而且都是全家扶老携幼来的。会场的主席台上放了一张大桌子，桌子上放着一沓一沓的钞票，非常显眼。因为有了钞票，主持人说话的底气也很足。他首先拍了拍桌子上的钞票，对大家说："大家看好了，这都是钞票，过一会儿就发给大家。我这里有一份领工资的名单，凡是干了活的，名单上就有他的名字，他就可以领工资。大家领的工资，都是一样的，不会谁多谁少，这充分体现了一个'公'字。毛主席说，人民公社好，好就好在'一曰大，二曰公'。现在吃饭不要钱，还发工资，充分体现了人民公社的优越性。有的人说，这样不公平，我问他怎么不公平？他说，他家只有一个伢（孩子），而有的人家里有五六个伢，这能公平吗？依我看，现在伢多的人家好像是占了便宜，因为吃饭吃得多嘛。但是，这些伢难道都长不大啦？他们是要长大的，长大以后都成了壮劳力，贡献就大了，给公社创造的财富就多了，那时候，伢少的人家就占便宜了。你一个伢干的活能跟人家五六个伢比吗？那是不能比的。你们说是不是这个理？”主持人讲了半天，就是不发钱，下面的人都等急了。可主持人一点也不急，因为有钞票在桌子上放着，他不怕会场的人跑掉。于是，他又是念文件，又是传达上级指示，一直到十一点多才宣布发放工资。社员们领到了工资，虽然不是很多，但也都高高兴兴地走了，因为手里有了钱，就可以着手准备过年的事了。我们下来以后，第一次感受到了农村的欢乐气氛。现在已过了腊八，离春节已经不远了，家家户户在收工以后都忙着张罗过年的事，采办年货呀，打扫屋子呀，杀猪宰鸡呀，准备春联、年画呀，忙得不亦乐乎。我们都有了用武之地，帮社员搞卫生、写春联、准备年货，也忙得不亦乐乎。

天门县是湖北省比较富庶的地方，在合作社时期，这里的生产搞得很好，家家户户都有余粮，生活很好。我们刚下来时，看见社员的穿着都比较好，年轻姑娘和小媳妇们都打扮得很漂亮，能歌善舞，在田间地头，还能听见她们唱湖北民间小调。这里还有一种习俗，就是年轻妇女都喜欢镶金牙，而且是把金牙镶在门牙上，一定得镶两颗。她们认为，这是美的最高表现，也是富足的标志。因此，凡是家里有条件的，都给女儿镶了金牙。刚开始时，当年轻妇女对我们以笑脸相迎、露出两颗金光闪闪的门牙时，都会把我们吓一跳。难道这是美吗？我们疑惑不解。真想不到，天门离武汉这么近，居然有着这样的与武汉完全不同的审美观。不过，这也从另一个侧面说明了这里农民的富足。公社化以后，农村所有制形式发生了根本改变，情况就变了。在“人民公社化”运动中，以高指标、瞎指挥、强迫命令、浮夸风和“共产风”为主要标志的“左”倾错误严重泛滥，使农村生产力遭受巨大破坏，大大挫伤了农民的生产积极性，这才有了我们下来时看到的情况。我们难得地与当地老乡共同经历了“人民公社化”、“大跃进”，也与他们结下了真挚的情谊。

我们除了劳动外，还进行了采风、扫盲以及创作等活动，在这些活动中，我们也有过幼稚、浮夸和丧失理智的疯狂。例如，在采风中，我们搜集上来的，都是些说大话、吹牛皮、鼓励蛮干的诗歌；在扫盲中，我们提出了一个月消灭文盲的根本无法实现的指标；在创作中我们高喊出“超郭（沫若）赶茅（盾）”、创作出世界一流水平作品的“豪言壮语”。我当时也被选出来作为搞创作的“作家”之一，领导要求我们几个人解放思想，大胆创作，争取放“卫星”。每到晚上，老乡们为了节省灯油，根本就不点灯，早早就上床睡了，村子里一片漆黑，周排长一家也早就进入了梦乡。这时，我这个“作家”正猫在屋里搞创作，在不断闪烁的油灯下冥思苦索。

我构思出一个农家的三姐妹在“大跃进”中放卫星的英雄事迹，她们如何不顾父母的反对，一再推迟婚期，克服了重重困难，最后终于在试验田中创造了奇迹，放了一颗水稻亩产三万斤的大卫星。我打算写成一部长篇小说，里面有她们经历的种种斗争，如：与自然条件斗、与自己的家庭斗、与自己的未婚夫斗、与旧观念斗以及与自己的私心斗。她们开始干时，一无经验，二无技术，困难重重。有一次，她们在进城办事时，无意中遇到了一位躺在路边的老者，老者得了重病，生命垂危。姑娘们把老者接到自己的家里，精心照顾。为了治好老者的病，她们不辞劳苦地到各地寻医问药，终于治好了老者的病。没有想到的是，这位老者竟然是一位掌握了高级水稻种植技术的退休农艺师，农艺师被三姐妹的善心所感动，便无私地把自己的技术传授给了她们，并且帮助她们最后取得了胜利。我把这篇小说的故事梗概写了出来，交给领导审查，得到了领导的认可，于是就动手写作。我每天晚上写得很晚，第二天照常出工。

没有想到的是，我刚刚写了几万字，就突然接到了回校的通知，这时已是腊月二十三了，离过年还差一个多星期。据说，突然决定回校的原因与队里的粮食紧张有关。早在一个多星期前，就听说食堂粮食不多了。我们每天的两稀一干变成了三顿都是稀。还听说与小庙公社相邻的九真公社有粮食，要到那里去拉粮食，同学中有好几个人参加了拉粮行动。后来，九真公社也发生粮荒了，拉粮队长途跋涉到了那里也拉不回来粮食，看来，一场大饥荒正悄悄向这里逼近，我们必须尽快离开。

在我们离开小庙的前三天，老乡们就得到了消息，整个村子都笼罩在一种说不出的伤感氛围中。周排长八岁大的儿子春来对我说："赵叔叔，你莫走！你走了我会想你的。"我摸着他的头，安慰他道："我们回去过年，过完年还会再来的。"他说："你哄我，你们不会再来了。"第二天，春来又到了我的屋子，他拿出一张二寸大小的照片送给我，说："这是前几天我在天门照的，送给你留着纪念吧！"春来的这张照片，如今还保存在我的相册里。周排长和周大嫂在这一天特意宰了一只鸡，中午请我吃饭，为我送行。在我们启程回校的那一天，队里准备了两辆牛车，帮我们拉行李。从小庙到汉水码头一共十几里，老乡几乎全村出动，扶老携幼，为我们送行。到了汉水码头，我们要上船了，老乡们还拉着同学依依话别，难舍难分，有些小孩拽着我们，哭着闹着不让我们上船，情景十分感人。轮船开动了，渐行渐远，我们看见在码头上送行的老乡，仍然在向远去的轮船挥手，久久不忍离去。

## 十、学友情告别珞珈

我们回到学校，开完了总结会以后，就宣布放寒假。这时已是腊月二十八了，离除夕还有两天，我决定到北京去看望母亲，当时母亲住在大哥家。但有一件事在走之前我必须解决，那就是老沈的安排问题。这是怎么一回事呢？原来，老沈失恋了，整天哭哭啼啼，情绪很不正常，如果无人陪伴，恐怕会出问题。情况是这样的：老沈在小庙公社劳动的后期，与丙班的女生萧某分在了一个组，萧某与他有共同语言，对他也非常关心和照顾，两人相处得很好。有一次，我们去公社开会，回来时遇到下雨，路很滑，萧某怕老沈摔跤，就主动牵着他的手，一路走来，有说有笑。回到队里以后，老沈坠入了情网而不能自拔。就在回校的前几天，老沈喜滋滋地将自己与萧某的关系向我吐露了，说自己爱上了萧某，并说萧某肯定也喜欢自己。老沈在这次下乡中收获了爱情，我当然为他高兴。我问他："你们互相表白了吗？"老沈说："爱情这个东西并不需要用语言表达出来，只要两人心灵相通就行了。"便把这一段时间他与萧某相处的情况一五一十地向我汇报了。我说："你最好还是向她挑明，看她是什么态度。"

老沈听了我的意见，当天下午就将萧某约到了一个小树林，大胆向她表白了自己的爱情。没有想到萧某听了却大吃一惊，她对老沈说："我一直把你当小弟弟看待，从来没有那个意思，是你误会了。再说，我在老家长沙已经有了对象，我怎么能再跟你好呢？"老沈一听，顿时傻了眼，呆在那儿不知说什么好，萧某离开了很久，他还没有缓过神来。我找到了小树林，一看老沈当时的情况，就完全明白是怎么回事了。我将老沈领了回来，好言相劝。老沈是个重感情的人，遭受了如此沉重的打击，怎么受得了？和很多同学在一起时，他努力控制住自己的感情，将痛苦深深藏在内心，不表露出来。但是一回到学校，在我面前，他就变成了另外一个人，整天以泪洗面，茶饭不思。

当时我想，几个要好的同学都回家了，我如果再走了，就剩下他一个人，万一出了事怎么办？我们班老关的悲剧就是前车之鉴，不可掉以轻心。我也曾想把他带到北京去，但大哥家只有一间房，根本没法住。于是我决定将老沈送到郑州老殷家去。老殷也是甲班的同学，与我、老沈都很要好，他多次邀请我们到他家里去玩，说家里很宽敞，有地方住。我买好了火车票以后，立刻给老殷打了长途电话，把我的决定告诉了他，并让他在郑州车站接老沈。腊月二十九的深夜，我和老沈坐上了北去的火车。火车一路北行，老沈一路"呜呜"哭个不停，怎么劝也不管用。腊月三十的凌晨，火车到达了郑州车站，老殷来到车厢里把老沈接走了，我这才放心了。

过完春节以后，同学陆续返回学校。老殷也把老沈带回来了，老沈看起来还不错，挺精神的，只是人瘦了一些。以前爱说爱笑的他，变得沉默寡言了，而且老躲着不愿意见人，特别不愿意见萧某及我们年级的女生。老沈的这些变化，都是爱情这个东西闹的，幸好没有伤筋动骨，没有酿成像老关那样的悲剧。时间是治愈失恋的良方，我相信用不了多久，老沈就能恢复常态的。

我敏锐地感到，新学期开始以后，学校的气氛与以前有了一些变化，领导不再说"劳动就是我们的专业"了，相反，却强调专业学习的重要性。校党委书记的态度也来了个一百八十度的大转弯，他在全校大会上作报告，动员学生要努力学好专业知识，以便将来更好地为祖国和人民服务。我和其他几个“白旗”也重新得到了领导和同学的礼遇，不再受到歧视了。

我们年级这学期面临毕业，学校学习北京大学的经验，决定让我们集体编写《中国文学史》以代替写毕业论文。老师将《中国文学史》分为先秦两汉、魏晋南北朝、唐宋、元明清四段，同学分为四组，每组负责一段。我所在的组分到了唐宋段的编写任务，而我的任务则是负责唐代大诗人李白的编写。任务分定以后，大家就一头钻进了图书馆，忙着找参考资料。系里给我们指定的指导老师是李健璋老师和胡国瑞老师，我们有了问题可以向这两位老师请教。大家很久没有摸专业书了，现在有机会重新学习和研究专业知识，都非常兴奋。李白是唐代的大家，在文学史上有着重要的地位，我必须把这一段文学史写好，不辜负老师和同学的厚望。我几乎通读了整套《李太白全集》，又阅读了很多有关李白的材料及对他的评论文章，并做了大量卡片。我先拟了一个编写大纲，交指导老师审阅，得到老师的同意后，便开始编写。

到了五月中旬，武汉天气开始热了，我编写的初稿也出来了。又经过一段时间的修改加工，到五月底，我终于完成了文学史的编写任务，其他同学也陆续完成了编写任务。系里又成立了五人的定稿小组，负责《中国文学史》初稿的审读和最后加工，我有幸忝列其中。到了七月初，定稿工作结束，全部稿子交到了系里，系里将请李、胡两位指导老师进行再加工，并给每个同学编写的部分写出评语和打分。打分关系到每个同学是否能毕业。打的分只有“及格”和“不及格”两种，如果哪位同学得了“不及格”，那就不能毕业了。当然，同学们用不着担心，老师一般都会给“及格”。后来有同学偷偷告诉我，两位指导老师对我编写的李白部分评价很高，写了很好的评语。北京大学五五级编写的《中国文学史》是正式出版了，而我们编写的《中国文学史》最后结局如何呢？不得而知。

我们完成了文学史的编写任务，接下来就是等待分配了，大家都显得很轻松。我和老沈、老章除了整理行装、书籍准备离开武大外，就是天天到珞珈山去散步，到东湖去游玩。老沈已经从失恋的痛苦中走了出来，恢复了爱说爱笑的常态。有一天，老章突然喜滋滋告诉我和老沈，曾经拒绝了他的那位在华中师院就读的中学时的同学柳女士突然来信要求恢复恋爱关系，约他见面。我和老沈都为他高兴。从此，我们这“三剑客”就少了老章，他天天跑到华中师院去与柳女士会面。晚上回来见了我们说的第一句话就是：“我太幸福啦！”然后就把他们到哪儿去玩了，谈了些什么，一五一十地向我们汇报。这一段时期，老章完全沉浸在爱情的甜蜜中，什么也不问，什么也不管，真是幸福极了。

到八月初，分配方案终于公布了，老沈分配到了江西大学中文系，老章留校当了研究生，而我的分配方案很奇特，是“出国讲学”，和我 起的还有甲班的老罗。后来才搞清楚，所谓“出国讲学”，就是出国去教汉语，报到的单位是高教部。八月中旬，同学们领到了派遣公函和派遣费，陆续离开了武大，各奔前程。我和分到北京及分到东北路过北京的同学约二十余人一起走。走的那天晚上，我和北上的同学一起登上了学校送我们去火车站的汽车。尚在武大待命的老沈，已经留校当了研究生的老章，以及很多即将离开珞珈山的同学前来送行。当汽车开动的那一刹那，一阵悲痛突然涌上了我的心头，我忽然情不自禁地号啕大哭起来。这种突如其来的情感的喷发究竟因何而起？是因为舍不得离开生活了四年的美丽的珞珈山？是因为舍不得离开与自己朝夕相处的好友，还是因为自己在母校受到了不公正的待遇？直到现在我还不太清楚。

# 第六章 燕园执教

## 一、进北大初执教鞭

一九五九年九月，我从武汉大学中文系毕业了，我和老罗以“出国讲学”的名义被分配到高教部，于是与二十几位北上的同学一起坐火车到达了北京。一出北京站，我们就直奔天安门广场，以天安门为背景照了一张上面题有“走向生活”四个字的集体照，然后各奔东西。这张珍贵的照片现在一直珍藏在我的相册里。我和老罗立即赶往位于西单的高教部报到，高教部把我们安排在位于前门的高教部招待所住下，让我们等待通知。在招待所安顿好以后，我立刻前往东四北大街的大哥家看望母亲。母亲见到我，惊喜地问：“你怎么又来北京了？”我说：“我分配到北京了。”她听了非常高兴。母亲又向我诉了半天的苦，说大嫂如何如何不孝，天天惹她生气。我安慰她说：“等我以后安顿好了，您跟我一起住。”其实，我将来在何处，还不得而知。我在等候高教部通知期间，除了到大哥那里看望母亲以外，就和老罗出去闲逛，北京的著名景点我们差不多都去了，还照了很多相。

有一天早上，高教部来电话，让我们立刻到部里去。我们以为出国的事定下来了，便兴冲冲地来到高教部。高教部管分配的同志对我们说："原先是准备派你们出国教中文的，现在情况发生了变化，因此，你们的分配方案也要变一下。现在决定将你们分配到北京大学，你们有什么意见？如果没有意见，明天就到北大去报到。"我们听了，先是感到遗憾，因为出不了国了；后又听说将我们分配到北大，心里又一喜，因为北大一直是我们向往的高等学府，我们立刻表示愿意服从组织分配。

第二天，我们拿着高教部的公函到北大人事处报到。人事处接待我们的是一个小伙子，他先问我们："你们会说普通话吗？"我们听了觉得很好笑，心想：我们是中国人，又是大学生，怎么不会说普通话？便很不耐烦地回答说："那还用问吗？当然会。"他让我们各自念一段报纸上的文章，我们不知他葫芦里卖的什么药，但也只好照他的要求念了。他听了直皱眉头，说："你们的普通话不够标准，乡音太重，还得好好练。"他让我们等一下，就到另外一个房间去了。过了一会，他回来对我们说："现在将你们分配到中文系，你们去报到吧。"又说："今天是九月十七号，已过了半个月了，这个月你们只能起半薪。我已经通知中文系了，他们会为你们办理的。"所谓"半薪"，就是半个月的工资。按照当时的规定，北京属于第六类地区，大学本科毕业生参加工作后，在第一年试用期中的月薪是四十六元（一年以后转正，调为五十六元），所以，我们这个月只能领到二十三元。不过，不管怎么说，我们还是高兴的。

到了中文系，系办公室主任接待了我们，简单问了问情况，便帮我们办理了各种手续。第二天，我们从高教部招待所搬进了北大教师单身宿舍，并戴上了北大的红校徽，正式成为了北大教师。后来才知道，当初人事处为什么要考我们普通话的水平，因为北大留学生办公室（简称"留办"）招了一批外国留学生，也需要教师，如果当初我们的普通话很标准，就被分到留办去了。有意思的是，我与留办还真有缘分，一九六五年因有大批越南留学生来北大学习，我被借调到留办教越南留学生汉语，以后又被正式调入，直到一九七一年从江西鲤鱼洲干校回来，我才又回到了中文系。

和我们一起分配到北大中文系的外校毕业生，还有吉林大学的老侯，南开大学的老符，四川大学的老陈、老周、老朱，山东大学的老邱、老颜等。北大因为将四年制改成了五年制，一九五九年没有毕业生，因此中文系才引进了我们这些外校毕业生。过了几天，系主任杨晦亲自找我们谈话，并按我们的情况分配了工作。我和老陈被分配到汉语教研室古汉语组，跟王力先生一起搞古代汉语教学；老侯被分到了古典文献专业；其他的人都分到了汉语教研室现代汉语组，跟林焘先生一起搞普通话语音教学。这次分配，可以说基本上奠定了我一生的专业方向。

古汉语组由王力先生任组长，其他的人还有：周祖谟先生，唐作藩、郭锡良、曹先擢、吉常宏，后来又加了何九盈、李懿华和蒋绍愚。老郭一九五四年毕业于武汉大学，后考取了王力先生的研究生，研究生毕业后留校。因为与他有校友之谊，所以跟他接触较多，他对我也比较照顾。一九五九年新学年，北大的古代汉语课进行了改革，把文选、常用词、通论三部分结合起来进行教学，由王力先生担任主讲，给五六级、五七级、五八级三个年级的同学上大课，老郭、老曹、老陈和我担任辅导教师，随堂听课，课下分头对学生进行辅导，并负责组织学生进行课外练习。讲课用的讲义，主要是由王力先生编写的，后来，林焘先生、唐作藩、郭锡良、曹先擢、吉常宏、陈绍鹏和我也参加了编写工作。当时，古汉语教学进行得有声有色，很受学生的欢迎，我也干得很起劲，很卖力，争取较好地完成教学任务。

在工作中，我深深感到了自己的不足，与老郭、老吉、老曹相比，差得很远，就是与跟我同时进入北大的老陈相比，也有不小的差距。我在武大虽然学了不少东西，成绩也不错，但是都偏重文学，我的兴趣也在文学方面，语法、词汇、音韵等方面的知识严重不足，阅读古书的能力也比较差，我感到压力很大。于是我下决心从头学起，尽快弥补我的知识缺陷。我购了不少专业书籍，几乎每月都买，有时把当月的工资都花光了，连吃饭的钱也没有了，只好向同事借钱买饭票。我除了看书学习以外，碰到了问题，还向老郭、老吉他们请教，甚至大着胆子到燕南园六十号向王力先生请教。我听同事说，王力先生既要备课，又要写东西，时间很宝贵，过去不欢迎别人到他家去问问题。如果谁在他家待的时间长了，他就会当着此人的面看手表，这个动作类似清朝人的“端茶送客”，示意此人得离开了。教研室有好几位老师都遇到过王力先生“端茶送客”，搞得很尴尬。但我却没有碰到这种情况，我每次去，他都热情接待，不厌其烦地解答我提出的问题，有时还楼上楼下地跑来跑去帮我查书。因此，我就成了王力先生家的常客。

王力先生是一级教授，学问很大，但是几乎每次运动都挨整。听说一九五八年的教育大革命，王先生又受到了批判，资产阶级学术权威的大帽子一直戴在头上。一九五九年虽然古代汉语教学取得了很大成绩，迫于当时的形势，他也得夹起尾巴做人，这也是他对青年教师很客气的一个原因。当时，全国正在进行“反右倾翻案风”的运动，政治气氛比较紧张，像王力先生这样的人，日子当然不可能过得舒服，说不定哪一天就会整到他的头上。青年教师也随时都得绷紧阶级斗争这根弦，稍有不慎，就会犯错误。跟我一起分到北大的老罗，就因为说了与王力先生有关的“错话”而犯了“错误”。在一次全系教师大会上，老罗说：“我当学生时就十分仰慕王力先生，可惜无缘相识，没有想到今天居然成了王力先生的同事，我感到非常荣幸。”此言一出，全场哗然。我立即意识到老罗可能要倒霉。果不其然，会后，中文系教师党支部书记马上召开会议，对老罗进行了严厉批判，说老罗在全系大会上公然吹捧资产阶级学术权威，严重丧失了立场。过了不久，老罗就莫名其妙地离开了北大，调到东北某个高校去了。他走的时候，连我都不知道。不过，我经常到王力先生家里去请教问题的行为，倒没有什么人提出质疑，也没有招来什么麻烦，这真是不幸中之万幸。

## 二、逢故友意外惊喜

过完了国庆节以后，北京的天气就渐渐凉爽了。有一天下午，我上完了辅导课刚刚回到宿舍，就有一个人尾随闯了进来，从后面一把将我抱住，说道：“克勤，我们终于又见面了！”我扭头一看，竟然是沈义芙。我惊喜地问：“你怎么来了？”老沈说：“我是来进修的，今大上午刚到。我到处打听你，问了很多人，才知道你住在这里。找到了这里，你不在，我只得在门外等着。我看见你来了，就躲在一个隐蔽的地方，你没有看见我，我就跟着你进了房间，想给你一个意外的惊喜。刚才没有吓着你吧？”自从离开武大以后，我跟老沈将近两个月没有见面了，没有想到会在北大重逢。老沈在遭遇了失恋的重创以后，又恢复了活力，还是那么活泼开朗。他告诉我：“江西大学中文系派我到北大进修一年唐宋文学史，回去以后就让我给高年级开课。”我说：“你小子真走运，一到江西大学就受到重用，将来前途无量呀！”他说：“你也不错呀！你的分配方案不是出国讲学吗，怎么就到北大来了？要不是老章从老罗那里得到你的情况后写信告诉我，我还不知道呢。”我说：“我到了北大后压力很大，非常紧张，没有时间跟你们联系。”我就把分到北大的原因告诉了他。他说：“我看，到北大教书比出国教汉语好，更有发展前途。”

过了一会儿，老沈突然说：“我现在要告诉你一个好消息。”我问：“什么好消息？”他说：“我要结婚了。”我听了以后很吃惊，没有想到他这么快就又谈上恋爱了。他告诉我，江西大学的同事老程，与他关系很好。国庆节时，老程带他一起到岳父家里玩。老程的岳父姓黄，是江西大学的教授，笃信佛学。黄老先生见老沈相貌清秀，谈吐不凡，就喜欢上他了，黄老先生的老伴也很喜欢老沈，两位老人有意将二女儿秀贞许配给他。实际上，老程把老沈带到黄家来做客，就是准备把老沈介绍给秀贞，既然岳父岳母看上了老沈，自己就当上了媒人，把岳父母的意思对老沈说了，问老沈是否愿意。老沈一听，欣然同意。于是，黄老先生就写信叫在江西上饶一家医院当医士的秀贞回家与老沈见面。也许老沈与秀贞的姻缘是上天早就安排好了的，两人竟然一见钟情。老沈的婚事没有经过三媒六证，就这样成了。老沈说，他准备在北京结婚，并请我当证婚人，我欣然同意了。过了几天，老沈的未婚妻秀贞来到了北京，老沈第一时间带她来见我。秀贞见了面就叫我“赵大哥”，一点也不见外。我见秀贞娇小秀丽，与老沈正好是一对，十分高兴。老沈的婚礼在中文系举行，参加婚礼的以进修班的教师为主，搞得很热闹。我将一个月的工资拿了出来作为贺礼，也算我的一点心意。

一九六〇年暑假，老沈在北大的进修任务完成，回江西去了。在以后的日子里，我们一直书信往来不断。可是，一九六六年“文化大革命”开始以后不久，我们就失去了联系，双方各在一地，不知对方的情况。因为在那个动乱的年代，什么事都有可能发生。一九七五年，中文系转来了一封信，我一看，是老沈写来的。信封上有“试投”两字，并有老沈写的一段话：“此人如果还在人世，请将此信转交给他。”原来他怀疑我不在人世了。再一看信封的下方留的地址是“江西赣州赣南师范学院”，原来他调到赣州去了，难怪我寄到江西大学的信，如石沉大海，没有回音。我喜出望外，立刻给他回信，于是我们中断了十年的联系又恢复了。

一九八九年夏天，老沈带着他的《唐宋词读法》来京请我跟他一起修改，在我家住了一个多月。书稿完成后，我又托人帮忙，在一九九三年正式出版。后来老沈写信告诉我，他凭这部专著评上了教授。一九九九年末，老沈来信说他女儿永平已调到海南大学，他和老伴也准备去海口定居。第二年，老沈告诉我，他在海口市海甸岛的万恒城市花园买了房，已经住进去了。他说这里的房价便宜，动员我也买一套，作为过冬之用。不久，他寄来了很多购房资料，并说，在他住的小区里有一套房不错，两室一厅一厨一卫，还有阳台，共七十八平米，才一千七百元一平米。房主刚买下，因有事来不了海南，愿意将此房打九折转让，建议我买下，并说机会难得，千万不要错过。在老沈的怂恿下，我和老伴最后下决心买了此房。老沈将办理买房手续的事全部承担下来，还负责找人装修、购家具、买电器及置办一应日常生活用品。二〇〇二年的冬天，我和老伴第一次来到海口过冬，住进了新房，终于又和老沈相聚了。以后，几乎每年冬天我们都要到海南过冬，多则一月，少则二十天。我当时虽然已经退休，但因手头还有任务，在海口待的时间不能太长。在老沈的动员下，老同学老章、北大的教授老郭以及老沈的一担挑老程都在万恒城市花园买了房。每年冬天，大家聚在一起，好不热闹。

二〇〇八年十月三十日，我和老伴又一次来到海南过冬，而这一个冬天却非同寻常。与老沈见面以后，发现他有些憔悴，而且咳嗽不止。我建议他去医院做检查，他说是气管炎，吃点药就没事了，不以为意，仍然帮我办这办那，忙前忙后。后来，我见他咳嗽越来越厉害，就再一次建议他去医院检查，他答应了。十一月四日下午，我刚吃完晚饭，突然接到了老沈的电话，他告诉我，刚到海口人民医院做了检查，医生说他得了肺癌，而且是晚期。这个消息犹如晴天霹雳，把我惊呆了。我和老伴立刻赶到沈家探望，见秀贞满脸愁容，而老沈却依然精神饱满，不像是个晚期肺癌的患者。老沈夫妇告诉我，他们不相信海口医院的结论，准备到广州去再做一次检查。十一月六日，老沈在秀贞陪同下动身去广州检查。九时许，我和老伴前往沈家送别，见面之后令我大吃一惊，老沈的状况与昨天大不一样，判若两人。昨天他精神矍铄，说话声音洪亮，今天则萎靡不振，说话有气无力。他小声对我说："我在劫难逃了。"我赶紧问他原因，他说："症状出现了。今天感觉气短，浑身无力。"说时两眼含泪。十时，他女儿永平开车送他们去机场。老沈上车后紧握着我的手说："我们是永远的朋友！"说完，泪流满面，大有永诀之意。我目送汽车渐渐远去，内心充满了悲痛。

老沈离开海口了以后，我天天盼望着广州的检查结果，我希望广州的检查能推翻海口医院的结论，带来好消息。但是，我的希望破灭了。十一月二十五日，老沈的大儿子永清来电话告诉我，说老沈经过多次检查，并做了穿刺，最后确诊为肺癌，而且是低分化腺癌，不能做手术，只能用药物治疗，治愈的可能性很小。这个消息几乎让我绝望，不过我仍然希望出现奇迹，老沈能最后闯过这一关。我给住在医院里的老沈打电话，鼓励他不要气馁，要用顽强的意志与病魔做斗争。电话里传来老沈断续的、微弱的声音："我的病已经治不好了。"看来老沈已经知道自己的病情，并且彻底被病魔击垮了。老沈离开海口以后，老章夫妇、老郭夫妇、老程夫妇才陆续到达。当他们得知了老沈的病情以后，无不惊异万分。

十一月三十日，我离开海口回到了北京，虽在北京，我仍然一直关注着老沈的病情，并多次与他通电话，对他加以鼓励。永平、永清也经常来电话向我通报老沈的情况。二〇〇九年二月二十三日晚，永平来电话，说她父亲病危，已住进了重症监护室。二十四日晚，永清又来电话，说他父亲已于凌晨四时去世，说完痛哭不已。我听完电话，顿时惊呆了，站在电话机旁一动也不动。老伴问我："谁的电话？"我这才回过神来，说："老沈去世了。"我的好友老沈就这样离我而去了，这难道是真的吗？我几乎不敢相信。从二〇〇八年十一月查出肺癌，到二〇〇九年二月离开人世，还不到四个月时间，病情的发展怎么会如此之快？然而永清在电话里就是这样真真切切地告诉我的呀！老天爷为什么如此不公，要这样凶狠地对待一个善良的好人，要这样残暴地毁掉一个美满家庭的幸福生活，要这样无情地斩断我和老沈之间的真诚友谊？我仰问苍天，而苍天不语，这个疑问也就永远得不到解答了。

老沈的遗体告别仪式三天后在广州举行，老同学中只有在广州的老唐参加了，我和其他同学都因年老体弱再加上路途遥远而未能参加。没有见老沈最后一面，我深感遗憾。后来，我有一个心愿，就是要到广东去给老沈扫墓，但因工作繁忙，一直未能如愿。二〇一四年春节，在以哲的陪同下，我和老伴到南方旅游。二月六日，我们专程来到了广东顺德探望秀贞，然后在秀贞、永清的带领下来到了一个景色秀丽的公墓，老沈就长眠在这里。我将三盆菊花放在老沈的墓前，以寄托我的哀思。我用手抚摸着墓碑，凝视着墓碑上栩栩如生的老沈遗像说："老沈，我来看你了！"这句话刚一说完，在一旁的秀贞就号啕大哭起来，我也不禁泪流满面。

## 三、忍饥饿苦渡难关

从一九五九年下半年开始，全国进入三年困难时期。我们在武汉大学尚未毕业时，就已经尝到了“大跃进”“人民公社化”的苦果，武汉已经发生粮食饥荒。我们吃的馒头全是黑的，是用掺了树叶的面粉做的，吃在嘴里非常苦，食堂给它起了一个很好听的名字，叫作“叶绿素馒头”。就这样的馒头，每个同学也只能买到一个。因此，我们毕业前夕，顿顿都吃不饱。到了北京以后，情况大不一样，吃饭根本没有任何限制，北大教师食堂的供应也非常好，我仿佛到了另一世界。可是，渐渐的，北京也不行了。进入一九六〇年，北京的粮食越来越紧张，而且开始实行定量供应。当时青年男教师核准的定量是二十八市斤，女教师可能更少，根本不够吃。刚开始只是粮食紧张，我们还可以多吃副食以补主食之不足，日子勉强可过。到了后来，肉、油、蛋、蔬菜全都紧张了，食堂的菜也开始限量，而且菜里的油很少，至于肉，根本看不见。这一下可糟了，我们整天就只能啃窝窝头，喝棒子面粥，吃无肉少油的菜，日子一长就受不了了。因为肚子里没有油水，我整天饥肠辘辘，想吃东西，即使用多喝棒子面粥的办法，把肚子撑得大大的，也没有用，还是感觉饥饿。这种饿的感觉与现在吃饭晚了肚子饿的感觉根本不能相提并论，没有经过三年困难时期的人是体会不到的。当时北大的情况是，教师因为饿讲不好课，学生因为饿听不好课，教学质量大为下降。学校为了保存大家的体力，尽量少开会，少举行活动，当然政治运动就更不搞了。因此，三年困难时期是北大最平静的时期。

一九六〇年冬，学校组织部分学生和教师到郊区的人民公社参加兴修水利的劳动，我也参加了。令人不解的是，参加这样的重体力劳动，学校居然不给粮食补助。我参加了半月的劳动，竟然把整月的粮票都花光了。回到学校后，我没有粮票吃饭，怎么办?开始几天，我只吃菜，不吃主食。后来，实在熬不下去了，就到大哥那里求救。大哥在北京陆军总医院工作，是军人，他的粮食定量比我高，便一下子支援了我五斤粮票，又把单位农场分给他的红薯干给了我一些。靠着大哥支援我的粮票和红薯干，我省吃俭用巧安排，终于度过了那月的饥荒。在那个时候，对于一个人来说，最重要的东西莫过于粮票，它可比钱重要多了。如果你光有钱没有粮票，你仍然得饿肚子。不仅食堂吃饭要粮票，到饭馆吃饭也要粮票，到商店买点心也要粮票，没有粮票，什么吃的东西都买不来，所以我们把粮票看得比命还重要。

当时粮票按月发放，每个月的粮票只能当月有效，过期作废。我和几个同事晚上经常在一起聊天，有时饿了就到马路对过的海淀镇上一家饭馆去买点东西吃，这家饭馆除了经营正餐外，晚上还卖夜宵，主要是为北大师生和附近科研单位的职工服务。我还记得，一九六一年元旦前一天的晚上发生了一件有趣的事。几个同事在宿舍闲聊，正聊得高兴的时候，一位同事突然站起来，“哎呀”地叫了一声，把大家吓了一跳，大家连忙问:“怎么回事?”这位同事说:“现在已经十一点四十了，我还有一两这个月的粮票没有花呢。”说完就以百米的速度往外冲，过了一会儿，他喜滋滋地拿着一个火烧回来了，像一个打了胜仗的将军。大家起哄，站起来去抢他的火烧，他立刻把火烧举得高高的，学着孔乙己的口吻说:“多乎哉?不多也。”说完，一溜烟地跑出宿舍去了。

因为粮票的关系，我们对一年之中的十二个月哪个月是大月哪个月是小月记得清清楚楚。我们不喜欢大月，喜欢小月，因为大月三十一天，小月三十天，每逢小月，就可以多出一天的粮票。我们特别喜欢小月中的二月，因为二月只有二十八天，就可以多出三天的粮票。现在的人们还有谁会因为吃饭的事去记哪个月是大月哪个月是小月呢？

到了一九六一年的春天，情况似乎有一点好转。在政治学习会上，林焘先生高兴地透露说，海淀有的地方开放自由市场了，自由市场里有大白菜卖，但很贵，大概三块钱一棵，也有活鸡卖，大概五块钱一只。大家听了都很兴奋，因为这毕竟是好消息。后来，政府又放开了某些食品的限制，商店里出现了“高级糖果”“高级点心”，不需要票证，拿钱就能买，但价格很贵。我记得“高级糖果”每斤是五元钱，几乎相当于我月工资的十分之一。后来，海淀镇上又出现了高级饭馆，这种饭馆里有高档菜卖，不过，要吃上高档菜必须早早去排队领号。有一天，我和教研室的老吉相约，决定去看一下。下午三点我们到了高级饭馆门口，看见排队的人已经很多，我们只好排在后面，排在我们前面的人大概已有三十多人。饭馆四点钟开始发号，这时，排在我们后面的人又有四十多人了。我们领到号以后还不能马上进饭馆吃饭，必须要等到四点半以后，因为饭馆下午四点半才开门营业。我们在海淀镇上溜达了半天，这才走进饭馆。进了饭馆后不能马上坐下吃饭，还必须等着叫号，叫到了你，才能入座。高档菜有些什么呢？菜单上列出来的，无非就是能让你解馋的荤菜，如萝卜烧肉、蘑菇炖鸡块、爆羊肉、土豆烧牛肉、红烧鲤鱼等。这些菜都贵得惊人。我要了一份最便宜的萝卜烧肉，就花了三块钱；老吉爱吃鱼，要了一份红烧鲤鱼，则花了五块钱。我们后来又去了几次。

不料，我们上高级饭馆的事被教师党支部书记知道了，他在支部大会上将我狠狠批评了一通，说我经受不起困难的考验。我感到委屈，不理解。用自己的工资到政府允许开的高级饭馆吃饭难道不可以吗？何罪之有？为何还要受到指责？真正岂有此理！在当时，经受不起困难考验的还真有不少人。中文系有一个研究生因为嘴馋，经常买高级点心、下高级饭馆，但又没有那么多钱，便到书店去偷书，把偷来的书卖到旧书铺换钱，以饱口腹之欲。有一次他正在作案时，被书店抓了个正着，把他扭送到派出所。后来，这个研究生被北大开除了，并遣送回原籍，由当地政府对他进行劳动教养。中文系还发生了一件青年教师逃港事件，这位教师平时表现很积极，困难时期也兢兢业业地工作，为了备好课，还经常饿着肚子开夜车，得到了领导的表扬。一九六〇年冬，他到广州出差，就再也没有回来，后来有人在香港看见了他。原来，他利用到广州出差的机会，偷渡到了香港。

## 四、编教材勤学苦练

一九六一年五月，高等学校文科教材编选计划会议开过后，成立了《古代汉语》编写小组，决定以北京大学古代汉语讲义为基础并参考各校古代汉语教材进行改写，作为汉语言文学专业的教科书。我也有幸参加了编写小组，并兼任小组秘书。编写小组由主编王力负责全盘工作，其他参加者还有北京大学的郭锡良、吉常宏和我，南开大学的马汉麟，北京师范大学的萧璋及许嘉璐，中国人民大学的刘益之，兰州大学的祝敏彻。北大未名湖北岸靠近校园围墙的地方有一座三层的大灰楼，原先是接待外国专家的招待所，《古代汉语》编写组集体住了进去，只有王力先生在家工作。老吉因为教学工作忙，基本上没有来招待所住过。当时其他文科教材编写组也住在这里，如《中国文学史》编写组、《中国哲学史》编写组等。参加文科教材编写的所有人都在专家招待所附近的一个食堂就餐。

当时还处在三年困难时期，为了保证各种教材的编写质量及参加编写工作的专家的身体健康，领导部门给食堂特批了一些鸡、鸭、鱼、肉等食品，对参加文科教材编写的所有人员实行特供。因此，当大家都在忍受饥饿的折磨时，我们的日子过得却很好。

专家招待所的条件不错，有围棋、象棋、麻将、电视等各种娱乐设施，晚上还可以洗热水澡。房间都是套间，每个参加编写工作的人基本上能住一间屋子。《古代汉语》编写组还有一间屋子专门作为资料室，编写工作所需要的资料，都从北大图书馆调来。我当时作为编写组秘书，除了参加编写工作外，还负责小组的事务性工作及图书的调拨和管理，担子可不轻。后来，调来了一个姓盛的图书管理员，接管了图书这一摊工作，我就轻松多了。我刚从学校毕业参加工作不久，基础不够扎实，也没有什么经验，在工作中感到压力很大。好在编写组的同志都很好，遇到问题都能互相帮助，我与他们的关系都处得不错。

《古代汉语》编写组分为三组：一组是文选组，负责挑选和注释各单元的古文；一组是常用词组，负责拟定各单元的常用词并加以解释；一组是通论组，负责撰写语法、词汇、文字、音韵、训诂、古代文化常识等方面的理论知识。我被分到了文选组。文选组的组长是萧璋先生，组员除了我以外还有刘益之和许嘉璐。萧璋先生是北师大教授，擅长训诂学，治学严谨，工作一丝不苟，非常认真。他对于古文的每条注解都抠得很细，而且都要从传统的古注中找到根据。因此，他自己注解文章和审查组内人的稿子时，都要找出相关的古书注解进行仔细研究。如果是新说，也要认真查找来源。他这种治学态度和方法，对我启发很大，让我明白了，原来给古文作注解应该是这样的，不是随便参考几个现成的现代注本摘摘抄抄就可以完事的。由于萧先生的影响和帮助，使我对训诂学产生了浓厚的兴趣，对我以后的治学方向和治学态度产生了很大的影响。在工作中我经常向萧先生请教，他也毫无保留地帮助我。他对我虚心求教、谦和谨慎、踏实认真的态度也很欣赏，经常关心我在业务上成长。我调到商务印书馆以后，还与他保持着联系。

九十年代初，他的一位学生要评教授，请他帮助找评审专家，他说："我要帮你找一位既有学问为人又谦和宽厚的专家当你的评审人。"于是他亲自给我打电话，请我当评审专家，尽管我当时很忙，还是很爽快地答应了。很快，萧先生就把评审材料寄来了，是这位学生写的一本专著。我立刻放下手头的工作，认真阅读，并写出了恰如其分的评语。有一次，我到安徽合肥参加中国训诂学会年会时碰到了这位学生，她向我表示感谢，说她已经顺利地评上了教授，而我的评语起了关键作用。

编写组里的马汉麟先生也是我学习的榜样，他是王力先生的学生，南开大学副教授。马先生很有学问，为人又很随和，我有了问题也请教他，他对我的帮助很大。他工作非常认真、刻苦，有时到了废寝忘餐的地步。他当时是通论组的组长，任务很重，还负责通论的古代文化常识部分的编写任务。古代文化常识包括古代天文、历法、乐律、地理、职官、科举、姓名、礼俗、宗法、宫室、车马、饮食、衣饰、什物等内容，都没有现成的著作和文章可以参考，要把它们简明扼要地写出来，难度相当大。但马先生却以惊人的毅力，百折不挠的精神，勇于攻克难关。他在浩繁的古书中搜集有用的材料，对这些材料进行分析、归纳和研究，最后得出正确的结论。他为了完成编写任务，常常工作到深夜。我还记得，他在编写古代天文部分时，为了观察某些星宿出现的时间以了解古代星宿运行的规律，经常在半夜两三点钟到楼外的空地上去夜观星相。在空闲的时候，他喜欢跟我闲聊，把自己编写古代文化常识的情况讲给我听，使我获益匪浅。从马先生身上，我在如何治学方面学到了很多东西，例如，如何搜集材料，如何对材料进行分析和研究，如何将其中有用的部分加以科学归类，最后写成文章，这些，对我以后的帮助很大。在将近三年的编写工作中，我与马先生也建立了深厚的友谊。编写工作完成后，我们还经常有联系。

一九七一年，我带领工农兵学员到天津新华社分社实习，要给他们讲一点汉字知识，备课时遇到很大困难，因为根本没有合适的书可参考。这时我突然想起了马汉麟先生，何不到他家去借几本参考书？顺便也可探访一下他，不知在“文革”中他遭了难没有？于是我兴冲冲地来到了南开大学。找了好长时间，问了很多人，终于找到了马先生家。我敲了半天门，一个中年妇女神色紧张地打开门，半掩着门，探出脑袋问：“你找谁?”我说：“我找马先生。”她又问：“你贵姓，找他有什么事?”我说：“我姓赵，北京大学的，是马先生的朋友，今天特地来看望马先生。”她听说我是北大的，紧张的神色松弛了下来，对我说：“他病了，在床上躺着呢。请进来吧！”我进门一看，屋子很小，只有两间不大的房间，没有客厅，只有一个过道，过道里堆满了书。她把我领进了一间房间，我看见马先生斜靠在床上，正在看书。她向马先生说：“北大的赵先生来了。”马先生放下书，一看是我，惊喜地说：“你怎么来了？快请坐。”我问：“这位是?”马先生连忙说：“她是我老伴游珏。”又对他夫人介绍说：“赵先生与我在北大一起编写过《古代汉语》，是好朋友，快去倒茶。”马夫人与我见过礼以后，向我道歉说：“刚才真是怠慢了赵先生。我们家几乎天天有造反派找上门来闹事，所以我一听见敲门，就提心吊胆，生怕是造反派来了。”我说：“理解，理解。师母用不着客气。”

马先生住的房间除了一张双人床外，没有什么家具，地下也堆满了书，我只好坐在马先生的床上。从马先生家里的狼狈情况看，他在“文革”中肯定受到了不小的冲击。我见他一脸憔悴，比以前瘦多了，便问道：“您还好吧？”马先生长叹了一声，说道：“好什么呀！”便向我讲述了他在“文革”中的遭遇。他被打成“反动学术权威”“牛鬼蛇神”，被红卫兵抄了家，家里的书都被抄走了。他还被逼从原来的教授楼搬出，住进了现在这套又小又破的屋子。隔三差五就被造反派拉出去斗，直到心脏病犯了，才没有再拉他去斗，但也经常有人来找麻烦。后来，他被抄走的书还回来了一些，但大部分都已丢失。他最痛心的是，多年来精心收藏的善本书和他长期积累的研究资料再也找不回来了。我见马先生家的这种情况，再也不好意思开口向他借书了。马先生英年早逝，一九七八年就去世了，去世时刚五十九岁，实在可惜呀。

刘益之先生是中国人民大学中文系的讲师，身材高大魁梧，很有精神。他对人和气，平时很少说话，总是见他伏案工作。由于他善于钻研，又精通训诂，所以他做出来的稿子质量都很高。他负责注解的《战国策》，在一次评审会上得到了叶圣陶先生的好评。在编写工作的后期，需要对全部文选进行检查、核对，这项工作既烦琐又累人，刘先生主动挑起了这个重担，带领我和老许承担了这个任务。这项工作是在刘先生家里进行的，他从人民大学图书馆借了很多书，我们的工作就是将文选部分的文章与这些书进行核对，看有没有错误。如果碰到了异文，则另找善本书进行校正。他对古书的各种版本很熟，而且精通校勘学，因此在他的带领下，工作进行得很顺利，我也从中学到了不少知识，明白了熟悉版本学和校勘学对古汉语研究是必不可少的。这项工作进行了将近一个多月，由于我们一丝不苟地进行核查和校正，改正了不少错误，使得《古代汉语》文选部分的质量大大提高。在这一段时间里，刘先生让他夫人准备了好酒好菜招待我们，使我们天天觉得好像在过年一样。

编写组的工作紧张但不枯燥，参加编写的同志相处都很融洽，组内学术空气很浓。主编王力先生作风很民主，他规定，每篇稿子都必须经过组内讨论、组外传看并签注意见，最后才由他决定，有些比较重要的问题，还必须经过全体讨论。这些做法都给我提供了很好的学习和提高的机会。为了联络感情和活跃生活，编写组还适当组织外出游玩和聚餐。我记得一共组织了三次，一次是到前门的四川饭店聚餐；一次是到陶然亭公园游玩，还照了很多相；一次是到颐和园游玩，并在听鹂馆聚餐。

## 五、遭挫折迎难而上

到一九六二年，《古代汉语》编写工作进行到了关键阶段。我除了参加《古代汉语》编写外，还在系里担任一个年级的古代汉语课，任务很重。这一年六月，经过老许介绍，我与老伴房慧玲相识，交往半年后，我们相爱了，并于十二月二十一日登记结婚。我们结婚后没有房子，只能每个星期天在专家招待所或慧玲的娘家恭俭胡同相聚。不久，慧玲怀孕了，肚子一天天大了起来。当务之急是我们必须要找一间房子，有一个家，不然孩子生下来后怎么办？后来，经人介绍，在北大东门外的大成坊租到了一间房子，我们购置了简单的家具后，便在这里安了家。尽管房子很旧，一下雨就漏雨，又在一条臭水沟旁边，条件很差，但我们总算有了一个家。我们把母亲接了过来跟我们一起住，以便孩子出生后帮我们照看孩子。房东又把院子角落里空着的一间小北房租给了我们，里面有现成的家具，母亲就独自住在这间小屋里。我们的家虽然条件很差，生活也不富裕，但是母亲住在这里很高兴，因为她总算离开了经常和她吵架、让她生气的大嫂。

一九六三年十月二十七日夜里十点多钟，我正在备课，慧玲突然肚子疼，而且越来越疼，母亲有经验，说这是要分娩了，让我赶快送慧玲去医院。但是，我们住的地方根本叫不到出租车，怎么办？我只得用自行车驮着她匆匆忙忙到了动物园，找到那里的一个出租车站点，叫了一辆出租车，十万火急地赶到妇产医院。一到医院，就住进了病房待产。医院不让在那里陪着，叫我回家等候消息。第二天清早，我和母亲到妇产医院打听情况，得知慧玲已经生了，是个男孩，心中大喜，我终于有儿子了。我们进病房去看望了慧玲，见她产后身体还不错。一会儿，我们又到婴儿室去看孩子。护士抱来孩子，隔着玻璃让我们看了看。孩子很健壮，肥头大耳，头发浓而黑，很不一般。我根据《论语·子罕》“夫子循循然善诱人，博我以文，约我以礼，欲罢不能”给儿子取名为“以文”。

编写组知道了我喜得贵子，王力先生亲自率领全组同志到我们家里来贺喜，真是给了我莫大的面子。母亲本来就有高血压病，由于过度劳累，出现了头晕、呕吐等症状，高压飙升到了二百五十，非常危险，但是我们当时根本就不知道高血压这种病的厉害，没有及时带她去医院治疗。在以文刚刚两个月时，不幸的事发生了，母亲突然中风，住进了大哥所在的陆军总医院。母亲突然病倒，让我们措手不及。我和慧玲都不知道如何带孩子，甚至连给孩子穿衣服都不会，只好请街坊的一位大妈临时帮忙。后来，经岳母介绍，将以文送到她的邻居叶大妈家，让叶大妈照看，每月付给她三十五元的酬劳，而我当时的工资只有五十六元，工资的一大半给了她。孩子有人照看了，我们总算松了一口气。我们后来很后悔，就不该让母亲带孩子。由于我们的过失，让母亲得了重病，住进了医院，内心一直愧疚不安。

在孩子降生、母亲生病这一段时间，很多烦琐的事弄得我有些焦头烂额，也影响了我的工作。《古代汉语》编写的后期工作很多，必须做好。我把主要精力放在了编写工作上，而忽略了系里的古汉语课。我备课不充分，加上我当时正处在成长阶段，很多知识都很欠缺，对如何上好课也缺乏经验，上课时基本上是照本宣科，只注重一些知识点的介绍，缺少引证和发挥，更谈不上生动。这个年级的学生同时还在听一门由吴小如上的古文选讲课，吴小如旧学基础扎实，讲起课来旁征博引，他口才极好，又善于插科打诨，因此他的课非常生动。两相比较，我讲的古代汉语课当然逊色多了。因此学生对我讲的课意见很大，反映到了系里。教研室专门为我的问题开了会，研究如何处理，当然，这个会没有让我参加。后来有人告诉我，会上争论很激烈，有个别人提出过激的意见，说我根本不适合在大学教书，应该把我调到北大附中去。最后，由于老郭、老何等人的反对，我才避免了被撵出北大中文系的危险。后来，教研室决定让我停止上课，我的课由老何接替，而我则专心去搞《古代汉语》的编写工作。

这次被从课堂上赶了下来，是我在成长过程中遭受的一次重大打击，很长一段时间，我都感到很痛苦。但是，我没有被打垮，没有消沉悲观，而是更加激发了我的上进心，我从失败中重新站了起来。这以后，我更加注重学习，努力从各方面提高自己。除了多看书多学习、努力钻研业务外，还尽量抽出时间去旁听别人的课。我听了本教研室几位先生的课，如老郭、老吉、老何以及朱德熙、林焘，以及文学教研室几位先生，如王瑶、吴组缃、林庚、吴小如的课。通过听课，我不但学到了很多知识，而且受到了很大的启发，有很多领悟，原来课应这样讲。讲课有讲课的艺术，这种艺术只能随着自己学识基础的不断扎实和知识面的不断扩大而提高，绝不是照本宣科。要把课讲好，必须有所发挥，必须多加引证，必须追根寻源、深入浅出。

一九六四年上半年，《古代汉语》的编写工作完成，我又回到了教学第一线。又一次走上了讲台，而这一次走上讲台是对我的严峻考验。教研室把我要讲的这堂课定为观摩教学，教研室的王力、朱德熙、林焘等先生以及老唐、老郭、老吉、老曹、老何、老陈等都来听课，可以说，这是一堂决定我命运的课，非同小可。我事先做了充分准备，我有信心把课讲好。因此，当我走上讲台，面对坐满了整整一教室前来听课的学生和教研室的同人时，我一点也不紧张。我有条不紊地讲解文选，先解释难字、难词，分析结构复杂的句式，交代成语典故，并把文章中出现的语法点列成表格，讲解它们的规律，然后串讲全文。我旁征博引，挥洒自如，把课讲得很生动。从听课者的表情和反应看，我感到我是成功了。课后，教研室立即召开讨论会，就我讲的课进行评论。王力先生率先发言，他对我讲的课大加赞扬，给予了很高的评价，他为我在业务上的进步感到高兴，认为这堂课我准备充分、内容丰富、讲解生动，是一次成功的、少见的观摩课。他希望我再接再厉，在教学上取得更大的成绩。朱德熙、林焘先生以及其他同志相继发言，都对我讲的这堂课给予了充分肯定。

这次观摩教学是我人生、事业的新起点，使我结束了一个时期以来的失意、迷惘和痛苦，迅速地走出了低谷，满怀信心地向事业的高峰攀登。由于观摩课的成功，彻底改变了我在中文系的形象和地位，再也没有人小看我了。不久，教研室将更重要的教学任务交给了我，让我和一位姓倪的老师共同负担六三级三个班的古汉语大课，我们轮流讲授，一单元一轮换。我对新的任务不敢掉以轻心，每堂课都进行了认真准备，因而教学效果很不错，频频出彩。

我记得最精彩的一堂课是讲授文选《滕王阁序》，《滕王阁序》是一篇骈体文，文中有很多典故，把它们讲清楚有一定的难度。但是，经过潜心钻研，仔细查证，终于攻克了一个个难关。《滕王阁序》中有很多名句，其中的“落霞与孤鹜齐飞，秋水共长天一色”最为有名，可以说是千古绝唱。这两句表现的意境很美，但要把“秋水共长天一色”解释清楚就不容易。一些现代注本都语焉不详，而清人吴楚材、吴调侯的注则说：“秋水碧而连天，长天空而映水，故曰‘一色’。”这句话的意思是说，碧绿的秋水连着天空，而无云的天空倒映在湖水中，一样的碧绿，所以说是“一色”。认为“色”是指碧绿色。但是这种说法很有问题，因为上句是“落霞与孤鹜齐飞”，说明这时是傍晚，天有彩霞。而天有彩霞，那么天空就不可能是碧色的。有一次我和同事傍晚在颐和园的昆明湖划船，看见西边天空有彩霞，彩霞倒映在湖里，湖水也变得五光十色，跟彩霞一样，十分好看。因此，这里的“色”是泛指颜色，并非特指碧绿色。我讲了我的观点，并用自己在昆明湖划船时的实际体验加以证实。同学们听得津津有味，而且反应热烈。下课后，同学们将我围住，还继续七嘴八舌地跟我讨论这个问题。

一九六四年暑假以后，我负责教六四级的古代汉语课。从一九六三年在全国开始的“四清（清政治、清经济、清组织、清思想）运动”在北大也开始展开了，工作队进驻了北大，天天找人谈话。他们在“左”的思想指导下，把很多一般性的问题都上升到了阶级斗争的高度，搞得人人自危，大家都很紧张。不过，运动尚在可控范围内、有领导地进行，没有形成群众运动，因此学校的教学活动照常开展，未受到干扰。但是，学校里的政治空气越来越紧张，凡是过去被整过的、社会关系复杂的以及思想后进的，这一次又成了被“清”的对象，在教学、工作和社会活动方面都受到了影响。这些人也都敏锐地感到了疾风暴雨似的运动可能即将来临，于是又重新韬光养晦，夹起尾巴做人，不敢乱说乱动。

正在这个时候，北京电视大学要求北大中文系派一名教员给学员讲授古代汉语课，系里把这个任务交给了我。教研室有不少业务强、资格老的教师可派，但系里都没有派，却偏偏派了我这个毛头小伙子，确实让我诚惶诚恐。上电视台讲课，这可是很多人求之不得的好差事，可我却不敢接受，在系党总支陈先策书记找我谈话时，我就极力推辞。可是陈书记很恳切地对我说："去电视台讲课首先得政治上可靠，不能在讲课时捅娄子。我们研究了很久，觉得古汉语组只有你比较合适，你就不要再推辞了，系里已经决定了，不能更改了。老赵，你就算帮我这个忙，勉为其难吧！"陈书记把话说到了这个份上，我就无话可说了。在正式讲课之前，必须通过试讲这一关。我被请到电视台对着一台摄像机讲了一篇《左传》的文章，算是试讲，听讲的人，除了两个机务员外，还有电大的两位教员。过了几天，系里通知我，试讲通过了，可以正式讲课了。

电大的课都在晚上，每周两次。每到讲课那一天下午五点钟，电大就派车到家里来接我，讲完课后又派车送我回家。电大又给我配备了两名辅导教师，都是北京师范学院毕业的，而且年龄都比我大。他们专门下到学员中进行辅导，答疑解惑，有时也给学员讲辅导课。有一位辅导老师见我年纪轻，对我不太买账。时时出一些难题考我，想让我难堪。有一次，他突然问我："赵老师，成语'流水不腐，户枢不蠹'的出处见于哪本古书？"当时，我刚从旧书店买回了一本《吕氏春秋》，无事时常常翻阅。说也凑巧，就在几天前读《尽数》篇时见到了这个成语，而且还做了卡片。于是我即刻不假思索地回答："出自《吕氏春秋·尽数》。"他听了感到很惊讶，连忙说："哎呀，赵老师记忆力真好呀！"后来他拿一些难字来问我，幸好我当时正在通读《说文解字》，认识了不少难字，他问的字，我都认识。例如，有一次他问“刅”字怎么念？这个字在《说文解字》里有，解释为“伤也”，也就是创伤的“创”字。我告诉他以后，他脸上露出了惊讶之色。他跟我经过几次“过招”以后，似乎对我服气了，觉得北京大学派出来的老师不是孬种，业务上还是过硬的，因此也就跟我真心合作。我在电大教了一年，圆满地完成了任务。

## 六、被借调留办教书

进入一九六五年，由于“四清”运动越来越扩大，越来越深入，全国的政治形势也越来越紧张，大有“山雨欲来风满楼”之势。北大的情况也跟全国一样，工作组到处都在抓阶级斗争，弄得人心惶惶，教师无心教课，学生无心学习。后来，学校根据上级指示，派遣很多教师和学生到农村去参加“四清”运动，中文系的教员和学生也派下去了不少。我也接到了通知，让我和六四级的同学一起下乡参加“四清”运动，我已安排好了家小，打点好了行李，随时准备出发。正在这时，情况却发生了变化。由于美国发动了侵越战争，有大批越南留学生进入北大学习，留办需要大批教汉语的教师，中文系便抽出了部分教师借调给留办，我也名列其中。

留办原先是一个比较小的单位，只负责安排三十多个留学生的生活和专业学习，不承担教留学生基础汉语的任务，教师和工作人员也不多。越南留学生来了以后，留办的工作负担加重了，还必须承担教越南留学生基础汉语的任务，因此，借调来了很多工作人员和教师。教师的来源除了北大以外，还有专门招收留学生的北京语言学院。留办内部分设几个部门，一个部门是办公室，负责行政工作；一个部门是后勤组，负责物资的调度和管理；一个部门是汉语教研室，负责基础汉语教学。汉语教研室的负责人是汪景寿和杨玉秀，老杨是原留办的老人，老汪跟我一样是从中文系借调来的。我来了以后，留办领导让我当汉语教研室的党小组长，实际上也成了教研室的负责人之一。后来，由于留办领导的要求，老汪和我被正式调入留办。

教留学生基础汉语看起来很容易，实际上并不那么简单。有些从中文系以外的单位借调来的教师开始时很看轻这项工作，认为教留学生基础汉语就像教小孩说话一样，用不着花很多时间备课，走上讲台就随便乱讲，结果闹了很多笑话。有一位从俄语系借调来的教师，给留学生上了几堂课后，感觉自己汉语基础太差，后来经常来找我问问题。我看他很虚心，便耐心帮助他。我教的那个班的越南留学生年龄都不小，大部分是从干部中抽调来的，他们对中国友好，热爱中国文化，有的人甚至会说一些汉语。我给他们讲了一段时间的课以后，与他们建立了很好的关系。后来他们提出要到我家里来拜访，还想见一见师母，而且提了多次。我便把此事向留办领导报告了，经领导同意，我便答应了他们的要求，把家庭地址告诉了他们。一个星期天的上午，他们果然来了，一个个西服革履，走进了我住的狭窄的胡同，引起了很多居民的围观。我在我的蜗居中招待了他们，黑压压地挤满了一屋子，连个坐的地方也没有。好在他们也不挑剔，就站着用磕磕巴巴的汉语跟我及老伴聊天。经过一年的学习，越南留学生的汉语水平有了很大提高。到了一九六六年六月，“文化大革命”开始，北大的党委书记、校长及主要领导相继被打倒，全校大乱，教学活动基本停止，越南留学生也奉命回国。

越南留学生虽然回国了，但学校里还有美国、法国、加拿大、澳大利亚、瑞典等国的留学生没有离开，美国留学生不是公派的，而是美籍华人的子女。他们留下来各自有各自的目的，有的想继续学习汉语；有的想了解中国人的生活情况；有的想知道中国的“文化大革命”究竟是怎么回事；有的则是带着有关中国历史文化的专门研究课题来的，任务还没有完成，不得不留下来，因为北大有丰富的图书资料和学识渊博的专业老师。因此，留办还得继续管这些留学生的学习和生活。他们普遍对中国的古代文化感兴趣，要求学习中国古代历史和古代汉语，留办便让我给他们开古代汉语课。

当时没有教材，王力主编的《古代汉语》被打成了毒草，不能用，我便选了一些文章油印出来发给大家。但是选文章是一件有风险的事，搞得不好就会被造反派扣上宣传封资修的大帽子。那个时候正在搞“评法批儒”，我便选了一些法家的文章，如柳宗元的《封建论》、王安石的《答司马谏议书》等。但这些文章对留学生来说不啻天书，他们根本读不懂。上了几节课以后，效果太差。后来，我便从古代典籍中选了一些寓言小故事，如“刻舟求剑”“守株待兔”“削足适履”“狐假虎威”“画蛇添足”等，另外还从唐诗中选了一些脍炙人口的五绝和七绝。我将这些东西加以科学地编排后用作教材，上了几次课以后，效果非常好，留学生的学习兴趣大增，很快，古代汉语就成了他们最喜欢上的课。有一个法国留学生每次上古代汉语课都来得最早，下了课后还不愿意走，缠着我聊天、问问题。他对我说：“赵老师，本来我想回国了，自从听了您讲的古代汉语课以后，决定不走了，我一定要把您的课听完了再走。”有一个瑞典留学生听了古代汉语课以后，对中国古代文化产生了浓厚的兴趣，他便自己找了一些古书自学，但困难很大，常常拿着古书来找我问问题，我耐心地回答问题，还辅导他如何自学，他感动地说：“赵老师，您真好，我能跟您照个相吗？”我愉快地答应了他的要求。后来，法国、澳大利亚的留学生知道了，纷纷要求和我照相，现在，我跟这几个留学生的合影，还一直保存在我的相册里。

# 第七章 干校生涯

## 一、大字报风波骤起

进入一九六六年以来，随着“批三家村”“批《海瑞罢官》”等批判活动的开展，一场疾风暴雨似的政治运动即将到来。各种极左思潮泛滥成灾，一些居心叵测的人蠢蠢欲动，不断在北大制造麻烦，企图把北大搞乱。五月二十五日，哲学系的聂元梓等七人贴出了一张炮轰北大党委书记陆平、副书记彭珮云的大字报，题为《这是为什么?》，立即掀起了大鸣大放的高潮，一时之间，大字报铺天盖地贴满了整个校园。一些学生开始围攻党委，要打倒党内走资本主义道路的当权派，整个学校乱成了一锅粥。晚上八点多钟，正当北大党委摇摇欲坠，几乎陷入绝境的时候，中共华北局第一书记李雪峰突然来到了北大，学校紧急召开全校大会，由李雪峰传达中央的指示。李雪峰在会上讲的第一句话是：“今天晚上我们惊动了你们，但首先是你们惊动了我们。”此语一出，全校哗然。接着，李雪峰说，中央知道了北大的情况后，非常重视，让我来看看到底发生了什么事。他批评了学校的乱象，然后说，中央指示，运动应该在党的领导下进行，不能搞无政府主义，聂元梓等人的行为是错误的，应该严肃处理。李雪峰讲话以后，形势陡转，聂元梓等人立即成了被批判的对象。以陆平为首的北大党委的地位得到巩固以后，向全校布置了学习中央精神、批判聂元梓等人错误的活动。聂元梓等人由原来高举造反旗号的风云人物立刻变成了反党反社会主义的反党分子，在全校的炮轰和声讨中变得灰溜溜的，惶惶不可终日。

谁知，到了六月一日，风云突变，学校大喇叭里突然转播了中央人民广播电台播放的新闻，新闻说，五月二十五日北京大学大饭厅东墙上贴出了一张题为《这是为什么？》的大字报，并且全文播送了大字报的内容。这则新闻起到了石破天惊的效果，立刻在北大引起了巨大的骚动，于是，北大的运动立刻发生了一百八十度的大转弯，很快，陆平、彭珮云等人被打倒，北大陷入了无政府状态。不仅北大，各高校的造反派也都行动起来了。

几天以后，《人民日报》发表了《横扫一切牛鬼蛇神》的社论，于是，北大的造反派掀起了“红色风暴”，到处揪斗黑帮、反动学术权威以及走资本主义道路的当权派，到六月十八日达到了高潮，在这一天，几乎所有的校系领导、知名教授都被揪了出来。造反派对他们进行了人格侮辱，有的人脸上被涂上了黑墨水，有的人被剃了阴阳头，有的人被戴上了高帽。他们胸前都挂着一块牌子，牌子上的姓名都打了大红叉。造反派押着他们游街，一路高喊革命口号。我在游街的“牛鬼蛇神”中看见了王力先生，他挂的牌子特别大、特别沉，把王先生的背都压弯了，他只好弯着腰，满头大汗地一步一步地往前走。到了下午，造反派好像发了疯一样，把揪斗范围进一步扩大，一些级主任、班主任甚至普通教师也纷纷遭到揪斗，只要是在过去各种政治运动中被戴过帽子、挨过整的人，几乎无一幸免。我当时也很紧张，因为我当过班主任，讲过古代汉语，在武大也挨过整。只要我教过的学生中有谁想起了我的名字，振臂一呼，我就完蛋了。幸好我已经调离了中文系，可能学生把我给忘了，因而侥幸成了“六一八”红色风暴的漏网者。

“六一八”红色风暴造成了严重的后果，有好几个人因为忍受不了折磨而自杀。中文系党总支书记陈先策被造反派拉出来批斗，并给他剃了阴阳头。这突如其来的打击使他完全崩溃了，觉得自己遭受了难以承受的奇耻大辱。他显然受到了“士可杀，不可辱”的旧思想根深蒂固的影响，觉得自己对不起生养他的父母，无颜再活在世上，便在当天下午穿戴得整整齐齐，带了一瓶掺了很多敌敌畏的酒，叫了一辆出租车去到香山。他钻进一片密林，喝下毒酒自杀了。第二天，他的尸体被一个晨练的人发现，报告了香山派出所。派出所从他胸前佩戴的红色校徽知道了他的身份，便向北大打了电话。北大立即派人来将他的尸体直接送到火葬场火化了，火化以后才通知家属。中文系的造反派还不依不饶，召开了全系批判大会，说他“顽固到底”“自绝于党和人民”，并给他扣上了“死不改悔的走资派”的帽子。

据说王力先生六月十八日那天被揪斗完了以后，精神几乎崩溃，跌跌撞撞走进了燕南园以后，竟然找不到自己的家。王师母见他精神恍惚、两眼发直，吓坏了，赶忙把他扶进了家门。在王师母的好言安慰之下，很久才缓过劲儿来。一般的游街批斗，他还能挺过去，而这次在游斗中遭到漫骂和人格侮辱则叫他难以接受，特别是骂他、侮辱他的人中很多都是他的学生。有一个围观者冲出人群指着他破口大骂，并在他脑袋上重重打了一巴掌，王先生抬头一看，发现这个人竟然是他平日最钟爱的研究生，这叫他更无法忍受。他感到绝望，万念俱灰，不想再活了，便向王师母交代后事，准备自杀。后来由于王师母和家人的劝阻和昼夜守护，才没有死成。

## 二、破“四旧”斯文扫地

几乎在一夜之间，造反派都带上了红袖章，成了红卫兵。他们在全校掀起了“破四旧”的风暴，他们在很多地方贴出了“革命通告”，责令大家交出一切封资修的东西，如古书、古玩、手稿等，并称：“如果不交，一经发现，将予以严惩，勿谓言之不预也。”有些人还真被“革命通告”吓住了，将一些线装书、文物交了出去，或者藏了起来。我也有一些古书，但我没有交，也没有藏，心想：造反派还不至于到每一家去搜吧！“破四旧”的风暴迅速在整个北京城刮了起来，戴着红袖章的红卫兵拿着棍棒、锤子到处寻找他们认为的“四旧”，只要发现了就砸。北京动物园大门上面的雕花建筑被砸了；香山的佛像被砸了；王府井、西单等处有很多经营手表和钢笔的店铺的招牌被砸了，因为招牌上有“金表”“金笔”等字样，红卫兵认为“金”字代表资本主义，不能说。

后来，红卫兵又盯上了人们的头发，他们认为，凡是长头发都是“四旧”，是“封、资、修”的东西。他们成帮结队在大街上巡视，只要发现蓄着长头发的，不论男女，都逼着他们到理发馆剪掉长发，如果不去，他们就将这些人强行抬着送进理发馆。理发馆慑于他们的威势，不得不剪。有一次，红卫兵拦住了一个穿着西服、长发齐肩的男子，逼着他去理发馆剪发，此人不买账，就是不去。后来几个红卫兵把他抬了起来往理发馆送。到了理发馆后，此人拼命反抗，就是不让剪头。正当红卫兵要对他动武时，他掏出一个小本本说：“我是日本人。”红卫兵拿过小本本一看，原来是一本日本国护照，上面明明白白地写着此人是日本人，只得放他走了。这个日本人显然是故意的，他就是要看一看这些红卫兵到底要把自己怎么样。后来，红卫兵们不再麻烦理发馆了，干脆自己动手，他们带着大剪刀，只要见了留着长头发的人，抓住就剪，吓得街上那些留有长头发的到处乱跑，就像逃难一样。

“破四旧”又演变成改名称、改规则运动，红卫兵提出了很多“革命性”的建议，他们说，北京协和医院最初是由美国和英国两个帝国主义的基督教会办的，应改为“反帝医院”，北京友谊医院是由苏修援建的，应改为“反修医院”。他们又说，“西”字代表资本主义，不能用，“西直门”应改称“向东门”；“西瓜”应改称“东瓜”，为了避免与“冬瓜”读音相同造成误解，“冬瓜”改称“北瓜”；“西红柿”应改称“鲜红柿”。他们又认为，“红”字代表革命，因此，“天安门广场”应改为“东方红广场”，交通规则中的“红灯停，绿灯行”应该改为“绿灯停，红灯行”，他们说，“红”代表革命，怎么能让“革命”停止呢。他们天天围攻交通部门，逼着他们把交通信号按照他们的意见改过来。

红卫兵刮起的“破四旧”“改名称”的风暴影响很大，惊动了周总理，他迅速下令对故宫、北海、景山、颐和园、十三陵等文物单位实行军管，保护了起来，使其免遭红卫兵的摧残。至于事物改名称的问题，像“西红柿”改称“鲜红柿”之类，改了不致造成严重后果，如果将“红灯停，绿灯行”改成“红灯行，绿灯停”，那可就不得了，就会造成严重混乱，甚至会引发重大交通事故。周总理立即召集红卫兵开会，向他们说明“红灯停，绿灯行”的交通规则是全世界通行的，绝对不能改。红卫兵听了周总理的解释，觉得有理，也就不再闹下去了。

随着红卫兵运动如火如荼地开展，已经很盛行的个人迷信和形式主义之风愈演愈烈，某些别有用心的人借红卫兵之手将毛主席请上了神坛，让人们顶礼膜拜。在红卫兵的强行干预下，人人都戴起了毛主席像章，谁要是没有毛主席像章就不敢出门。各单位又争相建造毛主席塑像，有的单位还不止造一个。跳忠字舞、唱语录歌风靡一时。开会时先要全体起立，右手高举红宝书，一边挥动一边高呼："祝毛主席万寿无疆！万寿无疆！万寿无疆！"（后来又加了"祝林副主席身体健康"）不久我们又得到通知，自行车上都要挂毛主席语录牌，家里正房的墙上必须贴上"红太阳升起图"。自行车上挂语录牌倒好办，可这"红太阳升起图"怎么画？我不会呀！于是我就到几户街坊家里去取经，看别人都是在画面上画了波涛汹涌的大海，然后在大海上边画了一轮红日。这寓意很明显，红太阳代表毛主席，它从海面升起，照耀着大海，就是代表毛主席给全国人民带来了幸福。于是我立刻买来了白纸，黑、红墨水，亲自挥毫泼墨，居然也画出了一张"红太阳升起图"。后来发展到买东西也要念毛主席语录。假如你要买一块肥皂，你必须先向售货员说一句毛主席语录，再把钱交给他，售货员收下钱后必须回一句毛主席语录，才把肥皂交给你。听说有一个人不懂规矩，在买东西时闹了笑话。他到一家商店去买烟，把钱递给售货员后说："我买两包恒大牌香烟。"售货员不接钱，说了一句："要斗私批修。"此人一听，以为售货员嫌他买多了，便说："那我就买一包吧。"售货员还是不接钱，仍然说："要斗私批修。"此人大为恼火，生气地说："还要斗私批修，难道我买一包还多吗？"

## 三、鲤鱼洲接受锻炼

一九六九年初，住在我们家的母亲身体越来越差，后来又查出得了肺癌，并且已经到了晚期，生活完全不能自理。由于我和慧玲天天要上班，晚上才能回来，便请了一个保姆白天来照顾她。当时北大的"文化大革命"运动进行到了"斗、批、改"阶段，听说用不了多久我们就要走出校门，去接受贫下中农的再教育。母亲正在生病，我怎么能舍她而去？

母亲的病越来越重，大哥为了减轻我们的负担，便把母亲送进了他工作的北京陆军总医院住院治疗。母亲住院以后，病情继续恶化，放疗和化疗全然不起作用。到了五月，已经深度昏迷，不省人事，而且呼吸极其困难，只能靠输氧维持生命。六月的一天，我正在开会，突然接到大哥的电话，说母亲已经在早上去世了。我立刻请假赶到医院，母亲的遗体已经送进了太平间。大哥领我到了太平间，走到用白布盖着的母亲遗体旁，我轻轻地揭开了白布，见母亲安详地躺在那里，像睡着了一样。我叫了一声"妈"，忍不住号啕大哭起来。母亲就这样走了，没有留下任何遗言。

一九六九年十月，主持北大工作的迟群在全校大会上作了动员报告，动员大家去江西的五七干校。北大和清华的五七干校都在江西鄱阳湖畔的鲤鱼洲，那里是用大堤围起来的一片杂草丛生的荒地，条件相当艰苦，而且还有很多能传染血吸虫病的钉螺。

十月下旬，我们这些称作"五七战士"的人登上了开往南昌的专列，车站上挤满了前来送行的家人，慧玲就挤在人群中向我挥手。列车开动了，送行的人一边跟着列车跑，一边高喊"一路平安"，有的人甚至大声哭喊，仿佛在跟车上的人永别。我看见慧玲跟大家一起追着列车，依依不舍，一种远离亲人的悲愁油然而生，当我再次向车窗外招手时，已经看不见她了。我们在"押送"的军宣队和工宣队的监视下，必须装出豪情满怀的样子，不能流露出半点离别家人的忧伤和不满。我们不知何时才能回京，何时才能与家人团聚，也许永远就回不来了，因为我们出发前已经被迟群告知，要"克服临时观点"，作好"一辈子扎根鲤鱼洲的准备"。因为母亲已经去世，我已无后顾之忧；慧玲在工厂工作，用不着下放，孩子有她照管，所以我可以毫无牵挂地前往鲤鱼洲。而有些北大的双职工就没有我这么好的条件，他们必须带着孩子或老人一起走，因此专列上有不少孩子和老人，非常热闹，大人喊，小孩哭，简直跟逃难一样。

有几家带着孩子的夫妇，已经和上海的亲戚联系好了，要把孩子托付给他们照看，让他们在车站接人。可是，当第二天深夜，列车在到达上海站时却呼啸而过，根本没有停。这几家人非常焦急，又是跺脚，又是喊叫：“怎么不停车？怎么不停车？”但是喊又有什么用？专列不会因他们喊叫而停下来。后来，他们找到军宣队的头头，试图问明情况：“原先不是说好了在上海停车的吗？为什么不停？”军宣队的头头回答说：“情况有了变化。我们接到上级的指示，列车直开南昌，不得在上海停靠。”他们又问：“为什么事先不告诉我们？”军宣队的头头回答：“我们也是刚接到通知的。”他们又问：“那我们的孩子怎么办？”军宣队的头头答：“这是你们的事，你们自己解决。”这几家人无可奈何，个个垂头丧气，不知如何是好。他们虽然有意见也不敢提，虽然有怨恨也无处说，只能默默地承受，将这一切都深深地埋藏在心里。俗语有云“有理走遍天下，无理寸步难行”，可是，当时在“四人帮”的高压下，有理又能向谁去诉说呢？

在出发后的第三天的上午，我们在南昌火车站下车，然后马不停蹄地转乘敞篷大卡车动身前往鲤鱼洲。当天下午，汽车开到了一座大堤上停了下来。堤外是浩瀚无边的鄱阳湖，堤内则是一大片杂草丛生的荒地，这就是我们的目的地。荒地上有几间大草棚，是比我们早来一个月的“先头部队”盖的，是他们为我们准备的下榻之处，我们晚上将在这里住宿。草棚里一排一排地摆满了木板床，一张挨着一张。我们睡觉时，只能人挤着人，头顶着头，几乎没有多余的空间，只要一翻身就会将睡在旁边的人碰醒，有时不小心还会碰着头顶那边别人的头。到了深夜，呼噜声此起彼落，一个比一个响，我根本就睡不着觉。我本来就有失眠症，处在这种环境中，就更没法入睡了。我怕影响睡在我左右的人，又不敢老翻身，只好睁着眼睛等天亮，真是痛苦极了。几天以后，由于白天干活干得很累，晚上很困，我躺在床上也就渐渐能睡着了。

干校按军事编制将我们组织起来，每个系组成一个连队。每个连设指导员、连长各一名，指导员由军宣队的人担任，连长则由“五七战士”担任。留办十来个人编成了一个班，隶属于机关连。在干校草创时期，各连的任务各不相同，有的连专管大田的规划、整理，准备来年开春后播种稻谷；有的连专管盖房子；有的连专管物资运输；有的连专管打井；机关连的任务就是做好后勤保障。我们班的任务是割草砍柴，给伙房提供燃料。干校事先有一个规划，场部和每个连队都要有一个基地，每个基地都要有办公用房、宿舍、厕所、伙房、菜地以及水井。我们刚到鲤鱼洲，就是围绕这个规划忙碌着。到了年底，各连队的基地初具规模，每个连队都有三四排草房作为宿舍，每排草房都隔成若干房间，每个房间大约有二十平米大小，房间里放了六七张有上下铺位的木床，可以供一班人居住。宿舍的右边是指导员和连长的办公室，左边是伙房，后边是菜地和厕所。每个连队都打了两口水井，一口井供大家洗脸洗衣用，一口井供伙房做饭用。于是，我们由原来的大草棚搬了出来，住进了新居，告别了最初那种睡大通铺时人挤人头顶头的日子，觉得舒服多了。

搬进了新居以后，就开始忙大田的活。分给机关连的田有十来亩，我们必须在明年播种之前将地平整好，达到水田的标准。我们连的指导员是军宣队的一个姓周的排长，在这里当上了连级干部。

此人是迟群手下的一名得力干将，极为阴毒凶狠，傲慢无礼。平时见了我们总是板着脸，一点笑容都没有。在他眼里，我们这些人都是地主资产阶级的残渣余孽，没有一个好东西。他第一次给我们训话时，就把我们骂了个狗血喷头："你们都是喝劳动人民的血长大的，别摆大学教师和干部的臭架子，只有老老实实劳动，好好改造思想，才对得起劳动人民。有人埋怨这里条件艰苦，不是人待的地方。这是什么话？你们是来改造的，不是来享福的。你们以前在北京住的是高楼大厦，吃的是山珍海味，享福享惯了，四体不勤，五谷不分，真是可耻，难道不应该到这个艰苦的地方来锻炼锻炼吗？过去贫下中农祖祖辈辈就是在这种艰苦环境里生活的，他们就能，你们为什么不能？难道你们比他们更高贵吗？真正岂有此理！现在我们的连队正式成立了，连队就要有连队的样子，大家都得给我好好干。我这个人大家也许不了解，我脾气可不太好，眼里揉不得沙子，谁要是胆敢公然挑战，在下面说怪话、搞小动作，干活时偷懒耍滑、磨洋工，可别怪我们不客气。阶级斗争这根弦永远不能松，大家要警惕走资派及一切牛鬼蛇神搞阴谋诡计。我要警告走资派及一切牛鬼蛇神，你们必须老老实实地接受人民的监督、改造，老老实实坦白交代自己的罪行，争取宽大处理，不要继续与人民为敌，否则，无产阶级专政的铁拳会将你们砸得粉碎！"我们出工时由他和连长带队，大家劳动时他也跟着一起劳动，但主要是为了监督我们，只要发现有谁偷懒，就大声斥责，因此大家只得拼命干。我们干活没有时间规定，何时出工，何时休息，何时收工，都由他说了算，只要他不说休息，大家就得一直干下去。到了要收工的时间，只要他不说收工，谁也别想走。我们经常是一直干到太阳都下山了，他才下令收工，大伙累得几乎都走不动路了，他可真是比周扒皮还要周扒皮。因为他也姓周，于是，大家背后都偷偷叫他“周扒皮”。

不久，我们下干校的第一个春节快要到了，大家都盼着春节早日到来，以为春节期间可以休息休息，因为我们实在太累了；还以为春节期间可以改善改善伙食，因为我们每天吃的不是熬萝卜就是熬白菜，根本见不着什么肉，肚子实在太缺油水了。可是，春节到来以后，“周扒皮”却下令：为了体验旧社会劳动人民所受的苦，春节期间要连吃三天的忆苦饭，干三天的重活。他说：“光吃忆苦饭还体验不到旧社会劳动人民所受的苦，必须又吃忆苦饭又干重活才行。”大家一听都傻了眼，但谁也不敢吭声。所谓“忆苦饭”，就是用米糠做的窝窝头，再加上野菜汤。所谓“重活”，就是平整水田、清理杂草、杂物。当时天气寒冷，水田里都结了薄薄一层冰，大家都光着脚下到水田里干活，把高处的泥往低处挑，还要把清理出来的碎砖破瓦和杂草挑到田埂上去，一天下来，不但累得够呛，而且脚都冻僵了，很多人的脚还被田里的碎瓦片、破贝壳等杂物扎伤，真是苦不堪言。收工后还得吃忆苦饭，每人必须吃一个糠窝窝，喝一碗野菜汤，吃不下去也得硬吃，喝不下去也得硬喝。我们就是这样过了三天“革命化的春节”，真是终生难忘呀！

“周扒皮”觉得这样折腾我们还不过瘾，便隔三差五搞紧急集合。经常是晚上大家睡得最香的时候，突然被一阵急促的哨子声惊醒，听见“周扒皮”在外边用公鸭般的嗓子大声喊叫：“紧急集合！紧急集合！”大家便急忙摸着黑穿戴整齐、背着打好的行李、打着手电筒跑到宿舍外边集合，“周扒皮”这时一个一个地检查，看衣服是不是穿整齐了，行李是不是按要求打好了，手电筒是不是都带了，然后领着大家在茫茫的黑夜中转一大圈再回到宿舍睡觉。有一天中午，我们正在宿舍休息，大家睡得迷迷糊糊，忽然听见外边传来急促的哨子声，同时听到“周扒皮”扯起那公鸭般的嗓子在大声喊叫：“紧急集合！紧急集合！快！快！”紧急集合都是在深夜，大白天搞紧急集合还没有过，因此大家被弄得措手不及，十分慌乱，立刻穿上衣服跑到外面集合，有的人来不及打行李，就抱着被子跑出来。原党委办公室一位姓张的，是个近视眼，他最后一个从宿舍里冲出来，只见他披着上衣，用细绳拴着的眼镜因为来不及戴而挂在胸前，左手提着裤子，右手打着手电筒，光着一只脚跑了出来，出来后还弓着腰、眯缝着眼睛向四处张望，显然他还没有睡醒，以为自己是在做梦呢。大家一见，忍不住哈哈大笑起来。“周扒皮”走过去问他：“你大白天打着手电筒干什么？”他听了以后，仰起头看了看，见太阳高高挂在天上，这才如梦初醒，尴尬地傻笑起来，说：“我还以为是半夜呢。”“周扒皮”瞪了他一眼，向他吼道：“说什么梦话！快系好裤子，入列！”然后板着脸向大家训话，把大家臭骂了一顿。

机关连的连长原来是校长办公室的一个科长，此人原是造反派的狂热分子，宣传队进校以后，由于他出身好而颇受重用。他为了表现自己，经常干一些非常出格的事，如他曾一个人将几个“走资派”揪出来斗，还搞得花样百出。学校每次开批斗会时，他口号喊得最响，经常是冲上台去将批斗对象拳打脚踢，有时还将厕所里装手纸的竹篓扣在被批判者的头上。在鲤鱼洲，因为当上了连长，他趾高气扬，非常得意，然而在“周扒皮”面前却表现得很恭顺，点头哈腰，活像一条哈巴狗。他对待我们比“周扒皮”还要凶狠，“周扒皮”有些整我们的措施就是他提出来的，例如，他建议加强劳动强度，拖长劳动时间，太阳不下山不要收工，不能让我们有喘息的机会。大白天搞紧急集合也是他的主意。他也学着“周扒皮”，对我们动不动就训斥，异常粗暴，因此大家对他恨之入骨，偷偷叫他“狗腿子”。因为有“周扒皮”撑腰，我们对他也无可奈何，只得忍气吞声。按当时场部的规定，我们半个月可以有一天休整的时间，在这一天里可以自由安排时间，如洗衣服、晒被褥、整理内务、到附近的集市去买东西等，也可以睡大觉。可是，“狗腿子”却偏偏要在休整这一天让我们加班，没有什么活儿他也要找出一些活儿让大家干，如修理田埂、打扫卫生、清除屋前屋后的杂草等，总之就是不想让大家休息。后来，他在整党学习会上自暴活思想时说：“每次休整，我总要找些活儿让大家干，因为我看见大家休息就生气，心里就不舒服。”看看，这是什么人呀！

春节过后，场部在农忙之前组织全体人员搞了一次拉练。离鲤鱼洲大约三四十公里外的塘南镇就是我们这一次拉练的目的地。抗战期间，日本鬼子在这里制造了一起惨绝人寰的大惨案，当地老乡死亡一百多人，很多房屋被焚毁。我们拉练到那里就是要了解日本侵略者的罪行，接受贫下中农的再教育。出发的那一天，场部规定各连队六点钟在大仓库前的打谷场集合出发，于是连部规定各排五点半在连部前的空地集合，比场部集合的时间提早了半小时，而每个排的集合时间必须比连队的集合时间早半小时，因此，四点钟我们就起床了。吃完早点后，大家带足了干粮和水，五点钟到排里集合。排长清点人数，检查每个人的准备情况，然后带着队伍到连部集合，大约正好五点半钟。连队集合完毕，连长和指导员分别训话，然后打着红旗，连长喊着口令“一二一”，步伐整齐地走到大仓库前集合，各连的队伍到达后，正好六点钟。场部的领导向大家讲了这次拉练的重要意义，希望大家发扬“一不怕苦，二不怕死和连续作战”的精神，取得这次战斗的全面胜利。领导讲完话以后，立即下达了出发的命令。各连队依次上路，每个连队前都打着红旗，每连的连长喊着“一二一”的口令，整个拉练的队伍精神抖擞、步伐整齐地向塘南进发。一路之上红旗飘飘，歌声嘹亮，真像走上战场的战士。在每个要路口，都有宣传队员在路边拿着小红旗高喊“加油”给大家鼓劲。队伍最后跟着一辆大卡车，准备随时收容因为走不动而掉队的人。

大约走了一半路，很多人就走不动了，队伍行进的速度渐渐慢了下来。抗战时，我在逃难过程中曾经徒步走过很多的路，有时甚至一天要走六十里，腿都走肿了。一九五八年大学三年级时我下到公社劳动，经常要走很多路，应该说我是有过走路训练的，但是我也渐渐不行了，一路上咬牙坚持着。下午两点多钟，我们终于到了塘南。有一些年老体弱的，是坐着大卡车到达的。在塘南，我们参加了当地老乡的控诉大会，还参观了日军暴行展览馆。下午四点，我们开始返回鲤鱼洲。大家的状况很不好，有的人腿走肿了，有的人脚上磨出了很多血泡，我的脚上也有好几个血泡。随行的卫生员给大家挑破了血泡，进行了简单的包扎。在这种情况下，要大家徒步返回鲤鱼洲是十分困难的。场部领导向大家作了战前动员，要大家发扬红军二万五千里长征的精神，一不怕苦，二不怕死，咬紧牙关，克服一切困难，坚持到最后。

在返回的路上，口号声此起彼伏，什么“一不怕苦，二不怕死”呀，什么“不怕累，不怕苦，想想红军两万五”呀，什么“克服千难万险，夺取最后胜利”呀，把消极情绪一扫而光，大家的精神很快振奋起来了。开始时，情况还不错，但是，走着走着，情况就不妙了。有的人一屁股坐在地上，再也起不来了；有的人感觉恶心，迈不开步；有的人越走越慢，一路走一路喘气，左右摇晃着，随时都有晕倒的可能。这些人后来都被大卡车收容了。大部分人都在咬牙坚持，十分艰难地挪动着步子。到了晚上的十点半，我们终于看到了鲤鱼洲的灯光，胜利在望了。

我已记不太清楚我是如何最后走回鲤鱼洲的，反正是非常非常的艰难。我记得在最后的几里路，我从路旁的树上折了一根树枝当拐杖，拄着树枝一步一步往前挪。我几次感到恶心，想吐，但是都忍住了。当我走到了我住的宿舍门口时，这才松了一口气，心里一阵高兴：我终于走回来了。我扶住门框，想走进屋躺在床上去，从门框到床的距离只不过区区的两米，但是我怎么也无法走过去，我的腿好像有千斤重，根本就挪不动。突然，我感到一阵恶心，控制不住地大吐起来，吐完以后，跌跌撞撞地到了床边，倒在了床上，好像整个人都散架了。这是一种前所未有的体验，我感到特别地累，特别地苦，特别地痛，那种复杂的感觉真是难以用语言加以表述。第二天正值休整日，大家什么也不干，都躺在床上休息，没有谁来打搅我们，就连"狗腿子"也没有用加班来烦我们，大概他也被这次拉练累趴下了吧。

## 四、稻田里备受煎熬

春天来了，我们的农事活动也正式开始了。首先是育秧苗，连里成立了育秧班，专门负责这项工作。大部分人忙着平整稻田，给田里灌水。等秧苗长到三四寸高时，就该插秧了。一到插秧时，就是农忙季节了。插秧是重活，而且是急活，必须在规定的时间里插完，不能耽误农时。因此，我们中午不能回去吃饭，饭都由伙房送来，在田埂上吃。吃完饭后，稍事休息，就接着干。一天下来，腰几乎都直不起来了。秧插下去以后，第二天就蔫了，有一部分秧苗还呈现出枯萎之状。那位在紧急集合中出尽洋相的近视眼老张见状大惊，立刻慌慌张张地向"周扒皮"报告："报告指导员，出大事了！""周扒皮"一听吃了一惊，赶紧问："出什么大事了？"老张说："我们插的秧都要死了！""周扒皮"过去一看，就哈哈大笑起来。他非常高兴，心想，这一下可好了，又抓到了一个臭老九出洋相的活材料。于是，他立刻召开现场会，不仅将老张冷嘲热讽地奚落了一番，而且还以老张为典型，向我们进行了一通教育。我下过农村，知道秧苗插下去以后，必须经过几天的返青期才能成活。这位老张书呆子气十足，不懂装懂，不仅自己当众受辱，而且还让我们也跟着吃挂落。

由于我们的田间管理工作做得好，再加上水足肥足，秧苗的长势良好。但田里杂草丛生，与秧苗争夺营养。这时，我们全部都下到田里去挠秧。挠秧跟插秧一样，是重活。我们必须弯着腰用两手在秧苗周围抓挠，以清除杂草，使其根部的泥土变松。几天下来，我们都差不多累趴下了。除了腰腿疼痛以外，我们的手指都肿了。在水稻成长的过程中，挠秧要反复进行多次，因为稻田里的杂草在清除完了以后还会不断生长出新的。

几个月以后，已经进入了夏季，稻田里一片金黄。这时已到了全年农事最忙的“双抢”季节。所谓“双抢”，就是抢收抢种的意思，即抢收早稻，抢种晚稻。在此期间，我们必须将早稻收割完毕，然后翻耕、平整、灌水，再种下晚稻。还有选种、育秧、脱粒、运输等农活，都需要有人干。连队将劳力分为几组，有的专管收割，有的专管脱粒，有的专管翻耕，有的专管平整土地，有的专管选种和育秧，有的专管运输。不管哪一组，都得抢时间拼命干，二十四小时连轴转。我开始时是分到收割组，参加抢收稻子，中途又被调到脱粒组。我们连配备了两台电动脱粒机，每台脱粒机都得有五六个人伺候。机器开动起来后，这五六个人就忙得团团转，有的往机器的进口处喂稻子，有的在机器的出口处用麻袋接稻谷，有的往脱粒机旁运稻子，有的把脱完粒的稻草打捆运走。与周围的公社比起来，我们这里要先进多了。附近的老乡大都是把收割的稻子放在场上碾压、摔打，或使用人工脱粒机。

有关早稻的活还没有完全忙完，我就跟着大部分人投入了晚稻的插秧任务。与早稻相比，晚稻的插秧任务要艰苦得多，因为时值夏天，天气很热，地面温度高达四十多度，在这样热的天气里插秧，其艰难程度可想而知。好不容易熬过了插秧这一关，不久又迎来了挠秧这个更为艰苦的农活，因为这一段时间天气更热，地面温度达到了五十度。周围公社的老乡干活时都避开了最炎热的中午这个时段，而我们则要“抢农时，战高温”拼命干，中午也不能休息。时时有人因中暑而晕倒在田里，被送到医务室抢救。不久，终于发生了一件大事，有一个连队的一位教授因劳累、中暑而心脏病发作死在了田里，这个连的连长慌慌张张跑到场部报告，结果遭到了场部领导的严厉斥责：“慌什么？不就死了个人吗？”这件事很快在鲤鱼洲传开了，大家非常气愤，但又能说什么呢？不过，死了人终究是大事，所以场部决定，向周围的公社学习，避开中午最炎热的时段，让大家休息，傍晚凉快时多干一会儿，把时间找补回来。

在这段时间里，机关连还发生了一起“红旗事件”。我们每天出工、收工都要排着队，还要打着红旗。当时有个不成文的规定，旗手一定得是政治上可靠、拥护毛主席革命路线的人。我们连的旗手是一个三代贫农出身的原后勤部门的仓库管理员，平时表现也很好。我们每次到了田间以后，他都把红旗插在田埂上，然后跟大家一起下到田里干活，收工时他再打着红旗回到住地。有一次，收工时天已很晚，“周扒皮”和“狗腿子”都不在，他们被叫到场部开会去了，没有人负责集合队伍，于是大家就三三两两地回到住地，旗手也忘了把红旗扛回来。第二天出工时，“周扒皮”见旗手没有打旗，就问：“为什么不打旗？”旗手只好回答说：“昨天收工时没有集合，我就忘记把红旗扛回来了。”“周扒皮”听了，非常生气，厉声斥责道："你怎么这样不负责？"就这样，队伍第一次没有打着红旗出工。可是，到了田间却没有发现红旗，旗手跑到昨天插红旗的地方一看，却见红旗倒在水田里，被水浸泡着。他赶紧捞了上来，但红旗已经脏得不成样子了。"周扒皮"见状，指着旗手说："红旗被糟蹋成这个样子，全是你的责任，你必须做出深刻检查！""周扒皮"眼珠一转，觉得事情不这么简单，这里面肯定还有别的问题，就问道："昨天收工后是谁最后走的？"有人说："好像是老刘最后走的，我走的时候，看见他还在田埂上走来走去，不知道他要干什么。"老刘是原校党委宣传部的副部长，"文化大革命"一开始就被揪了出来，扣上了"走资派"的帽子，现在因为与"三家村"关系尚未查清，所以还一直挂着，没有解放。见有人揭发他最后走，只好承认："对，是我最后走的。""周扒皮"问："你最后走时，看见了田埂上插着的红旗了吗？"老刘回答："看见了。""周扒皮"问："既然看见了，为什么不把它扛回来？"老刘说："我原来是想把它扛回来的，但犹豫了半天后还是没有扛，因为我害怕。""周扒皮"问："你怕什么？"老刘说："革命群众批判我时说我'打着红旗反红旗'，如果我把红旗扛回来了，革命群众不是又会说我'打着红旗反红旗'吗？"大家听了，都笑了起来。"周扒皮"勃然大怒："一派胡言，我看你是别有用心，你一直对革命群众的批判心怀不满，故意这么做的。这是一起严重的政治事件，是阶级斗争的新动向。你必须老实交代，红旗是不是你扔进田里的？"老刘赶紧辩白："不是！不是！我怎么能这么干？"于是，在"周扒皮"的策划下，一场田头批判会开始了，大家纷纷发言，把老刘批了个狗血喷头，老刘有理无处说，只得低头认罪。后来经过对现场进行仔细勘查，证明红旗是被风吹倒的，未发现人为破坏的痕迹，"红旗事件"这才得以结案，老刘也没有再遇到什么麻烦。

## 五、被抽调参加调研

秋收以后，大田里基本上没有什么事了，整个干校开始大搞基建，同时开展整党学习和革命大批判。我们机关连除了少数几个年老体弱者外，全部到离鲤鱼洲不远的瑞洪镇去采石头。瑞洪镇附近有一座石山，不很高，山上都是浅红色的石头，这种石头不像花岗岩那样坚硬，比较松软，容易采掘，是当地老百姓很喜欢的一种基建材料。我们到达采石场以后，已经有很多老乡在那里采石头。这种与民争利的事，很容易引起当地老乡的不满，与他们发生矛盾和冲突，但我们是北京的，来头大，又有当地的革委会支持，因此，也就与采石头的老乡相安无事。

采石头不光是力气活，也是一种技术活，我们以前都没有干过。开始几天，我们虚心向当地的老乡学习，如何画线，如何加楔子，如何掌握钢钎，如何抡大锤。老乡们并没有因为与我们有利益上的冲突而把我们拒之门外，而是细心地教我们。因为采掘来的石头是用来砌墙，所以必须是砖形，四十公分长，二十公分宽，十公分厚。首先必须在石头上按要求画线，然后在画好的线上加楔子，最后才是抡大锤打石头。抡大锤的人都是挑选出来的壮小伙子，稍微体弱一点的人则负责画线、加楔子或握钢钎，我被分配握钢钎。采石头时，握钢钎的人必须按照画好的线移动钢钎，抡大锤的人下锤砸钢钎时必须猛而准，不猛则砸不开石头，不准则砸不着钢钎反而伤了握钢钎人的手。在采石场上砸伤手的事常常发生。我则很幸运，与抡大锤的小伙子配合默契，手没有被砸伤。我们采掘的石料都堆放在离采石场不远的一条小河边，场部派运输队用船一批一批地运到瑞洪，然后再用卡车运到鲤鱼洲。

在完成了采石任务回到鲤鱼洲后，已经接近年底了。我突然接到通知，让我参加刚刚组建的教改小分队，到附近的城镇和农村进行调研，了解这些地区的贫下中农是如何按毛泽东思想进行教育革命的经验，作为鲤鱼洲将来建立北京大学分校时招生办学的参考。抽调上来参加小分队的，都是各连的教师，而且都是在“文革”中没有问题且与两派斗争毫无瓜葛的人。我在“文革”中既不是走资派，又不是反动学术权威，也没有历史问题，而且在两派斗得最凶的时候当了“逍遥派”，因此就被选上了。小分队总共有七八个人，还配备了一名医生。小分队的队长是原校长办公室的老周，此人能说会道，说起话来口若悬河，没有谁说得过他，因此，大家给他起了个外号叫“周铁嘴”。场部特别授予了小分队一面红旗，上面有“北京大学教改小分队”几个字。出发前，场部领导专门接见了我们，向我们布置了任务、交代了政策。在一切准备就绪以后，“周铁嘴”就领着我们打着红旗出发了。

按照场部的规定，我们基本上是步行，只有在特别必要时才能乘车和坐船。“周铁嘴”这个人很随和，作风也很民主，遇事都跟大家商量，他又经常给大家讲故事、说笑话，因此，小分队成了一个快乐的小集体。我们先后到了进贤、东乡、余干等县。每到一县，就先到县革委会去与负责教育的同志座谈，听取他们对教改的意见，并与他们商定下一步的调研计划，由他们推荐可供调研的学校。在将近一个多月的时间里，我们走访了三十多个中学和小学，这些学校有的在城镇，有的在农村。

我们每到一处，都受到了热烈欢迎。例如在进贤县，我们住进了县招待所，县革委会的领导还在原县政府大礼堂举行了欢迎大会。我们到余干县一个公社的学校去访问时，离学校很远的地方，就看见有很多人打着横幅，敲锣打鼓地夹道欢迎我们，横幅上醒目地写着：“欢迎中央检查团来检查工作”。“周铁嘴”赶紧上前解释：

“我们不是中央检查团，我们是北京大学的教改小分队。我们也不是来检查工作的，是来向你们学习的。”可是他们根本不听，高高兴兴地把我们迎进了学校。在他们看来，凡是北京来的，就是代表中央，因为中央就在北京，何况我们还是北京大学的呢。

我们在城镇调研时，就住招待所或住在学校空闲的教室里，在机关食堂吃饭。在农村调研时，就分散住在老乡家，在老乡家里吃派饭。老乡听说我们是北京来的，对我们非常热情，都把最好的房间腾出来给我们住，把家里最好吃的东西拿出来给我们吃。在余干县时，我住的那家老乡是个贫农，因家里缺劳力，挣的工分不多，日子过得很清苦。我住进去以后，他们就让我睡在准备给儿子结婚用的新房里，把留着过年的腌肉拿出来招待我，还把家里养着下蛋的鸡宰了一只。临走时，我多给了他几块钱，他说什么也不要，只按规定收了钱。但是，我也不能多吃多占，只好偷偷把钱扔进他们家的米缸里。这次调研，别的方面感受不多，倒是基层干部和老乡的朴实、热情给我留下了深刻的印象，让我感动不已。

## 六、和博士一起种菜

回到了鲤鱼洲以后，小分队集体向场部领导作了汇报。场部领导在听了我们的汇报以后，立刻着手建立了北京大学鲤鱼洲分校，并在江西招收了一百多名工农兵学员。后来我们又都回到了各自的连队参加生产劳动。不久，一九七一年的春节就要到了，我们都收到了由总校寄来的贺年卡，并附有一封北京大学革委会给全体“五七战士”的慰问信。在春节到来之前，我们就陆续住进了新盖的砖瓦房。这些房子的墙，有一部分就是用我们在瑞洪打来的石料砌的。房子虽然简陋一些，但比原来的茅草屋强多了。大家都高高兴兴地在门框上贴上了春联，还在屋里贴上了从附近的集镇上买来的年画。场部从南昌采办了一批年货发给大家，每人一包瓜子、一包花生、一包点心。各连队的伙房都杀了猪，还分到了打鱼队从鄱阳湖里捕捞的大鲤鱼，伙夫们都在为春节期间改善伙食而忙碌着。这一切都让整个鲤鱼洲充满了节日气氛。春节放假三天，在这三天里，大家都足吃足喝足玩，过得自由自在。“周扒皮”没有让我们吃忆苦饭干重活，“狗腿子”也没有让我们加班。我隐隐约约地感到，宣传队对我们这些“臭老九”的态度似乎有了一些变化，这到底预示着什么呢？不得而知。春节过完了以后，我突然接到了调令，让我到场部菜班报到。我依依不舍地向机关连的战友告别，有人偷偷地对我说：“你小子走运，调到了场部菜班，那里的活儿比大田的活儿轻省多了，你等着享福吧！”

场部菜班的班长姓吴，原是物理系的讲师，留苏博士，大概四十来岁，比我大五六岁。我来之前，菜班只有两个人，除了他以外，还有一个后勤部门的老工人，大约有五十来岁，也姓赵。两人种着三分菜地，场部伙房就靠菜班提供蔬菜。但菜班生产的菜根本就不能满足需要，场部伙房经常要靠各连队的菜班支援。我报到的当天，吴博士就高兴地对我说：“你能来实在太好了，我们现在压力很大，种的菜不能满足伙房的需要，经常挨批评。现在好了，我们有三个人了，俗话说，三个臭皮匠，抵得上一个诸葛亮。只要我们努力，一定能改变局面的。”

我干了几天以后才发现，那个赵老头仗着自己是工人，瞧不起我们这些“臭老九”，他根本就不听吴博士指挥，嫌吴博士是个外行，不会种菜，但他自己也没有种过菜，也是个外行。我来了以后，他也从未拿正眼瞧过我，总是跟我格格不入。所以，虽然是三个人，但实际上只有吴博士和我才真正算菜班的人，赵老头住在别处，自己一个人想干什么就干什么，有时候还不来上班，吴博士也不敢管他。好在在场部工作的人经常到菜地来劳动，因此，菜地根本就不缺劳力。我跟吴博士住一间房，有什么事，我们俩就商量着办。我见吴博士床旁的桌子上放着一本小册子，书名是《怎样种菜》，大概他就是靠从这本书上获得的知识来当这个菜班班长的。

种菜的活儿其实并不轻省，干一天下来也累得够呛。像浇水、施肥、打药等都是重活儿。我们施的都是农家肥，我和吴博士必须到各处去挑粪，场部厕所的粪便不够用，还得到各连队去挑。我以前从来没有挑过粪，这种活又脏又累，而且弄得全身臭气烘烘的，人们碰到了我们都避之犹恐不及。因此，每次挑完了粪，我们都得把衣服换下来洗得干干净净，身子也得用热水擦洗多次。吴博士从不抱怨，总是笑嘻嘻地说："没有粪便臭，哪有饭菜香？"我们虽然种了不少小白菜、韭菜之类，但仍然不能满足伙房的需要，还得靠各连队支援，因此很着急。后来，吴博士对我说："我听说萝卜属高产蔬菜，也容易种，我们种点萝卜吧。"我们商量好了以后，就一起到集镇上买回来了萝卜籽，种了几畦萝卜，指望靠萝卜来扭转局面。种下去的萝卜籽很快就出芽了，而且长势良好，吴博士和我心中暗暗高兴。过了一段时间，我们觉得有点不对劲，发现萝卜地里长出来的不太像萝卜苗。有一次，前来给场部伙房送菜的七连菜班班长老梁参观了我们的菜地，此人种菜有经验，是个老手。他见萝卜地里的菜秧长得不错，就问："这是种的什么菜呀？"我们说："萝卜呀！"他仔细看了看说："我怎么觉得不像萝卜。"吴博士说："我们亲自到集镇上买的萝卜籽，又亲手种下的，那还有错？"

后来，萝卜苗越长越高，越长越茂密，整个萝卜地一片绿油油的，十分喜人，但又让我们心中直打鼓，这是萝卜吗？难道是萝卜的新品种？为了验证到底是不是萝卜，我们拔起了一株想看个究竟。这一看不要紧，却把我们惊呆了，菜秧下部只有细根，没有萝卜。到了这时，才知道种下去的不是萝卜，我们上当了。既然不是萝卜，那么究竟是什么菜呢？我们不认识，只得请老梁过来帮忙鉴定一下。老梁过来一看，立刻说："这是雪里蕻。"吴博士听了哈哈大笑了起来，说道："我们种的萝卜竟然变成了雪里蕻，老天爷真会捉弄人呀！"老梁说："可能萝卜籽比雪里蕻籽贵，种子店的老板骗了你们。"很快，场部菜班种的萝卜变成了雪里蕻的事传遍了鲤鱼洲。由于雪里蕻大丰收，场部的人几乎顿顿吃雪里蕻，都吃腻味了，见了我们就问："你们菜地除了雪里蕻，还种了别的菜吗？"吴博士用幽默的口吻说："种了，种了，我们种了很多品种的菜，它们正在积极生长当中，不过，要长到能让大家吃的程度，尚需时日，请诸位耐心等待。我相信，诸位是不会白等的。"大家听了，只得一笑了之。

为了挽回影响，我们决定除了大路菜以外，再种些细菜。我们先后种了扁豆、西红柿和黄瓜。过了不久，场部的人吃上了我们种的扁豆和西红柿，大家很高兴，场部的领导见了吴博士竖起了大拇指说："不错，不错，能吃上你们种的扁豆和西红柿很高兴，希望你们再接再厉，夺取更大的胜利。"吴博士眉飞色舞地说："请领导放心，我们一定不会让你们失望的。用不了多久，你们就能吃上我们种的更多的细菜了。"吴博士说话为什么底气这样足？因为这时我们种的几畦黄瓜长势良好，枝繁叶茂，瓜蔓已经爬满了瓜架。渐渐的，每株黄瓜的叶腋处长出了花骨朵儿，含苞待放。为了取得好收成，我们不断地浇水、施肥，精心管理，小心侍弄，不敢有丝毫的松懈。十几天以后，瓜架上一朵朵黄花迎风开放了，一走进黄瓜地，呈现在我们面前的是一片黄色的世界。吴博士高兴地说："每朵花就是一根黄瓜，这么多花将要结出多少根黄瓜呀！"

我们满怀信心地期待着黄瓜的大丰收，想象大家吃到我们种出的黄瓜时的那种高兴的情景。然而，我们想错了。我们眼睁睁地看着黄花一朵一朵地谢了，竟然没有结出一根黄瓜。老天爷再次捉弄了我们！吴博士气得哇哇大叫："这到底怎么啦！我们做错了什么？"我们请来了老梁，想让他看看，问题究竟出在什么地方。老梁在黄瓜地里转悠了半天，然后说："我觉得可能是你们浇水太勤，施肥太多，造成了黄瓜疯长，花开得很多，但就是不结瓜。这只是我个人不成熟的想法，仅供参考。"吴博士听了，半信半疑。后来，我们又去请教当地的菜农，这才找到了黄瓜绝收的真正原因。原来，黄瓜对农时有着严格的要求，我们种时晚了几天，所以造成了黄瓜只开花不结瓜的后果。幸好，我们种的几种大路菜都获得了丰收，基本上满足了场部伙房的需要。

场部是整个干校的指挥中心，设置了办公室、党支部、政宣组、广播室、人事组、行政组、财务组、通信组、招待所等机构，外加伙房和菜班。在每个机构中工作的人都很少，如政宣组只有三个人，财务组只有两个人，人事组、招待所只有一个人。所有机构加起来大约有十二三人左右，有些人原来与我很熟，例如，党支部书记就是原来留办的主任老麻；财务组组长原来是中文系语言教研室的老叶；伙房掌勺的就是原来留办的工人老张。那些原来不认识的人因为朝夕相见，很快就混熟了。我除了在菜班劳动外，有一段时间还兼政宣组成员，经常写一点小文章、小诗歌之类在广播室广播。有时正在劳动时，忽然听见广播里播送我写的诗歌或短文，心里总是美滋滋的。

当时，鲤鱼洲的治安情况不是太好，干校的水泵及别的农具经常被偷，有时连放在伙房里的粮食也被偷走了。因此，各连队及场部夜间都派人值班。吴博士和我经常值夜班，值了夜班以后，第二天就不用下地干活了。吴博士喜欢下围棋，他来干校时还带来了一副围棋。每次值夜班时，我们就下围棋。吴博士虽然喜欢下围棋，但水平并不高，和我差不多，我们两人可以说是棋逢对手，有时候他赢，有时候我赢。我们不在乎输赢，主要是为了消磨时间。每隔一小时，我们就一手拿着手电筒，一手拿着棍子到场部周围去巡逻。巡逻完了，再回到屋里下围棋。一个晚上巡逻五六次，天就亮了。

一九七一年的夏天格外炎热，每天晚上大家热得睡不着觉，都到外边来乘凉。场部办公区和宿舍区的前面是一条四车道的大马路，直通大堤。这条马路是去年修的，几乎干校所有的人都参加过修路的劳动。马路的底层是铺的碎石，碎石上铺了一层沙土，沙土夯实后再浇灌水泥，等级是相当高的。现在，这条马路成了夏夜乘凉的最好去处。大家三三两两地坐在马路边，一边乘凉一边聊天，互相交换着各自听来的信息。大家敏锐地感觉到，今年的夏天似乎与去年不大相同。去年这时正是农忙季节，白天投入了紧张的劳动，晚上还要开批判会，哪有时间乘凉？今年为何不那么紧张了？财务组的老叶因为工作的关系，经常与场部领导联系，因此知道的内部消息最多。老叶说："最近发生了一些异常的情况，大家注意到没有？"大家问："什么情况？"老叶说："场部的几位军宣队领导你们最近见着了吗？"大家说："没有。"老叶说："他们回北京开会去了。肯定有重要的事，不然为什么几位领导全走了？"大家说："对呀！"老叶又说："最近得到通知，鲤鱼洲所有的基建工程一律停止。场部的办公用房和宿舍全是茅草屋，原本计划今年建砖瓦房，材料都运来了一部分，突然决定不建了。这是为什么？"大家说："难道干校要搬家？"老叶说："很有可能。"种种迹象表明，鲤鱼洲将有重大的变化。

## 七、撤干校回到北京

过了不久，去北京开会的几位军宣队领导回来了，和他们一起来的还有一位重要人物，那就是迟群。大家一见迟群来了，就知道将会有关乎自己命运的重大事情发生。果然，第二天，场部召开全体大会，迟群在会上宣布："领导决定，撤销鲤鱼洲五七干校，所有人员都回北京。"他的话刚一出口，立刻引起了一阵骚动，大家不敢相信自己的耳朵，以为听错了，都互相询问："他说什么？他说什么？"当在别人那里得到证实，迟群的确说的是要撤销鲤鱼洲五七干校回北京时，高兴得几乎要跳了起来。在鲤鱼洲的苦日子终于熬出头了，大家想欢呼，想雀跃，但是都忍住了，谁也不敢，只能在心里暗自高兴。人们交头接耳，窃窃私语，会场上一片混乱。大会主持人大声喊叫："请安静！请安静！"会场这才慢慢静了下来。迟群扫了大家一眼，很不高兴地说："我的话刚一出口，你们就在下面瞎起哄，这让我非常失望。不要以为你们在鲤鱼洲受了多大的苦，立了多大的功。你们刚到鲤鱼洲时，每天就是捡捡柴火，搬搬东西，没有干什么正经事。可是，你们每人每天捡的那点柴火，还不够烧开一壶水；后来，你们种粮食，可是你们种的那点粮食，亩产还不到四百斤，远远不够偿还国家投进去的钱。你们是不是觉得自己已经改造好了，可以回北京去享福了？如果这样想，那就大错特错了，要把自己改造成一个合格的革命者，还有很长的路要走。有些人可能认为，把你们下放到鲤鱼洲来是个错误，我迟某人这次来鲤鱼洲是为了纠错的。我可以郑重地告诉这些人，以前让你们离开北京到鲤鱼洲来是正确的，今天让你们离开鲤鱼洲回北京也是正确的。撤离鲤鱼洲是革命的需要，是战略的转移，不存在错不错的问题。"迟群把大家训了一顿后，才又接着刚才的话题说：

“这次撤离必须有序地分期分批进行，大家都要听从场部领导的指挥。今年春季鲤鱼洲分校招收的一百多名工农兵学员也将跟大家一起回到北京，他们将在总校继续学习。我们准备在北京大兴县的天堂河筹建新的五七干校（事实上，大兴县的五七干校一直没有建立起来，迟群等于说了一句空话），你们谁去新的干校，等回到北京以后再定。”有趣的是，一九六九年十月迟群动员我们来鲤鱼洲时，要我们克服临时观点，作好长期在鲤鱼洲扎根的思想准备。今天又动员我们离开鲤鱼洲，说是革命的需要，战略的转移，这不是自打嘴巴吗？撤销鲤鱼洲五七干校的具体原因，迟群没有说，大家不敢问，也不想问。据老叶分析，撤销鲤鱼洲五七干校可能有几个原因，第一是鲤鱼洲离北京太远，不便于领导。第二是总校招收了大批工农兵学员，急需教师。第三是鲤鱼洲有血吸虫病，对大家的身体健康威胁很大。

很快，老弱病残作为第一批撤离人员启程回北京了。后来场部通知，准备组织大家分批去井冈山革命根据地参观，不想去的，可以先回北京。老麻是负责撤离鲤鱼洲领导班子的成员，他有一天问我：“场部组织大家去井冈山参观，机会难得呀，难道你不想去吗？”我说：“我爱人生病，我想早点回到北京，井冈山以后还有机会去。”老麻见我归心似箭的样子，便说：“好吧，我尽量争取让你早一天回北京。”过了几天，他告诉我：“后天有一列运送物资的货车要启程回北京，需要几个押运员，我推荐了你。你准备一下吧，明天就要到南昌火车站去，晚上就住在火车上。不过，押运货物很辛苦，你受得了吗？”我说：“我在鲤鱼洲什么苦没吃过？押运货物会有多苦？不在话下。”老麻说：“既然这样，那就这么定了。”第二天清早，我背起行李正准备到鲤鱼洲汽车站与其他押运员会合时，老麻突然急匆匆赶来说：“情况有了变化，押运员全部换成了熟悉物资情况的后勤人员了。你还是等跟大家一起坐专列走吧！”我失望地放下了行李，一屁股坐到了床上。看来，要回北京，还须耐心等待。到了九月下旬，我终于随着第二批撤离人员登上了回北京的专列。当列车缓缓驶离南昌往北京开行时，我心潮澎湃，热血沸腾。车窗外的不同景物渐次退去，列车离南昌越来越远了。我闭上了眼睛，在鲤鱼洲战天斗地的情景一幕一幕地呈现在我的脑海里，挥之不去。昨晚，我向老叶告别，他因为工作的关系得最后一批撤离。我们聊了很久，直到深夜。他讲了一句话："只有离开了鲤鱼洲，你才知道它在你心中的分量。"我当时很不理解，后来我理解了。是的，鲤鱼洲的一切，成了我永恒的记忆，成了我生命中的一部分。丰富的经历，艰苦的生活，繁重的劳动，以及所有在鲤鱼洲的遭遇，都成了我一生中的宝贵财富。在以后的日子里，每当我遇到了困难时，我立刻就会想，连鲤鱼洲我都挺过来了，这点困难算什么？于是，我立刻会勇气百倍地迎难而上，去夺取胜利。

## 八、重返回教学一线

回到北京以后，所有人都重新分配工作。我本来已经正式调到了留办，这次我又回到了中文系。中文系分配我去写作教研室。当时中苏关系非常紧张，两国之间的战争有一触即发之势。中央号召全国人民加强战备，"深挖洞，广积粮"，以防备敌人突然袭击。我们一回到北京就立即投入了在校园挖防空洞的劳动，十分紧张，有时还要挑灯夜战。我感觉到了一些异乎寻常的迹象，好像中央发生了什么大事。群众纷纷猜测，小道消息满天飞。

写作教研室的老陈，平时与我关系很好，我们两人也谈得来。老陈交游甚广，消息灵通，他好像已经知道了中央发生的大事。有一天，他神秘地对我说："我已经知道最近发生什么大事了，你想不想知道？"我赶紧问："发生什么大事了？"他又卖关子说："我不能告诉你。"我故意骗他："你不说就算了，我早就知道了。"其实我什么也不知道。他说："你也知道？我不信。"我说："信不信由你。"他说："这样吧，我们把知道的事写在手掌上，然后当面打开看，看我们写的是不是一样。"我说："行。"于是，我们就学着《三国演义》中周瑜和诸葛亮在"赤壁之战"前密谋用火烧曹操战船时的做法，各自在手掌内写上一个字，然后凑到一起，将手掌同时打开。我见老陈手掌上写的是一个"林"字，老陈见我手掌上写的却是一个"火"字，于是大呼上当，我却得意地大笑起来。当时小道消息盛传中央某个大人物出了问题，但就是不知道这个大人物是谁。老陈手内写的"林"字，让我知道了这个大人物就是林彪，这使我十分惊异。后来经过层层传达，我才知道了事情的真相。原来林彪想谋害毛主席，抢班夺权，阴谋败露后，九月十三日企图乘飞机叛逃到苏联去，结果飞机坠落在蒙古国的温都尔汗，机毁人亡。如果林彪成功地逃到了苏联，中苏之间发生一场战争就不可避免了，真是好险呀！难怪我们刚从鲤鱼洲回来就立即投入了"深挖洞"的战备劳动。"林彪事件"以后，全国的政治形势发生了一些的变化，对"刘邓走资派"的批判斗争逐渐转变成了对林彪反革命集团的批判斗争，大批受林彪迫害的老干部得到了解放，有不少又重新走上了领导岗位，整个政治空气宽松多了。但是，因为"四人帮"继续掌权，阶级斗争的弦仍然绷得很紧，极"左"思潮仍然禁锢着人们的思想。

我所在的写作教研室负责教工农兵学员的写作课，上课很少。我被分配担任一个班的班主任，负责三十多个工农兵学员的思想工作和业务学习，但不能叫班主任，而是叫"下班教师"，工农兵学员们也不叫我“赵老师”，而是叫我“老赵”。他们叫别的老师都这样叫，如叫王力为“老王”，叫魏建功为“老魏”。我负责的这个班的工农兵学员一大半是由军队来的，还有几个是从工厂来的，大部分连初中还没有上完，只有个别是高中生，其水平可想而知。

我每次到学员中去，都与他们聊天，问他们学习中有什么困难。他们也问我一些问题，都是非常低级的问题。但也有个别学员水平比较高，提出的问题都有一定的难度。例如有一个从解放军部队来的学员，具有高中文化水平，非常好学，而且很聪明，读了不少书。他不是我这个班的，但却跟我们班的学员住在一个房间。我每次去时，他总是向我提问题。有一次，他拿着一本《虞初新志》，问我“虞初”是什么意思，几乎将我问倒，不仅使我大为惊异，而且让我对他刮目相看。我便告诉他：“‘虞初’是西汉的一位作家，因他写了一本《虞初周说》的笔记小说，后来‘虞初’就成了笔记小说的代称。”有一次，他拿出来的竟然是一本《资治通鉴》，指着一段文字中的“汤”字问我是什么意思。我拿过来一看，原来是唐玄宗给安禄山手诏里的话：“朕新为卿作 汤，十月于华清宫待卿。”便告诉他，这里的“汤”不是菜汤或肉汤，而是温泉。很可惜，这个工农兵学员后来犯了男女关系方面的错误，被学校开除，遣送回原部队，又被部队开除了军籍。

一九七二年春，中文系组织工农兵学员到北京、天津各新闻单位实习，我和政工干部老杨以及现代文学教研室的老黄一起带领我负责的这个班的工农兵学员来到了新华社天津分社。新华分社在睦南道，是一栋用红围墙围起来的三层楼的洋房，围墙里种了很多花草树木，十分幽静。学员全部都住在三楼，我、老杨、老黄以及我们带来的一个炊事员住在一楼的一间客房里。我们带炊事员来，是为了不给分社添麻烦，准备自己开伙。

这次实习，主要是采取师傅带徒弟的方式，由新华分社的老记者一人带几个学员出去采访，然后回来写报道。我和老杨、老黄也跟着学员下去采访。老记者们教学员如何采访，如何整理材料，如何写报道。如果学员写的报道达到了要求，具有一定的质量，而且又符合需要，就可以由分社发给各报社，供各报社选用。被选上的报道，多数是经过删改后变成了二三十个字的简短新闻。即使这样，那些自己写的东西被采用了的学员也很兴奋，因为简短新闻后面都署有采访者的名字，见到自己的名字上了报纸当然高兴。有个学员跟着老记者去采访一家生产体育用品的工厂，他在老记者的指导下，根据工厂宣传科提供的书面材料写了一篇报道，约有七八百字，这篇报道未经过删改就直接登上了报纸，立刻在学员中引起了轰动，而那个写报道的学员也因此而欣喜若狂，像中了状元一样。

除了外出采访以外，我和老黄也给学员讲一点课，帮助他们提高语文知识。鉴于学员们写的东西里错别字太多，我就给他们讲汉字的形体结构和错别字辨析，学员们听了以后，觉得对他们帮助很大。一九九七年，我用这次讲课的材料及讲授提纲写了一本《错别字例释》，由商务印书馆国际有限公司出版了，后来又由商务印书馆出了二版、三版。

分社的一楼有一间阅览室，里面放了《马克思恩格斯文集》《列宁文集》《毛泽东选集》以及有关新闻采访写作的著作、各种报章杂志。此外，还有一台黑白电视机。学员们有空时可以在阅览室阅读报纸杂志，晚上还可以在阅览室看电视。不过，电视里没有什么好节目，基本上没有人看。除了阅览室，一楼还有一间图书室，终年铁将军把门。据说里面藏有很多图书，都是“毒草”，谁要是看了这些书，就会中毒。但是我好奇心很强，总想知道这间图书室里有些什么书，如有可能，借几本出来看看。于是我便去找分社的社长谈了我的想法。社长说：“赵老师，不是我薄你的面子，图书室里的书都是毒草，是不能借出来看的。”我和社长平时很谈得来，关系很好，禁不住我软磨硬泡，他竟然答应了我的要求。他打电话把图书资料管理员叫了来，对他说：“赵老师因为教学的需要，要进图书室查阅资料，他要借什么书，只要图书室有的，都可以借给他，也不用登记。这件事我就交给你了，注意，不要让别人知道。”看来社长对我是特别信任。管理员立刻领我到了图书室，然后把钥匙交给了我，对我说：“赵老师，我把钥匙交给您，您借完书以后，再把钥匙还给我。”说完就走了。大概管理员见自己的领导对我特别信任，便也对我大开方便之门了。

图书室大概有四十多平米，放了十来个书架，书架上摆满了古今中外的文艺作品，大概有上千册，特别是外国名家的小说有很多，我大都没有看过。于是我就从书架上选了三本，我记得好像是《红字》、《俊友》和《鲁滨孙漂流记》。我把选好的书用报纸包好，把书名写在一张纸条上，就轻轻走出图书室把门锁上。我找到了管理员，把钥匙和纸条交给他，并打开纸包让他检查。管理员说：“不用检查了，难道我还信不过您?”我说：“检查一下吧，这是必要的手续，请不要客气。”他这才拿着纸条核对了一下书名。就这样，我隔三差五就从图书室借出几本书。我们每天都很忙，要采访、整理材料和备课，只有晚上才有空闲。因此，每天晚上，都是我最愉快的时候，我躲在阅览室里读书，读得很晚很晚。我沉浸在书籍的海洋里，几乎忘记了一切。我仿佛走进了世界名著描绘的世界里，书中人物的各种遭遇深深地打动了我，我和他们一起高兴，一起悲哀，一起忧愁。我在资料室读书时，旁边都要放几本杂志，还有笔记本和笔。学员和同事看见了我，都以为我在备课或整理采访材料，不知道我竟然在偷偷阅读“毒草”。如果说我在天津的几个月里有不少收获的话，那么最大的收获就是，竟然在那个文化禁锢的日子里偷偷地阅读了很多世界名著。

一九七二年五月，我们离开了天津回到了北京，中文系其他几个下到各个实习点的老师和学员也都回来了。系里对此次实习进行了总结，军代表老朱在总结会上充分肯定了成绩，同时也对产生的问题进行了严厉地批评。后来，对几个犯了严重错误的学员进行了严肃处理。所有问题都发生在北京日报社这个点上，到这个点实习的工农兵学员里有不少女生，时间长了，男生与女生之间就有可能产生感情，这是正常的，但这个点的有些男生和女生却太出格了。据说，有一次晚上开会，在会议进行当中突然停电了，会场上一片漆黑，刹那间灯又突然亮了，主持会议的人发现有两对男生和女生正紧紧地搂在一起亲嘴。男的是两名解放军学员，女的是两名工人学员。他立即向正在这里检查工作的军代表老朱作了汇报，老朱立即下令对这四个学员进行调查。经过向老师和学员了解情况，找当事人个别谈话，结果证实他们在实习期间已经发生了不正当的男女关系。他们经常在深夜溜进报社的会议室乱搞，情节十分恶劣，造成了极坏的影响。

事情发生后，中文系领导中的多数人建议在小范围内进行处理，不要公开，以免对工农兵学员的形象造成负面影响，但遭到了老朱的坚决反对。老朱力排众议，主张必须公开地、严肃地处理。他在向学校领导作了汇报并得到了校领导同意后，决定将四名犯了错误的学员开除学籍。军代表老朱原是解放军某部的营级干部，人长得很帅，浓眉大眼，非常精神。他到北大后，与一般的军代表有些不同，他尊重知识，尊重教师，而对工农兵学员却十分严厉。通过对这件事的处理，他在中文系的威望大增。

北京的初夏有点燥热，连夹衣几乎都穿不住了。全国掀起了

“批林批孔”的高潮，工农兵学员除了上一点课以外，主要就是参加“批林批孔”。五月十二日晚上，学校在新建的图书馆前广场召开全校大会，军宣队领导将要在会上作报告，动员大家深入开展“批林批孔”运动。在会议开始前的几分钟，大喇叭突然响了起来：“赵克勤同志，你爱人要生小孩了，请你赶快回家！”参加会议的人都笑了起来。我听了大吃一惊，立刻请假回到家里，家里只剩从农村请来帮忙照看孩子的表妹和以文，慧玲已被其妹慧兰送进了友谊医院。我赶到友谊医院，慧玲已经进了产房，我只好在产房外焦急地等待。到了第二天黎明，听见一声“哇”的哭声，接着，护士出来问：“谁是房慧玲家属？”我赶紧说：“我是。”护士说：“恭喜你，你爱人生了一个大胖小子，母子平安。”我心里的一块石头终于落了地。后来慧玲告诉我，昨天下午，慧兰来看她，发现她羊水已破了，便立刻将其送进了医院，并给学校打了电话，没有想到学校竟然用大喇叭通知我，让我成了全校的新闻人物。这次以哲得以顺利出生，还得感谢慧兰，如果不是她及时把慧玲送进医院，后果不堪设想。因为产妇羊水破了是非常危险的，子宫里的胎儿没有了羊水，就会因缺氧而窒息死亡，即使能活着生出来，也会是个傻子。

一九七二年暑假以后，停止了多年的留学生招收工作又恢复了，工作陷入停顿的留学生办公室又开始忙起来了。这次入学的有法国、加拿大、瑞典、丹麦、奥地利、澳大利亚等国的留学生，其中有一些已经通过了汉语关而直接进入专业学习。但是，即使这些人，其管理工作仍然由留办负责。因此，留办需要教师和管理人员，原来在留办工作的教师和干部，有不少人又陆续回去了。这时，留办的领导动员几位已回到中文系的教师回去，其中也包括我，因为他们缺少有经验的教师。我经过认真考虑，决定回到留办，因为在中文系做工农兵学员“下班教师”的工作实在没有意思。

我一到留办，就得到了特殊照顾。由于以文已转学至北大附小上学，只能住在北大，留办领导就在二十五楼分配给我一个单间，让以文和我住在一起。我们平时住在北大，星期六才回到恭俭胡同的家。当时留办最紧迫的任务就是编一套汉语教材，全体教师都投入了这项工作。经过几个月的努力，汉语教材的初稿已经编出，需要进一步审定加工，我被选入审定小组，担任教材的加工工作。不久，北大自己编写的汉语教材终于印出来了。以前，我们教留学生都是用北京语言学院编的教材，现在，我们可以用自己编的教材上课了。

一九七二年末，通过换房，我举家迁至蓝旗营。这里是半农村地区，也就是现在所谓的"城中村"。几十户居民只有一个自来水龙头，洗衣洗菜和打水，都得排队。没有下水道，又没有清洁工，各家的脏水任意倒，垃圾随便扔。居民素质都很差，经常吵架骂街，稍不如意，就恶语相对。几乎家家都养鸡养鸭，有的家里还养猪、养牛。这里的居住环境简直糟糕透了，污水横流，垃圾遍地，臭气熏天。要不是因为离学校很近，我是不会住这种地方的。

一九七三年九月，我被派去教历史系一个近代史进修班的古代汉语，于是，我又重操旧业，跟"之乎者也"打交道了。这个班的学员全部是各工厂派来的青年干部，班里也有五六个选修中国历史专业的留学生。当时没有教材，我就从"文革"前王力主编的《古代汉语》中选了一些内容编成了一本简易教材，油印后发给大家。学员们以前基本上没有学过古代汉语，因此上我的课非常认真，也很感兴趣。随班听课的留学生听得很吃力，但都很努力。我经常到学员和留学生的宿舍去辅导，解答他们提出的问题，因此和他们相处得不错。

## 九、离北大奔新征程

一九七四年下半年，我萌生了离开北大的想法，起因是慧玲的调动问题。我们从恭俭胡同搬到蓝旗营以后，我倒是离学校近了，但慧玲却离单位远了，上下班很不方便。留办领导知道这个情况后，同意把慧玲从化工三厂调到北大来，但一直调不来。到了一九七五年上半年，我听说商务印书馆准备修订《辞源》，急需专业人才，就想调到商务印书馆去。正好慧玲妹夫曹奇辰的堂兄认识商务印书馆的一位领导，就向这位领导推荐了我。很快，商务印书馆就和我联系上了，表示非常欢迎我去商务印书馆。我立刻写了请调报告，商务印书馆也向北大发了商调函。但是，留办不放我走，无论怎么说也不同意。我说："我有两个孩子，爱人又调不过来，我有困难，不走实在不行呀！"留办新来的主任老王也很同情我，但也毫无办法，他说："你爱人调来的事，我们再想想办法，你先忍一忍吧。如果经过努力以后还调不来，我就同意让你走。"请调之事就此搁置了下来。

转眼到了一九七六年，这一年是多灾多难的一年。一月八日，周总理逝世；七月六日，朱德委员长逝世；七月二十八日，唐山发生大地震；九月九日，毛主席逝世。在所有这些灾难中，毛主席的逝世给中国人民带来的震动最大、影响最深。我记得那是九月九日的下午，学校的大喇叭里突然播起了哀乐，一遍又一遍，使整个学校的气氛变得格外凄凉。大家就觉得情况不妙，心情顿时紧张了起来。果然，播完了哀乐以后，大喇叭里就播出了中共中央、国务院、人大常委会关于毛主席逝世的讣告。喧闹的北大校园立刻变得寂静无声，全校师生来不及集合，只能就地聆听。人人表情严肃，默默不语。有的人在流泪，有的人在抽泣，也有人号啕大哭。我当时正走到了马路边的一棵大树旁，听见了播音员念讣告时的悲怆而低沉的声音，我的心立刻迅速下沉。我突然感到，一个漫长的时代随着毛主席的逝世而结束了！随之而来的日子会是什么样的呢？我不敢想。因为“四人帮”还在台上，我们自己的命运不能由自己掌握呀！

正常的教学被毛主席的逝世打乱了，学校组织了各种各样的悼念活动，人们都戴着黑箍，表情严肃，互相见了面也不说话，大家都沉浸在巨大的悲痛里。不过，以北大为据点的“四人帮”的喉舌“梁效”似乎更忙了。“梁效”是“四人帮”物色北大和清华两校的黑笔杆组成的一个写作班子，是“四人帮”最得力的舆论工具，因为其成员由北大、清华两校的人员组成，所以就用“两校”的谐音“梁效”作为笔名。北大文科各系有不少教师被“四人帮”拉了进去。“梁效”的办公地点在北大最北边，就是六十年代初我们编写《古代汉语》教材时住过的专家招待所。在毛主席逝世后的一段日子里，经常有小汽车从北大南门开进来，朝专家招待所的方向疾驰而去，这意味着有重要人物造访“梁效”写作组。据消息灵通人士老陈向我吐露，这一段时间，的确有不少头面人物到过“梁效”写作组，来的都是中央掌管宣传部门的头头，以及“中央文革小组”的领导，有时江青也来。老陈说，可能“梁效”正在策划写什么大文章，为“四人帮”的某个重大行动制造舆论。

过完国庆节，气氛好像有些紧张，大有山雨欲来风满楼之势。人们敏锐地感到，将有什么大事发生。有一天，突然有几辆带篷的军用大卡车从北大南校门开了进来，一直向专家招待所驶去。接着传出消息说，“梁效”被抄了，所有的文件和材料都被拉走了，在“梁效”工作的人员也都被带走了。人们议论纷纷，有人说，“梁效”搬到新地址办公了；有人说，“梁效”被忠于毛主席革命路线的解放军某部砸烂了。过了几天，意外的喜讯从天而降，大喇叭里突然播出了“四人帮”被粉碎的重大新闻，整个北大顿时沸腾了，人们欢喜若狂，纷纷走出教室、宿舍，来到经常开大会的东操场，自发地搞起了庆祝活动。有的敲锣打鼓，有的燃放鞭炮，就像欢庆重大节日一样。人们被压抑得太久了，正好借着这个天大的喜讯尽情地把胸中的郁闷释放出来。第二天，北京市组织全市大游行，庆祝党中央一举粉碎“四人帮”的伟大胜利。北大师生组成了浩浩荡荡的游行队伍，从北大一直走到天安门广场，游完行以后，又从天安门广场走回学校。我也参加了这次游行，回到学校以后虽然很累，但却非常兴奋。留学生也很关心“四人帮”被粉碎的事，也积极参加了各种庆祝活动。

不久，我调离北大的事又提到日程上来了，因为《辞源》的修订工作已正式开始，商务印书馆在征求了我的意见后，再次向北大发了商调函。我也一次又一次找留办领导谈调动的事，并再一次递交了请调报告。留办的王主任对我有过承诺，答应帮我把爱人调来北大，如果调不来，就同意放我走。现在，我爱人的调动问题依然解决不了，他最后只得同意让我走。后来商务印书馆发来了正式调函，通知我到商务印书馆人事处报到。在我办理调离北大的手续期间，通过换房站把房子换到了离商务印书馆很近的鼓楼大街草厂胡同。搬家时，我在历史系教古代汉语课的近代史进修班的学员们在老蔡的带领下来帮忙，我家的全部家当连一辆卡车还未装满。有一个学员十分感慨地说：“没有想到赵老师家里的东西竟然这么少，还没有我家里多呢！”

我调动的事惊动了中文系的老郭，他急急忙忙来找我说：“你干吗要走呀，到中文系来吧！我们古汉语组正缺人呢。”我说：“商务印书馆已经发了正式调函，我不能反悔呀！”老郭反复劝我，见我去意已决，就不好再说什么了。最后他说："你什么时候想来中文系，我们随时欢迎，古汉语组的位子永远给你留着。"他的话说得我心里暖洋洋的，让我深受感动。我到北大人事处去办理调离手续时，负责给我办手续的老汪同志与我很熟，在鲤鱼洲干校时我们就一起在场部待过，那时我在菜班，她在人事组。她劝我说："老赵，别走了，现在'四人帮'都倒台了，你干吗还走呀？"我说："商务印书馆已发来了调令，我不能失信于人。再说，我的家已经搬到城里去了，不走也不行了。"

我从一九五九年进入北大，到一九七六年离开，整整待了十七年。在这漫长的岁月里，我从一个刚走出校门的毛头小伙子，经过摔打、锤炼，战胜了一个个挫折，渐渐走向成熟。我有过失败的痛苦，也有过成功的快乐。我虽然对北大有感情，但我并不留念。我刚过不惑之年，后面还有漫长的路要走，我愿意到另一个新的领域里闯荡一番，闯出一个新世界。我渴望重新经过奋斗来实现我的人生价值和理想，找到我在社会上应有的位置。我将以十倍的努力、百倍的信心去迎接更大的挑战！

# 第八章 再展宏图

## 一、履新职修订《辞源》

一九七六年十一月，我调入商务印书馆，完成了我人生的重大转折。很多朋友和北大的同事不怎么看好我这次调动，认为我是走了一着险棋，但事实证明我的选择是正确的。

坐落在王府井大街的商务印书馆是中国近代最早成立的出版社，也是中国最有名的出版社。我一进到这里，立刻有耳目一新的感觉。这里图书资料很丰富，学术空气很浓，同事之间相处和睦，没有钩心斗角的现象。领导的作风民主，待人和气而诚恳，但在工作上对大家要求却很严格。在工作中，老编辑对年轻编辑都很关心，并乐于进行帮助。年轻编辑遇到了问题或对稿件有疑问，也都可以和老编辑或项目领导人进行自由的讨论。商务印书馆的领导尊重知识，尊重人才，凡是被他们看好的人，都大胆使用，破格提拔，让他们放手去干，不设条条框框。因此，在商务印书馆这种宽松的环境中工作，心情是愉快的，也极有利于自己学识的增长和工作能力的提高。

我调入商务印书馆以后，立即投入了第二版《辞源》的修订工作。商务印书馆出版于一九一五年的《辞源》原是一部百科性辞典，一九七五年国务院在广州召开了辞书工作会议，会议决定，修订《辞海》与修订《辞源》同时进行，并且提出明确分工：《辞源》修订成一部以语词为主的古汉语词典，《辞海》修订成一部百科辞典。这样一来，这次修订《辞源》的任务就相当繁重，而且，难度很大，等于是重新编撰。修订工作从一九七五年下半年开始，当时人员匮乏，知识分子有的在干校接受改造，有的靠边站。于是决定在广东、广西、湖南、河南四省区成立修订组，与商务印书馆编辑部共同修订。商务印书馆提供原始稿及修订方案、引书体例，只参加审稿和定稿，不参加初稿的编写。一开始各省区参加的人员以工人、军人为主，也有一些大学教师和出版社编辑，是一支三结合的队伍，仓促上阵，毫无经验，修订质量可想而知。初稿写得乱七八糟，知识分子还不敢发表意见，怕说了会被扣帽子。

一九七六年我到商务印书馆参加修订工作时，虽然“四人帮”已经打倒了，情况稍微好一些，但工作状况没有根本改变，极“左”思潮仍然禁锢着人们的思想。我和另外几个同志当时代表商务印书馆去四省巡视，所谓“巡视”就是跟修订者座谈，抽看初稿，了解修订情况。我们发现四省区修订组问题很多，有不少笑话。例如，《辞源》的收词本来以一八四〇年鸦片战争时期为年限，但湖南却通不过，认为毛泽东和杨开慧应该收入《辞源》，讲理也讲不通。还有人提出，应该将成语“寡不敌众”改成“寡能敌众”，因为，“寡不敌众”违背毛泽东思想，解放战争中就有很多以少胜多的战例。在河南时，发现有个参加《辞源》修订工作的工人是个小姑娘，大约只有十八九岁。我就问她：“你是怎样参加《辞源》修订的？”她说：“我的经验就是首先必须看懂书证。”我问：“你是怎样看懂书证的？”她说：“我在案头常放一本《新华字典》，只要有看不懂的地方就查《新华字典》。”靠查《新华字典》来修订《辞源》，这不是太荒唐了吗？我们在广西参加一个修订组的座谈会，他们说，修订组是一个三结合的队伍，民主气氛很浓，凡是有争论不休的问题，最后就由军代表来决定，军代表说了算。但是，这个军代表的水平也不高，连很多常见的古籍都不知道。我们再抽看各修订组做的初稿，发现问题很多，有很多错误是常识性问题。我们将这些情况反馈上去，当时就研究怎么办。商务印书馆请示上级领导，领导最后下决心从这四个省区抽调高校教师、专家入京，集中在商务印书馆定稿，大概有十几个人，住在商务印书馆的五楼，每月补助一些生活费。我记得，广西有顾绍柏、万利华、盛九畴；广东有谢拼、刘日波、黎敏子；湖南有刘晴波、张应德、胡昭镕；河南有刘义质、王鸿芦、张桁。后来，又从四省区以外的江西借调来了一位舒宝璋。

将定稿专家集中起来以后，就硬性规定四省区的稿子全部集中到商务印书馆，原来写初稿的那些人就解散了，这是一个保证《辞源》能顺利进行修订的重要措施。四省区的专家与《辞源》的编辑联合组成了一个审稿班子，分成若干小组，共同进行初审和二审。我们审过的稿子，再交给吴泽炎、黄秋耘、刘叶秋三位主编终审。我们每天埋头审稿、认真推敲释义、核对书证，发现疑问就查书，穷追不舍。大家兢兢业业、扎实认真，遇到问题还要开会讨论，非常艰难，非常辛苦。不过，就我个人来说，参加《辞源》的修订工作，对于自己学识的增长和工作能力的提高极为有利。我过去是搞教学的，与《辞源》的修订工作相比有很大的不同，《辞源》修订工作需要的知识比较广，比较杂，同时还要有广博的文献、目录知识，熟悉各种工具书的情况。因此，参加《辞源》修订工作，一方面是过去学到的知识的实际运用，另一方面也等于是一次补课。

一九七九年七月，《辞源》(修订本) 第一册正式出版发行。九月二十七日，商务印书馆在国际俱乐部召开了《辞源》(修订本) 第一册出版座谈会，应邀出席座谈会的专家学者对它给予了极高的评价。随后，第二册、第三册、第四册相继于一九八〇年、一九八一年和一九八三年问世。《辞源》(修订本) 全书的出版，受到了社会和读者的热烈欢迎，学术界反应也很强烈。

## 二、当主任开拓创新

一九八四年四月，我被任命为汉语工具书编辑室主任。三月下旬，我正准备到外地出差，临出发那天的上午，林尔蔚总经理突然找我谈话。他说："经过馆委会研究决定，想让你担任汉语工具书编辑室主任，希望你做好思想准备，勇挑重担。"我当时毫无思想准备，并且深知汉语工具书编辑室在商务印书馆的重要地位，作为编辑室的主任责任重大，我害怕担当不起，就立即说："不行！不行！我当不了主任，请领导考虑别人吧！"因为着急赶火车，就匆匆忙忙走了。半月以后我出差回来，刚一进办公室，同事就告诉我："你已经被任命为汉语工具书编辑室主任，是林总在你走后第二天在全馆大会上宣布的。"过了一会儿，已经被任命为副主任的王维新同志来找我商量工作，我只好坐上了主任的"宝座"。按照商务印书馆提拔干部的惯常作法，一般都是先任命为副职，过一两年后再转为正职。但这次却直接将我任命为主任，说明馆领导对我的信任。老王在汉语编辑室工作的时间不长，很快就调到总编室去当主任了，很长一段时间都是我一个人单干。大概两年以后，馆领导才任命张万起为副主任，给我减轻了负担；又过了几年，馆领导又任命李达仁为副主任，汉语工具书编辑室终于有了一个三驾马车式的领导集体。

后来我想，既然要我来当这个主任，我就得把它当好，做出成绩，绝不能辜负组织上对我的信任。我上任以后，首先是在全馆安排下抓了“七年规划”的制订和落实的工作。在制订规划前，学习了商务印书馆的出书方针，并对汉语工具书编辑室过去的出书情况及社会需要做了一些调查，明确了汉语工具书编辑室是以出版语文工具书为主，以出版学术著作和其他读物为辅。在制订规划时，遵循了三个原则：一是巩固已有成果，二是补缺，三是配套。“七年规划”突出了工具书部分，拟定的项目，也体现了上述三个原则。为了贯彻第一个原则，规划中安排了原有字辞典的修订；为了贯彻第二个原则，规划中增补了大量新的项目，如《古代汉语词典》《新词语词典》《古今汉语词典》《应用汉语词典》《图解词典》《小学生字典》《异体字字典》《简明汉语义类词典》《古代名言隽语词典》《隐语词典》《俗语词典》《惯用语词典》《歇后语词典》等；为了贯彻第三个原则，规划中安排了大、中、小配套，初步形成了以《辞源》《现代汉语词典》《新华字典》《新华词典》《古汉语常用字字典》《汉语成语小词典》为中心的六大系列，也是汉语工具书编辑室的六大骨干工程。学术著作方面也有三个原则：一是各学派一视同仁；二是以提高为主，兼顾普及；三是发现和培养中青年作者。本着这三个原则，规划里也列入了不少新的选题。

规划制订了就得落实。我们将规划里的所有项目都落实到人，每个编辑负责几个项目，做到责任明确。编辑对每个项目的读者对象、编写方针、内容特点等都做到了心中有数。然后大家纷纷走出去，物色水平高的、能胜任的编作者。大家联系好编作者以后，对编作者寄来的“设想”进行认真研究，并且迅速拍板敲定。经过全编辑室同志的艰苦努力，规划里的项目大多数得到了落实，而且陆续上马。汉语工具书编辑室的工作初步打开了局面。

我们在落实规划时也遇到过很多困难，但在困难面前没有退缩。例如《古代汉语词典》由于种种原因就差一点泡汤了。首先是在选题会上馆里的领导层里有人反对上这个项目，而且很激烈，他们认为商务印书馆有《辞源》就够了，根本就不需要再编《古代汉语词典》，后来由于林总的支持，选题会才通过了这个选题。其次，物色《古代汉语词典》的编者遇到了困难，因为这部词典编写难度大，周期长，没有人愿意承担这个任务。林总在很多会上呼吁，希望有人来承担这个任务，但没有人响应。后来，我们了解到中国人民大学中文系古代汉语教研室师资力量雄厚，就去跟他们座谈，动员他们接受这个任务，经过我们的工作，他们终于答应了。商务印书馆的张万起、张华杰和我与人民大学的同志共同组成了《古代汉语词典》编写组，于一九八五年开始上马，历时五年完成初稿。一九九二年对初稿加工修改时发现在收词、立项、释义、举证等方面存在大量问题，特别是有些词条照抄《辞源》，情况严重，便要求有关的编者修改，稿件反复多次，仍然达不到要求。后来由于编辑室工作繁忙，人民大学的同志教学紧张，《古代汉语词典》的稿子就搁置了起来，一搁就是好几年。一九九四年我和老张花大力气重新对稿子进行了加工整理，在主编陈复华、楚永安的共同努力下，使其达到了出版水平，终于在一九九八年十二月出版。《古代汉语词典》是补缺之作，问世以后取得了很好的社会效益和经济效益。

规划中还有些项目由于各种原因未能完成。例如《图解词典》《小学生字典》就因为没有找到合适的编写者而中途夭折。还有一部《黑话词典》(规划中叫《隐语词典》)，由于某种特殊原因而被迫下马。《黑话词典》的编者是黑龙江省某高校中文系一位姓高的讲师，他花了好几年的功夫收集了很多黑话，这些黑话都是过去土匪、小偷、妓女、帮会分子、地痞流氓、走私分子说的隐语。老高为了收集这些黑话，跑了东北很多地方，偷偷访问了很多人，有些人不愿意说，老高就偷偷塞给他们钱，这些人见了钱，就把黑话告诉了他。黑话能卖钱的消息很快传开了，很多人都来找老高卖黑话。因此，老高很快收集到很多黑话，而且都是第一手材料。他因为热衷于收集黑话，把所有的积蓄都花光了，还耽误了很多教学工作。学校说他不务正业，不给他涨工资，不给他晋升职称，因此，他都快到退休年龄了，还只是一个讲师，但他不在乎。他因为精通黑话，在当地成了一个小有名气的黑话专家，连公安局破案也来找他帮忙。有一次，他在公共汽车上碰到了一个小偷，小偷刚把手伸进他的口袋，他就说了一句小偷行的黑话，这句黑话的意思是你已经被发现了。小偷立即把手缩了回来，向他打躬作揖说："这位老大，在下今天有眼不识金镶玉，多有得罪。"就溜下车去了。老高认为如果将这些黑话编成一部词典，一定很有价值，便到商务印书馆来与我们联系。我们也觉得老高的想法很有意思，便将这个项目列入了规划。老高找了自己所在学院中文系的几位老师帮他编词典。为了让他早日编出来，我们还预支给他两千元稿费。一年多以后，在词典快要完稿时，老高突然得了重病，卧床不起，生命垂危。他把自己的儿子叫到床前，对他说："儿呀，我快不行了。我死了以后，你一定要抱着《黑话词典》的稿子到北京去商务印书馆找赵叔叔，亲自把稿子交给他，这可是我一生的心血呀！"后来，老高经过治疗，又奇迹般地好了。于是，在他的努力下，终于把《黑话词典》编成了。但怎样将词典送到商务印书馆成了问题。老高不敢邮寄，怕丢失；他想自己送来，家人又不让，怕黑社会的人知道了来找麻烦，危及老高的生命。老高便求助于学校，学校就派了两名膀大腰圆的安保人员给老高当保镖，由老高亲自将词典书稿送来了。后来，上级部门知道了商务印书馆要出版《黑话词典》，就立即叫停了。上级部门认为，出版《黑话词典》会在社会上造成不好的影响，也可能会带来一些麻烦。关于这个问题，我们确实没有想到。

当主任很忙很累，每天要考虑很多编辑室全局的事，要审很多稿子，要批复编辑给读者的回信，有时候还要处理一些琐事，如评奖金、同事之间的矛盾等，最麻烦的莫过于对付那些死缠烂打的投稿者。商务印书馆是著名的出版社，又是中央出版社，因此很多人都想在这里出书。有些投稿者不经过正常渠道，直接就到编辑室来找我，我要花很多时间来应付这些人。这些送上门来的稿件，几乎全部不合要求。有些投稿者比较好说话，跟他说明商务印书馆对来稿的要求，或指明他稿子的问题后，就知趣地走了。有些投稿者则很难对付，他跟你死缠烂打，不厌其烦地讲他的稿子如何如何有水平，根本不听你讲道理。他们一待就是几个小时，弄得你没法工作。后来，我想出了一个办法来对付这些人。每当这些人来死缠烂打时，我就悄悄告诉秘书，让她五分钟后给我打电话，通知我开会。这一招很灵，每当这些人胡搅蛮缠时，电话铃突然响了，我接完电话就说："你看，通知我开会，我不能陪你了，以后再谈吧！"这些人只好离开了。当然，这只是不得已而为之，我们对于那些正常的来访者，还是热情接待的。

编辑室是清水衙门，在这里工作成不了贪污犯，但如果不注意也会犯错误，因为有些人为了出书会向你送礼。我就很多次碰到送礼的事，有的送高档烟，有的送名牌酒，有的送人参，有的送火腿。每当碰到送礼的事，我都做得很干脆，一律拒收。只有一次例外，那就是那位《黑话词典》的编者老高送来的礼我收下了。老高来商谈词典的事，带来了一大桶豆油送给我。我对他说："高老师，我们这里不许接受礼物，你拿回去吧！"老高一听就急了："赵主任，我这么大年纪从东北背来了这桶油，就是表达我的一点心意，你难道还让我再背回去？"我想了一下，说："你既然这么说，我就收下了，但我不能白要，必须按市场价付钱，这是规矩。如果你不同意，那就请你把油背回去。"他一听这样说，只好同意了。于是，我就出钱把这桶油买下了。

《现代汉语词典》是商务印书馆的最重要的产品，从馆里到编辑室都很重视。我当主任期间，赶上了《现代汉语词典》第三版的修订，我主持了修订本的编辑工作，参与了从审阅清样到最后出书的全过程。我在审阅清样的过程中，发现了原稿的一些问题。我就把这些问题反馈给编者，得到了他们的认可，并做了改正。我和编者单耀海、晁继周、韩敬体等同志在工作中结下了深厚的友谊，并成了很好的朋友。我们一起看清样，一起讨论问题，有时还就某些词的释义一起到基层去访问。例如，就"追尾"条我们一起到公共汽车总站去请教过司机，就"奠基石"条我们一起到工地去请教过建筑工人。

还有一本书也应该在这里说一说，那就是《故训汇纂》。这本书也是商务印书馆的拳头产品，全书有一千三百万字。《故训汇纂》是一部全面、系统地汇集先秦至晚清古籍中字词训释的大型语文工具书。此书是继清代训释巨著《经籍籑诂》之后对我国两千年训诂研究成果的又一次整理和总结，是古代汉语词义大全，为辞书编纂、语文教学、训诂学和汉语词汇研究提供了全面、丰富而宝贵的参考资料。这部书能由商务印书馆出版，与我八十年代末在一次学术会议上见到宗福邦有关系。老宗是武汉大学古籍研究所的所长，是我在武大求学时期的同班同学。他向我谈起了《故训汇纂》编纂的事，并介绍了书的内容，以及编纂工作的进展情况，说正在物色出版社出版。我觉得这是一个好选题，便立即向他约稿。回到北京以后，我马上向林总作了汇报。林总听了有些犹豫，他担心出版这么一部大书会赔钱。我向他介绍了《故训汇纂》的价值以及出版后的影响，最后把他说服了。于是，《故训汇纂》出版之事初步定了下来，由我亲自担任责任编辑。过了一段时间，到了该与《故训汇纂》的编者商谈具体出版事宜并签订出书合同的时候了。本来办这件事由我和总编室、出版部的人去一趟就可以了，但我怕将来会出现反复，想让林总亲自在合同上签字，只要林总在合同上签了字，就保险了。于是，便说服林总跟我们一起去了武汉。到了武汉大学以后，校长亲自接待了我们，整个谈判都进行得很顺利，林总高高兴兴地在合同书上签了字。

在《故训汇纂》编辑出版的过程中，曾遇到过不少困难。如何审稿？如何排版？如何校对？如何发印？这些环节都存在不好解决的问题。后来，由于得到了编者的积极配合，得到了湖北省当地出版社和印刷厂的支持，这些问题都很好地解决了。例如审稿，由于原稿太多，有几十大箱，几乎能装满整整一节车皮，不可能运到北京去审，我们就采取分阶段上门审稿、把关、与编者面对面讨论的办法，解决了不少难题。《故训汇纂》难字、怪字很多，体例复杂，排版技术要求很高，我们就借助曾排过《汉语大字典》的湖北省新华印刷厂的雄厚力量，圆满解决了排版问题。校对借用湖北人民出版社的校对力量初步把关，然后，再由商务印书馆的校对力量复校，保证了书稿质量。《故训汇纂》出版以后，受到了学术界一致好评，也取得了良好的社会效益和经济效益。

## 三、走出去广交朋友

编辑不能老坐在办公室里，要经常走出去了解情况，广交朋友，参加各种学术活动，这样才能开阔眼界，增长见识。馆领导对编辑走出去一直持支持态度。我除了编稿、审稿外，也抽时间外出访问，参加各种学术活动。当时，北京有个古汉语沙龙，参加者都是高校、社科院和出版界的学者，有北京大学的郭锡良，北京师范大学的许嘉璐、王宁，北京师范学院的洪成玉，语言所的何乐士、王伯熙、王海棻，中华书局的赵诚，我后来也成了其中的一员。沙龙每个月举行一次活动，基本上是在北师大举行，因为许嘉璐当时是北师大的副校长，能为活动的举行提供很多方便条件。活动内容是交流情况、讨论问题，范围侧重于古汉语和训诂学，但有时也涉及更广泛的内容。每次活动一般都有一个中心议题，还有一个重点发言人。每个参加者也都会做认真的准备，讨论起来非常热烈，有时候争得脸红脖子粗。最喜欢争论的是郭锡良和赵诚，两人一争起来就没完没了。郭锡良遇事喜欢跟人辩论，而辩论时容易激动，常常是大喊大叫，吹胡子瞪眼睛，他北大的同事给他起了个绰号叫“土匪”，后来又美化为“匪公”。这个绰号也被带入了沙龙。大家不叫他的名字，就叫他“匪公”。赵诚在与郭锡良辩论时，大家在一旁帮腔，就左一个“匪公”右一个“匪公”地叫他，逗得郭锡良更加昂奋，喊叫的声音更大。争论使沙龙的气氛更加活跃，争论虽然激烈，但争论完了就和好如初，没有因为争论而伤和气的。

当时学术界的学术活动很活跃，各种学术性的社团也很多。与语言有关的社团就有中国语言学会、中国训诂学会、中国辞书学会、北京语言学会等，我都是这些学会的会员，在有些学会中还担任理事或常务理事。这些学会举行的年会或专题讨论会我经常参加。参加各种学会的活动不仅增长了知识，而且结交了很多朋友，这对于我开展工作是非常有益的。商务印书馆的领导对于编辑出去参加各种学术活动也是非常支持的，陈原总编辑、林尔蔚总经理就不止一次地参加过学会的活动。陈原总编辑还亲自出席了中国语言学会的成立大会，他还与林总多次出席了中国辞书学会的年会。

商务印书馆的领导为了让编辑长见识，还经常派编辑出国或到境外。一九八五年，我被派跟副总编辑高嵩一起出访香港，一起去的还有出版部的乌惟康和陈成辅。当时商务印书馆与香港商务印书馆有协议，每年派人员互访，由对方接待。本来应该八月启程，因办签证耽误了时间，一直拖到十二月才动身。这样倒不错，避开了夏季的酷热。我们先乘飞机到广州，再从广州坐火车经深圳进入香港。在入境处拥挤着很多人等待入境，秩序比较乱。当时香港还处在英国殖民统治状态下，在入境处工作的人虽然也是中国人，但他们瞧不起大陆人，把大陆人叫“大陆仔”。他们对等待入境的内地人骂骂咧咧，拉拉扯扯，很不客气。一个工作人员很粗暴地拽着我的胳膊大声喊叫：“你过这边来！”我气不打一处来，冲他喊道：“你要干什么？请你客气点！”他吃惊地看了我一眼，就松开手走到一边去了。进入香港后，负责接待的陈小姐把我们领到一个公寓，安排我们住下，然后说：“我们去喝早茶吧。”我当时很饿，听她这么说，觉得很奇怪：“不带我们去吃早点而带我们去喝茶，什么意思嘛？”到了喝早茶的地方一看，才知道，香港人所谓的喝早茶就是吃早点，我差一点就露怯了。我们在香港待了两个星期，过了圣诞节，参观了很多地方，还访问了香港商务印书馆。这是我第一次到境外，觉得大陆跟香港比起来，的确很落后。但是，如果大陆跟过去相比，要好多了。临别时，香港商务印书馆给我们每个人都送了一件礼物，我得到的是一个能自动喷水的电熨斗。按规定，我们每人都可以买一个大件带回北京，因为我没有那么多钱，就用手中剩余的港币买了一个小照相机。陈小姐知道后，对我说："赵先生，你可以买一个大件带回去，你如果钱不够，我们可以帮你解决，你如果不买，这个指标就浪费了，很可惜的啦！"我婉言谢绝了。回到北京以后才知道，香港商务印书馆为了与北京商务印书馆搞好关系，常常给想买大件而囊中羞涩的客人垫钱，事后还不让还钱。

一九八六年八月我与郭良夫、张万起一起受日本东方书店的邀请访问日本。东方书店是日本的一家有名的出版社，与商务印书馆有长期合作关系。东方书店想跟我们合作出版一本《汉和词典》，由我们提供蓝本。便邀请我们访日。我们到达东京后，除了与东方书店有关人员讨论合作出书的具体事宜外，还参加了东方书店安排的一些活动，如与日本高校的教师座谈、旅游、讲学等。在当时，日本是世界第二大经济体，而中国还很落后，因此，很多日本人瞧不起中国人。在我们访日的过程中，经常感觉到他们虽然彬彬有礼，表面上很谦虚，而实际上内心却非常傲慢。接待我们的日方人员在陪我们旅游、参观时，经常向我们炫耀日本的经济繁荣和科技发达。例如，带领我们乘商场里的自动扶梯时就说："这种自动扶梯真是太方便了，让我们少走很多路，日本人将来会变懒的哟。"因为中国当时还没有这种电梯，所以他们觉得很了不起。有一次，他带领我们走到银行门前的一个机器前，对我们说："我今天要给大家变戏法。"他拍了拍自己的口袋说："你们看，现在我身上一分钱也没有，过一会儿我就要让这个机器吐出钱来。"说完，他就拿出一张名片大小的小卡片塞进机器里，然后按了几个按钮，一会儿工夫，机器果然吐出了很多钱。其实，这就是自动柜员机，现在中国到处都是，但当时中国还没有，所以我们觉得很新奇。跟我们座谈的日本高校教师，也在我们面前夸富。有一位教师在和我们聊天时，用结结巴巴的汉语说：“我每个月的工资都花不完，上个月我给老婆买了一条金项链，这个月买什么还没有想好，不知怎么花才好。”当时我们的工资都很低，听了他的话，的确很羡慕，心里想：什么时候我的工资也花不完就好了。现在，我每月的工资也花不完了。我们临走前，接待方搞了一次学术讲座，请我们每人给日本的中国文化爱好者讲一堂课。我讲的是汉语的新词语，老张讲的是成语，老郭讲的什么已经记不清了。接待方给了我们每人五万日元，作为讲课费。后来我们用这笔讲课费每人买了一个大件，我买的是一台二十一寸带遥控的大屏幕松下彩电。在日本交款后领到一张提货单，须要回国后才能提取。回到北京后，我就和以哲拿着这张提货单到位于西直门的“回国人员服务处”提取了彩电。雇了一辆三轮车拉着，以哲坐在车上押车，我骑着自行车跟着。当时，这种带遥控的大屏幕彩电可是稀罕物，一般的家庭根本没有。一路之上都有人问：“喂，你们的彩电卖不卖？”以哲很神气地大声回答：“不卖！不卖！”

## 四、编辞书立意求新

我调到商务印书馆以后的第一个任务就是参加《辞源》的修订，于一九八三年完成，历时六年。从此我就与辞书编撰结下了不解之缘，在辞书的研究、探索和编写中付出了我后半辈子的大部分精力，也获得了喜人的成绩。商务印书馆以出版中外辞书为主，汉语工具书编辑室以编辑出版汉语辞书为主，这一点是很明确的。但是，商务印书馆对辞书的要求都很高，必须是精品，不能滥竽充数。要做到这一点，就要有一支过硬的编辑队伍来承担这个任务。负责辞书编撰工作的编辑必须了解辞书的社会功能，熟悉辞书编撰的过程，把好辞书编撰过程中可能出现问题的所有关口。要做到这一点，最好是参加进去，成为辞书编撰的实践者，而不是做一个旁观者。因此，商务印书馆在编辑能不能参加本馆辞书编写的问题上，有与很多出版社决然不同的做法，那就是鼓励编辑人员参加到辞书编写中去。汉语编辑室的辞书，差不多都有本馆的编辑参加。一九八五年开始编写的《古代汉语词典》，我和张万起参加了规划和编写。正因为有我们参加，才在克服了重重困难以后，促成词典最后得以顺利出版。后来，我又参加了多部辞书的规划和编写。在规划和编写中立意求新，注重实用，务必使每一部辞书都成为精品。

在几乎与《古代汉语词典》上马的同时，我和老张又策划编写一部多功能的《应用汉语词典》。这个计划得到了馆领导的支持，并让编辑室立即组织班子，主要在馆内物色编写人员。后来组成了以老郭为主编，我、老张和舒宝章为副主编，再加上李达仁、马志伟、潘逊皋和毛永波四人参加的编写班子。这个编写班子，除了舒宝璋以外，其他的人都是商务印书馆的编辑。《应用汉语词典》的编写难度很大，它收的词与《现代汉语词典》大致相同，但每个词的释义、举例不能照抄《现代汉语词典》，要有新意。另外，这部词典还要具备多功能的特点，能够多角度、多层次地为读者服务，因此设计了一些新的项目，如：标注词类和语类；列出一些名词性词语的常用量词；对某些同义词进行辨析；对某些语词的特殊用法用“注意”加以提示；用知识方框介绍与某些词语有关的知识；等等。要把这些新设计的项目做好也非常不容易。经过大家的努力，我们用五年时间编出了初稿，然后又用四年多的时间进行了数次修改、加工和补充，最后在一九九九年定稿，二〇〇〇年一月出版，出版后得到了好评。

一九九二年，编辑室另外一部重要词典《古今汉语词典》开始上马，这部词典的主编是南开大学的杨自翔、中国人民大学的楚永安、本馆的老李。三位主编邀请我参加编写组，而且跟我谈了多次。我当时手头任务很重，特别是《应用汉语词典》的编写工作很紧张，尚未定稿的《古代汉语词典》还有很多工作要做，实在抽不出时间，便婉言拒绝了。后来，老李找上门来批评我，说我厚此薄彼，不重视他们这部词典。我被逼无奈，只得咬牙参加，还被委以重任，担任了撰稿人、主要审稿人和常务编委，并参与词典的规划。当时，我同时承担多项任务，还要料理编辑室的日常事务，时间很紧张，根本就不够用。于是，我把每天的工作时间分为四段：上午为一段，下午为一段，晚饭后到九点钟为一段，九点钟以后为一段。每个时间段安排不同的工作。《古今汉语词典》一九九七年编出初稿，一九九九年完成定稿，二〇〇〇年一月与《应用汉语词典》同时出版。该词典贯通古今，揭示了汉语词语古今意义的联系、区别及发展变化，具有鲜明的特点，科学性、实用性都很强，出版后受到了读者的欢迎。

一九九五年，我退休了，但实际上是退而不休，馆领导让我继续发挥余热，主要是完成《古代汉语词典》《应用汉语词典》和《古今汉语词典》的后续工作。到了一九九九年，我做完了手头的所有工作，正准备好好过退休生活时，当时任汉语室主任的周洪波找到了我，对我说："准备编一部中型的《新华成语词典》，想请你参加，希望你不要推辞。"我毫不犹豫就答应了。当时各出版社已出版了很多成语词典，中型的就有好几部，如果我们再编一部中型的，就必须有它的特色，要有新意，这很不容易。要做到有特色，有新意，就必须首先做到释义精确、到位，例证新颖、典型。编写组成员经过讨论，在这方面有了共识，统一了认识。《新华成语词典》的编写者全部是本馆的人，由许振生担任主编，我和老张除了参加编写外还担任审订，其他编写人员还有何宛屏、金欣欣、王玉、张雁。词典上马以后，馆领导里有人提出，为了抢时间，争取早日出书，不必做资料，参考现有词典进行编写就行了。这种意见遭到了我、老张和老许的坚决反对，编写组其他同志也不同意。于是，编写工作就从做资料开始，一共做了十万多张资料卡片。接着就进行试写，每人写若干条，交给我审阅。然后召开会议，由我对每人试写稿中的问题提出意见，做到认识统一后，开始正式编写。在编写过程中，编写组全体同志共同努力，很好地保证了质量，于二〇〇一年完成定稿，二〇〇二年出版。由于《新华成语词典》释义精确、材料翔实，科学性、实用性强，出版后深受读者欢迎，立刻成了畅销书，并被视为成语类工具书的品牌产品。二〇一四年《新华成语词典》进行修订，我帮忙审稿，担任审订。《新华成语词典》完成以后，我手头基本没有什么工作了，便想规划一下退休后的生活，享一享清福。

二〇〇一年，好友沈义芙来信告诉我，说他的女儿永平已调到海南大学，他和老伴也准备去海口定居。不久，他又告诉我，他在海口海甸岛万恒城市花园买了房。后来在他的动员和帮助下，我也在同一小区买了房。二〇〇二年冬，我和老伴第一次来到海口过冬，与老沈又一次相聚了。二〇〇三年冬，我和老伴又一次到海口与老沈相聚，从十一月待到次年的三月，将近五个多月。与老朋友相聚当然很高兴，但整天吃喝玩乐，无所事事，也使我心烦，因为我干活干惯了。我整天郁郁寡欢，闷闷不乐。老沈见我情绪不高，就拉着我游泳、逛街、跳舞，但我总是高兴不起来。三月二十日，突然接到许振生从北京打来的长途电话，让我立即返回北京，说商务印书馆要编一本《新华成语大词典》，由他具体负责，并组建编写班子，周洪波希望我也参加。接到这个电话后，我立即去订了机票，五天后，我就与老伴回到了北京。回到北京后，四月八日见到周洪波，他谈了编写《新华成语大词典》的设想，并委以重任。编写组成员除了楚永安以外，全部是商务印书馆的人，有何宛屏、金欣欣、乔永、史建桥、王玉、老许和我。二〇〇四年四月开始做资料，进行试编。每个人的试编稿仍然跟《新华成语词典》一样，都由我审读，把发现的问题和错误集中起来，开会讨论，统一认识。二〇〇五年下半年正式编写，写出初稿后，经过多次审读加工，历时八年，于二〇一三年一月出版。《新华成语大词典》由于收词多、例证丰富、实用性强、释义准确精当而受到读者欢迎。

## 五、搞科研成果丰硕

商务印书馆是出版单位，也是学术单位。我一九七六年刚进商务印书馆，就感到了一股浓烈的学术气氛。编辑人员人人埋头看书，各办公室里除了办公桌以外，还摆满了书架和书柜，书架上、书柜里整齐地码放着各种图书。还有卡片柜，里面存放着数十万张资料卡片。走进商务印书馆，就好像走进了一座知识的宝库。馆领导认为编辑不能只满足于当一个编辑匠，而要争取当一个编辑家，鼓励大家在搞好编辑工作的同时，从事学术研究，认真学习和钻研，成为学识渊博的专家，商务印书馆历任总编辑几乎都是著名学者就很说明问题。因此，商务印书馆给予了我学术研究的条件。

从一九七八年开始，我就在工作之余致力于与编辑业务有关系的文字、词汇、语法、修辞方面的研究。我的原则是：坚持业余，不误工作；脚踏实地，不讲空话；艰苦奋斗，不怕吃苦。一九七九年，我利用过去在北大教学时积累的材料，写了《古今字浅说》一文，试投给了语言学方面最权威的杂志《中国语文》，没有想到的是，《中国语文》竟然刊登了，这让我信心大增。后来，我又陆续写了《略论古汉语中的同义词》《关于通假字》《词类活用的修辞特点》《漫谈“点化”》《古汉语反义词浅论》《古汉语书面语与口语的关系》等十多篇文章，先后发表在《学术论坛》《语文学习》《语文园地》《语文研究》《中国语文天地》等杂志上。后来，《文科园地》杂志的编辑上门来约稿，于是我又写了介绍和评论各种工具书的文章，有：《说文解字》、《尔雅》、《玉篇》、《类篇》、《字汇》、《正字通》、《康熙字典》、《中华大字典》、《〈辞源〉及〈辞源〉修订本》、《旧〈辞海〉与新〈辞海〉》等。

一九七九年，在商务印书馆参加《辞源》修订工作的河南人民出版社的王鸿芦向参加修订工作的各省专家约稿，她约我写一本古汉语词汇方面的书。关于古汉语词汇研究方面，我在北大工作时期就积累了不少材料，还做了不少卡片，脑子里也有一些设想，早就想写点东西，但由于种种原因未能动手。因此，我毫不犹豫地答应了王鸿芦，而且立即动手写。一九八〇年，我的第一本书《古汉语词汇问题》写成，河南人民出版社很快就印了出来，而且一下就印了十万册，在那书籍匮乏的年代，大受读者欢迎。不久，出版社给我寄来了三百元稿酬。为了庆祝我的处女作出版，我就请在京的老同学聚餐。在什么地方聚餐，我想了半天，最后决定在档次比较高的新侨饭店西餐厅，因为我们这些人大都没有吃过西餐。我通知所有的老同学都要带家属来，多少不限。正好，在沈阳工作的杨砚耕出差路过北京，便也请他参加了。到了宴请的那一天，老同学都带着爱人孩子来了，我也全家出动，整个包间坐得满满当当。席间，大家觥筹交错，欢声笑语，非常热闹。这次聚餐，凡是参加了的人，都留下了深刻印象。这一顿西餐，一共花了六十元，这在当时可是一大笔钱呀，可我毫不心疼。过了几天，我又在鼓楼的马凯餐馆宴请了王鸿芦以及参加《辞源》修订的外省专家。

一九八二年我又应河南人民出版社刘义质之约，写了一本《古汉语修辞简论》。这本书后来被时任商务印书馆汉语工具书编辑室的副主任阮敬英发现，她建议我放在商务印书馆出版，我同意了，于是，这本书就由商务印书馆一九八三年出版了。但是我不能对刘义质爽约，便又给河南人民出版社写了一本《古汉语修辞常识》，于一九八四年出版。有人问我，你几乎同时写了两本关于古汉语修辞方面的书，难道内容不重复吗？事实上，这两本书的确不重复。能做到这一点，得益于我多年积累的资料卡片。我的第二本书不仅不与第一本书雷同，讨论的辞格还多了十三个，有些辞格谈得更加透一些，而且材料绝大部分是新的。一九八五年，浙江教育出版社的编辑到北京来组稿，他因为读了我写的《古汉语词汇问题》，觉得很不错，便约我写一本有关古汉语词汇的“概论”式的著作。我当时很忙，但又不愿意放弃这次机会，便贸然答应了。这本书写起来很辛苦，首先要收集资料，虽然我过去积累了一些材料，做了不少卡片，但仍然不够用；其次是我的时间很紧张，几乎抽不出时间来写作。为了完成任务，我只能千方百计地“挤”时间，几乎每天下班以后都留在单位写稿，直到晚上八点多才回家，晚上还要开夜车。有时下班后干脆住在办公室里。时间一长，就引起了老伴的怀疑，以为我有了外遇。有一天晚上，我正在办公室写稿，老伴突然推门进来了，把我吓了一跳，以为家里出了什么事了。问她：“你怎么来了？”老伴说：“我没有事，来看看你在干什么。”她见我正在写作，心中疑虑顿消，没有再说什么。一九八六年，一本二十多万字的新书《古汉语词汇概要》终于完成，一九八七年四月出版了。

一九九一年，浙江教育出版社告诉我，说他们想重印《古汉语词汇概要》，希望我搞一个修订本。其实我也有此意，因为《古汉语词汇概要》出版四年以后，我陆续发现了书中的一些错误，而且感到全书很多内容需要增删，要修改实际上等于写一本新书。于是，我把自己的修改计划告诉了出版社。出版社告诉我，修改以后不能作为新书出版，我一听，只好打消了修改的念头。但是，自己写的书就像自己的孩子，总希望它更加完美，我仍然决定对《古汉语词汇概要》进行修改，想改好后交商务印书馆出版。与老张一谈，他支持我这个想法，就把《古汉语词汇概要》(修订本)这个选题报上去了。选题小组讨论以后认为，《古汉语词汇概要》这本书是浙江教育出版社出版的，商务印书馆如果再出，就牵涉到版权问题，即使是修订本也不行，选题给否了。我心想，这本书的修订须要大动干戈，等于写一本新书，我干脆换一个书名，就不存在版权问题了。我就和老张商量，他表示同意。于是，我们就报了一个《古代汉语词汇学》的选题，这一次选题组就通过了。我真要感谢老张，如果没有他的支持，就不会有《古代汉语词汇学》。选题通过以后，我着手准备材料，找到很多有关文章加以复印，放在案头作为参考，还阅读了大量词汇学和训诂学方面的书，认真地作了札记。从准备材料、阅读有关论著算起，差不多整整花了三年时间，一九九三年终于完成了《古代汉语词汇学》的写作，一九九四年六月由商务印书馆出版了。没想到，《古代汉语词汇学》问世以后，受到了读者的欢迎和学术界的肯定。不少教授将此书介绍给自己的研究生，指定为必读参考书；有的则将其作为教材或辅助教材。有一次，我参加了一个学术会议，在会上碰到了一位四川某高校的教授，他说，他们将《古代汉语词汇学》作为研究生的教材，但买不到书，只好复印发给大家，他希望我谅解。二〇〇四年，《古代汉语词汇学》出版十年，合同期已届满。商务印书馆从发行部门得到反馈信息，认为该书有重印价值，决定再版重排。重排本于二〇〇五年出版。二〇一〇年第三次印刷，二〇一七年第四次印刷。《古代汉语词汇学》是我的代表作，也是我学术研究的最高成果。

我退休以后还写过一本《错别字例释》，写这本书带有一点偶然因素。一九九六年初，我参加了《古今汉语词典》的一次业务会议，并就词典收字的规范性问题作了一个发言，商务印书馆国际有限公司的总经理林尔蔚也在座。他对我的发言很感兴趣，便顺便提到了使用规范字的问题。本来，词典收字的规范性与使用规范汉字是性质不同的两个问题，或许是我的发言触发了他的联想，他说他们公司准备出版一套通俗系列读物，其中有一本是关于帮助读者正确使用汉字的，正在物色作者，问我是否有兴趣承担此项任务。老林原是商务印书馆的总经理，是我的老领导，在工作中一直合作得不错，我简直无法拒绝他诚挚的邀请，便一口答应了下来。一九七二年我在北大带领工农兵学员去天津实习时，曾给他们讲过汉字的形体结构和错别字辨析，我就用这次讲课的材料及讲授提纲作为基础，又补充一些新材料写成了一本《错别字例释》，老林看了觉得不错，一九九八年就出版了。二〇〇八年商务印书馆再版重排，二〇一五年第二次印刷。

实践证明，学术研究也是一种学习和提高的重要途径。通过学术研究，搞清了很多自己认识模糊的问题，学到了许多自己原先不知道或知之不深的知识。学术研究逼着自己认真读书，刻苦钻研，勤奋思考，因而提高了分析问题和解决问题的能力。这些，对于搞好本职工作也是极有帮助的。

## 六、受邀请勇挑重担

二〇一一年末，在我还在为《新华成语大词典》的收尾工作忙碌时，周洪波就通知我参加第三版《辞源》的修订工作。二〇一二年元月六日，我到位于和平里中街三号院的《辞源》组参加了《辞源》修订工作会议，正式参与了第三版《辞源》的修订工作。二〇一五年是《辞源》出版一百周年，因此，第三版《辞源》修订本必须要在二〇一五年出版，时间紧迫，参加修订的人必须争分夺秒去完成任务。修订班子在我参加之前就成立了，而且已经拟好了修订方案和引书体例。其实，早在二〇〇七年二月，商务印书馆就成立了《辞源》修订领导小组，三月又成立了《辞源》修订项目组，做了大量的准备工作，正式修订工作从二〇一一年开始。主编是北京大学的何九盈、北京师范大学的王宁、中国社会科学院语言研究所的董琨，另外从全国聘请了一百多位专家参加。参加修订的专家分为两部分，一部分负责修订，一部分负责审订，我承担的任务是审订。主编何九盈是我在北大时的同事，我们关系一直很好，他希望我在这次修订工作中发挥更大的作用。由于我参加过一九七六年第二版《辞源》的修订，也参加过多部辞书的编撰，因此这次《辞源》修订的总负责人周洪波对我的期望值也很高。我参加过第二版《辞源》的修订不假，但已是三十多年前的事了，对《辞源》的内容已经很生疏，体例格式也忘光了。另外，我虽然参加规划和编写过多部辞书，积累了一些辞书编撰的经验，但这些辞书的难度简直没法与《辞源》相比，可以说是小巫见大巫。用有些人的话来说，《辞源》的水太深了，如果水性不好，千万别碰。由于这些原因，我对自己能否做好第三版《辞源》的修订工作心里没底。开始时我不想参加，但周洪波坚决不让我退出。另外，想到这次修订是为了纪念《辞源》出版一百周年，是一项具有历史意义的重大工程，不参加将会终身遗憾，于是，我就全身心地投入到工作中去了。开始干时，很难进入角色，困难很多，我就边学边干。我案头摆了很多书，还有《〈辞源〉第三版修订手册》，供我仔细学，仔细看。过了一段时间，我就进入了角色，干起来得心应手了。

第三版《辞源》的修订有个特点，就是参加修订的专家与商务印书馆的编辑基本上组合在一起工作，每个责任编辑联系几位专家，经常沟通，互动性强。另外，这次的审订工作增加了层次，有初审、一审、二审、三审和终审。初审由修订者负责，一审由各分主编负责，修订者和分主编既是修订者，又是审订者。二三连审是分集审订，由商务印书馆聘请的十几位专家组成的审稿组负责，我也是这个审稿组的成员。后来，周洪波又来做我的工作，让我代表商务印书馆编辑部做分集审订的总负责人，我除了要审订原来自己负责的巳集外，还要对全部修订稿进行把关。我觉得责任太大，不愿意干。他说："现在编辑部只有你做这件事最合适，请你不要推辞。"听他这样说，我只好答应了。这以后，每一集专家和责编提出的问题都集中到我这里来，我必须解决所有的问题，还必须对稿面上所有的改动签字确认，然后再返回给责编。如果我有解决不了的问题，再请主编解决。修订稿中，有很多修订者和一、二审专家增加的新内容，有不少是不合适的，有的甚至是错误的。我在复审时就删除和改正了不少。为了备查，所有的改动，我都记在《〈辞源〉审稿札记》里，整整记了两大本。

在分集审订进行过程中，主编随时抽查已由专家审过的稿子，发现问题后签署意见，立刻返还给有关专家，责令改正，或者在会上通报，搞得有些专家很被动，甚至下不了台。例如，有一个修订者在某条内补了一个葛洪的例证，放在了唐人例句之前。但他不知道古代有两个葛洪，一个是写《抱朴子》的葛洪，是晋朝人，另外宋朝还有一个葛洪。修订者补的例证正好是宋朝葛洪的，他当成了晋朝的葛洪，审订专家竟然没有看出来。还有一位修订者补了“苦葫芦”一条，引了《冷斋夜话·悦禅师作偈戏诜公》“愚堪笑堪悲，无限事，甜瓜生得苦葫芦”作例证。偈语都应该是韵文，这里却变成了散文，闹了个大笑话，审订者也没有发现。偈语的原文应该是：“与师萍迹寄江湖，共忆当年在大愚。堪笑堪悲无限事，甜瓜生得苦葫芦。”何九盈发现了这两条错误后，写了措辞严厉的批注，退还给审稿人。王宁在抽查时发现有新补的“矜立”一条，引《康斋集》“莫把寸心矜立雪”为例证。“立雪”是个典故，有“程门立雪”的成语，修订者竟将“立”字属上作“矜立”书证，一审、二审均未发现。主编们通过抽查发现了大量问题，及时改正，有效地消灭了在修订中出现的新差错，保证了《辞源》的质量。

分集审订之后进入通审，通审就是终审。通审组由从二、三审专家里挑出来的四位专家组成，有我、张万彬、陈涛、楚永安，由我负总责。在主编会议上，何九盈规定了通审组的职责：全面负责，行使主编权力。通审组的四个人，每人分几集，审稿发现的问题最后集中到我这里来解决。各终审专家对修订稿所有的改动，都得由我签字确认。我如果遇到难下决断的问题，再报请主编最后定夺。这一审很重要，花的时间也很长。

我万万没有想到，周洪波和老何把这次修订的最后把关工作交给了我，让我十分惶恐，感到责任重大，不敢掉以轻心。我兢兢业业，一丝不苟，倾注全部精力投身到工作中去。每天工作得很晚，非常辛苦，但我无怨无悔。终审专家提出的问题，大多数我能解决，有些我一时解决不了就查书，家里书不够用，就坐车到国家图书馆古籍部去查，决不随便把问题放过去，留给别人去解决。终审取得了很大成绩，有不少错误，经过多次审稿都未发现，最后是终审发现的。例如，“成婚”条，释义为结婚，所举两例都错了。第一例《左传》：“会于嬴，成昏（婚）于齐也。”这里的“成婚”为订婚。第二例《玉台新咏·古诗为焦仲卿妻作》：“今已二十七，卿可去成婚。”这里的“成婚”是指备办婚事，“卿”不是指新郎，而是指媒人。再如“三后”条，“指三个帝王”，其中第四个小义项为“指汉之宣景文三帝”，应为“晋之宣景文三帝”。又如“宗从”条，修订者为了提前书证，补《前汉纪·高皇帝纪》：“以萧何举宗从征伐故也。”这里“举宗”为词，义为全宗族，“从征伐”指跟随高祖征伐。“宗”属上，“从”属下，不应当以“宗从”为词，这个错误在各次审读中都顺利过关，最后在终审中被揪出。

参加第三版《辞源》的修订工作，是我一生中参加的一项最重要的大项目，也是我有生之年最后参加的具有划时代意义的大工程，我以此而感到自豪。经过五年的拼搏，终于圆满地完成了任务，给自己的一生画上了一个完美的句号。二〇一六年，我总算真正退休了，现在，我在轻松愉快中安度晚年，过得充实而快乐。每当我回顾往事时，没有因为虚度年华而愧疚，也没有因为碌碌无为而悔恨。我很欣慰，因为我最后在第三版《辞源》的修订工作中做出了成绩，终于实现了我的人生价值和理想，攀登上了一生事业的顶峰。

## 七、回母校庆八十寿

二〇一五年是我一生中最有意义、最高兴的一年。这一年十二月二十四日上午，商务印书馆在人民大会堂举行了《辞源》出版百年暨《辞源》第三版出版的新闻发布会，会后举行了座谈会。当天下午，参加修订工作的专家及工作人员欢聚在怀柔雁栖湖国家法官学院分院，商务印书馆举行了第三版《辞源》修订工作总结表彰会，第二天又召开了《辞源》学术讨论会。这些活动宣告了历时五年的第三版《辞源》修订工作终于结束。也就是说，我一生中最后参加的一项最重要、最艰巨，也是我费力最多、发挥最好的具有历史意义的大工程终于圆满地完成了，我有如释重负的感觉，心里真是有说不出的高兴。

就在这之前的九月初，我收到了武汉大学中文系五五级同学二〇一五年聚会筹备组的通知，邀请我参加于十月十六日在母校举办的聚会。通知说，二〇一五年是中文系五五级同学进校六十周年，又逢大家年届八十之寿，因此举办这次“入学一甲子，同寿八十春”的“双庆”之会。接到通知后，真是欣喜若狂。我立刻与老同学何启治约定，到时我们同行。我们提前一个多月就订好了由北京开往武昌的高铁票，焦急地等待着聚会之日的到来。虽然五五级组织过几次聚会，但这次聚会非同寻常。

十月十五日上午，以哲送我去北京西客站，登上了由北京开往武昌的高铁。我一进车厢，发现老何已经坐在他的座位上了。十时整，列车启动，向武昌飞驰，下午二时就到达了武昌。宗福邦的夫人陈美兰来接我们。陈美兰是我们的师妹，也是筹备组的成员。到达武大珞珈山庄以后，见到了很多多年不见的老同学，都十分高兴，不管男女，都热情拥抱。有一位胖乎乎的女同学走上前来与我打招呼，我一下子认不出是谁了。我们拥抱之后，便问道：“你是谁呀？”她说：“怎么，连我你都不认识啦？真不像话！我是张东云呀！”我与张东云自毕业以后就一直没有见过面，因此认不出了，我赶紧向她道歉。我跟很多同学握手拥抱，都叫不出名字，他们也叫不出我的名字。在互相通报姓名以后，才哈哈大笑地说：“原来是你呀！”报到大厅欢声笑语，真是热闹极了。

这次聚会的条件很好，每人都可以住一个单间。在安顿好以后，我就独自一人走出了珞珈山庄。我信步而行，内心充满了与珞珈山重逢的激动和喜悦。周围的一房一舍，一草一木，都让我感到无比的亲切，记忆的闸门一下子打开了。不知不觉，我来到了行政大楼，在楼前站了很久。我记得离开武汉大学的那一天的黄昏就是在这里上的车，老沈、老章及其他尚未离校的同学前来送行，当汽车开动的那一刹那，我突然情不自禁地失声痛哭，引得很多同学也流下了热泪。在离校的前一天，学校通知所有人的行李都要集中，由学校统一办理托运，恰巧这一天我回家了，不在学校。是老沈帮我打好行李送到总务处的。我离开了行政大楼，又慢慢地走到了樱花大道。想当年刚进武大时，我和老沈经常到这里来散步，有一天，他意外地发现了在樱花树丛中竟然有一棵枇杷树。第二天下了晚自习后，童心未泯的老沈领着我去偷摘枇杷，一不小心从树上摔了下来。我找到了那棵枇杷树，在树旁坐下，久久不愿离去。如果枇杷树上又结满了黄橙橙的枇杷，让人眼馋；如果老沈还活着，他是不是还会爬上树去摘枇杷呢？我又沿路西行，在樱花大道的尽头拾阶而上，到了学生俱乐部。我隔着玻璃向里面张望，里面空空如也，不知现在的学生是不是还在这里举行活动。我记得我们入学后的第一个除夕之夜就是在这里度过的。我和老沈、老章在这里一直玩到半夜三点多钟，然后饿极了的我们，每人吃了一大碗伙房送来的热腾腾、香喷喷的腊肉鸡蛋面，才回宿舍睡觉。我从学生俱乐部东行，就到了大斋舍的屋顶平台，我们入学的第一天，就是在这里受到了负责接待我们的高老师的欢迎，他热情洋溢的讲话，我到现在仍然记得。我沿着屋顶平台的栏杆慢慢东行，栏杆外有一层薄薄的轻雾，美丽的校园就藏在这薄薄的轻雾里。微风送来了阵阵桂香，让人心旷神怡。最后，我经老图书馆、法学院东行下山，经逸夫楼回到了珞珈山庄。老何见到了我，问道：“我们找了你半天，你到哪儿去了？该吃晚饭了。”我说：“我寻梦去了。”

第二天上午，筹备组组织大家到行政大楼参观并照相。我们从楼下转到楼上，所看到的与我们入学时的行政大楼很不相同。我记得，原来的行政大楼的最上一层是阅览室，我和老沈、老章每天晚上都要到这里来自习，现在阅览室没有了，变成了各行政单位的办公室。离开行政大楼以后，我们来到了上面书有“国立武汉大学”六个字的校门新牌坊旁。这里很热闹，来这里的除了武大的师生员工外，还有很多游人。原先的武大校门牌坊是一九三一年竖立在街道口的木质牌坊，后来因不够坚固而毁于大风。武汉大学于一九三七年在原址修建了一座钢筋混凝土结构的新牌坊，就是我们进校时所看到的，现在这座新的校门牌坊是二〇一三年武汉大学为了举行一百二十周年校庆而重修的。后来，我们来到老图书馆参观武汉大学校史。下午，武大文学院举行欢迎会和座谈会。接着，这次聚会的重头戏开始了，那就是为八十岁的老同学祝寿举行的联欢会，当然，已经过了八十岁的老同学也包括在内。首先是表演节目，有舞剑，有拳术，有跳舞，有诗朗诵等，这些节目都是由老同学或老同学的家属演的。节目演完以后，突然，门外响起了“祝你生日快乐”的歌声，以陈世陔的夫人龚佳君为首的几个家属，一边唱着歌，一边推着一个足足有三尺高的大蛋糕进来了，龚佳君一边自己唱，一边潇洒地打着手势指挥大家唱，顿时，会场里充满了歌声，使整个祝寿活动进入了高潮。然后主持人杨传鑫宣布：“现在，向老寿星们祝寿，大家分享蛋糕！”其实，几乎在场的所有老同学都是寿星。我、老唐因为年龄最长，被选出来帮忙切蛋糕，龚佳君带着几个家属把蛋糕分送到每个人的面前。晚上，筹备组还在珞珈山庄的大餐厅安排了祝寿晚宴。

第三天上午，乘车去东湖梅园一号毛主席故居参观游览。据说毛主席非常喜欢这个地方，他来武汉的次数很多，每次都住在这里。当我们走到门口时，被看门的保安拦住，不让进。这时，这次活动的领队陈美兰走上前对保安说："我们是到里面的茶座喝茶的。"保安一听，就让我们进去了。陈美兰告诉我们，里面的茶座档次非常高，一人的消费至少得三百元。其实，我们并没有去喝茶，而是借喝茶之名进去游览。梅园一号的风景的确很美，在万绿丛中，有一座座别致的小楼，楼前都种植着各种花草。绿树、鲜花、小楼与碧波荡漾的东湖相映成趣，令人流连忘返。可惜是，每座楼都大门紧闭，不让进去参观，实在叫人扫兴。这天活动很累，下午就安排大家休息。

晚上，筹备组在梅园餐厅的茶座搞了一个"自由谈"，大家三三两两坐在一起，一边喝茶，一边不拘形式地聊天。到了快散场的时候，老杨向大家谈起了举办下次聚会的事，并向我发难："下次聚会赵克勤答应出资两万。"我们北京的同学的确谈到希望在二〇一九年再搞一次五五级同学毕业六十周年纪念的聚会，我也承诺出资两万，并把这事对老杨说了。要搞这次聚会，还要等四年，有多少同学能熬过这四年呢？为了鼓励大家好好活着，我出点钱又算什么？于是，我立即站起来说："为了使二〇一九年的聚会能搞成功，我曾答应出资两万，今天，我再追加三万，我一共出资五万。"我的话刚一出口，大家就热烈鼓起掌来。老杨说："赵克勤，你说话可得算数！"我说："当然算数。不过，我希望还有同学站出来用实际行动支持我。"又是一阵掌声。老杨大声问："还有愿意出五万的同学吗？"老杨的话音刚落，宗福邦就站起来说："我出五万。"接着，傅治同大声喊道："我也出五万。"最后，邹昆山也喊道："我跟他们一样，也出五万。"大家热烈鼓掌，经久不息，这时同学们的情绪达到了高潮。

十月十八日是聚会的最后一天，大家今天就要离开了。上午，我和老何逛了东湖，游了珞珈山，最后向母校告别。中午，老同学又欢聚一堂，在梅园餐厅吃告别午餐。饭后，同学们依依惜别，各奔东西了。但是，我没有走，因为我还有一件重要的事要做，那就是到老宅和汉正街去寻梦。

## 八、汉正街旧貌新颜

为了不打搅武大的老同学，十月十八日下午我就从珞珈山庄搬出，到汉口江汉路住进了一家家庭宾馆。江汉路一带是我少年时代最熟悉的地方，我读初中的市一中就在离江汉路不远的前进四路，我天天从汉正街的老宅步行到这里来上学。我的老同学熊君就住在离江汉路不远的花楼街，我经常约熊君一块儿上学。我们一起从花楼街出来，经过江汉路、中山大道到学校上学，放学后又一起到中山大道、江汉路逛逛，然后回家。这天下午，我沿着江汉路信步走到了花楼街，找到了熊君住的油皮后巷。我望着熊家的老宅，久久不愿离去。我曾经经常走进这栋宅子，参加朋友的聚会；我经常走进这栋宅子，约熊君一起上学。我浮想联翩，心潮澎湃。这时，从熊家老宅里走出一位老大爷，他见我长时间站在那里，望着房子发呆，就走过来问我："您找哪个？"我说："我从外地来，随便看看。这栋房子原先是我初中时的老同学的家，我经常来玩。不过，我老同学已去世多年了。"老大爷问："您老同学叫什么？"我便将熊君的名字说了。老大爷"哦"了一声说："原来是熊家呀，我晓得。"我问："这房子还是熊家的吗？"老大爷说："他侄子把房子卖给我了。”我跟老大爷聊了一会就离开了。

第二天，我沿江汉路走到了江边，然后一直南行。我要去探访我家的老宅。我离开武汉到北京后，虽多次出差到武汉，但一直没有探访过老宅，我不知道现在老宅会是什么样子了。我走到了集家嘴，这里是汉水的一个渡口，我小时候经常跟随大人在这里坐小木船渡到汉阳去。离集家嘴不远有一条街叫大夹街，老宅就在大夹街的一条小巷子里。大夹街已经不是我印象中的大夹街了。我记忆中的大夹街，是青石板铺的路，虽有一些商铺，但很冷清。而现在，石板路变成了水泥路了。街道两边几乎所有房子都成了商铺，每家商铺的门前都挂满了形形色色的商品，街上的行人来来往往非常繁忙。我见有些商铺的招牌上有“汉正街”字样。我以为走错了，便找人问了问，别人告诉我，这就是大夹街。我想找老宅所在的九如巷，但几乎所有小巷的巷名要么是模糊不清，要么就是被商家挂的商品挡住。后来问了很多人，才在一个很不起眼的地方找到了九如巷，巷口淹没在多家商铺所挂的商品中。走进九如巷，我惊讶了，这完全不是我记忆中的九如巷，我记忆中的九如巷是那样的整洁、安静，没有熙熙攘攘的行人，也没有这么多商铺。巷子里的住户都到哪里去了？原来，所有住户的外墙都被打通，变成了商铺的门脸儿，整个九如巷成了一条商业小街，有杂货铺、理发馆、服装店、饭馆、百货店、五金店等等。我找了半天，终于找到了老宅。老宅的外墙也打通了，开了一家饭馆，饭馆生意兴隆，里面坐满了吃饭的客人。我走进老宅，看到的一切使我大吃一惊。老宅全变了样，天井里的大鱼缸没有了，堂屋被隔成了一间房，住进了一户人家。原来对楼是住人的，现在因为外墙打通变成了饭馆，里面的门就封死了，但楼上还住着一家人。这家人为了方便，便在窗户外搭了一个简易梯子，直达天井，他们从这里直上直下，不再走后面的楼梯了。难道这就是我魂牵梦萦的老宅吗？这时，从对楼楼上走下来一个中年妇女，她问我："您找哪个？"我说："我以前在这里住过，今天从外地来，到这里来看看。"我问她："你是什么时候搬进来住的？"她说："我住进来快要有十年了，是街道租给我的。"我问："这房子属于街道？"她说："听说这房子的主人原先是一个姓赵的老头，叫什么赵耀堂。后来，他的后人把房子捐给了政府，现在归街道管。"我说："我就是赵耀堂的孙子。"她听了大吃一惊，说："您就是赵耀堂的孙子呀！您在什么地方公干呀？"我说："我在北京。"她说："在北京，好地方呀！"她又说："这房子太老了，年久失修，破破烂烂，原先的住户差不多都搬走了，只剩下我和堂屋那一家。别的房间都被街道办事处租给了汉正街的商铺，成了仓库。"我们正说着话，住在堂屋的那一家把门打开了，从里面走出来一位老大爷，他听说我是赵耀堂的孙子，就把我请到他屋里坐下喝茶。我打量了一下，整个房间除了一张床以外，还有一张桌子，几把椅子，然后就是几个破箱子，别无长物。墙上挂满了很多乱七八糟的东西。以前肃穆整洁的堂屋如今变成了这个样子，使我黯然神伤。我在他家坐了一会儿，就告辞走了出来，带着满腹的心事，慢慢往外走。当我走到门洞儿时，突然看见墙上贴着好几张供电局催缴电费的通知单，通知单上的户主竟赫然写着我祖父赵耀堂的名字。因为当年安装电灯时的电表是用的祖父的名字，过了几十年，电表的名字居然没有换，这真算得上是一个奇迹。中午，我就在老宅外墙的饭馆吃了饭，也算是这次探访老宅的一个纪念，然后开始了我下一个寻梦之旅。

下午，我从九如巷穿过大夹街，来到了汉正街。汉正街在清末时叫正街，后来在这里开的商铺多了，渐渐变成了一条繁华的商业街。因其在汉水边，后改名叫汉正街。我祖父就是在这里发的家。

原先，汉正街上除了商铺外，还有电影院、戏院，我小时候就常常到汉正街去看电影。我发现，现在汉正街上几乎所有的商铺都在经营小百货、小五金及日常生活用品等小商品。我又到附近的几条街看了看，发现这些街上的商铺也都经营小商品，而且有些招牌上也冠以“汉正街”三个字。我觉得奇怪，怎么都变成了汉正街？一问才知道，大夹街和附近的几条街现在都隶属于汉正街，都以经营小商品为主。汉正街现在已经由一条仅在武汉闻名的商业街，变成了全国闻名的专门经营小商品的商业街区。这里不仅零售，而且批发，生意非常兴隆。到这里来购货的不仅是武汉的人，全国各地都有，从这里走出了不少靠做小商品发家的大老板。我在汉正街徘徊了很久，熙熙攘攘的忙于采购小商品的顾客，来来往往拉着板车到各商铺送货或取货的搬运工，悠闲自在穿梭于大街上的游人，把整个街区挤得水泄不通，令人寸步难行。我想找到童年记忆中的汉正街，但再也找不到了，往日的汉正街已经旧貌换新颜了。我的人生是从汉正街起步的，先是在附近上市一中，接着上市四中，然后考入武汉大学，毕业后分配到北京大学，最后进入坐落在北京王府井大街的商务印书馆，在这里成就了我一生的事业。从汉正街到王府井的过程，就是我在拼搏和奋斗中逐渐成长的过程。

我走出了汉正街，回过头去向它告别。我的寻梦之旅到此结束，我将返回北京。我不知道以后还会不会再来。当然，如果二〇一九年我们五五级的聚会能成功举办，我还是会来的。

# 跋

我终于把记录我一生经历的《旧时光影再回首：从汉正街到王府井》修改完了，交到了编辑手里，此刻，我如释重负。其实，我早就想写这样一本书，只是工作繁忙，没有时间去做工作以外的事。二〇一六年我参加完第三版《辞源》的修订工作以后，就真正退休了，于是我立刻着手写这本书。

我的一生虽然算不上轰轰烈烈，但也是丰富多彩的。童年时代带有传奇色彩的经历，成长过程中充满拼搏与奋斗的艰辛，诸多往事，时时闯进我的脑海，成了挥之不去的心结。如今，我把记忆中的往事都写到这本书中了，这虽然是我个人的经历，但也折射出国家、社会的某些方面，我想，这也许对读者了解当时的历史也是有意义的。

我为什么把这本书叫《旧时光影再回首：从汉正街到王府井》？汉正街是武汉的一条有名的商业街，我的祖父、父辈正是从汉正街出发，经历了他们复杂的人生。我的祖父从一个小学徒，凭借自己卓越的经商才干，成为武汉商界的佼佼者之一。我本人虽出生在南京，却是在汉正街长大的。在汉正街上读完了小学、中学，应该说，我是地地道道的汉正街人。我在武汉大学度过了难忘的青春时光。大学毕业以后，被分配到北京大学，在燕园度过了十七年。即将进入改革开放的时候，我调到了商务印书馆，在著名的王府井大街的编辑部里，成就了我一生的事业。可以说，从汉正街到王府井是我人生的旅程。

我这本书完全是根据自己的经历写的。故事的第二章和第三章是写我小时候的经历，因为当时自己年龄较小，距离现在时间久远，记忆可能有一些不够准确的地方，欢迎读者指正。

本书在写作过程中，曾将部分章节送给我武汉大学时期的老同学何启治、缪俊杰同学看过，他们提出了许多宝贵意见，缪俊杰还不辞劳苦为此书做序，我对他们表示诚挚的谢意。

赵克勤

二〇一八年九月十二日于北京